SUSAN MALLERY

Bajo la luna

Editado por Harlequin Ibérica.
Una división de HarperCollins Ibérica, S. A.
Avenida de Burgos, 8B - Planta 18
28036 Madrid
www.harlequiniberica.com

© 2021 Susan Mallery, Inc.
© 2026 Harlequin Ibérica, una división de HarperCollins Ibérica, S. A.
Bajo la luna, n.º 329 - 21.1.2026
Título original: The Vineyard at Painted Moon
Publicada originalmente por Canary Street Press™
© De la traducción del inglés, Jesús de la Torre Olid

Imágenes de cubierta: Shutterstock

ISBN: 979-13-7017-204-6
Depósito legal: M-25840-2025
Impreso en España por: BLACK PRINT
Fecha impresión Argentina: 20.7.26
Distribuidor exclusivo para España: LOGISTA
Distribuidor para México: Distibuidora Intermex, S.A. de C.V.
Distribuidores para Argentina: Interior, DGP, S.A. Alvarado 2118.
Cap. Fed./Buenos Aires y Gran Buenos Aires, VACCARO HNOS.

MIXTO
Papel procedente de
fuentes responsables
FSC® C159065

Capítulo uno

—No es que lo que llevas puesto no sea estupendo, pero es que la fiesta comienza dentro de una hora.

Mackenzie Dienes levantó los ojos de la vid que estaba estudiando, con la mente todavía en los apretados racimos de uvas pequeñas y duras que, a finales de septiembre, estarían maduras, dulces y listas para su recolección. Hasta ese momento iba a estar supervisando su crecimiento, animándolas a alcanzar la excelencia y protegiéndolas de cualquier peligro, ya fuera el moho, el mal tiempo o un ciervo hambriento.

Parpadeó mirando al hombre que estaba ante ella, alto y familiar, con una sonrisa fácil y unas espaldas anchas y capaces.

—¿La fiesta? —preguntó, a la vez que se olvidaba de sus pensamientos en torno a la vid y recordaba que, sí, que era la noche de la anual Fiesta del Solsticio que celebraba la familia Barcellona. Dado que ella era una Barcellona, por matrimonio, no por apellido, esperarían que asistiera.

Quería asistir, se recordó. Siempre lo pasaba bien y Stephanie, su cuñada, se esforzaba mucho para que fuese una noche perfecta.

—La fiesta —repitió, esta vez con un ligero tono de pánico antes de bajar los ojos para mirarse—. Mierda. ¿Qué hora es?

Rhys, su marido, negó con la cabeza.

—No me escuchas cuando te hablo, ¿verdad? Tenemos una hora. No te preocupes.

Se quitó los guantes, se los guardó en el bolsillo izquierdo de la delantera del mono y, a continuación, se colocó detrás de Rhys y le dio un pequeño empujón hacia el camión que había traído hasta los viñedos de la zona oeste.

—Dices eso porque lo único que tienes que hacer es darte una ducha y vestirte. Yo tengo que hacer lo propio de las chicas.

—Para lo que tardas unos diez minutos. —La rodeó con el brazo mientras se apresuraban en dirección al camión—. ¿Estás contenta con las uvas?

—Eso creo —contestó ella mirando hacia las sanas vides que crecían a ambos lados de los dos—. A lo mejor tenemos que hacer alguna poda en un par de semanas pero, hasta ahora, van bien.

Cuando se metieron en el asiento del viejo camión, él la miró. Ella le sonrió, consciente de que había un cincuenta por ciento de posibilidades de que Rhys le llevara la contraria en lo que había dicho de la poda. Al fin y al cabo, él era el capataz del viñedo. En teoría, todas las decisiones referentes al viñedo las tomaba él siguiendo sus informes, pero no sus órdenes. Como enóloga, ella se encargaba de las uvas desde el momento en que se recolectaban hasta que el vino se embotellara.

Pero en Bel Après, los ámbitos de responsabilidad se solapaban con frecuencia. La suya era una familia grande y ruidosa en la que cada cual tenía sus opiniones. No es que Mackenzie hiciese caso a muchas de las demás ideas concernientes a sus vinos, aunque como Rhys señalaba a menudo, tenía toda la libertad de compartir las suyas en lo concerniente al trabajo de él.

Rhys condujo por el camino de tierra que rodeaba el viñedo y se detuvo junto al camión de Mackenzie. Ella subió a la cabina y fue tras él hasta el complejo familiar. La carretera principal que llegaba hasta Walla Walla estaba llena de turistas que querían disfrutar del día más largo del año. Se incorporó al tráfico lento a la vez que se esforzaba por no mirar al reloj del salpicadero del camión mientras avanzaba a paso de tortuga.

Había viñedos que se extendían a cada lado de la carretera, llano a la izquierda y elevándose hacia las colinas por la derecha. Unas llamativas hojas verdes cubrían los robustos troncos a los que se había esmerado en enseñar a crecer exactamente como ella quería. Las hileras eran largas y ordenadas y los espacios entre ellas estaban invadidos por hierbas de la zona que guardaban la humedad y protegían las raíces del calor.

Mirar su próspero cultivo le distraía la mente del hecho de que Rhys y ella iban tremendamente retrasados.

Veinte minutos después, ella le siguió fuera de la autopista por una carretera secundaria menos transitada, en dirección a su casa. Cinco minutos después, aparcaron los camiones junto a las naves de procesamiento tras la gran sala de catas. Rhys ya había cogido uno de los carritos de golf que usaba la familia para desplazarse por allí. Ella se sentó a su lado y salieron hacia el centro de la finca.

La Bodega Bel Après y los terrenos que la rodeaban habían pertenecido a la familia Barcellona desde hacía casi sesenta años. Rhys y sus hermanas eran la tercera generación. La primera casa principal había sido rehabilitada en varias ocasiones. Cuando Rhys y Mackenzie se casaron, Barbara, la madre de Rhys, les había propuesto que se construyeran una casa junto a la de ella para no tener que venir cada día desde la ciudad. Ansiosa por caer en gracia a su nueva suegra, Mackenzie había aceptado.

Habían construido una gran casa de dos plantas. Barbara y Mackenzie habían decorado cada habitación y mientras elegían todo, desde las lámparas hasta los pomos de las puertas, fueron cimentando el cariño que sentían la una por la otra.

Unos años después, Stephanie, la segunda de los cuatro hijos de Barbara, se había divorciado y había vuelto a casa con sus dos hijos, lo que hizo necesario que se construyera otra casa. Cuando se casó la menor de las tres hijas, se añadió la última casa. Solo Lori, la hija mediana, seguía viviendo en la casa original.

Las cuatro casas daban a un enorme patio central. Unas pérgolas cubiertas de parras arrojaban sombra sobre los adoquines mexicanos. La familia entera usaba ese espacio para grandes cenas y como zona de juegos de los niños. Si una de las mujeres hacía galletas, colgaba una bandera con una galleta en la puerta para invitar a que pasara quien quisiera. En Navidad, traían un gran árbol de Wishing Tree y para la Fiesta anual del Solsticio de Verano, docenas de mesas largas para acoger a los alrededor de doscientos invitados.

Rhys llevó el carrito de golf hasta la trasera de la enorme casa principal dando un rodeo en sentido contrario a las agujas del reloj. Normalmente cruzaba por el patio, pero con todos los preparativos de la fiesta, tuvo que ir por el camino más largo. Aparcó junto a la puerta trasera de su casa y entraron corriendo.

Mackenzi se detuvo para desatarse las botas y las dejó en el vestíbulo. Rhys hizo lo mismo. Subieron juntos y a toda velocidad las escaleras y se separaron en el rellano para dirigirse a sus respectivas suites.

En el baño, Mackenzie se metió en la ducha. Por suerte, ya había elegido el vestido que se iba a poner. Se duchó rápidamente. Después de secarse, se envolvió el pelo con una toalla y sacó la loción corporal perfumada que Rhys le había regalado un par de años antes. No entendía por qué iba a querer nadie oler a coco y vainilla, pero a él le gustaba.

Entró en el gran vestidor y abrió el cajón de la ropa interior. A la derecha estaban todas las braguitas biquini que normalmente se ponía. A la izquierda, las de más calidad para ocasiones especiales. Eligió unas negras, se las puso y, a continuación, fue al segundo cajón para buscar el sujetador de realce a juego. Cuando se lo colocó con las almohadillas haciendo lo que podían con sus modestas curvas, se puso una bata y volvió al baño.

Tras enchufar los rulos calientes, tardó solo unos minutos en aplicarse el lápiz de ojos y el rímel. Estaba enrojecida tras haber pasado la jornada trabajando al aire libre, así que no se molestó en ponerse más maquillaje.

Con el pelo tardó mucho más. Primero tenía que secarse las ondas rojas oscuras que le bajaban hasta los hombros y, después, rizarlas. Mientras tenía los rulos colocados, buscó un par de sandalias negras de tacón alto que no la dejaran coja al final de la noche.

Después de encontrarlas, abrió su pequeño joyero, sacó su aderezo de novia y se colocó tanto el anillo de pedida como la alianza de bodas en la mano izquierda. Después, unos pendientes de diamantes. Acababa de ponerse su vestido negro sin mangas cuando Rhys entró en el vestidor, completamente vestido con unos pantalones negros y una camisa gris oscura.

Ella suspiró al verlo.

—¿Ves? Tú lo tienes mucho más fácil que yo.

—Sí, pero al final tú eres más guapa. Eso merece más.

—Preferiría contar con el tiempo de sobra.

Se dio la vuelta para darle la espalda. Él le subió la cremallera y, a continuación, se inclinó para cogerle los zapatos. Entraron al baño de ella y juntos empezaron a retirar los rulos.

—Vamos retrasados —dijo Mackenzie mirando su reloj—. Tu madre va a enfadarse.

—Estará demasiado ocupada recibiendo a sus invitados.

El último de los rulos cayó sobre la encimera. Mackenzie se ahuecó el pelo y, después, señaló hacia el dormitorio.

—Apártate —dijo a la vez que cogía el bote de laca.

Rhys se puso a salvo. Ella roció los rizos para controlarlos antes de entrar corriendo al dormitorio para huir de la nube mortal. Rhys estaba en el banco a los pies de la gran cama. Ella se sentó a su lado y rápidamente se puso los zapatos.

—Ya está —dijo haciendo una pausa para familiarizarse de nuevo con la destreza poco frecuente de caminar con tacones.

Agarró la muñeca de su marido.

—Las siete y cuarto. Barbara nos va a matar.

—No es verdad. Soy su único hijo varón y tú eres su favorita absoluta.

—No hemos estado listos a las siete en punto. Ya puedo oír en mi cabeza la música de la marcha fúnebre. Quiero que me entierren en Red Mountain.

Rhys se rio mientras bajaban las escaleras.

—¿En el viñedo? Dudo que tu cuerpo en descomposición se pueda considerar orgánico.

—¿Estás insinuando que soy tóxica? —preguntó ella con una carcajada mientras se dirigían hacia la puerta de la casa.

—Lo que digo es que eres maravillosa y que me gustaría que tuviéramos la noche en paz.

Había algo en su tono, pensó ella mirándolo a los ojos. Llevaba conociendo a este hombre durante toda su vida adulta. Se habían conocido durante la Navidad del primer año de ella en la universidad. Su compañera de habitación, Stephanie, la hermana de él, había arrastrado a Mackenzie a su casa para que conociera a su familia. Agradecida de no tener que pasar las vacaciones sola, Mackenzie había aceptado de buena gana y enseguida se había descubierto enamorándose no solo del macizo hermano mayor de su mejor amiga, sino de toda la familia Barcellona y de los viñedos que eran de su propiedad. Barbara había sido como una madre adoptiva y los viñedos, en fin, habían resultado tan mágicos como los sensuales besos de Rhys.

Ahora estaba observando la expresión de su marido y vio el atisbo de tristeza que se escondía tras su relajada sonrisa. La vio porque Mackenzie ocultaba la misma emoción muy dentro de ella. Los días de escabullirse para disfrutar de sensuales besos habían pasado hacía mucho tiempo. No había miradas prolongadas ni intimidad. Tenían una rutina y una vida, pero no estaba tan segura de que siguieran siendo un matrimonio.

—A mí también me gustaría —murmuró, consciente de que él no le estaba pidiendo que no se pelearan. Nunca lo hacían. Las discusiones exigían un nivel de implicación que sencillamente ya no tenían.

—Pues entonces, vamos a hacer que así sea —contestó él con tono alegre a la vez que la agarraba de la mano y abría la puerta.

Se vieron envueltos por los sonidos de la fiesta y arrastrados a la multitud de invitados que iba creciendo con rapidez. Mackenzie sintió que su ánimo se relajaba al ver las luces parpadeantes que estaban enrolladas en la pérgola, las mesas rebosantes de comida, las cajas de vino Bel Après amontonadas y listas para ser abiertas. Había camareros dando vueltas con bandejas con tostas de *bruschetta*. Había una barra de pasta y una mesa con postres. La música sonaba por los altavoces escondidos entre el follaje y el delicioso olor a ajo se mezclaba con el suave aroma de las flores de verano.

Mackenzie vio a Stephanie hablando con uno de los camareros y dio un último apretón a la mano de Rhys antes de apartarse de él para acercarse a su cuñada.

—Te has superado —dijo dándole un abrazo a su amiga.

—Soy lo más —contestó Stephanie con una carcajada, y después movió una mano en dirección a las lucecitas parpadeantes—. Esas serán mucho más efectivas cuando baje el sol dentro de un par de horas.

Porque el día más largo en esa zona del estado de Washington significaba casi diecisiete horas de luz solar.

—¿Agotada? —preguntó Mackenzie, consciente de que Stephanie había pasado las tres últimas semanas asegurándose de que cada detalle de la fiesta estuviese perfecto.

—Ha sido el esfuerzo habitual con algunos extras añadidos —contestó su cuñada con ligereza—. No voy a hacer mención siquiera a cuáles son, pero prepárate para un par de sorpresas.

Mackenzie empezó de inmediato a fijarse en los invitados.

—¿Ha venido Kyle?

Stephanie, una morena menuda y voluptuosa con unos bonitos ojos marrones y de sonrisa fácil, soltó un gruñido.

—¿Qué? No. No es eso. Ya te lo dije. Paso de él. Total y completamente. Para siempre.

—Pero está aquí.

—Sí. Mamá lo invita cada año porque es el padre de Avery y Carson. El hecho de que sea mi exmarido no parece que la perturbe. Ya sabes cómo es.

Sí que lo sabía. Una vez que su suegra tomaba una decisión respecto a algo no podía ni pensaba moverse de ahí. No había nunca un cambio de opinión pasado el tiempo. Barbara era una versión humana del objeto inamovible.

—Kyle es el padre de su nieta mayor y, por tanto, es un miembro de la familia. —Stephanie arrugó la nariz—. Tengo que aguantarme por muy incómodo que sea. Lo bueno es que se refiere a él como «el donante de esperma», cosa que me gusta.

—Si él hubiese presentado alguna disputa por el acuerdo prenupcial, ella se habría lanzado sobre él como una serpiente. —Mackenzie hizo una pausa—. ¿Estás segura de que no quieres retomarlo con él?

—Sí. Del todo. Ya estoy harta. Estuvo tratando de engatusarme durante varios años después del divorcio. Se acabó el sexo con el ex. Ya han pasado dieciocho meses desde la última vez que nos enrollamos y sigo firme. Estoy de lo más cachonda, pero firme. —Miró hacia los invitados—. Quizá tenga una aventura con alguno de aquí.

—¿Alguna vez te has liado con alguno?

—No, pero siempre hay una primera vez. —Stephanie arrugó la nariz—. Pero no sé cómo se hace. ¿Nos escondemos en la sala de las barricas y lo hacemos sobre una mesa o algo así? No puedo llevarlo a casa. Están los niños. Y en un coche resultaría muy vulgar.

—¿Y la sala de barricas no lo es? —preguntó Mackenzie con una carcajada.

—No lo sé. Podría ser romántico.

—O, como poco, embriagador.

Stephanie descartó la observación con un movimiento de la mano.

—Vale. En la sala de barricas no, pero entonces sigo sin tener un sitio, y sin perspectivas. —Suspiró mientras se acercaban a uno de los puestos de vino—. Esa es la razón por la que nunca me han funcionado los rollos de una noche. Es demasiado complicado. En las películas y en la televisión parece muy fácil, pero no lo es.

—Mi experiencia es nula. Lo siento. Me documentaré sobre ello para poder aconsejarte mejor la próxima vez.

—Y por eso es por lo que te quiero. —Stephanie negó con la cabeza—. Es evidente que debería olvidarme del tema hombres y sexo y centrarme en otros aspectos de mi vida.

Las dos pidieron una copa de cabernet. Mientras Stephanie daba directamente un sorbo a su vino, Mackenzie dedicó un momento a estudiar el color antes de oler el aroma. Removió el vino un par de veces y, a continuación, volvió a inhalar y le gustó el equilibrio de la fruta con el...

—Por el amor de Dios, bébete ya el vino, te lo suplico —dijo Stephanie riéndose—. Es bueno. Era bueno cuando veías cómo aplastaban las uvas, era bueno en las barricas, era bueno cuando lo embotellaban y era bueno cuando ganó lo que estoy segura de que fueron mil premios. ¿Vale? Es un buen vino. Relájate y deja de ser enóloga por una noche.

—Estás muy gruñona. —Mackenzie dio un trago y sonrió—. Y que conste que es mucho mejor que bueno.

—Claro que sí. Es tu vino. —Stephanie miró por detrás del hombro de Mackenzie y sonrió—. Ahí viene tu guapo marido. Supongo que querrá el primer baile contigo.

Mackenzie se giró y vio cómo se acercaba Rhys. Le gustaba bailar en la Fiesta del Solsticio y se turnaba con todas las invitadas para ocupar la pista de baile, pero siempre se reservaba el primero para ella.

—¿Vamos? —preguntó él extendiendo la mano.

Ella le pasó la copa de vino a Stephanie y, a continuación, siguió a su marido a la pequeña pista de baile. Nadie más los siguió, pero ella sabía que eso cambiaría en cuanto ellos empezaran.

—Tenemos que comprobar el sistema de goteo de Seven Hills —dijo ella mientras se movían al compás de la música—. Han dicho en el pronóstico que las próximas semanas el tiempo va a ser más caluroso y seco y quiero controlar la cantidad exacta de humedad.

Una de las ventajas de los viñedos del «nuevo mundo» era la capacidad de controlar su calidad proporcionándoles exactamente la cantidad justa de irrigación. Una vez que el fruto estaba formado, ella podía estresar a las vides haciéndoles que se centraran en el fruto con más intensidad.

—Sé muy bien que más me vale no recordarte que recorrimos el viñedo el mes pasado —dijo Rhys con tono de broma.

—Eso fue una comprobación general. Ahora tengo una preocupación específica.

—Como prefieras. —Hizo que los dos giraran en círculo cerrado—. A lo mejor el resto de la conversación sobre el trabajo puede esperar a mañana.

—¿Qué? —¿Por qué no iban a hablar de...?— Ah. La fiesta. Perdona.

—No te disculpes. Nunca dejas de estar de guardia, pero si pudiéramos dejarlo por esta noche, te lo agradecería.

Porque él disfrutaba en eventos como estos. Le gustaba hablar con sus amigos y conocer a gente nueva y, en general, socializar. Rhys era mucho más extrovertido que ella. Si entraba alguien nuevo en el círculo exclusivo de los propietarios de viñedos de la zona, él era el primero en ir a presentarse.

Ella asintió y trató de pensar en otra cosa de la que hablar que no estuviese relacionada con el viñedo o el vino.

—Espero que Kyle deje tranquila a Stephanie —dijo, creyendo que era un tema más neutral—. Ella está haciendo lo que puede por pasar página.

—Stephanie tiene que decidir qué es lo que quiere. Él siempre va a ir tras ella. Le corresponde a ella decirle que no, y decírselo de verdad.

Mackenzie sabía que tenía razón pero, por algún motivo, la contundencia de sus palabras la molestaron.

—Eso no es ser muy comprensivo —dijo antes de poder evitarlo—. Kyle es un comentarista deportivo de primer nivel con posibilidad de conocer a una mujer distinta cada noche. Stephanie es una madre soltera de una ciudad pequeña que trabaja en el negocio familiar. ¿Dónde exactamente se supone que va a conocer a alguien?

Su marido se quedó mirándola.

—¿Qué tiene que ver el hecho de que ella salga con otro con que siga acostándose con Kyle o no?

—No tiene más opciones. Está sola.

—Va a seguir estándolo hasta que salga de ahí.

—¿A qué te refieres con «ahí»? ¿A la enorme cantidad de solteros que hay aquí, en Walla Walla?

Dejaron de bailar y se quedaron mirándose. Mackenzie se dio cuenta que esto había sido lo más cerca que habían estado de tener una discusión de verdad en varios años. No tenía ni idea de por qué era tan vehemente con ese asunto ni qué era lo que le fastidiaba tanto. Pero lo que quiera que fuese, la Fiesta del Solsticio de Verano no era el lugar en el que dejarse llevar por emociones sin explicación.

—Lo siento —se apresuró a decir—. Tienes razón, claro. Stephanie tiene que buscar el modo de cambiar sus circunstancias para que Kyle deje de ser una tentación.

La expresión tensa de él se suavizó y cambió a otra de preocupación.

—Yo quiero que mi hermana sea feliz.

—Ya lo sé.

—Quiero que tú seas feliz.

Había algo en su forma de decir esas palabras. Como si no estuviese seguro de que fuera posible.

—Lo soy —contestó ella en voz baja, pensando que casi estaba diciendo la verdad.

—Eso espero.

Mackenzie fingió una sonrisa y señaló hacia la multitud de invitados, que seguía creciendo.

—Hay muchas mujeres con las que tienes que bailar esta noche. Más vale que vayas empezando.

Él se quedó mirándola un segundo, como si estuviese evaluando su estado de ánimo. Ella mantuvo la sonrisa hasta que él se dio la vuelta. Cuando se hubo ido, miró con anhelo hacia su casa. Le tentaba la idea de desaparecer y estar tranquila, pero esa no era una opción. Esta noche era una gala especial y no podía irse temprano. Pero pronto, se prometió. En el silencio de su habitación no sentiría el leve malestar que la acechaba desde hacía unos meses. Sola en la oscuridad, estaría calmada y feliz y solo pensaría en cosas buenas, como la próxima cosecha y el vino que elaboraría. Sola en la oscuridad, volvería a ser ella misma.

Capítulo dos

Barbara Barcellona observaba a sus invitados mientras reían y charlaban. La Fiesta del Solsticio de Verano era una tradición desde hacía diez años y la disfrutaba. Le gustaba ser la generosa anfitriona y poder presumir de su magnífica finca y sus atractivos hijos adultos. Le gustaba ver cómo todos se vestían para la ocasión y ser consciente de lo codiciadas que eran las invitaciones y que los que no estaban invitados conspiraran para ser incluidos al año siguiente. Le gustaba la música, la comida e incluso las luces parpadeantes que su hija Stephanie siempre insistía en colocar, aunque el sol aún era visible a las siete y media de la tarde.

Esa gran reunión era un homenaje a ella, pero más importante aún: era un tributo a Bel Après. La gente venía a mostrar sus respetos a la bodega y a todo lo que representaba y eso era lo que más gustaba a Barbara.

Cuarenta y un años antes, cuando se casó con su difunto marido, a Bel Après le costaba ser solvente. Ella no sabía nada de vino ni de vinicultura pero había aprendido todo lo rápido que había podido. James y ella habían hecho crecer el negocio juntos. Al final, ella había ocupado el puesto de directora general. Había sido la que había buscado a los enólogos que habían creado los vinos que despacio, muy despacio, habían sacado a Bel Après del atolladero.

Paseó la mirada entre la multitud hasta encontrar a su nuera. Barbara vio cómo Mackenzie hablaba con algunos de los propietarios de bodegas y sonrió al ver cómo todos la escuchaban con atención. Mackenzie había sido todo un descubrimiento, pensó con cariño. Una joven tímida pero con talento que de inmediato había sabido entender la visión de lo que Bel Après podría llegar a ser. Aunque Rhys no se hubiese casado con ella, Barbara la habría contratado. Pero se habían casado y Mackenzie había entrado en la familia.

Los cálidos y felices sentimientos de Barbara se desvanecieron cuando Catherine, su hija menor, se acercó a Mackenzie. Menuda chica, pensó Barbara con tristeza al ver el vestido suelto y teñido con nudos que muy probablemente estaría hecho con dos fundas de almohadas y un gato neumático. La misión de Catherine en su vida era no ser normal y fastidiar a su madre todo lo posible. Por suerte para ella, la conquista de lo primero llevaba de forma natural a lo segundo.

Notó una mano en su cintura y, después, un beso en su cuello desnudo. Se giró y sonrió a Giorgio, que la atrajo hacia él.

—Pareces enfadada por algo —dijo él apretando su cuerpo al de ella—. Dime qué te preocupa, amor mío, y buscaré una solución.

—Ojalá fuera verdad. —Señaló con la cabeza hacia Mackenzie y Catherine—. Mi hija es un desastre. ¿Puedes solucionar eso? Y ya que estás, ¿puedes impedir que sea una artista y que busque un trabajo de verdad?

Giorgio, un hombre alto que, a pesar de sus sesenta y cinco años, seguía siendo enérgico y atractivo, contestó:

—Es encantadora. Nunca tendrá la belleza que su madre posee pero es una joven dulce y cariñosa.

—Eres demasiado generoso. —Le sonrió—. Lo digo de verdad. No seas tan bueno. ¿Qué lleva puesto? Al menos, su marido ha tenido la sensatez de ponerse una camisa decente y los niños van guapos.

Él la rodeó con sus brazos y le dio la vuelta al compás de la música.

—Déjala que sea quien es, al menos, esta noche. Piensa solo en mí.

Ella se rio mientras entraba con él a la pista de baile.

—Eso es muy fácil.

Mientras bailaban, Catherine entró de nuevo en su campo de visión. Su hija le sonrió y levantó una copa de vino como si brindara. Había que hacer algo con ella, pensó Barbara, aunque no tenía ni idea de qué.

—¿Puedo interrumpir o rompería eso vuestro momento?

Barbara sonrió a Rhys, su único hijo varón.

—Puedes.

Giorgio fingió aflicción.

—Vale. Solo un baile, pero luego debo recuperar a tu madre.

—Te la devolveré sana y salva —le prometió Rhys mientras llevaba a su madre con una serie de pasos rápidos—. Una fiesta estupenda, mamá.

—Sí que lo es. Stephanie ha hecho un trabajo magnífico, para mi sorpresa. La barra de la *bruschetta* está teniendo éxito. En eso no se equivocaba. —Miró a su hijo—. ¿Has visto lo que lleva puesto Catherine?

—Mamá, déjala.

—Tiene un aspecto horrible.

—Parece que Jaguar no piensa lo mismo.

Barbara miró en la misma dirección que él y vio a Catherine y a su marido bailando lento a pesar del rápido ritmo de la música. Típico de ella, pensó con un suspiro. Dios prohibió a Catherine bailar al mismo ritmo que el resto de la gente.

En cuanto a Jaguar —era su verdadero nombre; Barbara había insistido en ver su partida de nacimiento antes de acceder a que se casaran— quería lo que fuera que Catherine deseara. Esa mujer prácticamente lo tenía dominado.

—Para ya —le ordenó Rhys—. Se te está poniendo la

expresión de «mi hija me está fastidiando». Disfruta de la fiesta.

—Estoy disfrutando. Es una noche preciosa. Incluso fingiré que no me he dado cuenta de que Mackenzie y tú habéis llegado tarde.

—Quince minutos, mamá. Ella estaba en los viñedos de la parte oeste viendo las uvas.

—¿Sigue contenta con los avances?

Su hijo sonrió.

—Ya sabes que sí. De lo contrario, habría ido a tu despacho a decirte todo lo que estaba mal.

Barbara sabía que eso era verdad. Mackenzie siempre la tenía informada. Formaban un muy buen equipo.

La canción terminó y Rhys la llevó de vuelta con Giorgio, que estaba charlando con un grupo de invitados. Mientras Barbara se acercaba a la barra a por una copa de vino, su hija menor fue con ella.

—Barbara —dijo Catherine con tono cordial—. Una fiesta maravillosa.

Barbara hizo lo que pudo por no encresparse. Al empezar en el instituto, Catherine había insistido en cambiar su nombre por el de Cuatro, precisamente. Por ser la cuarta hija. Barbara se había negado a acceder, así que Catherine había empezado a llamarla por su nombre de pila para fastidiarla.

Sencillamente, Barbara no entendía en qué momento se había estropeado todo. Había sido cariñosa pero justa, había limitado las horas de televisión y había obligado a sus hijos a comer mucha verdura. A veces, ser madre era una verdadera lotería.

Señaló hacia el vestido de su hija.

—¿Una de tus creaciones?

Catherine se giró sobre sí misma.

—Sí. ¿No es precioso?

—Una maravilla.

Catherine sonrió.

—¿Sarcasmo? ¿En serio?

—¿Qué querías que dijera?

El buen humor de Catherine nunca flaqueaba.

—Lo que has dicho es perfecto.

Cuando su hija se alejó, Barbara se acercó a Giorgio. Él le rodeó la cintura con el brazo y la presión en su espalda le dio una sensación de consuelo y familiaridad. Asentía mientras él le hablaba sin escuchar de verdad la conversación. Lo que fuera que estuviera diciendo sería encantador. Él era así: bien hablado, siempre bien vestido para la ocasión. Tenía un don envidiable para tratar a la gente y un encanto natural que ella nunca llegó a poseer. Suponía que fue eso en lo primero que se fijó, en lo fácil que lo hacía todo cuando estaba presente.

Esta noche, pensó Barbara con satisfacción, era absolutamente perfecta. Sus hijos y sus nietos estaban con ella. Giorgio estaba aquí. Las vides estaban sanas y fuertes y cuando llegara septiembre habría otra cosecha.

Vio a Avery, su nieta mayor, hablando con su padre, el ex de Stephanie. Kyle era demasiado zalamero, recordó Barbara. Su matrimonio había sido un desastre desde el principio, pero Stephanie se había quedado embarazada y había resultado imposible evitar el enredo y el posterior divorcio.

Al menos, a Avery y Carson no les había afectado la ruptura. A Barbara le costaba creer que Avery tuviera ya dieciséis años. Iba a tener que recordarle a Stephanie que vigilara de cerca de su hija en lo relativo a los chicos y las citas. Si no lo hacía, iban a tener una segunda generación con embarazos inesperados y nadie quería eso.

A menudo, le decía a la gente que los hijos y los viñedos eran un constante motivo de preocupación. Justo cuando estabas a punto de relajarte empezaba otra temporada con nuevos desafíos.

Stephanie se acercó a ella.

—Mamá, ya va siendo hora de hacer el brindis, si estás lista.

—Lo estoy.

Barbara se disculpó y siguió a su hija hacia el DJ y la pequeña plataforma que estaba junto a la pista de baile. Cogió el micrófono que le ofreció el joven y miró hacia la gente. Stephanie pidió silencio y en apenas unos segundos, la fiesta obedeció.

—Muchas gracias por asistir conmigo y mi familia a la décima Fiesta anual del Solsticio de Verano —dijo Barbara antes de hacer una pausa para que aplaudieran y, a continuación, levantó su copa de chardonnay.

—Por mis hijos. Que el año que viene esté colmado de felicidad para cada uno de vosotros. Por mis nietos. Sabed que todos os queremos mucho. —Se giró y vio a su nuera y, a continuación, le sonrió—. Por mi hija especial de mi corazón. El día que llegaste a nuestra vida fue una magnífica bendición.

Hubo más aplausos.

Barbara miró a Giorgio y sonrió. Habían hablado sobre si debía mencionarlo o no y él le había pedido que no lo hiciera. Al fin y al cabo, no era más que el novio y él le había dicho que esta noche era para la familia. Otra razón más por la que lo amaba. Ese hombre la entendía y eso resultaba de lo más increíble.

Levantó la copa hacia la gente.

—Por todos vosotros, por que tengáis un verano maravilloso y una vida feliz.

—Por una vida feliz —repitieron todos.

—¿Qué se siente al ser una magnífica bendición? —le preguntó Cuatro con una sonrisa.

Mackenzie hizo lo posible por no soltar un gruñido.

—Es mejor que el año pasado cuando dijo que era un milagro que había llegado a la familia para llevar Bel Après a la excelencia. Aunque, en teoría, estoy bastante segura de que ha dicho que traje una maravillosa bendición, no que lo fuera. —Miró a su cuñada más joven—. Lamento su entusiasmo.

—No lo lamentes. Te queremos todo eso. O puede que más. Nuestro amor es incondicional.

Cuatro tenía razón en eso, pensó Mackenzie. Barbara siempre decía que ella era su favorita, pero ese cariño estaba muy ligado a su labor en el viñedo. Si no se hubiese interesado por Bel Après, Mackenzie no estaba del todo segura de que Barbara hubiese permitido que se celebrara esa boda.

—Es todo un desafío —murmuró.

—Desde luego —asintió Cuatro—. Es mi madre y la quiero, pero hay algo en ella que no está bien. No sé si es que sufrió algún trauma infantil o si simplemente es cruel de nacimiento.

El descarnado comentario sorprendió a Mackenzie.

—¿Crees que es cruel?

Los ojos de Cuatro se iluminaron con una expresión divertida.

—¿Tú crees que es simpática?

—Yo no diría simpática. Puede ser... exigente. Pero conmigo siempre ha sido buena.

—Es verdad, y te mereces su cariño. —Cuatro le dio un abrazo—. Tienes un corazón abierto y generoso que nos contagia a todos. Eres el polvo mágico que nos permite volar. —Levantó su copa—. Ah, y eres magnífica.

—Estoy de acuerdo.

La voz de hombre procedía de detrás de ella. Mackenzie se giró y vio a Bruno Provencio acercándose a ellas. Ese hombre sabía vestirse, observó. Al igual que Rhys, Bruno llevaba unos pantalones de vestir con una camisa de manga larga pero, en cierto modo, esas prendas resultaban más elegantes en él. Barbara le dijo que se hacía toda la ropa a medida, una idea que Mackenzie entendía como concepto pero que no le parecía sensata para la vida diaria. ¿Por qué molestarse en eso cuando se pueden comprar cosas por internet y recibirlas solo con hacer unos cuantos clics?

Algo que suponía que Bruno jamás en su vida había hecho, pensó tratando de no sonreír. Bruno procedía de una familia con dinero. Era atractivo, con el pelo moreno y los ojos marrones, y tenía un aire de seguridad que lo hacía aún más atractivo.

Algún día ella también tendría esa seguridad, se decía. Si no en esta vida, quizá en la siguiente.

Soltó un gemido.

—No digas magnífica, por favor. Barbara solo estaba siendo...

—Tan encantadora como siempre —dijo Bruno a la vez que agarraba la mano libre de Mackenzie y se acercaba para besarla en la mejilla. Hizo lo mismo con Cuatro.

—Una gran fiesta, como siempre —dijo.

—Todo el mérito es de Stephanie —contestó Mackenzie dejando su copa vacía en la bandeja de un camarero que pasaba.

Bruno extendió la mano hacia Mackenzie.

—¿Bailamos?

Ella sonrió y aceptó. No estaba segura de si es que desprendía una imagen de que no le gustara bailar o si era por su condición de esposa de Rhys y nuera de Barbara, pero casi ninguno de los hombres de la fiesta quería bailar con ella. Pero cada año, Bruno le pedía bailar y ella aceptaba con gusto.

Fueron hacia la pista de baile y se unieron al resto de parejas. Rhys estaba bailando y charlando con la propietaria de una boutique de ropa de la ciudad. Barbara y Giorgio estaban envueltos la una en los brazos del otro.

Bruno le colocó la mano en la cintura manteniendo una distancia respetuosa y empezaron a moverse al compás de la música.

—Un tiempo perfecto para la fiesta —comentó.

Ella miró hacia el sol, que se iba poniendo.

—Sí. Hemos tenido suerte de que no hiciera demasiado calor. —Los casi treinta grados se podían soportar, pero una temperatura de más de treinta habría resultado incómoda para la fiesta.

»Te estamos viendo más de lo habitual —añadió ella—. ¿Tienes algún negocio nuevo por la zona?

Bruno era distribuidor de vinos. Al menos, así era como se describía. Ella sabía que también había invertido en algunos viñedos y que tenía más dinero que el mismo Dios, y que cuando venía a la ciudad lo hacía en su avión privado. Pero, aparte de eso, era un misterio. Un misterio guapo pero, aun así, desconocido.

—Estoy pensando en comprar un viñedo —confesó.

—¿Sí? Sabía que eras inversor, pero creía que no querías implicarte más.

Él la miró con media sonrisa.

—Me gusta estar al mando.

—¿Me puedes decir cuál? —preguntó ella y, a continuación, negó con la cabeza—. Da igual. Estoy segura de que no. Aun así, tendré que hacer averiguaciones.

—Envíame por mensaje lo que averigües. Te diré si has acertado.

Ella se rio.

—Hay casi quinientos viñedos en un radio de ciento cincuenta kilómetros. Te verías obligado a bloquearme antes siquiera de estar cerca de averiguarlo.

—Te prometo que no te bloquearé.

—Comprar un viñedo. Qué emocionante. Cuántas posibilidades.

—¿Te interesaría ser socia? —Su tono era de burla.

Mackenzie soltó una carcajada.

—Es un halago, pero Bel Après es mi casa. ¿Y vas a vivir en Walla Walla de forma permanente? ¿Y tu familia? Sé que tus padres siguen vivos y que tienes hermanos.

—Están de lo más felices en la costa Este y a mí me gusta la vida de aquí. Voy a verlos con bastante frecuencia.

Ahora le tocaba a ella burlarse.

—Así que no quieres estar demasiado cerca de ellos.

—Es mejor así. A mi madre le gusta organizarme citas a ciegas. Nunca salen bien.

—Entonces, prefieres poner distancia. —Mackenzie miró a su alrededor—. Hablando de citas, no has traído a nadie esta noche, ¿no?

—No.

Ella lo miró a los ojos.

—Aun a riesgo de hablar como tu madre, nunca traes compañía. ¿A qué se debe?

—No estoy saliendo con nadie en particular.

—¿Por qué no? Yo diría que te debe resultar fácil encontrar mujeres. Eres un hombre de éxito y atractivo. Estoy segura de que las mujeres se te echan encima.

—¿Estás flirteando conmigo?

Ella se rio.

—Creo que los dos sabemos que no soy capaz de flirtear. —Apareció un pensamiento en su mente. A lo mejor el problema no tenía nada que ver con las mujeres—. A menos que prefieras no salir con mujeres y te preocupe que a nosotros nos parezca mal. Y no es así.

Hizo una pausa sin saber cómo continuar esa incómoda conversación que había empezado sin querer.

La media sonrisa de él se agrandó.

—No soy gay. Me gustan las mujeres. No estoy saliendo con ninguna en serio porque parece que no encuentro a alguna que me interese lo suficiente como para hacer el esfuerzo.

—¿Has estado casado?

—Sí.

Ella lo miró con expresión expectante.

—¿Y?

—Nos divorciamos. Fue hace mucho tiempo.

—Lo siento.

Él se encogió de hombros.

—Yo también lo sentí en su momento. Ya no. —La miró a los ojos—. No puedo tener hijos. Lo supimos cuando ella no se quedaba embarazada. No quiso lidiar con eso y me dejó.

Mackenzie se quedó quieta.

—¿Cómo pudo ser tan terrible? Hay otras maneras de tener hijos.

—No le interesaba ninguna de ellas.

—Lo siento, Bruno. Por ser una fisgona y por haberte hecho recordar una época complicada de tu vida. Debería ceñirme a hablar del tiempo.

Él la atrajo un poco más hacia su cuerpo y le dio una vuelta.

—No me importa que lo sepas.

—Aun así, lo siento.

—Vamos a cambiar de tema. ¿Cuánto odia Barbara el vestido que lleva puesto Cuatro?

Mackenzie miró a su cuñada. Su extravagante vestido estaba lleno de colores llamativos con un dobladillo irregular y una manga corta en un brazo y larga en el otro.

—No he hablado de eso con ella, pero estoy segura de que no es su favorito.

—Cuatro disfruta fastidiándola. Si Barbara dejara de entrar al trapo, Cuatro dejaría de ser tan estrafalaria.

Mackenzie volvió a mirar a Bruno.

—Eso es muy perspicaz.

—Soy buen observador.

—¿Y qué más has averiguado?

Él se quedó mirándola varios segundos. Su mirada era tan intensa que ella estaba segura de que diría algo que la sorprendería o que la mantendría despierta tres días. Pero se limitó a apartarse, apretarle la mano y, después, soltarla.

—Debería dejar que volvieras a tu fiesta —dijo—. Que pases una buena noche.

Se alejó, dejándola sola entre la gente, sin saber bien qué era lo que acababa de ocurrir ni qué significaba todo aquello. Si es que significaba algo.

La fiesta se fue poniendo más bulliciosa a medida que aumentaba el consumo de vino. Los deliciosos olores que venían del bufé hicieron que el estómago le rugiera. Estaba a punto de coger algo para comer cuando vio a Rhys hablando con una rubia guapa cuyo nombre Mackenzie no podía recordar.

Cuando los estaba mirando, la mujer extendió la mano y acarició el brazo de Rhys. El flirteo era evidente y esperó a ver cómo reaccionaba su marido. Él miró a la mujer con una breve sonrisa y se apartó un poco.

Mackenzie dudaba que los movimientos de él hubiesen sido planeados en lo más mínimo. No había duda de que su reacción había sido involuntaria. Rhys no era de los que engañaban a sus mujeres. Era un buen hombre que se tomaba en serio sus obligaciones tanto hacia ella como hacia su familia o el viñedo. Podía fiarse de él. Confiaba en él.

Pero llevaban casi cinco años sin compartir dormitorio y casi el mismo tiempo sin hacer el amor. Así que, si no se estaba acostando con ella, ¿con quién era? Y mientras se hacía esa pregunta, pensó también si de verdad quería saber la respuesta.

Stephanie Barcellona quería dejar muy claro que los exmaridos eran muy mala idea. Sobre todo, los guapos con sonrisa fácil y miradas de complicidad. Había pasado la última hora moviéndose y esquivando a Kyle, pero por muy ocupada que se mostrara con la gente, él no dejaba de acercarse.

Ojalá su madre no se hubiese empeñado en invitarlo. Quizá era más acertado decir que ojalá Stephanie tuviera las agallas de acercarse a él, mirarle a los ojos y decirle que se acabó. S-E-A-C-A-B-Ó. Estaba harta de ser su polvo asegurado cada vez que él estaba en Walla Walla y contara con unas horas libres. Se habían divorciado hacía más de una década. Casi el doble de tiempo del que habían estado casados. Tenían que terminar para siempre. Acostarse un par de veces al año no le venía bien a ninguno de los dos. Aunque estaba bastante segura de que a él no le afectaba en absoluto y que solo ella se quedaba con una sensación de idiota.

Habían pasado dieciocho meses desde su último... encuentro con Kyle. Había superado la fiesta del año pasado y las vacaciones sin ceder a su susurro de «oye, guapa, vámonos a algún sitio más tranquilo». Se decía a sí misma que si conseguía mantenerse fuerte el resto de la noche, se libraría de él. Estaba decidida. Tenía un plan. Por desgracia, también estaba cachonda.

«Traicionada por las hormonas», pensó con tristeza mientras se movía entre los invitados, asegurándose de que todo estaba bien. Mientras comprobaba las salidas de la comida y supervisaba por segunda vez que había bastante vino en la barra, sus órganos femeninos empezaban a lamentarse. Kyle siempre sabía cómo hacer que se corriera en apenas dieciocho segundos. Humillante, pero cierto.

Vio por el rabillo del ojo que se dirigía hacia ella y, enseguida, empezó a moverse en la dirección contraria. Si él se acercaba lo suficiente, le haría esa caricia desde el hombro hasta la muñeca con sus dedos. La que hacía que se estremeciera. A continuación, se inclinaría hacia ella y le diría que tenía un culo estupendo, porque Kyle era así de romántico. Después, la acorralaría y le rozaría los pezones y ella estaría perdida.

—Eso no va a pasar —susurró—. No puedo seguir así.

Siguió con su danza de movimientos esquivos sintiéndose como el personaje de una obra de teatro muy mala cuando vio que Giorgio le hacía una señal con la cabeza. Había llegado el momento.

Se olvidó por completo de Kyle mientras se tocaba en el bolsillo la bolsita de tela que tenía guardada, antes de ir directa hacia el DJ.

—Stephanie —dijo Kyle con tono grave y sugerente acercándose por detrás.

Ella ni se molestó en mirarle.

—Ahora no.

Cuando llegó al escenario, sonrió al DJ.

—Listo.

Él fue bajando poco a poco el volumen de la música

y, a continuación, le pasó el micrófono. Todos los invitados se giraron hacia la pequeña plataforma.

—Si me prestáis vuestra atención un momento más —dijo mirando a Giorgio, que parecía increíblemente tranquilo, a pensar de la trascendencia de la ocasión—. Hay cierto caballero al que le gustaría dedicar unas palabras a una señora muy especial.

Le pasó tanto la bolsita de tela como el micrófono y después, se unió a la multitud que se había congregado.

Avery, su hija de dieciséis años, se colocó junto a ella.

—¿Qué pasa?

—Tú mira. Va a ser épico.

Avery suspiró.

—Mamá, ya hemos hablado de tus intentos de usar la jerga. No te queda bien.

—Solo lo hago por fastidiarte.

Entrelazaron los brazos y se apoyaron la una en la otra. A Stephanie no le importaba que la palabra resultara demasiado joven en su boca, porque sí que iba a ser cien por cien épico. Lo notaba en el estómago.

Capítulo tres

Barbara no tenía ni idea de qué estaba pasando y eso no le gustaba. Miraba a Stephanie y a Giorgio con la esperanza de que no fueran a hacer algo ridículo, como cantar un dueto. Stephanie no tenía muy buena voz.

Aun así, se fiaba de Giorgio. Ese hombre cuidaba de ella como nadie había hecho nunca, así que, debería tranquilizarse y fingir que disfrutaba de cualquiera que fuese la tontería que habían planeado.

Giorgio la sonrió mientras hablaba por el micrófono.

—Hola, amor mío.

Ella le devolvió la sonrisa sin decir nada. Giorgio sabía que no le gustaba que jugaran con ella y que confiaba en él. Si sentía algún recelo, debería ignorarlo.

Miró al círculo de personas que los rodeaban.

—Para aquellos de vosotros que no sepáis bien quién soy, conocí a esta maravillosa mujer hace dos años en Italia. Estábamos catando vinos en un sitio pequeño al aire libre en la Toscana. El día era precioso, pero la mujer que estaba a mi lado resultaba aún más atrayente. Descubrí que no podía apartar la mirada de ella.

—Estuviste muy encantador —dijo ella, relajándose mientras él hablaba.

—Por fuera. Dentro de mí, el corazón me latía a toda velocidad. A mi edad, eso puede ser peligroso.

Todos se rieron.

—Me presenté y le propuse tomar una copa de vino. —Volvió a sonreír—. Ella aceptó y yo me sentí tan feliz que apenas podía hablar. Me hablaste de Bel Après, de tus hijos y de Mackenzie y noté el cariño y el orgullo de tu voz. En menos de una hora me enamoré.

Barbara sintió que se perdía entre los recuerdos de aquel primer encuentro. Él la había sorprendido al empezar a hablar con ella. No sabía qué pensar. Los hombres atractivos no hablaban nunca con ella. No del modo que lo había hecho él. Había estado divertido y amable y la tarde se pasó volando.

—Yo estuve casado —continuó—. Mi esposa falleció hace cinco años y nunca se me había ocurrido que volvería a encontrar el amor, pero sí. Un amor enorme y espectacular que me ha inundado el corazón.

Ella se colocó las manos sobre el pecho y susurró.

—El mío también.

Le pasó el micrófono a Stephanie y sacó algo de una bolsita y, a continuación, la dejó impactada apoyándose sobre una rodilla.

—Barbara Barcellona, eres el amor de mi vida. Te quiero y te adoro. Quiero hacerte feliz y pasar el resto de mi vida contigo. ¿Quieres casarte conmigo?

No lo había visto venir, pensó impactada de verdad ante la proposición. Se quedó mirando a Giorgio mientras trataba de entender todo lo que pasaba. El sonido de la música fue desapareciendo hasta que solo pudo oír los latidos de su corazón.

La sensación de felicidad fue en aumento hasta convertirse en dicha y supo que jamás volvería a vivir un momento tan perfecto.

—Sí —contestó, conteniendo las lágrimas—. Ay, sí, Giorgio. Quiero casarme contigo. —Alrededor de los dos, todos empezaron a aplaudir y gritar.

Él se puso de pie, le deslizó por el dedo un solitario con un gran diamante y, a continuación, le colocó las manos sobre las mejillas y la besó. La sensación de sus cálidos labios sobre los de ella era mágica. Se sentía como una princesa. Se sentía treinta años más joven.

—Te quiero —le susurró él al oído.

—Yo también te quiero.

A su alrededor, los aplausos continuaron. Sus hijos los rodearon, abrazándola a ella y a Giorgio.

—¿Tú lo sabías? —le preguntó a Rhys.

Su hijo sonrió.

—Me pidió permiso. Fue un gesto muy honroso por su parte y yo estoy muy feliz por los dos, mamá.

—Yo no lo sabía —dijo Mackenzie dándole un beso en la mejilla—. Enhorabuena, Barbara. Vas a ser una novia preciosa. Sé que Giorgio va a hacerte muy feliz.

Cuatro y Lori corrieron a abrazarla.

—Nadie nos lo había dicho —exclamó Cuatro con una carcajada—. Qué sorpresa tan maravillosa.

—Me alegro por vosotros —añadió Lori al borde de la emoción.

Barbara suponía que los cambios en la casa iban a ser un problema. Lori nunca se había ido de la gran casa familiar que estaba en el centro del complejo. Una cosa era que Giorgio se quedara allí cuando venía de visita y otra tenerlo como residente permanente. Un problema del que tendría que ocuparse mañana, se dijo, decidida a disfrutar de cada momento de esta velada tan perfecta.

La música empezó a sonar de nuevo y Giorgio la arrastró hacia la pista de baile. Ella se rio al oír las primeras notas de *Lady in red* y bajó la mirada a hacia su propio vestido rojo de fiesta.

—Así que por eso es por lo que me has pedido que me vistiera así —dijo levantando los ojos hacia él.

—Formaba parte del plan.

Barbara apoyó la cabeza en su hombro.

—Me has dado una sorpresa.

—Me alegro. Por supuesto, Rhys lo sabía. Y también Stephanie.

—Han guardado el secreto.

—Barbara...

Ella lo miró.

—No quiero que te preocupes por nada —continuó él con la mirada llena de cariño—. Estaré encantado de firmar un acuerdo prematrimonial. No quiero nada de Bel Après.

—¿De verdad?

Ni siquiera había pensado en firmar ningún acuerdo. Lo habría hecho, probablemente antes de la medianoche, y la habría mantenido despierta toda la noche.

—Gracias por decirlo. Yo también firmaré lo que quieras.

Giorgio tenía bastante dinero por la empresa de fabricación aeroespacial que había dirigido en el norte del estado de Nueva York.

—Somos una pareja muy moderna —bromeó él.

Ella se puso de puntillas y le susurró al oído:

—Sí, y luego vamos a disfrutar de mucho sexo moderno.

Él se rio.

—¿Cómo que moderno? Yo creía que nuestro estilo al hacer el amor era más tradicional.

Ella sonrió.

—Dejaremos las luces encendidas.

—Así lo haremos.

Bailaron tres canciones más antes de ir a por algo para beber. Varias de las invitadas la detuvieron para admirar el anillo. La misma Barbara no había tenido oportunidad de verlo bien. Diría que el diamante era, por lo menos, de tres quilates. Un poco grande y ostentoso, pero estaba segura de que podría llevarlo con estilo.

Stephanie se reunió con ellos en la barra.

—Ha sido increíble —dijo con un feliz suspiro—. Estoy muy emocionada por los dos.

—Lo has hecho muy bien —le dijo Barbara esforzándose por no emplear un tono de sorpresa—. Ha sido en el momento perfecto.

Stephanie la abrazó.

—Y ahora, la boda. Avísame si quieres que te ayude con los preparativos, mamá. Es uno de mis fuertes.

¿Una boda? Barbara no había pensado todavía en eso. James y ella eran jóvenes y no tenían dinero para gastar en algo tan frívolo como en una boda. Se habían casado en una iglesia pequeña y el banquete se había celebrado en la vieja granja en la que habían vivido. No había sido la boda que nadie hubiese soñado.

Miró el anillo que relucía en su mano izquierda y, después, hacia la gente que se estaba divirtiendo. Era la matriarca de Bel Après y la propietaria de una empresa de éxito. El dinero no era problema.

—Giorgio, ¿qué boda quieres tú?

Él le agarró la mano, se la acercó a la boca y le besó los nudillos.

—Yo quiero lo que a ti te haga feliz, mi amor.

Era un hombre muy bueno.

Barbara pensó en sus opciones. Celebrar la boda en Bel Après era lo más sensato. Había sitio para eventos grandes. Aunque el viñedo no carecía de sofisticación como para presumir de ser un destino, sí que había acogido fiestas para clientes importantes y ocasiones especiales. Aun así, una boda exigía planificación.

Barbara miró a su hija mayor. Stephanie dirigía la tienda y la sala de catas. Si era necesario, podía dirigir también el club de vinos y planificaba todas las fiestas que se celebraban en la finca, incluidas varias bodas. Aunque Stephanie carecía de todo lo que pudiera considerarse como talento, era organizada y, sinceramente, ¿tan difícil sería organizar una boda?

—De acuerdo —dijo—. Stephanie, puedes organizar mi boda. Quiero una de verdad —añadió—. Tradicional. Ninguna cosa moderna y absurda. Aceptaré que sea divertida y elegante y un poco excesiva, pero nada más.

Stephanie sonrió.

—Podemos hacerlo. Incluso podemos hacerla muy excesiva.

Barbara soltó un suspiro.

—Ya hablaremos de eso más tarde. Ahora mismo quiero bailar con mi prometido.

Miró a Giorgio y le extendió la mano. Él la atrajo hacia sí y, a continuación, la llevó a la pista de baile. Cuánta felicidad, pensó ella, apoyándose contra él. La noche era perfecta y el resto de su vida iba a ser simplemente maravilloso.

Dos horas y lo que Stephanie diría que fue media botella de vino después, seguía asumiendo lo que había pasado. Estaba feliz. Por supuesto que estaba feliz. Giorgio era un hombre maravilloso que adoraba a su madre. Estaba también el feliz efecto adicional de que era un poco más fácil tratar con Barbara cuando él estaba presente, ¿y quién no iba a desear eso?

Había sabido lo de la proposición de matrimonio. Había sido la guardiana del anillo y la que había decidido el momento. Estaba encantada de ayudar a su madre a preparar la boda. Todo era bueno. Estupendo, incluso. Pero... y era un gran pero... al parecer, le costaba asimilar lo que estaba sintiendo.

No era solo felicidad, pensó. Era algo más. Algo que la incomodaba, que la entristecía y puede que algo más que no podía o no quería nombrar.

Estaba junto a la barra ocupándose de otra copa más de vino cuando la verdad apareció en su mente, como un puñetazo imprevisto en el estómago. Se quedó sin aire mientras trataba de controlar unas lágrimas inesperadas.

Quería una vida distinta. Sus hijos eran estupendos y quería a su familia, pero deseaba algo más. Quería un trabajo que le encantara, quería emocionarse con lo que iba a dedicar su día, en lugar de hacerlo sin más. Quería sentirse orgullosa de sí misma, fuerte y valiente, y eso implicaba que tenía que mover el culo y hacer algo. Desearlo era una pérdida de tiempo. Había pasado los últimos cinco años hablando de irse de Bel Après para trabajar en otro sitio y no había hecho nada para que ocurriese de verdad.

—Hola, cariño.

El tono grave de esas palabras vino acompañado de un dedo que se deslizaba desde su hombro desnudo hasta su muñeca. Stephanie se giró y vio a Kyle sonriéndole.

—Una fiesta fantástica, como de costumbre —añadió guiñándole el ojo.

—Sigues aquí —contestó ella mientras se esforzaba por salir de su mente embarullada.

—Claro. He pensado que a lo mejor podíamos pasar un par de horas juntos.

Su tono era insinuante. Y para dejar claro a qué se refería, le puso la mano en la parte inferior de la espalda y la fue deslizando hasta apoyarla de lleno en el culo.

—No. Ni hablar.

Lo dijo sin pensar a la vez que se apartaba y se quedaba mirándolo, combatiendo la extrañísima sensación de no tener ni idea de quién era él. Sí, habían estado casados, pero se habían divorciado hacía más de una década. ¿Qué hacía acostándose con él un par de veces al año, cada vez que a él le venía bien? No deseaba eso, ni a él.

¿Por qué había accedido a su triste acuerdo? Aparte del repugnante pensamiento de no tener ni idea de con cuantas mujeres se acostaba él con regularidad, ¿no se merecía algo mejor? ¿No se merecía ser feliz con una vida propia y sólida? Pero en lugar de eso, se había conformado con las migajas que su exmarido le lanzaba. Kyle era una distracción que ella había permitido que se alargara durante demasiado tiempo.

—No hace falta que lo digas así —se quejó él a la defensiva—. Simplemente dime que no estás interesada.

—No estoy interesada. —Su voz sonó firme—. Ya hemos hablado antes de esto, Kyle. Te dije que nunca más y lo decía en serio. Deja de intentar llevarme a la cama. No pienso hacerlo más. Estamos divorciados. Deberíamos actuar como tales.

Y dicho eso, se alejó en busca de un grupo seguro al que unirse y, después, sonrió al ver a sus hijos hablando con Lori.

—¿Lo estáis pasando bien? —preguntó mientras se colocaba entre Avery y Carson.

—Sí. —Su hija empezó a reírse—. Mamá, no me puedo creer que no tuviéramos ni idea de lo de la proposición de matrimonio. Ha sido muy romántico. Aunque sean... ya sabes, viejos.

—Ancianos —bromeó Stephanie. Se giró para mirar a Carson—. ¿Qué te ha parecido lo que ha pasado?

Su hijo de catorce años la sorprendió al sonreír.

—Ha sido guay, mamá. Romántico, como les gusta a las chicas. Además, hace falta... valor para pedirlo delante de todos. ¿Y si ella hubiese dicho que no? Se habría quedado humillado toda la vida.

—El amor infunde valor —le contestó.

Avery soltó un suspiro.

—Genial. Ahora va a obligarte a ver esa película antigua que tanto le gusta. ¿Cómo se llama?

—*Un gran amor* —contestaron a la vez Stephanie y Lori.

Avery soltó un gemido.

—Esa es.

—Tengo la sensación de que ha llegado el momento —confesó Stephanie.

—Hazlo rápido —dijo su hija—. Antes de que Carson se vaya al campamento de béisbol. No quiero seguir siendo la única que la ha visto.

—Te encantó.

—Eso quisieras tú.

Carson bostezó.

—Es tarde, mamá. Me voy a la cama. —Le dio un abrazo.

Su bebé era ya diez centímetros más alto que ella y todavía tenía que crecer más. Claro que ella era bajita pero, aun así.

Avery la abrazó también.

—Nos vemos mañana, mamá.

—Buenas noches.

Vio cómo atravesaban el patio y entraban en la casa y, después, sonrió a su hermana.

—¿Lo estás pasando bien?

—Lo estaba hasta lo del compromiso. —El tono de Lori era mordaz.

—Creía que Giorgio te caía bien.

—Sí, pero ahora todo va a cambiar.

—No creo que le importe que vivas en la casa, si es eso lo que te preocupa. Además, mamá nunca te obligaría a mudarte.

La expresión de Lori se endureció.

—Venga, por favor. Las dos sabemos que me echaría en un segundo si le viniera bien, o si Mackenzie se lo pidiera. —Soltó un fuerte resoplido—. No es eso. ¿Has visto lo enamorados que están? Sabía que eran felices pero la expresión de la cara de ella... yo quiero eso.

—¿Casarte? —Stephanie intentó que no se le notara el tono de sorpresa en la voz.

—Por supuesto. Todo el mundo quiere tener un sentido de pertenencia. Algunas sabemos cuándo debemos conservar lo que tenemos en lugar de tirarlo a la basura.

—¿Te estás refiriendo a mi divorcio?

—Tú tenías algo con Kyle. A lo mejor deberías haber mantenido lo que tenías.

—¿Un infiel que nunca estaba en casa?

—Era un matrimonio.

—Los dos éramos infelices. Además... —Stephanie apretó los labios. No tenía por qué defender su postura ante nadie—. Es mejor ahora —dijo—. Con los dos separados. Pero si estás interesada en salir con alguien, espero que lo consigas.

—A mí nunca me pasa nada bueno.

Y dicho eso, se dio la vuelta y se alejó. Stephanie se quedó mirándola mientras se preguntaba cómo es que Lori, Cuatro y ella podían ser hermanas cuando eran tan distintas. Suponía que era una muestra más de que Dios tenía sentido del humor.

Se acercó a una silla vacía y se sentó. Mientras al resto de la familia se le permitía marcharse a partir de las diez, ella tenía que quedarse hasta el final. La fiesta era responsabilidad suya y tenía que asegurarse de que lo limpiaban y retiraban todo. Estaría levantada, por lo menos, hasta las dos de la mañana.

Lo bueno era que, al parecer, había terminado con su ex. Había necesitado diez años y un bofetón cósmico en la cara pero, por fin, había ocurrido. Lo primero que haría al día siguiente sería empezar a buscar un trabajo que le emocionara. Por fin había huido de la trampa del sexo ocasional con su ex. Ahora había llegado el momento de escapar del negocio familiar y empezar a ser independiente.

Capítulo cuatro

Mackenzie observó con atención el vino de la copa antes de darle otro sorbo. Esta vez, dejó que el líquido se le quedara en la lengua un rato más antes de removerlo en la boca y, después, escupirlo en la taza de café que había traído.

La cata en barricas era fundamental para poder llevar un registro del progreso del vino, pero emborracharse mientras lo hacía era un error de principiante. Había aprendido enseguida que escupir formaba parte del trabajo. Cogió su carpeta y tomó unas notas. Después, tendría que introducir esas notas en un archivo informático. Un método anticuado, sin duda, pero así es como prefería hacerlo.

En este rincón de la sala de barricas estaban sus vinos personales, mezclas que había creado porque había tenido una idea y quería ver cómo resultaba. Las tres primeras veces que eso había ocurrido, Barbara se había negado en rotundo y luego le había ordenado a Mackenzie que dejara de pedírselo. Frustrada, Mackenzie le dijo que si los vinos no salían bien ella pagaría las pérdidas con su sueldo. Pero si se vendían como Mackenzie esperaba, recibiría una parte de los beneficios mientras los vinos se siguieran elaborando.

Barbara había accedido y redactó un contrato que las dos firmaron. Dos años después, habían lanzado el primer vino Highland. El Highland Thistle, cuyo nombre era un homenaje al linaje escocés de Mackenzie, se había vendido en dos semanas. Había utilizado un estilo más francés mezclando uvas de cabernet y merlot, lo que le daba al Thistle un final más suave que resultaba atractivo al público más joven.

Al año siguiente, el Highland Heather, un chardonnay casi botánico, se había vendido por completo antes de su lanzamiento. El año pasado, con el Highland Myrtle, un syrah, había pasado lo mismo. En ese momento, Barbara ya había dejado de darle negativas a Mackenzie en casi todo lo referente al vino. Aun así, los tres vinos habían supuesto un continuo flujo de dinero cada trimestre. Las ganancias estaban actualmente en una cuenta de inversión, pero algún día haría algo con ellas.

Repasó sus notas y, a continuación, se guardó la carpeta bajo el brazo y se dirigió a las oficinas de las segunda planta.

Bel Après había crecido de forma significativa en los últimos dieciséis años. Siempre habían tenido capacidad suficiente para producir más vino, pero los anteriores enólogos habían vendido cientos de toneladas de uvas en lugar de arriesgarse a producir un vino nuevo que no resultara bien. Cuando Mackenzie entró en la empresa, Barbara y ella habían ideado un plan estratégico sirviéndose de lo mejor que se producía en Bel Après.

Cuando empezó a subir las escaleras a la segunda planta miró los premios que se alineaban a lo largo de la pared. Bel Après había empezado a recibir premios con el primer vintage de Mackenzie y Barbara se había emocionado con el éxito. Había querido participar en cada competición, pero Mackenzie había insistido en que tenían que ser más selectivas. Era mejor entrar en pocas competiciones de prestigio y llamar la atención que ganar premios de los que nunca nadie había oído hablar.

Bel Après había recibido reseñas en semanarios y revistas, lo que generó más ventas. Cada año habían ido

ampliando la producción. Hace diez años habían tripli-
cado el tamaño de la sala de barricas.

Llegó a lo alto de las escaleras y se detuvo a mirar las
fotos enmarcadas. En ellas aparecía Bel Après tal y
como era en la generación anterior, cuando Barbara era
joven y estaba recién casada. A partir de ahí y a lo largo
de todo el pasillo, las fotografías mostraban el crecimiento del viñedo y de la familia.

Sonrió ante la foto de Rhys con sus tres hermanas.
Parecía que tenía unos diez u once años y las edades de
las niñas iban de los cinco, más o menos, hasta los once.
Las niñas estaban sonriendo y posando para la cámara,
pero Rhys estaba serio, como si supiera cuánta responsabilidad le aguardaba.

Se había convertido en un buen hombre, pensó. Era
trabajador, un buen empleado y volvía a casa cada noche. Rhys era su roca y esa estabilidad le daba a ella libertad para dedicar toda su energía a los vinos.

Los padres de Mackenzie habían muerto cuando ella
era pequeña y la había criado su abuelo. Era un enólogo
de la zona de Spokane y Mackenzie había crecido siendo consciente de lo que era esforzarse por hacer magia
a partir de la tierra.

Cuando tenía quince años, su abuelo enfermó —un
cáncer que podía alargarse pero no curarse—. Su fuerza de
voluntad lo mantuvo con vida hasta que ella se graduó
en el instituto. Murió aquel verano. Mackenzie recordaba todavía el primer día que se mudó a la residencia y
conoció a su nueva compañera de habitación. Stephanie resultó ser simpática y alegre y exactamente lo que
Mackenzie necesitaba.

Aquella primera Navidad, Stephanie la había llevado a casa. Mackenzie se quedó abrumada con Bel Après,
deslumbrada por Barbara e impresionada por Rhys.

Era un hombre muy constante, pensó sonriendo al
recordarlo. Amable y fuerte, pero con un pícaro sentido
del humor que la hacía reír. En su segunda noche allí, él
llamó a su puerta a las dos de la mañana y le dijo que se

vistiera. La sacó fuera, donde una inesperada nevada caía del cielo. Allí, en medio del frío, cubierto por la nueva nieve, la besó. Puede que ella no se enamorara en ese momento, pero estuvo segura de que en su corazón se abrió una rendija hacia esa posibilidad.

Seguía sonriendo con aquel recuerdo cuando recorrió el pasillo y entró por la puerta abierta del gran despacho de Barbara. El rincón tenía enormes ventanales que daban a la finca. Las otras paredes estaban cubiertas de planos de los distintos viñedos que eran propiedad de la familia.

La familia Barcellona era una dinastía. Si Mackenzie y Rhys hubiesen tenido hijos, su sangre se habría mezclado con la de ellos, sumándose en cierto modo. Pero no habían tenido ninguno, así que, cuando ella no estuviera, no habría ningún legado. No quedaría en ningún sitio nada de ella.

Salvo en los viñedos, se recordó. Ahí sí había dejado su sello. Los vinos de Bel Après le debían a ella lo que eran.

—Dame una buena noticia —dijo Barbara mientras le señalaba una de las sillas de delante de su escritorio.

Mackenzie tomó asiento.

—Rhys ha estado comprobando el sistema de goteo de Seven Hills. Está haciendo más calor y quiero asegurarme de que hay suficiente agua para proteger las vides. He estado ayer y hoy haciendo catas de barrica. Te pasaré mis notas mañana.

—Tenemos ese sistema informático tan caro para tu tablet —le dijo Barbara con una leve carcajada.

—Sí, y puede que algún día lo use.

—Eres muy testaruda, Mackenzie Dienes.

—Lo he heredado de ti.

Las bromas entre ellas eran habituales. Las dos solían hacer referencia a que compartían rasgos a pesar de no tener la misma sangre. Incluso mirándolas a las dos, cualquier desconocido supondría que eran familia.

Las dos medían alrededor de un metro setenta y tenían el pelo rojo oscuro. Tenían una complexión fuerte y esbelta y desprendían un aire de seguridad. Mackenzie tenía los ojos verdes mientras que los de Barbara eran marrones pero, por lo demás, fácilmente podían pasar por madre e hija.

Stephanie, Lori y Cuatro se parecían más a su padre, igual que Rhys. Tenían el pelo moreno y los ojos marrones. Rhys era alto, pero sus hermanas eran más bajitas y voluptuosas, siendo Lori la más cercana a la talla grande.

Mackenzie fue pasando sus notas.

—El cabernet de reserva del 18 está yendo bien. Ya tiene un toque delicioso y acercándose mucho al afrutado. Va a ser denso y se mantendrá en bodega, por lo menos, quince años. Va a ser bueno. Será mejor que reservemos un poco para enviarlo a competiciones y clubes de vino. Yo voy a querer, al menos, el diez por ciento de las botellas para la colección. Este vino va a tener una puntuación alta y se va a vender rápido. Podemos vender el resto en cinco años por, como poco, el doble del precio original.

Barbara apoyó la espalda en su enorme sillón y sonrió.

—Dijiste que era un gran año.

—Lo ha sido. Hemos tenido las condiciones perfectas y una cosecha igual de buena. Quiero reservarlo tres meses más antes de venderlo.

—¿Qué? ¡No! No puedes. El embotellado de la reserva ya está agendado y les hemos dicho a los miembros de nuestra enoteca cuándo lo podrán tener. Hay eventos que... —Barbara apretó los labios—. Mackenzie, estás siendo excesivamente cautelosa.

—Tres meses más. Te prometo que la espera merecerá la pena.

—Más vale que sea así —refunfuñó Barbara—. ¿Sabes cuáles son los costes de mantener almacenadas tantas barricas?

—Pues resulta que sí. —Hasta el último céntimo. Quizá no dirigía la parte empresarial del viñedo, pero sí conocía todas las cifras.

Oyó unos pasos familiares por el pasillo y sonrió. Unos segundos después, entró Rhys. Fue hasta ella, se inclinó y le dio un suave beso en la boca antes de saludar a su madre.

—Tenías razón con lo del riego de Seven Hills —dijo cuando se sentó junto a Mackenzie—. Varias de las líneas de goteo tenían mordeduras. ¿Cómo sabes que está pasando algo así?

—Es una sensación.

Bel Après ocupaba una gran extensión por todo el sureste del estado de Washington y entrando en Oregón, desde Red Mountain hasta el valle de Walla Walla y el sur de Seven Hills. Las distintas zonas tenían características propias que influían en las uvas. A Mackenzie le gustaba trabajar con los desafíos topográficos que presentaba cada viñedo.

Todos estaban locos por Red Mountain y ella pensaba también que los viñedos de esa zona eran especiales, pero podía hacer magia casi en cualquier sitio. Suponía que su capacidad de dejarse llevar, por así decir, se debía a que no era la propietaria de nada de aquello. Estaba casada con Rhys pero, en lo referente a su trabajo en Bel Après, no era más que una empleada. Recibía un salario dos veces al mes junto con las regalías trimestrales de sus vinos Highland pero, en definitiva, trabajaba para Barbara.

Su casa formaba parte del complejo de la familia Barcellona y su camión era propiedad del viñedo. Suponía que si, de repente, algún día hacía las maletas y se iba, todo lo que de verdad era suyo podría caber en unas cuantas cajas de mudanza y desparecer en cuestión de horas.

Un inesperado y triste pensamiento. No es que pensara irse a ningún sitio. Este era su hogar. Rhys era su mejor amigo y Barbara era casi lo más parecido a una madre que había tenido nunca.

Era una Barcellona, se recordó. Si no por apellido, sí en espíritu. Formaba parte del tejido de la familia.

Aunque a veces pensaba en lo que le gustaría comprar unas cuantas hectáreas para jugar con ellas, la verdad es que nunca iba a ocurrir.

Se oyeron más pasos por las escaleras. Entraron Stephanie y Cuatro. Stephanie se sentó al lado de Mackenzie y empezaron a hablar de inmediato.

—Carson se va mañana. No sé si voy a poder dejar que se vaya.

Mackenzie agarró la mano de su amiga y sonrió.

—Lo haces todos los veranos. Va al campamento de béisbol desde los once años. Sí, le vas a echar de menos, pero es por su bien. Deja que se vaya. Es lo que quiere.

—Eres muy sensata. Me resulta ofensivo.

Mackenzie se rio.

—No es verdad.

Las comisuras de los labios de Stephanie se giraron hacia arriba.

—Vale, no, pero ¿por qué resulta tan duro? Yo creía que cada vez sería más fácil. Pero cada verano resulta igual de doloroso saber que se va a ir.

—Le quieres y te gusta tenerlo cerca.

—Lo sé. Supongo que en parte es porque se va todo el verano. Cuando vuelve solo quedan dos semanas para que empiecen las clases. ¿Por qué tiene que durar tanto tiempo el campamento?

Barbara las miró a las dos.

—Dios santo, Stephanie, déjalo ya. Todos somos conscientes de que te cuesta dar rienda suelta a tus hijos. Catherine, dile algo sobre el ciclo de la vida o que el universo tiene ángeles que cuidan de los adolescentes.

Cuatro sonrió.

—Podrás pasar más tiempo con Avery. A lo mejor podrías planear un fin de semana para chicas en Portland o algo así.

Stephanie sonrió.

—Tienes razón. Eso sería divertido. Gracias.

—Solucionado —dijo Barbara secamente—. Aleluya.

Movió la mano en el aire mientras hablaba y su nuevo anillo de compromiso reflejó la luz. Mackenzie se inclinó hacia delante y le tocó la mano.

—En la fiesta no pude ver tu anillo de cerca. Es precioso.

Barbara abrió los dedos.

—Todavía me estoy acostumbrando a él, pero sí, es fabuloso. Giorgio ha sabido elegir.

—Ha sabido elegir a la novia además de la joya —añadió Rhys con una sonrisa.

Stephanie le fulminó con la mirada.

—Lameculos.

Barbara soltó un suspiro.

—Chicos, por favor.

—¿Has decidido ya algo sobre los detalles de la boda? —preguntó Mackenzie.

—Algo con la familia durante las vacaciones —le contestó Barbara—. No estoy segura. Quería algo discreto pero ahora me inclino más hacia lo ostentoso.

—Deberías —comentó Mackenzie—. Estáis muy enamorados. Todos lo sabemos.

La expresión de Barbara se suavizó.

—Qué bonito eso que has dicho. Gracias.

Lori entró con cinco carpetas en la mano. Mackenzie no se molestó en esperar a la mirada incisiva de Barbara. Se levantó y se excusó.

—Iré a casa después —dijo Rhys mientras cogía la carpeta de las manos de su hermana y la abría.

Ella asintió y esperó a ver si levantaba los ojos del informe financiero mensual de la familia, pero no lo hizo.

—Cierra al salir, Mackenzie —dijo Barbara.

Hizo lo que le pidió y, a continuación, recorrió el camino de vuelta hasta la planta de abajo. Cuando salió, calculó cuántas de esas reuniones habían tenido lugar desde que Rhys y ella se habían casado.

Y era solo la familia. Mackenzie no había asistido a ni una sola reunión, ni tampoco Jaguar, el marido de Cuatro. Ni Kyle, cuando estaba casado con Stephanie.

Cogió uno de los carritos de golf y pasó junto a la sala de catas para después tomar el camino privado que llevaba hasta el complejo. Los viñedos se extendían hasta donde llegaba la vista. La visión de los racimos de frutos de color verde oscuro la llenaba de ilusión. En pocos meses, las uvas cambiarían de color y madurarían y, entonces, podrían recolectarlas. Un olor dulce y embriagador inundaría la zona con la promesa de lo que vendría después.

Cuando se estaba acercando al complejo de las cuatro casas que formaban un círculo abierto, se detuvo para recoger el correo y, a continuación, siguió conduciendo hasta la casa que compartía con Rhys. A lo lejos, vio a Jaguar jugando fuera con los niños.

Sobre su cabeza, el cielo era de un azul perfecto. La temperatura había llegado a los treinta y dos grados, pero refrescaría por la noche. Pulsó un botón de su llavero y la puerta de una cochera del tamaño de un carrito de golf empezó a elevarse lentamente para que pudiera entrar.

La casa estaba en silencio y fresca. Después de coger un vaso de un armario, lo llenó de agua con hielo y, a continuación, abrió la nevera para ver qué había para cenar.

En una bandeja de horno había pollo con tomates secos y corazones de alcachofas. Al lado había una ensalada. En la encimera encontró una tarjeta con instrucciones para calentar la comida y un pastel de melocotón.

Las cuatro familias compartían los servicios de una cocinera profesional. La chef Betsy venía cinco días a la semana. Dejaba las cenas del día y el almuerzo del día siguiente.

Mackenzie dio la vuelta a la tarjeta y vio que al día siguiente iba a almorzar carne asada trinchada y un burrito de rúcula con queso Asiago y salsa de rábano picante. Dejó la tarjeta en la encimera y se llevó el agua hacia la planta de arriba.

Como muchos de los que trabajaban fuera de casa, se duchaba al terminar la jornada. Mientras lanzaba la ropa al cesto y se recogía el pelo para que no se mojara, se dijo que era afortunada. Tenía una vida bastante increíble. Un marido, una casa bonita, familia y amigos, un trabajo que le encantaba. Era realmente afortunada en todos los aspectos. En cuanto a esas ocasiones en las que se descubría preguntándose si quizá podría haber algo más fuera de allí... en fin, quizá debería aguantarse y olvidarlo. No podía haber nada mejor de lo que tenía.

Capítulo cinco

Stephanie abrió el armario que estaba junto a la puerta de la casa y sacó del rincón la bandera enrollada. Mientras abría la puerta, agitó un poco el mástil para desenrollarla y, a continuación, salió al porche y metió el palo en su sitio. Una leve brisa movió la tela, provocando que el dibujo de la galleta gigante ondeara ligeramente.

Además de las seis docenas de galletas que había preparado para que se las llevara Carson, había hecho cuatro docenas más para la familia. Unos años atrás, Mackenzie había iniciado la tradición de colocar una bandera cada vez que hacía galletas. Avery y Carson iban corriendo a coger unas cuantas y llevárselas a casa. Ahora que Zeus, Galaxy y Eternity eran lo suficientemente grandes como para moverse por el complejo, también estaban atentos por si veían la bandera de la galleta.

Stephanie volvió a entrar y llevó dos recipientes desechables a la habitación de su hijo.

La gran maleta de Carson ya estaba lista. Su mochila estaba abierta sobre el escritorio. Su hijo estaba tumbado en la cama, con la mirada fija en su tableta.

—Te he hecho galletas para el viaje —dijo ella—. Y para los primeros días de campamento.

—Gracias, mamá.

Al ver que no levantaba la vista, Stephanie soltó un fuerte suspiro.

—Mírame, Carson.

Su hijo obedeció y ella movió en el aire los dos recipientes.

—Estas son tus galletas. Las del envase rojo son de crema de cacahuete. Tienes catorce años, Carson, así que confío en que serás responsable.

Las comisuras de sus labios temblaron como si estuviese esforzándose por no sonreír.

—¿Con las galletas, mamá? Yo creo que podré.

—Galletas de crema de cacahuete. La simple idea de que te las lleves hace que me eche a sudar. Recuerda que hay chicos que son alérgicos. Es una cosa seria. No las repartas por ahí sin antes hablar con todos. Las galletas de crema de cacahuete pueden provocar alergia a los frutos secos.

Los ojos de él se arrugaron al sonreír.

—¿No les has puesto nueces a las galletas de virutas de chocolate?

—¿Qué? Mierda. ¿En qué estaba pensando?

Carson dejó caer la tableta sobre la cama, se levantó y la rodeó con los brazos.

—Mamá, no te pongas a sudar. No conozco a nadie que tenga alergia a los frutos secos.

—¿Y en el campamento? Olvídalo. No te las vas a llevar. Ningún niño se va a morir si lo puedo impedir, no porque yo haya hecho galletas.

Él le cogió los recipientes de las manos y los metió en su mochila.

—No nos va a pasar nada. Me aseguraré de que todo con el que comparta dormitorio no tenga problemas con los frutos secos. Somos cuatro en el dormitorio, mamá. Las galletas no van a durar ni una noche.

Ella sabía que podía fiarse de que sería responsable.

—Vale, tú ten cuidado. A lo mejor envío un mensaje a tu supervisor del campamento.

Carson puso una mueca.

—No me hagas quedar como un niño raro que no sabe estar lejos de su mamá.

—Eso es pasarse.

—Sabes que estoy diciendo la verdad. —Cerró la cremallera de la mochila y, a continuación, se la colgó en el hombro y cogió su maleta—. No me va a pasar nada. Ten un poco de fe.

—Debería acompañarte al aeropuerto —dijo ella.

—Mamá, para ya. La abuela y Giorgio me van a llevar a Seattle. He quedado allí con papá y él me llevará a mi puerta de embarque. Tengo catorce años. No va a pasarme nada.

Ella quiso protestar diciendo que seguía siendo su bebé, pero sabía que a él no le iba a gustar. Así que, en lugar de decirle que tenía que quedarse allí toda la vida, lo siguió escaleras abajo y encontró a Rhys sentado en un taburete al lado de la isla. Cuatro y sus tres hijos estaban también allí, todos comiendo galletas. Porque en esta familia, todos se acercaban para despedirse. Mackenzie se había pasado por allí por la mañana, igual que Jaguar, y Avery había visto a su hermano antes de irse a trabajar.

—¿Nervioso? —le preguntó Rhys a su sobrino.

Carson sonrió.

—Estoy deseando.

Se dieron un abrazo. Cuatro fue la siguiente y le susurró algo al oído. Carson se rio pero no respondió. Abrazó y besó a sus primos antes de salir por la puerta. Stephanie fue con él.

Justo a tiempo, su madre y Giorgio detuvieron el coche delante de su casa. Giorgio abrió el maletero del Mercedes último modelo y ayudó a Carson con su equipaje. Stephanie abrazó a su hijo pequeño.

—Envíame un mensaje en cuanto llegues a California —le ordenó—. Desde el aeropuerto, y luego otro cuando llegues al campamento. Si no me escribes, llamaré a tu supervisor y fingiré que estoy llorando y entonces sí que vas a ser el niño rarito que no puede estar alejado de su mamá.

Carson soltó un suspiro.

—Mamá, no hace falta que lo hagas. Te escribiré un mensaje, te lo prometo.

—Amenázalo con tomar un avión e ir con él —dijo su madre desde el asiento del pasajero—. ¿Te acuerdas de cuando yo tenía que hacer eso contigo?

Stephanie hizo lo posible por no estremecerse con aquel recuerdo. En el instituto había sido un poco parlanchina y estaba constantemente metiéndose en líos por hablar con sus amigas. Como los castigos habituales, como una amonestación o prohibirle salir no habían funcionado, su madre le dijo que lo que ocurriera en clase debía ser muy interesante como para que Stephanie fuese incapaz de dejar de hablar de ello. Así que, Barbara iría con ella a cada clase hasta que aprendiera a estar callada.

Stephanie estuvo sin hablar durante casi cuatro días.

—Escríbeme o iré a quedarme contigo —le dijo a su hijo—. Mírame a los ojos y verás que lo digo en serio.

—A veces, das miedo —le contestó él mientras le daba un beso en la mejilla—. Te quiero, mamá.

—Yo también te quiero.

Se quedó despidiéndose del coche con la mano hasta que lo perdió de vista y, a continuación, volvió a entrar en la casa y vio que solo quedaba Cuatro en la cocina.

—Han cogido galletas y se han ido corriendo —dijo Cuatro con tono alegre señalando la bandeja vacía—. Siento que no te haya quedado ninguna.

Stephanie sacó una segunda bandeja rebosante del armario y la colocó entre las dos. Sirvió una taza de café de la cafetera para cada una, le añadió nata y, después, se sentó junto a su hermana y cogió una galleta de virutas de chocolate.

—No tienes por qué quedarte conmigo —dijo con tono despreocupado.

—Solo he venido para asegurarme de que estás bien.

—Estoy bien.

—La verdad es que no lo estás. Estás triste y preocupada. —Cuatro dio un sorbo a su café—. No sé cómo lo haces. Yo no podría dejar que ninguno de mis hijos se fuera todo el verano.

—Zeus solo tiene ocho años. Es demasiado pequeño como para pasar la noche fuera de casa. Pero más adelante, si él quiere, se lo permitirás.

Cuatro negó con la cabeza.

—Jamás.

Stephanie sonrió.

—Lo harás porque será lo mejor para él y tú eres de ese tipo de madres.

—No trates de engatusarme con tus pensamientos racionales. No funcionan conmigo.

—Sí que funcionan.

—Hoy me estás llevando mucho la contraria.

—No, solo estoy pensativa. Sé que se supone que tienen que crecer y vivir su vida pero, a veces, es difícil. Aun así, como tú me has recordado a menudo, hay una época para cada cosa. —Hizo una pausa para pensar en todo lo que había pasado en los últimos días—. Estoy preparada para iniciar un nuevo capítulo de mi vida.

Cuatro la miró con gesto interrogante.

—¿Qué significa eso?

Aunque había visto que su madre se había ido hacía menos de cinco minutos, Stephanie miró varias veces hacia atrás para asegurarse de que estaban solas.

—Tengo que buscarme otro trabajo.

Cuatro dio un mordisco a su galleta sin decir nada.

—¿Qué? —preguntó Stephanie—. Tienes que decir algo. Siempre tienes una opinión.

—Ya has hecho ese anuncio anteriormente —contestó su hermana con suavidad—. No estoy segura de que te quieras ir.

Uf. Ese era un comentario que no quería escuchar.

—No puedo quedarme aquí. Mamá me trata como si fuera una idiota. Siempre supervisa mi trabajo y rechaza cualquier idea que yo tenga sobre cómo hacer que mejoren las cosas. Tengo treinta y ocho años. Va siendo hora de que me independice, ¿no crees?

—Si eso es lo que quieres.

Stephanie suponía que la incapacidad de su hermana para creerla era culpa de ella misma. Había sido ella la que se quejaba de querer irse de Bel Après durante los últimos cinco años y hasta la fecha no había hecho absolutamente nada al respecto. Nada. Cero. *Niente.*

—Soy lamentable —dijo sacándose el teléfono del bolsillo delantero de los vaqueros—. O lo era, pero ya no.

Buscó entre sus correos electrónicos y se detuvo cuando encontró el que buscaba.

—Mira. —Sostuvo el teléfono delante de Cuatro.

Su hermana leyó lo que decía.

—Tienes una entrevista la semana que viene.

—Cierto. Quesos Marington. Es una empresa pequeña, pero están decididos a crecer y me gustaría formar parte de eso.

Cuatro volvió a mirar el correo.

—¿En serio? ¿Quesos?

Stephanie trató de no poner una mueca.

—Los elaboran y los venden. Son artesanos. Sé que no es vino pero entrar en ese sector es como si cometiera una infidelidad o algo así. —Volvió a coger el teléfono—. No se lo he contado a Mackenzie.

Cuatro la miró levantando las cejas.

—Eso es casi tan sorprendente como la propia entrevista.

—Sí, bueno, se lo diré después. —Bajó los hombros y curvó la espalda hacia delante—. Es que es fastidiosamente brillante en lo que hace. Cuando lo pienso me siento una fracasada.

—Cada uno tiene su propio talento.

—Yo no. Yo soy corriente. Peor, estoy acomodada. Ella tiene su vino, tú eres una artista estupenda. Si no tengo un talento especial, al menos puedo ser valiente, mover el culo y hacer algo.

—Pues que viva el queso.

Stephanie se rio.

—Gracias. Estoy investigando mucho sobre ese sector y se me han ocurrido unos cuantos planes de marketing. Va siendo hora de utilizar de verdad mi licenciatura, ¿sabes?

—Lo vas a hacer genial.

—Me conformaría con conseguir una oferta de trabajo decente.

Cuatro se escondió el pelo detrás de las orejas.

—Deberías empezar a salir con alguien.

—Para nada. Lo último que necesito en mi vida es un hombre. Me vería obligada a comparar esa relación con la de mamá y Giorgio. No necesito otro aspecto en el que sentir que soy deficiente.

—Fue una proposición de matrimonio bonita —dijo Cuatro—. Ojalá les salga bien.

Stephanie estuvo a punto de caerse del taburete.

—¿A qué te refieres? Claro que les va a salir bien. ¿Por qué no? Están muy enamorados.

—Ella no va a soltar amarras. Cuanto más debería hacerlo, más se aferra a cualquier idea absurda que tenga. Giorgio es todo entrega. La ama, pero no creo que sepa ver quién es ella. No de verdad.

—Eso es muy profundo.

—Hoy siento una conexión con la Madre Tierra. Es muy potente.

Stephanie cogió su café.

—¿Quieres darme algún número de la lotería? Tiene que haber algún sorteo en algún sitio.

Cuatro le dio unas palmadas en el brazo.

—En primer lugar, no funciona así y lo sabes y, en segundo, no te hace falta el dinero. Deja que gane otro. Encontrarás la dicha y la felicidad en cosas menos materiales.

—Yo creo que cualquiera podría encontrar la dicha en cincuenta millones de dólares.

Era propietaria de toda su casa y tenía ahorros, pero necesitaba trabajar para pagar las facturas. Cincuenta millones de dólares serían...

Levantó una mano en el aire.

—Lo retiro. Voy a esforzarme por encontrar mi lugar en el mundo, no deseo que me lo regalen. Otra persona necesita ganar ese dinero.

—Crecimiento personal. Estoy muy orgullosa de ti.

—Cuatro se levantó y la abrazó—. Voy a meditar. Quiero aprovechar mi conexión de hoy con la Madre Tierra.

—Te quiero —gritó Stephanie mientras Cuatro atravesaba la puerta—. Saluda a la Madre Tierra de mi parte.

—Puedes saludarla tú misma.

—Solo le caes bien tú.

Cuatro seguía riéndose cuando cerró la puerta al salir.

En opinión de Barbara, el Four Seasons del centro de Seattle era perfecto. Le encantaba la ubicación, las vistas, el lujo sutil, el personal. Siempre se quedaba en ese hotel cuando iba por negocios o de compras, pero últimamente el hotel parecía aún más maravilloso de lo habitual. Un hecho que no tenía nada que ver con el hotel en sí y mucho con el hombre con el que compartía su habitación.

Giorgio, guapo con el albornoz del hotel, señaló la botella de champán que había en la cubitera de hielo.

—¿Más, mi amor?

Ella movió en el aire su copa medio vacía.

—En un minuto. Todavía estoy tratando de recuperar el aliento.

Se habían registrado dos días antes después de dejar a Carson en el aeropuerto. En ese tiempo, habían ido a museos, habían visto una obra en el 5th Avenue Theatre y habían probado nuevos restaurantes. Pero su excursión vespertina a los almacenes Nordstrom se malogró cuando Giorgio propuso que debían hacer un pedido en lugar de ir a la tienda.

Tras hacer el amor, habían tomado champán y habían picado algo que les subieron a la habitación. Un lujo, pensó ella con una sonrisa. Apenas era la una de la tarde y ya había tomado champán y tenía a un hombre en su cama. Que los milenials vayan a por su tostada con aguacate, ella prefería el sexo con Giorgio, el día que sea.

—¿Qué te hace tan feliz? —preguntó Giorgio.

Ella se sentó sobre sus pies y se ajustó el albornoz alrededor de las piernas.

—Tú.

—Bien. Eso es lo que quiero.

Ella le observó las arrugas de la cara. Podía ver al hombre que había sido cuando era más joven. Habría resultado difícil resistirse, pensó. No solo porque fuera atractivo, sino también porque era fuerte y cariñoso.

—Háblame de Beth Ann —le dijo, pensando en lo afortunada que su difunta esposa había sido por haber pasado tantos años con él.

—¿Qué quieres saber?

—¿Tuvisteis una gran boda?

Sonrió.

—Los dos veníamos de familias italianas grandes. Sí, fue una gran boda. Trescientas personas. Abuelos, tíos, primos, amigos. La iglesia estaba a rebosar. Nuestras madres y tías pasaron varios días cocinando.

—Suena bien. —Dio un sorbo a su champán—. James y yo tuvimos una boda pequeña. Yo no tenía familia y no teníamos dinero. ¿Te importa si hacemos una boda grande?

Sus ojos se arrugaron al sonreírla.

—Tu felicidad es la mía, mi amor. Estaré allí sin importar cómo sea. He hablado con mis hijos y están deseando venir.

—Gracias por pedírselo.

—Por supuesto. Recuerda que iremos a Nueva York dentro de unas semanas para el cumpleaños de Rosemary.

—Sí. Estoy deseándolo.

Había visto a sus hijos varias veces en sus rápidos viajes al este. Sus dos hijos dirigían la empresa familiar y su hija era pediatra. Al contrario que ella, él se sentía orgulloso de toda su prole.

—Estoy pensando en finales de otoño o quizá durante las vacaciones —dijo ella—. Están todos muy ocupados con la vendimia y no quiero esperar al nuevo año.

—Pienso lo mismo. Cuanto antes pueda tomarte como mía, mejor.

Barbara se rio.

—Creo que me tomas demasiado, Giorgio. En ocasiones, dos veces al día.

Él la sonrió.

—Ya sabes a qué me refiero. Quiero pasar más tiempo contigo, Barbara. Los dos solos. —Levantó la mano hacia las paredes de la suite—. Me gusta cuando nos escapamos unos días, pero no es suficiente.

Ella soltó un largo suspiro.

—Te refieres al trabajo.

—Me refiero a la falta de trabajo. Dijiste que ibas a empezar ir reduciendo.

Sí que había dicho eso, se recordó ella. Se suponía que iba a delegar sus obligaciones para que los dos pudieran viajar. Pero ¿en quién podía confiar para que dirigiera la empresa? Rhys estaba ocupado dirigiendo los viñedos, el talento de Stephanie no superaba la media, y eso como mucho. Lori aprovecharía la oportunidad, pero tenía la imaginación de una pulga y de Catherine mejor no hablar.

—Debería hablar con Rhys para contratar a alguien que ocupe su puesto —dijo pensando en voz alta—. Y así él podría ocupar el mío.

—¿Todavía no lo has hablado con él? —Giorgio parecía más herido que enfadado.

—Quería hacerlo.

Él dejó la copa de champán.

—Barbara, ¿quieres que pasemos más tiempo juntos?

—Desde luego. Hemos hablado de viajar juntos. Estoy deseando hacerlo.

Él le agarró la mano.

—Entonces, te propongo un trato. Organiza la boda de tus sueños y yo haré lo mismo con la luna de miel.

Todo eso sonaba perfecto, pensó ella con recelo, pero no era para nada lo mismo.

—¿Qué tienes pensado? —preguntó tratando de no parecer recelosa.

Él se acercó más.

—Estaba pensando en un crucero.

—Nunca he ido de crucero.

—Te encantará. Buscaré un itinerario maravilloso. Estaba pensando en Australia y el Pacífico Sur. A lo mejor podríamos partir desde Los Ángeles.

Bajó la cabeza y empezó a besarle su largo cuello.

—Desde Los Ángeles —repitió ella mientras trataba de no hacer caso al cosquilleo y el calor que él le provocaba—. Eso es un crucero largo.

—Dos meses.

—¿Qué? —preguntó con un grito—. ¿Quieres que estemos fuera dos meses?

Él se irguió y sonrió.

—No, tres meses. Después, iremos a Italia y alquilaremos una villa y, luego, exploraremos la zona.

¡Tres meses! ¿Estaba loco?

—No puedo irme tanto tiempo —empezó a protestar ella—. Bel Après me necesita.

Él le cogió su copa de champán y la puso sobre la mesita.

—Tienes gente válida, mi amor. Dales espacio para brillar.

Lo cual sonaba a algo que podría haber dicho Catherine, pensó conteniendo un pellizco de fastidio.

—Tres meses es absurdo —le dijo.

Él le desató el albornoz. Cuando le puso las manos sobre los pechos, ella estaba mucho menos interesada en la discusión.

—Tenemos que hablar de esto —dijo, pero sin mucha convicción.

—Lo haremos —le prometió él mientras ponía su boca sobre la de ella.

Debería insistir en que lo hablaran ahora, se dijo ella, pero decidió que podía esperar. Parecía que últimamente el sexo era la respuesta y, ¿por qué iba a querer cambiarlo?

Capítulo seis

Según la investigación de Stephanie, la familia Marington llevaba unos cien años elaborando quesos en la zona este de Washington. La leche que usaban para hacer el queso procedía de vacas de la zona y casi la mitad tenía certificación de orgánica. Tenían buena reputación por su calidad y sabor y, por lo que había visto, querían expandir la marca más allá de los mercados locales y las tiendas especializadas. La cuarta generación de los Marington, los mellizos Jack y Jill —Stephanie había confirmado que esos eran su desafortunados nombres— estaban sirviéndose de las redes sociales para conseguirlo y buscaban a alguien que les ayudara.

Con ese objetivo, Stephanie había pasado la última semana estudiando la empresa y el mercado. Tenía tres buenas ideas para la campaña y muchos datos sobre el consumo de queso, la estrategia de entrada en el mercado y los tipos de colaboración. Su plan era deslumbrarles y conseguir la oferta laboral que soñaba. El hecho de que la idea de decirle a su madre que dejaba Bel Après le revolviera un poco el estómago era algo que iba a tener que pasar por alto. Necesitaba algo más de lo que tenía y la única forma de conseguirlo era siendo proactiva. Estaba esperanzada y nerviosa, pero sobre todo, esperanzada.

Tras aparcar delante del edificio bajo de una sola planta, se dedicó un discurso motivacional de veinte segundos, cogió el bolso y el maletín y entró.

No había recepcionista. Solo un espacio abierto con un par de sillas y un pasillo que conducía a distintos despachos. No veía ni oía a nadie, lo que hizo que se preguntara si se había equivocado de día o de hora.

—Hola —gritó.

—Hola, ¿Stephanie? —Un hombre alto y esbelto salió de uno de los despachos. Sonrió al verla—. Justo a tiempo. Soy Jack.

Se estrecharon las manos.

Jack tenía pelo rubio y ojos azules. Sus rasgos no carecían de atractivo, pero había algo en su aspecto muy insulso.

—Encantado de conocerte —dijo él—. Ven conmigo y hablamos.

Ella lo siguió al interior de un despacho desordenado. Había montones de papeles por todas partes, incluida la única silla para las visitas. Esperó mientras él los apartaba y trató de no encogerse al notar el olor de lo que solo podía considerarse como queso malo.

—Vamos allá. —Él ocupó la silla del otro lado de la mesa, miró la pantalla de su ordenador, frunció el ceño y, a continuación, dirigió su atención a ella—. Trabajas en Bel Après —dijo—. Eso son vinos. Yo no soy muy bebedor de vinos, pero sé lo suficiente como para hacer un maridaje. Lanzamos sugerencias de qué vinos tomar con nuestros quesos. A nuestros clientes les gusta ese tipo de cosas. —Se quedó mirándola con atención, con sus ojos azul claro ligeramente humedecidos—. El vino es fácil, por si no lo sabías. El queso es complicado. Espero que eso lo entiendas.

No tenía ni idea de qué decir ante ese comentario, así que se decidió por una leve sonrisa y asintió.

—Queremos expandir la empresa —dijo él—. Buscar nuevos mercados, tener más presencia en internet. Nuestro primo Bing nos ha hecho la página web. Es un niño estupendo. La informática es lo suyo, pero no siempre lo tiene todo en cuenta, ya sabes.

—¿Niño? —preguntó Stephanie con voz débil—. ¿Es que es muy joven?

—Catorce años. Se empezó a encargar de la página cuando tenía once. Prefiere la robótica, pero la familia es la familia, ¿no?

Stephanie se salvó de tener que responder a eso gracias al sonido de unos pasos por el pasillo. Unos segundos después entró una mujer en el despacho. Una mujer que parecía igual a Jack. Los mismos rasgos, la misma tez, la misma estatura, la misma camisa azul y los mismos pantalones caqui. Eran idénticos, salvo por las diferencias propias entre hombre y mujer.

—Soy Jill —dijo la mujer apartando unos papeles del aparador y sentándose en él—. Vienes por lo del puesto de marketing, ¿verdad?

—Sí.

Jill miró a su hermano con cara de fastidio.

—Ya te he dicho que me puedo encargar yo.

Jack negó con la cabeza.

—Lo hemos discutido. Necesitamos a alguien con formación.

—Venga, por favor. Así que ella tiene una licenciatura universitaria. Mira qué bien. Yo puedo hacerlo con los ojos cerrados.

—Y sin embargo, no lo haces.

—Le voy a contar a papá lo que pretendes.

Jack miró a Stephanie con una sonrisa tensa.

—Has trabajado en una empresa familiar, así que seguro que entiendes esta dinámica de tira y afloja.

Jill miró a Stephanie.

—¿Estás casada?

—¿Que si... qué?

—Casada. Hay muchas mujeres que quieren trabajar aquí porque desean casarse con Jack. Eso no va a pasar. No va a interesarse por ti. No te necesita en su vida. Me tiene a mí.

Vale, así que la cuestión de que eran bichos raros pesaba más que el olor a queso. Todas las esperanzas que tenía se vinieron abajo y desaparecieron. Si la entrevista seguía igual de mal no había ninguna oportunidad de que el trabajo saliera adelante.

—Vamos, Jill. No ha venido para casarse conmigo. Quiere un empleo. —Miró a Stephanie—. ¿Por qué quieres dejar Bel Après?

—Quería enfrentarme al desafío de algo nuevo. Vuestros planes de expansión parecen emocionantes y había pensado que podría serviros de ayuda.

Al menos, eso es lo que pensaba antes. Ahora estaba mucho menos segura.

Jill se puso de pie.

—No eres la adecuada para el puesto. No me importa lo que diga Jack. No puede ser para ti.

Jack la fulminó con la mirada.

—Esta entrevista es mía, no tuya. No tienes nada que decir aquí.

—Tengo tanto que decir como tú. Somos socios igualitarios. Además, ya sabes qué van a pensar papá y mamá. No quieren gente de fuera. Ni siquiera sé por qué la has traído para el puesto. —Jill miró a Stephanie—. No va a ser para ti.

—Pues muy bien. —Stephanie se levantó y les sonrió a los dos— Muchas gracias por vuestro tiempo. Suerte con la expansión.

Y dicho eso, salió por donde había venido. En cuanto se metió en el coche, aspiró el aire sin olor a queso y se dijo que, por lo menos, había algo positivo. Había desperdiciado —se miró el reloj— solo ocho minutos de su vida, sin contar con el trabajo de investigación que había hecho, ah, y el trayecto hasta aquí. Pero mejor saberlo ahora que dejar su trabajo y aceptar este para descubrir después que no iba a funcionar.

Todo eso sonaba genial, pero no hacía que desapareciera su sensación de decepción. Ni siquiera había tenido una entrevista de verdad. Walla Walla no era una ciudad grande, así que no había muchos puestos de marketing libres, sobre todo si excluía el sector vinícola.

Así que volvía a la casilla de salida, trabajando para su madre y deseando tener algo más.

Mackenzie sirvió dos whiskys solos de malta en dos vasos y los llevó al estudio de Rhys. Él estaba de pie detrás de su mesa, revisando el correo. Ella ya lo había mirado y no había nada que le concerniera. Una factura de suministros que él pagaría y algunos folletos de inmuebles de los alrededores a la venta. La zona de Walla Walla estaba creciendo y el mercado inmobiliario estaba en auge.

Cuando dejó el vaso en su mesa él la sonrió.

—Gracias.

Fueron al sofá y se sentaron cada uno en un extremo.

—El sistema de goteo está arreglado —dijo él—. Seguro que en los próximos días querrás ir hasta allí para revisarlo.

Ella sonrió.

—¿Porque no te fías de tu trabajo?

—Porque te gusta asegurarte.

Era verdad, y lo haría. Su necesidad de supervisar todos los aspectos de los viñedos no tenía nada que ver con las aptitudes de él y mucho con su propia naturaleza ligeramente obsesiva.

—Me han dicho que una de las grandes cadenas de tiendas de comestibles ha solicitado un permiso —dijo él—. Están construyéndola junto a esa urbanización nueva.

—Eso va a alegrar a la gente que vive allí. Estaba pensando en lo mucho que está creciendo esa zona.

—Así es.

Se miraron y, después, desviaron la mirada. Se hizo el silencio y ella se sintió incómoda. Rhys y ella siempre habían terminado juntos la jornada, hablando de lo que pasaba en el viñedo y en la ciudad. Pero últimamente, parecía que les costaba más entablar conversación y ella no sabía bien por qué. Estaban casados, se querían. Seguro que había algo de lo que podrían hablar que no fuese el trabajo.

—Tu madre me ha enviado un mensaje —dijo para cortar el silencio—. Giorgio y ella se van a quedar un día más en Seattle.

—Hacen bien.

Ella asintió.

—Parecen muy felices y enamorados.

—Sí.

Miró a su marido y se sorprendió al ver que ella la miraba con una intensidad inesperada.

—¿Qué? —preguntó.

—Nada. Solo estaba pensando en mi madre. ¿Quién iba a imaginar que conocería alguien tantos años después de que mi padre muriera?

—No te molesta, ¿verdad?

—No. Me alegro de que no esté sola. Giorgio cuida bien de ella. Es solo que... —Apartó la mirada y el silencio volvió.

Ella dejó el vaso y se preguntó cuándo habían cambiado las cosas entre ellos. Antes habían sido felices.

—¿Crees que nosotros...?

—¿Alguna vez tú...?

Los dos dejaron de hablar.

—Tú primero —dijo Rhys.

Ella tomó aire. Deseaba formular la pregunta pero le aterraba la respuesta.

—¿Alguna vez fuimos así? ¿Como son ellos el uno con el otro?

Él no la miró.

—No lo sé. Quizá.

No había ningún quizá, pensó ella. Si hubiesen sido así, ¿no lo recordarían? ¿Les serviría ahora de algo? Un pasado con tanto amor y pasión habría suavizado los momentos malos.

—Sé que no eres feliz —dijo él en voz baja.

—Tú tampoco.

Había una rotundidad en esas palabras, pensó ella con tristeza. O puede que simple desesperanza.

Él la miró y volvió a desviar la mirada.

—Yo sigo queriéndote, Mackenzie.

—Yo también te quiero.

Y eso debería ser suficiente, pensó ella, abrumada de repente por una sensación de tristeza tan profunda que le costaba respirar. Pero no era suficiente, porque el amor del que hablaban no era apasionado, ni tan siquiera romántico. Ya no. Eran amigos, no amantes. Compañeros más que una pareja romántica. Y aunque los matrimonios tenían sus idas y venidas, el de ellos parecía estar perdiéndose cada día.

Rhys se puso de pie. Mackenzie pensó que iba a salir de la habitación, pero lo que hizo fue ponerse delante y tirar de ella para levantarla. La rodeó con sus brazos y la besó.

El acto fue tan inesperado que ella no supo cómo reaccionar. La presión de la boca de él era apremiante y ella abrió sus labios con un gesto instintivo.

Él le metió la lengua en la boca, acariciándola y buscándola por dentro. Al mismo tiempo, movió las manos arriba y abajo por su espalda antes de colocarlas sobre el culo y empujarla contra él. Ella se quedó impactada al darse cuenta de que tenía una erección.

No tenía ni idea de qué pensar, qué sentir ni cómo actuar. Nada de lo que él hacía resultaba excitante en lo más mínimo, pero estaba claro que quería sexo y literalmente habían pasado años, estaban casados y negarse parecería malvado y, en cierto modo, punitivo, aunque ella no tuviera esa intención.

No hizo caso a la sensación de incomodidad y la necesidad de apartarse y, en lugar de eso, le puso las manos en los hombros y le devolvió el beso, inclinándose sobre él, rozando su vientre contra su erección, deseando sentir algo. Lo que fuera. Pero no. Solo tenía una sensación de obligación y de no querer herir a Rhys porque, las cosas como son, ese hombre no había hecho nada malo.

Él levantó la cabeza y se quedó mirándola. Tenía los ojos dilatados y la respiración pesada. Ella sabía qué deseaba. Nada extraordinario, solo sexo con su mujer. Habían pasado mucho tiempo sin intimar. La sensación de culpa ante eso la obligó a sonreírle y tenderle la mano. Él la aceptó y la llevó arriba.

La llevó a su dormitorio. Fueron a lados opuestos de la cama y se desvistieron rápidamente. Mackenzie trataba de recordar la última vez que habían hecho esto. ¿Habían pasado cuatro años? ¿Cinco? No estaba segura de qué había sido primero, si los dormitorios separados o no tener sexo. No es que importara demasiado.

Se metieron en la cama. Rhys la atrajo hacia él y la besó. Mientras su lengua se entrelazaba con la de ella, le puso la manos sobre el pecho y empezó a jugar con su pezón. Después de un minuto o así, ella sintió el primer hormigueo de interés por su bajo vientre. Un susurro de deseo y el pensamiento de que a lo mejor sí que era una buena idea. Se relajó con esa sensación, deseando que creciera. A lo mejor el sexo les ayudaba encontrar el camino de vuelta del uno hacia el otro.

—¿Estás lista? —preguntó él lleno de deseo mientras la ponía boca arriba y se movía entre sus piernas. Antes de que ella pudiera contestar, él se estaba abriendo paso en su interior.

No estaba lista en absoluto, Los primeros dos embistes fueron dolorosos, pero después, su cuerpo se aclimató. Se movió al compás de los movimientos de él y trató de entrar en lo que él hacía, pero no hubo tiempo. Mientras él se movía cada vez más rápido dentro de ella, claramente acercándose al final, ella pensó por un momento fingir un orgasmo, pero antes de poder decidirse o iniciar el proceso, él soltó un gemido y se quedó quieto.

Durante casi un minuto, la respiración rápida de él fue el único sonido en la habitación.

Se apartó y la miró.

—No te has corrido.

—No pasa nada.

—Deja que me limpie y me encargo.

Se puso de lado y cogió una caja de pañuelos del cajón. Le pasó un par a ella y, después, sacó más para él. Tras ponerse los calzoncillos, volvió a la cama y la miró.

—Mackenzie, quiero hacer que te corras. —Le dedicó una sonrisa burlona—. Antes he sido un poco rápido porque había pasado mucho tiempo.

Parecía sincero. Porque Rhys siempre cuidaba de ella. Mackenzie pensó en lo que iba a necesitar para llegar al orgasmo y supo que no quería hacerlo. ¿Qué sentido tenía? El interés que había sentido antes ya no estaba y la había dejado tan solo con una sensación de tristeza y un absurdo deseo de llorar.

—Sí que ha pasado tiempo, pero no pasa nada.

La sonrisa de él desapareció.

—¿No quieres que lo haga?

Negó con la cabeza.

Él se quedó mirándola. Justo cuando ella estaba a punto de preguntarle qué estaba pasando, vio lágrimas en sus ojos.

—Se ha acabado, ¿verdad? —preguntó Rhys en voz baja—. Nuestro matrimonio. Hemos terminado.

Fue como si le hubiese dado un puñetazo en el estómago. No podía respirar y contuvo el deseo instintivo de acurrucarse y hacerse una bola para protegerse y cubrirse la cabeza. Su cuerpo se quedó frío y creyó que iba a vomitar. Aunque se decía a sí misma que tenía que salir corriendo, sabía que le iba a resultar imposible ponerse de pie sin desmoronarse en el suelo.

—Lo siento —se apresuró a decir él—. Dios, lo siento. Creía que era eso lo que estabas pensando. Mackenzie, lo siento. Lo retiro. Te juro que lo retiro.

No podía, pensó, impactada por lo que él había dicho. No podía retirarlo. La sensación de horror se unió a la de impacto cuando la verdad aterrizó en su interior. Él había dado vida a lo que ambos habían evitado durante mucho tiempo y ahora estaba vivo y tenían que enfrentarse a ello. Ella tenía que enfrentarse a ello. A lo que ya no tenían y a que el hecho de hablarlo y reconocerlo lo cambiaría todo.

Ella quería volver al pasado y borrar esas palabras, arrugarlas entre sus manos para que dejaran de existir y de tener poder sobre ella, pero era demasiado tarde.

Cuando estuvo razonablemente segura de que no se iba a romper en pedazos, se sentó, con cuidado de taparse con la sábana. La tirantez de su pecho se suavizó lo suficiente como para recuperar el aliento mientras trataba de dar sentido a lo que él había dicho.

Rhys pensaba que su matrimonio se había acabado. Pensaba que habían terminado. Y si pensaba eso, es que era verdad, porque para un matrimonio hacen falta dos personas. Eran necesarias dos personas para...

—Tienes razón —susurró mirándole a los ojos. El impacto desapareció lo suficiente como para poder sentir la tristeza del momento y quizá, un poco de la certeza. Se acabó. Habían terminado.

Se quedó pensando en esa verdad, preguntándose cómo superar este momento y el siguiente y todos los que vendrían después. ¿Quién era ella si no estaba casada con Rhys? Estar con él daba forma a su vida, al ritmo de sus días. Sin eso, ¿qué tenía? Él había formado parte de ella durante toda su vida de adulta. Si eso desaparecía, ¿cómo iba a rellenar el vacío que él dejaba?

Las lágrimas de él regresaron. Sin pensar, ella extendió la mano hacia Rhys. Él hizo lo mismo y se agarraron el uno al otro. Ella aspiró su familiar olor, sintió el calor de su cuerpo y supo que probablemente esta sería la última vez que estarían juntos desnudos. No en un sentido sexual, aunque eso también, sino en el sentido de haber desnudado sus almas. En cuanto se soltaran, todo cambiaría porque no había vuelta atrás.

No sabía cuánto tiempo pasaron agarrados el uno al otro ni quién se soltó primero pero, al final, se separaron y fueron simplemente dos personas mirándose.

—Lo siento —repitió él.

—Deja de decir eso. No tienes por qué sentirlo. Tienes razón. Se ha acabado. En el fondo, yo lo sabía, pero nunca lo había expresado, ni siquiera para mí misma.

—No quiero hacerte daño.

—No lo has hecho.

—Sí. Lo que he dicho antes era verdad. Te quiero, Mackenzie.

Ella lo miró a los ojos.

—Pero ya no es suficiente, ¿verdad? Nuestro amor es diferente. No es lo que tiene tu madre con Giorgio.

La boca de él se retorció.

—¿Tú también lo has visto?

—¿Lo enamorados que están? Sí, y aunque me alegro por ellos, estar cerca hacía que me entristeciera.

Él asintió.

—El contraste. Para mí quedó claro. —Vaciló—. No tenemos por qué hacer nada ahora mismo. Podemos tomarnos un tiempo para pensarlo bien. Sabes que un divorcio no va a cambiar tu lugar en Bel Après. —La miró con una leve sonrisa—. Si mi madre tiene que elegir entre los dos, te escogerá a ti. Los dos lo sabemos.

¿Divorcio? ¿Su lugar en Bel Après?

Darse cuenta de eso supuso el segundo golpe de la noche y esta vez tampoco estaba preparada. Si su matrimonio se había acabado, claro que tendrían que divorciarse. Eso era lo que hacía la gente. Y si Rhys y ella no estaban casados, tendría que irse de esa casa y... y...

—No —se apresuró a decir él—. No tiene por qué cambiar nada.

—Todo tiene que cambiar —le dijo ella sintiendo una presión en el pecho—. Todo.

Él le agarró la mano.

—No. No tenemos por qué decidir nada esta noche. Vamos a fingir que no lo hemos hablado.

—No podemos. —Miró las manos de los dos, el familiar modo en que se agarraban y, después, con cuidado, se separaban—. Tú quieres divorciarte.

Él vaciló antes de asentir despacio.

Ella se preparó para la pregunta lógica. No, no la pregunta. La respuesta.

—¿Hay alguien más?

Rhys se apartó con los ojos abiertos de par en par.

—¿Que si te he engañado? Dios, no. Jamás haría eso. Nunca lo he hecho.

Ella le creyó porque él era así.

—Pero lo has deseado.

—¿Tú no? —Hizo un gesto señalando el espacio entre los dos—. Llevamos años sin acostarnos. Somos compañeros de casa, no una pareja casada. Sí, he deseado conocer a alguien y enamorarme. Joder, en este momento, me conformaría con tener sexo de forma regular casi con cualquiera.

Aquellas palabras cayeron sobre ella como esquirlas de cristal, rajándole el corazón con una herida tan profunda que jamás cicatrizaría.

—Lo siento —susurró ella—. No sabía que eras tan desgraciado.

—No es culpa tuya. Esto lo hemos hecho juntos. Los dos somos culpables. En cierto modo, todo lo que teníamos se perdió.

Ella asintió porque la garganta le dolía demasiado como para poder hablar. No solo la garganta... cada parte de ella. Estaba temblando, mareada y rota. Desesperadamente rota.

—No puedo seguir hablando de esto —susurró—. No puedo. Quizá mañana, si te parece bien.

—Mañana no —contestó él—. Tómate unos días, unas semanas. Como he dicho antes, no tiene por qué cambiar nada, Mackenzie.

—Te equivocas. Nada puede seguir igual. No podemos pasar esto por alto. Lo que hemos dicho... No hay vuelta atrás. Solo necesito un tiempo para pensar cuál va a ser el siguiente paso.

Él asintió.

—¿Qué puedo hacer para ayudarte?

Ella negó con la cabeza y se levantó de la cama. Por primera vez en dieciséis años, se sentía incómoda estando desnuda delante de él. Se vistió rápidamente, sintiendo la humedad entre sus muslos, la prueba del sexo.

Esta había sido su última vez, pensó con tristeza mientras se ponía el sujetador. Jamás volverían a hacerlo. El dolor y el remordimiento la invadieron, haciendo que deseara haber dejado que él la llevara al orgasmo. No porque quisiera esa liberación, sino porque habría sido algo bueno que habían compartido. Los habría conectado, al menos durante un momento.

Después, él la habría sonreído como siempre hacía, con esa sonrisa tan masculina de «yo soy el hombre». Una mezcla de orgullo y felicidad que acompañaba a la certeza de que había dado placer a su pareja. Ella quería ver esa sonrisa, solo una vez más, y ya no iba a poder.

Tras ponerse la camisa y abrocharse los vaqueros, cogió los calcetines.

—Me voy a mi habitación.

—¿No quieres cenar?

—No tengo hambre. —Levantó una mano en el aire—. Estoy bien. Solo necesito un rato a solas.

—Vale. Estaré aquí si me necesitas.

Se miraron. Las lágrimas inundaron de nuevo los ojos de Rhys. A ella le ardían lo suyos.

Quería lanzarse sobre él, obligarle a que la abrazara y le dijera que todo iba a ir bien. Pero no podía. Ya no. Y si él le decía eso, estaría mintiendo. Así que, en lugar de eso, salió rápidamente al pasillo y se dirigió a su dormitorio. Una vez dentro, cerró la puerta con cuidado, se dejó caer en el suelo y se rindió al dolor. El llanto se convirtió en sollozos, haciendo que todo el cuerpo le temblara mientras, en lo más profundo de su pecho, su corazón destrozado se rompía en mil pedazos.

Capítulo siete

Stephanie sacó del frigorífico el pequeño bote de cristal de sirope de azúcar con sabor a jengibre. Mackenzie y ella lo daban todo en sus Noches de Chicas mensuales. Copas, picoteo y mucha conversación sincera. Esta noche, le confesaría lo de la debacle de la entrevista y dejaría que el consuelo y el cariño de su mejor amiga la ayudaran a curarse de la sensación de decepción que aún tenía. Mackenzie le diría que no estaba atrapada y ahora mismo era eso lo que necesitaba oír.

—Entonces ¿tú puedes salir pero yo no?

Stephanie levantó los ojos cuando su hija entró en la cocina. Avery siempre había sido una niña guapa, pero en los dos últimos años se había convertido en una auténtica belleza. Tenía pelo moreno y ojos grandes y marrones. Al parecer, la maldición de las mujeres rechonchas de la familia Barcellona se había saltado una generación, porque Avery era más delgada que ninguna de sus tías.

No pensaba decirlo en voz alta. Avery llevaba toda la semana siendo un fastidio.

—Ya conoces las normas —dijo—. Nada de fiestas de chicos y chicas a menos que yo hable con los padres y me confirmen que estaréis vigilados.

—Eso no es justo.

—Para mí, sí.

Avery se pasó el pelo por encima del hombro y la fulminó con la mirada.

—Eres una madre horrible.

—Tú antes eras una niña maravillosa. Echo de menos tu época de Mi Pequeño Pony. Eras muy dulce y lo pasábamos muy bien juntas. —Sonrió—. La decepción es multigeneracional. Eso debería consolarte.

—No lo suficiente. Quiero ir a la fiesta. Alexander ha dicho que va a ser la mejor fiesta del verano.

Alexander era el novio actual de Avery. Habían durado más de dos meses, así que iban en serio. Otra cosa más por la que Stephanie tenía que preocuparse.

—Nada de fiestas a menos que hable con sus padres. Dame su número o resígnate a quedarte en casa. —Cogió el pequeño bolso con las bebidas—. Estaré de vuelta sobre las once.

—Me da igual.

Avery salió de la habitación contoneándose. Stephanie suspiró, consciente de que no era la última vez que tendría que decirle que no a una fiesta. Iba a ser un verano muy largo y complicado. Solo cabía esperar que su hija estuviera distraída con su nuevo trabajo de dependienta en la tienda de regalos de Bel Après.

Ella atravesó la casa con su pequeño bolso de tela y salió por la puerta. Desde ahí solo había unos cuantos pasos hasta la casa de Mackenzie, donde pasaban sus veladas. Aquella zona sin niños les resultaba fácil y, aunque Rhys estaba en casa, pasaba casi todo el rato en su despacho.

Entró por la puerta sin llamar y gritó:

—Soy yo.

—En la cocina.

Stephanie atravesó el enorme recibidor de dos alturas y entró en la espaciosa cocina. Era el reflejo inverso de la suya. Su casa, la de Mackenzie y la de Cuatro eran versiones del mismo plano. La de Cuatro tenía un dormitorio más y un gran espacio de trabajo encima de la cochera mientras que la de Mackenzie y Rhys tenía menos dormitorios pero dos despachos.

Mackenzie estaba delante del frigorífico, sacando una bandeja preparada de quesos que su cocinera les había dejado. Betsy siempre componía deliciosos picoteos para sus veladas, incluidos aperitivos que podían calentarse en el horno y servirse después.

—Hola —dijo Stephanie dejando en el suelo su bolso de tela y extendiendo los brazos—. Necesito un abrazo.

Mackenzie sonrió y, después, obedeció y la abrazó con fuerza.

—¿Un mal día?

—Solo unas protestas de Avery. Es una adolescente típica.

—Lo superará.

—Eso espero. No es que nos peleemos de verdad, pero sí que discutimos bastante. —Se apartó—. Tienes suerte. Tus uvas no te protestan.

—Lo sé, pero pueden tener moho, y cuesta quitárselo. No parece que Carson y Avery tengan moho.

—Intentaré recordarlo la próxima vez que me den ganas de gritar.

Stephanie dejó el sirope de azúcar en la isla. Mackenzie ya había sacado ron y ginger ale además de vasos y platos.

—Hay hojaldres de cheddar y cangrejo en el horno —dijo Mackenzie—. Les quedan otros diez minutos.

—Preparo las copas mientras esperamos.

Estrujó trozos de lima en un mezclador de Martini y, después, añadió menta y arándanos. Después de revolver la mezcla, añadió ron y un poco de sirope de azúcar. Mackenzie ya había puesto hielo en dos vasos. Stephanie agitó el mezclador y, a continuación, sirvió la mezcla oscura en los vasos y les puso por encima un poco de ginger ale.

—¿Quieres que hable yo con ella? —preguntó Mackenzie—. Cuatro y yo podríamos llevarnos a Avery a comer y averiguar si le pasa algo específico o si simplemente son las cosas normales de los adolescentes.

Stephanie le pasó su vaso.

—Eso me encantaría. Gracias. Ahora mismo soy la última persona en la que confía. Y cuando lo hagas, intenta averiguar si Alexander y ella se están acostando. Ella me jura que no, pero ¿me lo contaría?

—Haré lo que pueda —contestó Mackenzie—. Pero no puedo prometerte que me vaya a decir nada.

—Lo sé, pero agradezco cualquier ayuda. Tú eres muy buena con ella.

A Mackenzie se le daban bien todos los niños, pensó Stephanie, sorprendida todavía de que Rhys y ella no se hubiesen decidido a tener uno propio. Al principio de su relación lo habían hablado pero no pasó nada. Se preguntó por un momento si su amiga se había arrepentido de ello, pero no sabía cómo preguntárselo. Antes de que se le ocurriera el modo, sonó el temporizador.

—Los hojaldres de cangrejo —anunció Mackenzie a la vez que cogía un paño y abría el horno.

Tardaron solo unos minutos en llevar la comida a la sala de estar. Se acomodaron en los habituales asientos del gran sofá modular con su comida sobre la mesa de cristal delante de ellas. La luz del sol se filtraba a través de los grandes ventanales.

Stephanie levantó su vaso.

—Feliz jueves. Mi vida es una mierda.

Mackenzie sintió un hormigueo en los ojos.

—Eso no es verdad. Tu vida es estupenda.

—Ojalá. Aparte del problema con Avery, tuve hace un par de días una entrevista de trabajo.

—¿Qué? No me lo has contado. ¿Dónde? ¿Qué pasó? ¿Te dieron el trabajo? ¿Te vas a ir?

Stephanie levantó la mano en el aire.

—No pasó nada. No tengo trabajo, no me voy a ir. De hecho, es probable que no me pueda ir nunca porque, al parecer, no consigo motivarme y, cuando por fin intento hacer otra cosa, todo se va a la mierda.

Hizo una pausa y miró su vaso.

—Vaya, estoy de mal humor y ni siquiera he probado la copa. Te pido disculpas por adelantado si me pongo un poco de mala leche con el alcohol. —Dio un sorbo al cóctel y suspiró—. Y no te conté lo de la entrevista porque estaba avergonzada.

—¿Por qué dices eso?

—Era con quesos.

Mackenzie sonrió.

—¿Has tenido una entrevista con quesos?

—No, con Quesos Marington. Lo dirigen unos hermanos, o algo parecido. Jack y Jill. Son unos mellizos muy parecidos que se visten igual y son muy codependientes.

Le habló a Mackenzie de la breve entrevista. Mackenzie hizo una mueca cuando le explicó lo de «No puedes casarte con él porque me tiene a mí».

—Es espeluznante. No habrías sido feliz allí.

—Eso es lo que me digo, pero tampoco es que haya muchas opciones en Walla Walla. Tri-Cities es más grande pero implicaría una hora de camino para ir y para volver. ¿Soy muy caprichosa si digo que no quiero ir tan lejos?

—Sí, pero es comprensible. Además, en invierno tendrías que enfrentarte a la nieve. —Mackenzie dejó su copa—. Sabes qué te voy a decir, ¿verdad?

—Uf. Sí. Que busque en el sector del vino.

—Es el rey. Podrías encontrar fácilmente un trabajo si estuvieses dispuesta a trabajar en lo que conoces.

—No es una cuestión de conocimiento, es Bel Après. Sentiría que estoy traicionando a mi madre. —Apoyó la espalda en el sofá y soltó un gemido—. No me puedo creer que haya dicho eso. Como si a ella le importara. Dudo que se diera cuenta siquiera de que me había ido. Estoy siendo una tonta. Dilo. Crees que soy idiota.

Esperó una respuesta divertida, pero Mackenzie se limitó a mirarla fijamente.

—¿Qué? —preguntó Stephanie—. ¿Qué pasa?

—Nada. Te quiero mucho. Quiero que lo sepas. Eres una amiga maravillosa y doy gracias porque estás en mi vida. No quiero que eso cambie.

—No va a cambiar. Que encuentre un trabajo en otro sitio, suponiendo que alguna vez muevo el culo y lo consigo, no va a cambiar nada. Estaré aquí mismo. —Se quedó mirando a su cuñada—. ¿Estás bien? ¿Ha pasado algo?

—Estoy bien. Es solo que, ya sabes, las cosas cambian. Mira a Avery. Y tú has tenido una entrevista. Eso es importante. Estoy muy orgullosa de ti.

—Gracias. Solo tengo que averiguar qué quiero hacer. Es raro, pero siento como si la proposición de matrimonio de Giorgio haya cambiado mi forma de ver el mundo o algo así. ¿Tiene sentido?

Mackenzie se quedó mirando su copa.

—Sé exactamente a qué te refieres. Hubo algo muy potente en ese momento. Hizo que pusiéramos todas nuestras vidas en perspectiva.

—Y no para bien —refunfuñó Stephanie—. El sábado tengo una reunión con mi madre. Vamos a hablar de su boda. No hay palabras para describir mi falta de alegría al pensar en tener que pasar por la organización de la boda con ella. No sé por qué le dije que la iba a ayudar.

—Porque es tu madre y la quieres.

—Puede ser, pero no me cae muy bien.

Mackenzie sonrió.

—A nadie, cariño. No te preocupes. Lo harás genial y la boda será preciosa.

—Debería contratarte a ti para planearla —dijo Stephanie—. Mi madre accedería a todo y le encantaría si se lo dices tú.

Esperaba que Mackenzie se riera, pero en lugar de eso, el humor de su amiga se desvaneció y se quedó pálida.

—¿Qué? —preguntó Stephanie irguiéndose—. Algo pasa.

—Perdona. El periodo. Estoy teniendo calambres.

—¿Estás segura?

Mackenzie la miró.

—Podría enseñarte la prueba pero sería asqueroso.

—Tienes razón. Vale, acábate la copa y nos preparo otra. Beberemos por el placer de ser mujeres que tratamos de saber en qué estaría pensando Dios cuando inventó la menstruación.

Barbara pasó las manos por la carpeta que Stephanie le había entregado. La foto de los felices novios en una playa al atardecer debería haber resultado demasiado evidente para su gusto, pero en lugar de mostrarse molesta por la fotografía, descubrió que se sentía feliz y emocionada.

—Este cuaderno servirá para tener toda la información de la boda en un solo sitio —le dijo Stephanie—. Tengo lo mismo en mi tableta. Cada vez que decidamos algo, lo actualizaré en los dos.

Estaban en el comedor de Barbara. Stephanie había llegado con tres bolsos de tela rebosantes de revistas, carpetas y lo que parecían varias muestras de manteles de mesa. Barbara jamás lo confesaría en voz alta, pero estaba impresionada. Sabía que su hija se había encargado, al menos, de una docena de bodas en Bel Après en los últimos años. No recordaba ningún desastre y la Fiesta del Solsticio había salido bien. A lo mejor debería esperar lo mejor de Stephanie y relajarse con el asunto de la boda. En el peor de los casos, podría intervenir para organizarlo todo ella misma.

Pero por ahora, interpretaría el papel de novia y se dejaría cuidar. Agradecía que Stephanie entendiera la importancia de esa reunión. A pesar de que fuese sábado por la mañana, Stephanie venía con un vestido con estampado de flores adecuado para el trabajo. Se había maquillado y llevaba su cabello largo recogido en una coleta.

Era la más guapa de sus tres hijas, pensó Barbara. Catherine podría ser una belleza si no se empeñara en ir siempre tan extravagante. Su gusto era espantoso. La mitad del tiempo vestía con un mono con alguna camisa rota. Como si ella y su familia no pudieran permitirse llevar ropa normal. Y no quería ni hacer mención al modo en que vestían esos hijos de Catherine. Cuando era más pequeña, Galaxy se había pasado un verano entero con un ridículo disfraz de abejorro y Catherine se lo había permitido.

En cuanto a Lori, en fin, ella era un problema continuo. Sin duda, vestía como una profesional en el trabajo, pero siempre parecía desaliñada. Quizá se debía a que era gorda. Esa chica engordaba entre dos y cuatro kilos al año. Dentro de una década iba a ser tan grande como una casa. Barbara contuvo un suspiro. ¿En qué se había equivocado?

Se sacudió la pregunta y se concentró en lo que Stephanie le decía.

—La dinámica de la mayoría de las bodas es bastante tradicional —le explicó su hija—. Una ceremonia seguida de un banquete. La boda puede ser solo para la familia seguida de una celebración más amplia. O puedes invitar a todo el mundo a las dos cosas. La cena puede ser sentados, con camareros que sirven en las mesas, o de estilo bufé. Podemos poner un DJ o una banda en directo. Hay de todo.

Barbara casi sintió que se mareaba ante tantas posibilidades.

—Nada de bufé —sentenció—. Eso lo tengo claro. Por lo demás, no sé. ¿Qué opinas tú?

Stephanie metió la mano en uno de los bolsos y sacó varias revistas muy gruesas de novias.

—Empecemos con esto. Mira los vestidos, por supuesto, pero lee los artículos. Hablan de todo, desde el estilo de maquillaje adecuado hasta cómo celebrar una boda temática.

Barbara la fulminó con la mirada.

—¿Has perdido la cabeza? ¿Por qué iba a querer una cosa así?

Stephanie sonrió.

—Claro que no. A lo que me refiero es a que ha pasado mucho tiempo desde que hubo una boda en esta familia. Cuando se casaron Mackenzie y Rhys quisieron algo sencillo. Solo amigos y algunos familiares.

—Me acuerdo —contestó Barbara al recordar el pequeño pero elegante evento. Mackenzie y ella lo habían organizado juntas, desde el menú hasta la música. Mackenzie incluso había reciclado el viejo vestido de novia de Barbara para convertirlo en algo más elegante—. Fue precioso.

—Pero pequeño y discreto —señaló Stephanie—. Tú vas a querer algo que llame más la atención.

La percepción de su hija la sorprendió.

—Tienes razón. Así es. Nada estridente, por supuesto, pero quizá con doscientas o trescientas personas. —Apretó los labios—. Nada improvisado, como tu boda.

Stephanie la sorprendió mirando su reloj y riéndose.

—Diez minutos, mamá. Impresionante. Creía que tardarías por lo menos veinte en mencionar el hecho de que Kyle y yo nos casáramos porque estaba embarazada. Me alegra saber que todavía podemos sorprendernos la una a la otra.

—¿Me estás faltando al respeto?

—¿Sería capaz? —Seguía sonriendo cuando le pasó las revistas por encima de la mesa—. Estas te ayudarán a introducirte en el mundo de las bodas. En cuanto sepamos cuándo, dónde y con cuántos invitados, podremos empezar a descartar opciones.

Barbara asintió.

—Quiero la boda y el banquete aquí —dijo—. Por supuesto, si es durante las vacaciones, tendrá que ser en interior y no sé si tenemos un espacio lo suficientemente grande para eso. Sí, tienes razón. Esas son las tres decisiones más importantes.

Hizo una pausa un momento y, después, añadió:

—No hables de esto con tus hermanas. No quiero que ninguna de ellas te influya. Lori tiene el gusto de un canguro y todos sabemos que cualquier cosa que proponga Catherine me volvería loca.

—No te preocupes. Tú eres la novia, así que, decides tú.

Barbara se quedó mirándola.

—¿Estás saliendo con alguien? Si no, es posible que te venga bien. Querrás ir con alguien a la boda.

Stephanie se rio.

—Así que ¿esa es la razón por la que debería empezar a salir con alguien?

—Es una razón tan buena como cualquier otra. Además, es bonito tener a un hombre en tu vida. A mí se me había olvidado. —Giorgio le hacía sentir muchas cosas maravillosas, y no solo en la cama. Aunque no iba a hablar de ninguna de ellas con su hija—. Avísame si estás con alguien y vais en serio. Haré que lo investiguen.

—No sé si estás de broma o no.

—No bromeo. ¿Por qué iba a hacerlo? Si sales con alguien y existe alguna posibilidad de que la relación continúe, tendremos que conocer su procedencia. ¿Quién es? ¿Quiénes son sus padres y sus hermanos? ¿Y su pasado? ¿Es un delincuente? ¿Toma drogas?

—Estás dando por sentado que yo no podría averiguarlo sola. ¿Por qué iba a salir con un delincuente narcotraficante?

Barbara desechó la pregunta con un movimiento de la mano.

—Esto no se trata de ti, cariño. Se trata de estar a salvo. Yo pedí que investigaran a Giorgio cuando supe que íbamos a seguir viéndonos al volver a los Estados Unidos. Es lo más sensato. —Sonrió—. Giorgio entiende cómo son las cosas. Ya se ha ofrecido a firmar un acuerdo prenupcial. No he tenido que pedírselo yo.

—Qué romántico.

Barbara entrecerró los ojos.

—A pesar de lo que piensas, sí, es muy romántico. Giorgio me ama y quiere cuidarme. No solo en la cama, sino en todos los sentidos, incluso a la hora de proteger a la familia y al viñedo. Yo creía que lo valorarías. La tierra y los hijos son lo importante.

—En ese orden —dijo Stephanie con sequedad.

—Los hijos se van. La tierra es para siempre. Pero a propósito de los hijos, ¿Avery sigue viéndose con ese chico?

—¿Con Alexander?

—¿Es el rubio? ¿Tiene algo de inteligencia? Habrás hablado con ella sobre el control de natalidad, ¿no? No necesitamos otro embarazo inesperado en la familia.

—Vaya, mamá. ¿Cuándo paras para recuperar el aliento?

Barbara notó el tono de fastidio de su hija.

—Sé que no te gusta que me entrometa —dijo Barbara con aspereza—. Pero te digo todo esto por tu propio bien y por el de Avery. Siempre has sido una madre decente. Este no es el momento de relajarse y dejar que las cosas pasen sin más. Tienes que mantenerte firme y orientarla.

—¿Porque eso funcionó muy bien con nosotras?

Barbara se quedó mirando a su hija sin saber si el comentario era sincero. Miró las revistas de bodas y las muestras de tela y supo que todavía le quedaba por delante el resto de la reunión. Quizá debería dar un paso atrás y exponer sus argumentos en otra ocasión.

—Tú has salido muy bien —dijo tratando de mostrar amabilidad—. Estoy segura de que con Avery pasará igual.

—Interesante. —Stephanie vaciló, como si no estuviera segura de estar dispuesta a dejar la discusión. A continuación, asintió y sacó de su bolso de tela una hoja grande de papel y la desdobló. Tras alisarla sobre la mesa entre las dos, señaló el plano de la zona de catas, la tienda y todas las salas privadas.

—Celebrar una boda entre la vendimia y el final de la primavera implica que se tenga que hacer bajo techo. Tenemos la sala para eventos privados, que es lo suficientemente grande para un banquete de hasta cien personas. —Señaló la sala en el plano. Unos pequeños círculos representaban las mesas—. Has dicho que entre doscientas y trescientas personas, que para mí tiene más sentido. Se trata de la boda de Barbara Barcellona. La gente se va a pelear por conseguir una invitación.

Barbara esperaba que fuera así.

Stephanie continuó:

—Así que, se me ha ocurrido una locura. Si usamos la sala de eventos para la ceremonia, fácilmente podemos meter a trescientos invitados y, luego, celebrar el banquete en la zona de catas y de la tienda.

Colocó otro papel grande en el que se mostraba el plano de esa zona en la que irían las mesas.

—Podemos sacar todo el inventario y los estantes y vaciar la mayoría de los vinos. Yo creo que necesitaremos tres días para prepararlo todo y tres más para retirarlo. Suponiendo que la boda sea en sábado y que nadie trabaja los domingos, estamos hablando de tener la sala de catas cerrada durante algo más de una semana. —Sonrió—. Es tu decisión, pero conociendo lo mucho que significa Bel Après para ti, quería encontrar la forma de ofrecerte la boda de tus sueños ahí mismo.

Barbara acarició la mano de su hija.

—Es precioso. Una idea maravillosa. Sí, vamos a hacerlo así. Después, podré irme de vacaciones.

Quizá el sábado antes de Navidad, cuando la sala de catas está decorada para que parezca un paisaje invernal. Giorgio y ella podrían irse después a disfrutar de una luna de miel tropical durante un par de semanas. Tres como mucho.

Pensó brevemente en lo que él había dicho de llevársela tres meses. Qué absurdo. Era imposible que ella pudiera estar fuera tanto tiempo. Tenía obligaciones y una vida. Pero tres semanas sería perfecto. A lo mejor podían irse a ese sitio con pequeñas cabañas sobre el agua. Eso le gustaría.

—Estupendo —dijo Stephanie—. Empezaré a mirar fechas específicas y a reunir algunas ideas. Tendrás que empezar a pensar en tu vestido. —Señaló con un dedo las revistas—. Sacarás muchas ideas de aquí.

Barbara miró las revistas y le gustó la sensación de ilusión.

—Empezaré a mirarlas esta noche.

—Estoy deseando saber qué decides. —Stephanie miró su tableta—. ¿Quieres damas de honor?

Barbara inclinó la cabeza.

—Nunca lo había pensado. Podría tener a mis cuatro chicas. —Apretó los labios—. Pero solo si soy yo la que elige lo que lleva cada una.

Stephanie estaría guapa con cualquier cosa, pensó. Igual que Mackenzie.

—Avery es suficientemente mayor como para ser dama de honor, pero Galaxy y Eternity son muy pequeñas. No, solo las adultas en la ceremonia. ¿Cuándo va a empezar Avery a elegir universidad? ¿Este otoño?

—Está en el penúltimo año aún. Lo hará el año que viene.

—¿Qué tiene pensado? Sé que La Universidad Estatal de Washington es la más cercana y evidente, pero quizá le vendría bien irse a otro estado. Recibir ideas nuevas. La Universidad de California en Davis tiene un estupendo programa vinícola.

—No ha dicho que quiera entrar en la empresa familiar, mamá. Deja que lo decida sola.

—No seas absurda. Tiene que ser Avery. Carson no va a pensar en nada que no sea el béisbol. Si no es ella, ¿quién? ¿De verdad esperas que yo entregue Bel Après a los salvajes hijos de Catherine?

—Puede que a alguno de ellos le apasione, mamá.

«Y una mierda les va a apasionar», pensó Barbara con tristeza. Tal y como estaban siendo educados esos niños, no estaba segura de que ninguno de ellos aprendiera siquiera a leer. Sería imposible que ninguno de ellos estuviese preparado para dirigir Bel Après.

—Volvamos a la boda —propuso Stephanie moviendo en el aire una foto con una gran tarta de cuatro pisos—. Ahora hay muchas opciones de tartas. Las tradicionales, por supuesto, pero también pastelitos pequeños.

Barbara la miró.

—No puedes distraerme con una tarta. No tengo cinco años.

—Pero lo puedo intentar. —Colocó una foto de la tarta de bodas hecha con pastelitos pequeños y resultaba mucho más bonita de lo que Barbara había pensado—. Esto podría quedar supermono.

Barbara levantó las cejas.

—¿Hay algo en mi vida que evoque la expresión «supermono»?

—No, pero podría pasar.

Barbara se sorprendió soltando una carcajada.

—Bien. Podemos hablar de los pastelitos todo lo que quieras, pero yo voy a pedir una tarta tradicional.

Capítulo ocho

El lunes por la mañana, Stephanie atravesó la zona de la tienda que compartía espacio con la sala de catas. Era temprano, apenas pasadas las ocho. La sala de catas no abría hasta las diez y los empleados no llegaban hasta las nueve. Durante la siguiente hora, la ausencia de clientes y empleados significaba que podría trabajar en paz y hacerse una idea clara de lo que se había vendido a lo largo del fin de semana.

El verano era ajetreado en el viñedo. Los turistas llegaban a la zona en bandadas y formaban colas de cuatro o cinco filas de personas en la barra de catas haciendo que se agotaran las copas, los paños y otros artículos de cocina y de bar que vendían. Las hojas impresas con el inventario le ofrecían un recuento actualizado de las ventas. La cristalería más cara era lo que salía más rápido, igual que los sacacorchos, los cortacápsulas y los tapones. Pero lo que más en cuanto a volumen eran los paños de cocina.

Normalmente tenían seis diseños distintos con un surtido estacional que iba rotando. Todos los paños tenían un incremento de precio magnífico, tanto que incluso en rebajas resultaban rentables. Barbara odiaba los paños de cocina pero no podía decir nada en contra del dinero que generaban. A veces, Stephanie elegía un diseño especialmente extravagante, solo por fastidiar a su madre. En muchas ocasiones, se vendían mejor que cualquiera de los diseños más tradicionales. Este verano se había decantado por una temática de flores y mariquitas y, según las cifras, estaban vendiéndose de maravilla.

La sala de catas de Bel Après había sido remodelada hacía cuatro años. Habían aumentado la superficie, doblado la longitud de la barra y añadido más artículos de venta. Stephanie había querido incluir una pequeña cafetería en la remodelación. Nada lujoso, solo comida deliciosa que pudieran llevarse o disfrutar en unas cuantas mesas que quería colocar fuera, a la sombra.

Había diseñado un plan de negocio en el que incluía las previsiones de costes y ventas. Incluso se le había ocurrido un menú sencillo en el que se incluían cestos de merienda llenos de productos como jamón, higos, bocadillos gourmet y maíz tostado con cremas de sabores y ensaladas.

En muchas de las bodegas más grandes de la zona ofrecían almuerzos para llevar y sabía que tenían éxito. Pero Barbara se había limitado a negar con la cabeza y murmurar algo sobre los aires de grandeza de Stephanie antes de pasar al siguiente punto del orden del día.

Stephanie suponía que había sido entonces cuando había dejado de esforzarse por crecer y hacer que la empresa creciera también. Su madre era la que mandaba y lo único que a Barbara le importaba era el vino. Así que, Stephanie buscaba el placer en cosas pequeñas como paños de mariquitas que a su madre le disgustaban. No era para enorgullecerse pero, a veces, era lo único que le quedaba. En ocasiones, abría la carpeta de ideas de su ordenador e investigaba cosas como formas de expandirse en el mercado chino. Juntaría un paquete entero de tentadores turistas chinos para que visitaran la zona con Bel Après como el punto culmen del viaje. Sabía que era una pérdida de tiempo, que su madre nunca lo tendría en cuenta. Pero había días en los que Stephanie quería hacer algo más que dejarse llevar.

Marcharse era la solución evidente, se dijo. Pensó en lo que Mackenzie le había dicho, que en esta parte del estado el vino era el rey. No conocía el sector pero

¿podría trabajar con alguien de la competencia? Esa sería una gran batalla. Suponía que la conclusión más triste pero realista era que no estaba dispuesta a enfrentarse a su madre. Lo cual hacía que estuviese completamente atrapada. Y si eso no era suficientemente triste, sabía que la culpa era solo de ella.

Con esa deprimente idea en la mente, se fue a la sala de descanso, donde se preparó un café nada más entrar. Se sirvió una taza y se acercó a la ventana que daba a la zona de césped en sombra salpicado por unas cuantas mesas que los empleados usaban en sus descansos. Se imaginó la hierba sustituida por adoquines, alguna especie de pérgola que diera más sombra, una barra de vinos exterior y unas mesas y sillas más bonitas.

—Esta semana no —murmuró—. O nunca.

—Stephanie.

El sonido de la voz de Mackenzie entró de lleno en su fiesta de autocompasión.

—En la sala de descanso. Hay café.

Su cuñada entró y trató de sonreír. Stephanie la miró y supo que pasaba algo. Los ojos normalmente luminosos de Mackenzie estaban enrojecidos, como si no hubiese dormido o, peor aún, como si hubiese estado llorando. Tenía la piel pálida y los hombros caídos con una postura que Stephanie jamás le había visto.

—¿Qué pasa? —preguntó Stephanie—. Ha pasado algo. Dímelo.

En lugar de aliviarle la preocupación, Mackenzie se acercó a una de las mesas.

—Deberíamos sentarnos.

Stephanie sintió un pellizco en el estómago y el cuerpo se le puso en tensión. Sí que pasaba algo, y era malo. Lo sabía. Buscó distintas posibilidades en su mente. Mackenzie no tenía familia, así que no se trataba de una muerte inesperada. ¿Era algo de salud? ¿Había tenido Mackenzie una cita con el médico y le habían dado una mala noticia? No, era lunes por la mañana temprano. No podía haber tenido ninguna noticia hoy y, si hubiese sido la semana anterior, lo habría mencionado antes. Se habían visto unas cinco veces a lo largo del fin de semana.

Cuando estuvieron sentadas una en frente de la otra, Mackenzie se aclaró la garganta. Las lágrimas inundaron sus ojos antes de que pudiera contenerlas.

—Me estás asustando —dijo Stephanie extendiendo la mano hacia ella—. Dilo ya.

—No es nada terrible —se apresuró a decir Mackenzie—. O sea, sí, pero no mortal. Nadie lo sabe y no quiero que nadie lo sepa. Todavía no. Aún lo estoy asumiendo.

Stephanie la miraba fijamente, esperando, y su sensación de temor fue en aumento.

—Rhys y yo nos vamos a divorciar.

Aquellas palabras tardaron unos segundos en cobrar sentido. Stephanie las oyó pero no podía entender lo que querían decir.

—No es verdad —dijo—. No puede ser. Estáis bien.

Mackenzie retorció la boca.

—Ojalá fuera eso verdad. Desde hace un tiempo las cosas no van bien entre nosotros. Nos hemos distanciado y, en algún momento, nuestro matrimonio se ha perdido.

—No. —Stephanie retiró la mano—. No, no es verdad. Estáis bien. Os he visto juntos y estáis como siempre. Estuvisteis bailando en la fiesta.

Esto no estaba pasando. No quería que pasara.

—No os podéis divorciar. Eso lo cambiará todo. Somos hermanas. Vives aquí. Siempre has vivido aquí. No puedes cambiarlo.

Incluso mientras lo decía, sabía que se estaba equivocando. No se trataba de ella, se trataba de Mackenzie, pero por mucho que se lo dijera a sí misma, no podía pasar por alto que esa noticia ponía su mundo del revés.

—Somos familia. Tenemos nuestras tradiciones. Tenemos la Noche de las Chicas y trabajamos juntas. Te veo a todas horas. ¿Qué pasa con las cenas familiares y con mis hijos? ¿Es que vas a alejarte de eso? —Se le ocurrió otro pensamiento, algo que era aún más devastador—. ¿Te vas a ir? ¿Vas a marcharte de Bel Après?

—No lo sé. Ni siquiera he pensado hasta ese punto. Ocurrió hace un par de días y he estado tratando de asumirlo. Ojalá pudieras entender que esto es terrible para mí. Estoy destrozada. Rhys, tu familia y Bel Après sois todo lo que conozco.

Stephanie se puso de pie.

—Entonces, impídelo. Id a terapia. Arregladlo. No os divorciéis. Lo vais a cambiar todo y va a ser terrible. ¿Cómo puedes hacerme esto?

Mackenzie se quedó mirándola con los ojos de par en par. La rabia sustituyó a la tristeza.

—Esto no se trata de ti, Stephanie. Te acabo de decir que mi matrimonio se ha acabado ¿y lo único que se te ocurre decir es cómo te sientes? ¿Y yo? Rhys es el único hombre al que he amado y estamos rompiendo. Puede que me quede sin casa y sin trabajo ¿y tú quieres hablar de las Noches de Chicas?

Mackenzie se puso de pie.

—Eres mi mejor amiga. ¿Cómo puedes ser tan egoísta? Creía que podía contar contigo. Creía que te importaba. Estaba equivocada en todo.

Aquellas palabras fueron una bofetada. La vergüenza se impuso al impacto y devolvió a Stephanie a la realidad, pero antes de que pudiera decir nada, Mackenzie se había ido dejándola con la certeza de que nada volvería a ser lo mismo.

A Mackenzie le costaba decidir si se sentía más mareada o más vacía. Había creído que estaba llevando bien la situación, enfrentándose a ella y tratando de averiguar cuál sería el siguiente paso, pero todo se había ido al traste cuando había intentado hablar con Stephanie. Su amiga, su mejor amiga, no había estado de su lado y la había dejado sintiéndose desesperada, sola y llena de miedo.

A pesar del calor de la mañana y el sol del cielo, sentía frío. Seguía doliéndole cada parte del cuerpo y no podía parar las vueltas que daba su mente. En otras circunstancias habría supuesto que se habría puesto enferma, pero sabía que sus síntomas no tenían nada que ver con ningún virus estival y sí con la dolorosa certeza de que el sólido suelo que siempre había pisado estaba a punto de convertirse en arenas movedizas.

Palpó las frondosas hojas verdes de las vides. La copa absorbería el sol y convertiría la luz en nutrientes que alimentarían los racimos de uvas. También los protegía de los potentes rayos. Esto lo entendía. Esto tenía sentido para ella. Todo lo demás era una aterradora ciénaga de confusión.

Su matrimonio se había acabado. Esa simple verdad había echado raíces en su interior la noche que se había acurrucado en el suelo de su dormitorio, perdida, triste y sola. No había vuelta atrás, nada cambiaría lo que habían dicho. Rhys le había dicho que podía tomarse su tiempo pero los dos sabían que el resultado era inevitable. Y si no estaba casada con Rhys ¿quién era y cuál era su lugar?

Se acercó a su camioneta tratando de tomar aire para ver si así dejaba de dolerle el pecho pero se detuvo con la mano en la puerta.

No era su camioneta. La camioneta de la empresa que ella conducía. Ella no tenía ninguna camioneta ni coche ni casa ni mueble. Suponía que sí era la dueña de su ropa y sus joyas, aunque fueran tan poca cosa. Unos cuantos adornos y algunas obras de arte que había comprado. Tenía su sueldo, sus ahorros y las regalías del acuerdo del vino que había firmado con Barbara.

Estaba el acuerdo postnupcial, se recordó, que firmaron tres años después de casarse con Rhys. Se había quedado entristecido al saber que por mucho que se esforzara, por mucho tiempo que trabajara y por mucho éxito que tuviera, Barbara no estaba interesada en darle una ínfima parte de Bel Après.

Barbara había asegurado que esas eran las condiciones del testamento de su difundo marido, que solo los parientes consanguíneos pudieran formar parte de Bel

Après, pero Mackenzie sospechaba que buena parte de lo que pasaba había sido decisión de Barbara.

Rhys se la había encontrado llorando y había intentado con desesperación saber a qué se debía su tristeza. Le había explicado que un acuerdo postnupcial era igual que el prenupcial, pero que se firmaba después de la boda. Aunque no pudiera darle un viñedo, le ofreció el valor de la mitad de la casa además de una parte de su fondo fiduciario. Más tarde, cambiaron el postnupcial para excluir sus regalías de los vinos de la propiedad en común. El total de esos activos valía una gran cantidad de dinero, pero ella se lo devolvería todo a él con tal de que las cosas volvieran a ser como antes.

Pero esa no era opción. A lo mejor no sabía nada sobre divorcios, lo que eso implicaba o lo que pasaría después, pero sí estaba segura de que su matrimonio se había acabado. Y casi igual de inquietante era el hecho de que Rhys le llevaba la delantera en ese proceso. Mientras ella apenas podía respirar, él estaba preparado para acabar con la pareja. Con ella.

Trató de contener las lágrimas que le quemaban los ojos. Había pasado muchos días rendida al dolor y ya estaba harta. A partir de ahora, iba a ser fuerte. Eso era lo que se había prometido. Iba a hacer planes y a seguir con su vida, aunque ya no supiera qué quería decir eso. Aunque estuviera sola, sin marido y sin su mejor amiga. A partir de ahora, solo podía contar consigo misma.

Volvió con la camioneta hacia el complejo, admirando la belleza del paisaje. Los viñedos se extendían a cada lado del camino. Las montañas lejanas eran oscuras bajo el cielo azul. Había cosas con las que podía contar, se dijo. Las estaciones cambiantes, por ejemplo. La vendimia, las frenéticas semanas posteriores. La ilusión de cómo sería el nuevo vintage y cómo ella lo convertiría en un vino perfecto.

Aparcó junto al edificio principal y se dirigió hacia la nave de producción, recordando lo distinta que era ahora de cómo había sido hacía dieciséis años, cuando había empezado a trabajar aquí. Bel Après era más grande, más rentable, y ella había formado parte de eso.

Barbara la había contratado como aprendiz de enóloga justo después de la universidad. También había contratado a Rhys, por lo que aceptar el trabajo había sido lo más evidente. Dos años después, la habían ascendido a enóloga jefa.

Toda su vida estaba aquí, pensó deteniéndose a los pies de las escaleras que llevaban a los despachos. No sabía cómo sería la vida sin Bel Après y sin la familia. Y lo que probablemente era más importante, no sabía quién sería ella sin ellos.

Empezó a subir las escaleras de dos en dos. El despacho de Rhys estaba al fondo, en frente del de ella. Porque trabajaban juntos. En un día normal, lo veía docenas de veces, desde el desayuno hasta que se daban las buenas noches. Tomaban decisiones juntos, trataban cada aspecto del negocio. Eran un equipo... o, al menos, lo habían sido.

Entró en el despacho de Rhys. Al principio, él no la vio. Estaba demasiado concentrado en lo que fuera que estuviese estudiando en su ordenador. Todo lo relacionado con él le resultaba familiar. La forma de su nariz, la larga línea de su mandíbula. Era un hombre atractivo que tenía aspecto de la persona que era, un hombre decente que se tomaba en serio sus obligaciones.

Recordó la primera vez que Stephanie la había invitado a su casa en vacaciones. Las dos estaban en su primer año en la Universidad Estatal de Washington. Stephanie y ella habían sido compañeras de habitación y amigas desde el primer día que se conocieron. Mackenzie no estaba segura de la sensatez de introducirse en la familia de su amiga, pero la alternativa había sido quedarse sola en el campus, una lúgubre perspectiva teniendo en cuenta que la universidad casi se cerraba por completo durante la Navidad. Pero sin familia propia ni ningún sitio al que ir, agradecía contar con una alternativa.

Habían hecho el viaje en coche hasta Walla Walla, avanzando despacio por las carreteras montañosas llenas de nieve. Cuando llegaron, todos salieron rápidamente a recibirlas. Eran demasiados rostros y nombres, pero todos la habían hecho sentir bienvenida. Rhys, el único hombre en una casa llena de mujeres, había hecho que el corazón se le acelerase con su amable sonrisa.

Durante las primeras vacaciones, había llegado a conocer a todos. Barbara le había enseñado la finca, llevándola por las zonas de procesamiento y a la sala de barricas. Lori y Cuatro se habían comportado como hermanas pequeñas, simpáticas y ansiosas por pasar el rato con su hermana mayor y su amiga, y Rhys había invitado a Mackenzie a cenar en la ciudad, donde pasaron horas hablando y riendo.

Habían hecho el amor en Nochebuena, delante del enorme árbol familiar. Cuando Stephanie y ella volvieron a la universidad, ya estaba bastante enamorada de él.

Rhys levantó la vista y sonrió.

—Hola.

—Hola.

Cerró la puerta al entrar para que pudieran tener intimidad y, a continuación, se sentó en frente de él.

—Estaba recordando aquella primera Navidad —le dijo ella.

—Fue una buena época.

—Lo fue. No creo que tuviera muchas más opciones aparte de enamorarme de ti y de Bel Après. Estaba sola en el mundo y tú me ofreciste todo lo que siempre había deseado.

—Mackenzie... —empezó a decir él, pero se detuvo.

—¿Qué? —preguntó ella en voz baja—. Ya está dicho. Y lo que es más importante, tienes razón. Nuestro matrimonio está acabado. Lleva estándolo desde hace mucho tiempo. Yo no quería admitirlo, pero eso no cambia la realidad.

Él parecía tan dolido como aliviado.

—¿Qué quieres hacer?

—No lo sé. Me gustaría que siguiéramos siendo amigos.

—Tenemos que hacerlo. Tú eres mi mejor amiga y no quiero perder eso.

—Yo tampoco. Pero sé que nada va a ser igual. —Pensó en su terrible conversación con Stephanie pero sabía que hablar de eso sería una distracción de lo que de verdad importaba—. Sigo intentando decidirlo. Me gusta mi trabajo aquí y... —Se quedó mirando a Rhys—. ¿Por qué pones ahora esa cara arrugada?

—No estoy poniendo ninguna cara arrugada, como dices tú.

—Estabas pensando en algo.

Él la miró con una expresión intensa.

—¿No crees que mereces más que simplemente un trabajo? Eres la enóloga con más talento que he conocido nunca. ¿No deberías tener algo propio? ¿No quieres subir a una colina, mirar a tu alrededor y decir: «Esto es mío»?

Aunque esas palabras no le dolieron tanto como su reciente declaración de que su matrimonio estaba acabado, seguían resultando peligrosas para su bienestar, rozándole una herida abierta que no se permitía reconocer.

Rhys se inclinó hacia ella.

—Cualquiera que sea la decisión que tomes, mi madre te mantendrá aquí todo el tiempo que quieras.

—Lo sé. No le va a importar que nos divorciemos. —Hizo una pausa—. No lo digo en el mal sentido.

—Sé a qué te refieres. ¿Es eso lo que quieres? ¿Qué nos divorciemos?

Ella deseaba decir que no, que le gustaba estar casada con él. Pero no estaba segura de que tuvieran un matrimonio de verdad, ya no. Además, sabía que era lo que él deseaba. Rhys estaba dispuesto a pasar página y dejar atrás lo que tenían.

—Es el siguiente paso —terminó diciendo ella—. Pero no estoy segura de la logística

—Tendrás dinero —se apresuró a contestar él—. Mucho. He estado haciendo números y, según el valor de la casa y el total de mi fideicomiso, deberías tener casi dos millones de dólares. Eso es suficiente para hacer lo que quieras.

Mientras él hablaba, sacó una carpeta de un cajón cerrado con llave de su escritorio y la abrió.

—Aquí está todo —le dijo—. Y en esa cantidad no se tiene en cuenta el dinero de las regalías del vino y la parte de tu sueldo que has ahorrado.

Ella pensó que estaba siendo generoso, que estaba tratando de tranquilizarla, pero no pudo evitar pensar que esta era una prueba más de que estaba listo para terminar con ella. En cuanto al dinero, no sabía qué pensar al respecto.

—Piensas que debería irme —dijo con voz débil—. Quieres que me vaya.

—No te estoy echando. Solo digo que tienes un don. Deberías tener algo propio. No querrás trabajar para mi madre el resto de tu vida. ¿Cómo sería? ¿Te buscarías una casa en otro sitio, vendrías en coche hasta Bel Après y luego de vuelta a tu casa al final de la jornada? Eso no te va a hacer feliz.

Sabía que él estaba tratando de ayudarla, pero sus palabras solo conseguían que se sintiera peor. La imagen desoladora de su vida hizo que tuviera que contener las lágrimas.

¿Era eso lo que vendría ahora? ¿Un triste apartamento y trabajar para Barbara? ¿Rhys se quedaba con su casa, su familia y todo lo demás mientras ella lo perdía todo?

Al parecer, su dolor no se le notaba, pues él siguió hablando.

—No hay ninguna prisa. —Le pasó la carpeta—. Seguiremos avanzando cuando estés lista y no antes. Hasta entonces, viviremos juntos en la casa. —La sonrió—. Por lo que a mí respecta, puedes quedarte en ella toda la vida. Me gusta vivir contigo.

Lo cual sonaba bonito pero no era verdad. Él quería que se marchara. Quizá no hoy, pero pronto.

Tuvo que aclararse la garganta antes de poder hablar.

—Te lo agradezco, pero creo que tiene que haber una fecha definitiva. —Forzó una sonrisa—. Terminaría siendo una molestia para ti. No querrás tener que explicar por qué está tu exmujer en la sala de estar cuando traigas a casa alguna cita.

Él se rio.

—Sería incómodo, pero siempre puedo irme a la casa de ella.

Ella trató de evitar que la expresión se le endureciera. Con qué facilidad hablaba, pensó, como si ya lo tuviese todo decidido. Cosa que era cierta. ¿Qué es lo que había dicho? ¿Que quería acostarse con cualquiera que estuviese dispuesta? Nada de esto debería ser una sorpresa.

—Necesito pensar —le dijo—. Solo unos días más. Espero que podamos mantener esto en secreto un poco más.

—Todo el que quieras. ¿Se lo has contado a Stephanie?

Trató de no pensar en su conversación.

—Sí, y estaba disgustada.

Había sido vaga a posta, porque no quería entrar en lo que de verdad había dicho. No creía que pudiera contárselo sin perder el poco control que le quedaba. Era mejor que pensara que Stephanie estaba triste pero comprensiva.

Se levantó y movió la carpeta en el aire.

—Gracias por esto. Le echaré un vistazo.

—Seguramente será mejor que se lo pases a tu abogado.

Se quedó mirándolo perpleja. No tenía abogado. Entonces lo entendió. Se refería a un abogado matrimonialista.

—Claro —susurró—. Me pondré con ello.

Y eso haría. En cuanto encontrara el modo de recoger los trozos de su destrozada vida y empezara a respirar de nuevo.

Capítulo nueve

Stephanie estuvo alternando entre la autocompasión y la culpa durante casi cuatro días hasta caer en la cuenta de que tenía que hablar con alguien. Decidió enfrentarse a la única persona a la que podría gritarle sin correr ningún riesgo.

Esperó a que Mackenzie estuviera en la reunión de la tarde que sabía que tenía con Barbara y, a continuación, entró en la casa de su hermano y gritó su nombre.

—En mi despacho —contestó él.

Se dirigió hacia la gran habitación rodeada de estanterías. Estaba sentado en su escritorio con el portátil abierto. Eran bien pasadas las siete, pero la luz del sol seguía filtrándose en la habitación calentando los suelos de madera.

—Hola, Steph, ¿qué tal?

Ella se quedó mirando a su hermano mayor durante un segundo antes de apoyar las manos en la cadera.

—¿Divorcio? —preguntó con un chillido—. ¿Te quieres divorciar? Sé que has sido tú. Mackenzie jamás te lo pediría. ¿Por qué haces esto? Somos una familia y nos estás dividiendo. Ve a terapia y supéralo.

Hizo una pausa para respirar y, entonces, se dio cuenta de que no tenía más que decir, así que, se dejó caer en una de las sillas y se preparó para el contraataque.

Pero en lugar de gritar, él se limitó a negar con la cabeza y decir:

—Lo siento.

—¿Eso es todo?

—Es lo único que se me ocurre.

—¿La has engañado? ¿No puedes mantener la polla guardada dentro de los pantalones? —Contuvo unas lágrimas repentinas—. Mackenzie es impresionante, preciosa y lista. ¿Por qué no quieres seguir casado con ella?

Él se puso de pie y rodeó el escritorio. Después de ponerla de pie, se mantuvo pegado a ella.

—Lo siento —repitió—. No quería hacer esto.

—Pues no lo hagas.

—Tengo que hacerlo.

La llevó al sofá y esperó a que estuviera sentada.

—No hay otra persona —le dijo—. No la he engañado. Lo que he hecho es dejar que esto se prolongara demasiado tiempo. Somos estupendos como amigos, pero pésimos como matrimonio. Somos compañeros de casa y trabajamos juntos, nada más. Yo no puedo vivir así. No quiero. Deseo algo más.

—Entonces, ¿todo esto es por egoísmo?

—Joder, Steph. Yo no soy el malo.

—Pues me lo pareces. ¿Qué es lo que quieres que ella no te está dando?

—Amor. Sexo.

—Venga ya. ¿Sexo? ¿En serio? ¿Es esa la razón? ¿Qué pasa, que no se pone un disfraz de criada francesa para ti? Sé un adulto.

Él se sentó en el sofá y la miró. Después de maldecir en voz baja, le explicó.

—Mackenzie y yo llevamos cinco años sin sexo. Dormimos en habitaciones separadas, en distintas alas de la casa. Solo hablamos de trabajo. Piensa de mí lo que quieras, no me importa. Quiero más que eso. Estoy harto de estar solo, cachondo y atrapado en una relación que no funciona para ninguno de los dos.

Stephanie sintió que todo su enfado desaparecía de su cuerpo. Se quedó mirando a Rhys, incapaz de entender qué le decía.

—¿Llevas cinco años sin sexo?

—Sí. ¿Y sabes lo que es peor? Que la semana pasada lo hicimos. La primera vez en mucho tiempo, y fue entonces cuando supimos que se había terminado. Menuda despedida de mierda.

—Pero yo pensaba que erais felices. Siempre estabais juntos.

Pero sin tocaros, pensó, de repente. Nunca se tocaban. No se agarraban de la mano ni se abrazaban. No había ninguna comunicación secreta, ni risas ni bromas compartidas. Al menos, ella no lo recordaba. ¿Cómo es que no lo había visto?

—No lo sabía —susurró—. Ella nunca dijo nada. Tú nunca diste ninguna pista.

Él torció la boca.

—A los hombres no nos gusta admitir que no tenemos sexo con nuestras mujeres. Además, ¿qué iba a decir? Todos queremos y respetamos a Mackenzie. Lo que ha pasado es culpa de los dos. Se ha acabado y vas a tener que aguantarte. No se trata de ti ni de la familia, sino de nosotros.

Aunque Stephanie era incapaz de entenderlo del todo, sabía que estaba diciendo la verdad, en todo. ¿Cómo no había sabido ver más allá de la fachada? Mackenzie y ella hablaban de todo. ¿Por qué su amiga le había ocultado esto? ¿Por vergüenza? ¿Por culpa?

—Lo siento —susurró—. Por todo. —Dios, había sido una amiga terrible. No había sido nada comprensiva—. Le he gritado —confesó—. Le dije que estaba destrozando mi vida.

—No me sorprende.

—Oye, se supone que tienes que ser simpático.

—Tú tienes que apoyarla —repuso él—. Yo tengo a toda la familia. Voy a seguir manteniendo mi vida, pero Mackenzie no. Ella no va a tener nada. Somos lo único que tiene y está a punto de perderlo. Tienes que ser su amiga. Cuatro y tú. Lori va a ponerse de parte de mamá y, dependiendo de cómo termine esto, sabes que las cosas se pueden poner feas. Si mamá se enfrenta a ella, su vida va a ser un infierno.

Stephanie asentía a la vez que empezaba a llorar.

—Todo va a cambiar. Odio esa idea. Pero no quiero que tú seas infeliz y me siento fatal por Mackenzie.

Él se acercó y la envolvió entre sus brazos.

—Lo sé. Yo también.

—Esto es una mierda. Y no hay ninguna solución buena.

—Ni que lo digas.

Mackenzie se sentó en el suelo con un puñado de tierra seca en la mano. Unos cuatro mil años antes, las inundaciones de Missoula provocadas por el deshielo de los glaciares trajeron un revoltijo de nutrientes por todo Washington oriental. Al este estaban los campos de trigo pero aquí, junto al río Columbia, estaban los viñedos.

En 1977, Gary Figgins abrió Leonetti Cellar, la primera bodega comercial de Walla Walla. En 1981, la revista *Wine & Spirits* nombró al primer cabernet sauvignon de Leonetti, el vintage de 1978, el mejor de la nación. En 2012, seis bodegas de la zona de Walla Walla aparecían en la lista de las Cien Mejores Bodegas del Mundo. Bel Après era una de ellas.

En el pasado, consciente de que la historia siempre había sido de ayuda, pero hoy no, pensó, dejando que la tierra se le escurriera entre los dedos. Hoy estaba enferma, confundida y perdida, y no había ningún hecho histórico que pudiera arreglarlo. Todo iba cada vez más rápido y ella no sabía cómo detenerlo.

Lo peor era el miedo, la incertidumbre. Se iba a divorciar, ya no tenía a su mejor amiga, podía perder su trabajo, quizá lo dejaba. No deseaba otra cosa que volver a casa, pero ni siquiera eso estaba asegurado. La casa no era de ella. Nunca lo había sido. Formaba parte del fondo fiduciario de la familia Barcellona y ella no era parte de la familia.

Se tapó la cara con las manos y se preparó para las lágrimas. Pero ya lo había llorado todo. No le quedaba nada dentro aparte de una sensación de presagio. Se sentía como una mota de polvo que se mueve por el soplo de unos vientos cósmicos, y esa idea la aterraba.

Sabía que la preocupación y el estrés tampoco ayudaban. Tenía que buscar el modo de recuperar el control. Tenía que decidir un primer paso, luego el siguiente y el siguiente. Tenía treinta y ocho años, estaba sana y se le daba bien su trabajo. Ese era un comienzo. Tenía que mover el culo y elaborar un plan.

Había pasado las dos últimas noches leyendo artículos en internet sobre temas que iban desde sus derechos en un divorcio en el estado de Washington, hasta el tiempo que se tardaba —apenas noventa días, suponiendo que ninguno de los dos recurría la sentencia— en superar las consecuencias emocionales. Sentía que tenía algo más de información, pero no más tranquilidad. Además del nivel de estrés estaba la cuestión del trabajo. ¿Se quedaba? ¿Se iba? Y si se marchaba ¿adónde iba a ir y qué iba a hacer cuando llegara allí? ¿Trabajar para otra bodega? ¿Comprar una bodega?

Ese último pensamiento la mantenía despierta por las noches. Había intentado desechar esa posibilidad, pero igual que la idea misma del divorcio, una vez que apareció en su mente, no pudo hacer que desapareciera.

¿Podía? ¿Lo haría? ¿Debería hacerlo? Su propia bodega. Había muchas cosas que quería hacer a las que Barbara nunca había accedido. Estilos que quería probar, nuevas tendencias en combinaciones. Al mismo tiempo, había querido jugar con métodos más tradicionales con algunos vinos.

Se levantó sobre sus rodillas y arrancó una uva del racimo que tenía más cerca. Seguía estando duro y amargo, faltaban más de dos meses para que estuviese listo. Pero la promesa estaba ahí.

Esto sí lo sabía, pensó. Esto era lo que ella era y lo que la iba a salvar. No podía contar con Rhys, con Stephanie ni con nadie más aparte de ella misma. No formaba parte de Bel Après, no del todo. Entonces ¿qué quería? ¿Cuál era su legado? ¿Estaba dispuesta a trabajar sin más para otra persona el resto de su vida o quería algo más?

Rhys le había dicho que con el acuerdo postnupcial ella recibiría unos dos millones de dólares. Eso era suficiente para comprar una pequeña bodega. O el adelanto de otra más grande. Eran opciones, una red de seguridad y muy posiblemente el comienzo de un sueño. Podía asumir lo que estaba ocurriendo y hacer algo positivo o podía lloriquear, quejarse y morirse de la preocupación. La decisión era suya.

—No quiero seguir viviendo así —susurró poniéndose de pie—. No pienso vivir así. Quiero amor, pasión y algo que me importe.

Miró a su alrededor. Los viñedos se extendían hacia el horizonte y las hileras regulares eran prueba del meticuloso cuidado que recibían. Esta era su pasión, pensó. Siempre lo había sido. Ella era esto. Podía perder todo lo demás, pero no iba a perder eso. Se negaba.

Tiró la uva al suelo y se dirigió de nuevo a la camioneta. Antes de ponerse detrás del volante, se detuvo para recorrer con el dedo el logo de Bel Après en el lateral. Todavía tenía que enfrentarse a mucha mierda, pero ahora mismo, su peso era un poco menor del que había sido antes.

Cuando llegó a la autopista, se dirigió a Walla Walla. El sol estaba bien alto en el cielo y la tarde era calurosa. Un buen día para las uvas, pensó. Giró en dirección a la ciudad y, a continuación, hizo un rápido giro a la derecha cuando vio un cartel de un concesionario de coches usados.

Un primer paso, se dijo. Eso era lo que tenía que lograr hoy. Un pequeño paso. Mañana daría otro. Esa era la única forma de salir adelante.

Salió de la camioneta y miró a su alrededor. Un hombre mayor se le acercó sonriendo.

—Buenas tardes —dijo—. ¿Busca un coche nuevo?

Ella tomó aire y, después, le devolvió la sonrisa.

—Sí. O un todoterreno o una ranchera. Con pocos kilómetros y tracción en las cuatro ruedas.

Dos horas después, era la orgullosa propietaria de un Jeep último modelo. Después de aparcar la camioneta del trabajo en su sitio junto a las oficinas, tomó un carrito de golf hasta su casa y se dio cuenta de que no sabía quién podría llevarla de nuevo hasta el concesionario para recoger el Jeep. Stephanie y ella no se hablaban precisamente y Rhys estaba trabajando. No tenía amistades fuera de la familia Barcellona, algo de lo que se tendría que ocupar, pero no ahora.

Consideró sus opciones un segundo antes de cruzar el patio en dirección a la casa de Cuatro. Cuando estaba rodeándola hacia la parte de atrás, pasó junto a un llamador de ángeles y un diminuto círculo de piedras. Mackenzie llamó una vez a la puerta y entró.

—Cuatro, soy yo —gritó.

—En la cocina.

Atravesó el vestíbulo y encontró a su cuñada juntando harina y azúcar. En la encimera había varios moldes de magdalenas y cuencos rebosantes de arándanos frescos.

Cuatro sonrió.

—Los primeros de la temporada. Faltan unos días más hasta que estén maduros del todo, pero estos son buenos para hornear. Luego os llevo unas magdalenas.

—Gracias. —Mackenzie miró por la cocina—. Necesito un favor. ¿Estás ya liada con esto o puedes tomarte un descanso de una hora, más o menos?

—No he empezado todavía, así que, estoy disponible. ¿Qué quieres?

Cuatro llevaba un bonito vestido de verano. La tela clara y holgada estaba llena de arcoíris y unicornios. Se había recogido su pelo largo en una coleta y tenía unos pendientes largos con forma de judías verdes.

Era la menor de los hermanos, la más artista y la que volvía loca a Barbara. A Mackenzie siempre le había caído bien y admiraba la voluntad de Cuatro por ser exactamente quien era, sin que le importaran las consecuencias. Aunque Stephanie era su mejor amiga, Mackenzie y Cuatro estaban también unidas. Mackenzie era la madrina de sus tres hijos. Acudía a las comedias del colegio y a las fiestas de cumpleaños. El primer día de clase acompañaba a los niños a la parada de autobús.

¿Y si perdía todo eso? ¿Y si ya no estaba allí para que Galaxy le enseñara su nuevo lazo del pelo ni para ver la última rana que Zeus había encontrado? ¿Y si ya no había más trabajos de arte ni noches tumbados en una manta mirando las estrellas?

Cuatro ahogó un grito y se lanzó sobre Mackenzie para abrazarla con fuerza.

—Respira —le dijo su cuñada—. Respira profundamente. Aspira la esencia del universo y suelta los pedazos rotos.

Mackenzie se las arregló para soltar una carcajada.

—Agradezco el abrazo, aunque no el consejo. ¿De qué estás hablando?

—Hay algo que te inquieta. Dime qué ha pasado.

—Rhys y yo nos vamos a divorciar.

Se preparó para una crítica, un enfado o que Cuatro se apartara. En lugar de eso, su amiga siguió abrazándola, ofreciéndole consuelo y calor.

—Lo siento —dijo Cuatro por fin.

—Yo también.

Cuatro dio un paso atrás y suspiró.

—No me sorprende, pero lo siento.

—¿Por qué no te sorprende?

—Ninguno de los dos sois felices desde hace mucho tiempo. No hay conexión entre vosotros. No discutís porque para eso hace falta un nivel de pasión que ya no tenéis.

Mackenzie se quedó mirándola.

—¿Y no se te ocurrió contarme ninguna de esas conclusiones hace un año?

—¿Me habrías escuchado?

—No lo sé. A lo mejor.

Cuatro sonrió.

—Cada uno toma sus decisiones cuando puede. Todos. —Su sonrisa desapareció—. Pero no solo lo vas a
dejar a él, ¿verdad? Te voy a echar mucho de menos.

Mackenzie contuvo las lágrimas.

—No me quiero ir, pero no sé si tengo alternativa.

—No la tienes. Bel Après no es tu lugar. Mi madre ha
pasado los últimos dieciocho años aprovechándose de
tu talento mientras trataba de controlar tu alma. Eso no
iba a funcionar siempre. Te mereces mucho más. —Cuatro extendió las manos hacia las suyas—. Que sepas que
pase lo que pase, soy tu hermana y te quiero. Siempre
estaré aquí para lo que necesites y sé que tú harás lo mismo por mí y por mi familia. Confío en ti plenamente.

Aquellas palabras eran un agradable consuelo. Durante estos minutos, Mackenzie se sintió apoyada y querida. Si una parte de ella deseaba que Stephanie hubiese
reaccionado del mismo modo, en fin, iba a tener que
aguantarse.

—Gracias —contestó Mackenzie tomando una fuerte
bocanada de aire por primera vez en varios días.

—De nada. ¿Y en qué quieres que te ayude?

Mackenzie se rio.

—Aun a riesgo de parecer uno de tus hijos, necesito
que me lleves a un sitio.

Stephanie se preguntó si se sentía tan mal como el
aspecto que tenía. Llevaba dos días sin ducharse y apenas había salido de su dormitorio. Ahora, sentada en su
cocina mientras daba sorbos a su café poco después de
la siete de la mañana, trató de decirse que tenía que recuperarse y hacer lo que debía. Pero parecía que no quería escucharse.

Sonó su teléfono. Bajó la mirada y vio un mensaje de
Carson.

Hola, mamá. Solo para saludar. Todo va genial.
Ayer hice seis entradas perfectas. Te quiero.

A pesar de todo, consiguió sonreír. Al menos, había una cosa que había hecho bien. Carson era un buen chico. Probablemente, Avery también lo era y se daría cuenta en cuanto su hija cambiara un poco de actitud pero, por lo demás... se consideraba un ser humano horrible.

Fue consciente de ello a eso de las dos de la mañana y había llorado, había dado zapatazos por su dormitorio y, después, había llorado más. Pero por mucho desprecio que sintiera hacia sí misma nada iba a cambiar lo que había hecho y ahora no sabía cómo arreglarlo.

Pero era lo suficientemente débil como para querer omitir esa parte —la disculpa— y volver a lo que tenía antes con Mackenzie. Solo que no podía. Había un grandísimo problema que lo impedía y ese problema era ella y lo que había dicho.

Se obligó a ponerse de pie y subió las escaleras. Después de ducharse y cambiarse de ropa, se sentía medio humana. Salió de su dormitorio y vio a Avery en el pasillo. Su hija la miró.

—Mamá, ¿qué pasa?

—Nada.

—Has estado llorando.

—Sí, pero no por nada que hayas hecho tú. —Trató de suavizar sus palabras con una sonrisa. Avery no parecía convencida.

—¿Quieres que haga algo?

El inesperado ofrecimiento supuso una breve pausa de la voz de dentro de su cabeza que no dejaba de corearle que era basura.

—¿Sacar mejores notas y decirme que soy tu mejor amiga?

Avery sonrió.

—¿Algo más?

—Estoy bien. Solo son tonterías. Lo solucionaré.

Avery la sorprendió acercándose a ella para darle un rápido abrazo.

—Si me necesitas, estaré por aquí todo el día.

—Eso es muy bonito. Gracias.

Avery asintió y bajó. Stephanie se sacó el teléfono del bolsillo y escribió un mensaje rápidamente antes de arrepentirse.

¿Estás en casa?

Sí.

Voy para allá.

Esperó pero no recibió ninguna respuesta. Supuso que Mackenzie no sabría bien qué decir, sobre todo después de cómo se había portado Stephanie con ella la última vez que habían hablado.

—Esta vez va a ser diferente —se prometió en voz alta antes de ir tras su hija a la planta baja—. Voy a hablar con Mackenzie —gritó mientras se dirigía hacia la puerta—. Te veo en el trabajo.

—Vale.

Nada más salir, Stephanie inhaló el aire ya caliente. Iba a ser un día abrasador, con la temperatura muy por encima de los treinta grados. Mackenzie y su equipo estarían rondando por los viñedos, buscando rastros de estrés. Un poco de calor les sentaba bien a las uvas, pero mucho y demasiado temprano podía ser un problema.

Recorrió la corta distancia entre las casas mientras trataba de decidir qué iba a decir respecto al divorcio. La confesión de Rhys había cambiado por completo su perspectiva y la había puesto triste. Dos de las personas a las que más quería en el mundo habían estado sufriendo sin que ella lo supiera.

Subió los tres escalones de la puerta y entró.

—Soy yo —gritó.

—En la cocina.

Fue en esa dirección y se detuvo al ver a Mackenzie.

Su amiga tenía casi tan mal aspecto como Stephanie. Pálida y delgada, con ojeras. Se quedaron mirando la una a la otra y, a continuación, Stephanie se lanzó hacia ella. Mackenzie hizo lo mismo y se juntaron en la puerta, con los brazos de cada una envolviendo a la otra en un fuerte abrazo.

—Lo siento —dijo Stephanie mientras las lágrimas le inundaban los ojos—. Lo siento. Estuve horrible. Dije cosas espantosas y te hice sentir mal. No he estado a tu lado cuando me necesitabas. No sé cómo ha pasado. Solo pensaba en mí y en cómo me iba a afectar el divorcio, y eso está mal y hace que me sienta como un gusano. No volveré a hacerlo. Lo juro. Te quiero mucho. Quiero estar a tu lado. Por favor, por favor, créeme.

Mackenzie siguió abrazándola. Se quedaron agarradas la una a la otra un par de minutos antes de apartarse sonriendo. Las dos se estaban secando las lágrimas.

—Estamos hechas un desastre —dijo Mackenzie—. Necesitamos pañuelos y un café.

—¿Algo de alcohol?

—Son las siete y media de la mañana.

—En Viena no.

Mackenzie se rio.

—En eso tienes razón. ¿Y qué te parece una tostada en su lugar?

—Me comeré una tostada.

Se sentaron en la isla, una en cada esquina, con las rodillas moviéndose arriba y abajo. Stephanie le apretó la mano.

—Lo siento de verdad. Lo hice muy mal. Reaccioné sin pensar y te hice daño.

—No pasa nada.

—Sí pasa. Voy a hacerlo mejor.

—Te agradezco la disculpa. —Cogió un pañuelo y se sorbió la nariz—. Han sido unos días duros.

—Apuesto a que sí. ¿Qué está pasando? ¿Rhys y tú estáis hablando de algo? ¿Estáis discutiendo?

—Discutiendo no. Hablando un poco. —Se levantó y sirvió un café para cada una y, después, metió pan en la tostadora—. Estoy tratando de asimilar lo que está pasando. No estoy sorprendida, pero me parece que está yendo muy rápido, si es que eso tiene sentido.

—Lo tiene. —Stephanie vaciló—. ¿Lo del divorcio va en serio?

Mackenzie asintió.

—Rhys está más que preparado y yo me estoy acercando. Pensé pedirle que fuéramos a terapia, pero no hay nada que nos pueda salvar. Es la verdad. Llevamos mucho tiempo sin ser un matrimonio de verdad.

Stephanie pensó en la confesión de su hermano de que ya no dormían en la misma habitación ni tenían sexo, pero no estaba segura de si debía mencionarlo.

—¿Y qué vas a hacer? —preguntó entonces.

—Buscar un abogado matrimonialista. Arreglar mi vida. —Fingió una sonrisa—. Ya sabes... cosas fáciles.

—¿Vas a seguir trabajando en Bel Après?

Mackenzie vaciló y Stephanie sintió un nudo en el estómago.

—No vas a seguir.

—No lo sé —contestó Mackenzie—. No lo he decidido. Estoy bastante segura de que Barbara querrá que me quede a pesar del divorcio pero ¿y luego qué? Es en eso en lo que he estado pensando. ¿Me busco un apartamento en la ciudad, o incluso un piso, y vengo en coche todos los días para hacer el trabajo que he hecho hasta ahora? ¿Quiero ser una empleada aquí el resto de mi vida? Antes sentía que formaba parte de la familia pero, sin eso, ¿qué me queda?

Una pregunta legítima, pensó Stephanie tratando de no sentirse resentida. Que nunca se hubiera molestado en poner en orden su propia vida no era culpa de nadie más que de ella. Aunque el hecho de que la marcha de Mackenzie la hiciera sentir atrapada de nuevo no era problema de su amiga.

—¿Te irías a trabajar a otro sitio o montarías algo propio? —Se incorporó en su asiento—. Tienes dinero. Del acuerdo postnupcial. Probablemente sea mucho dinero. ¿Te comprarías una bodega? Sería genial.

Se levantó y fue a coger mantequilla y jamón de la nevera.

—Puede ser.

Las tostadas saltaron y Mackenzie puso las rebanadas en un plato y lo dejó delante de Stephanie.

—¿Qué quiere decir eso?

Mackenzie volvió a sentarse y cogió su café.

—Que no sé qué hacer. No me gusta cambiar. Quiero que todo sea como siempre.

—¿No piensas nunca en tener tu propia empresa, tomar todas las decisiones sin que mi madre te ande siempre detrás?

Mackenzie sonrió.

—He fantaseado con eso.

—Claro que sí. Pues hazlo realidad.

—Dirigir una bodega es mucho más que cultivar uvas. No domino la parte empresarial. Quizá sería mejor que fuera a trabajar para otra persona.

—Lo odiarías. Es lo mismo que tienes ahora. Yo te animo a que te plantees comprar algo. Lo harías genial. —Stephanie se sintió orgullosa de sí misma por estar diciendo lo que pensaba.

—Gracias. Tu apoyo es muy importante. No me ha gustado que nos peleáramos.

Stephanie asintió.

—A mí tampoco. Lo siento. No volveré a ser tan tonta. —Hizo una pausa—. Vale, probablemente seré tonta, pero lo haré apoyándote. Eres importante para mí. Te quiero y no quiero perder nuestra amistad.

—Yo también te quiero. Y deseo que sigamos siendo amigas pase lo que pase. —Se quedó callada.

—Estás pensando en mi madre —dijo Stephanie cuando terminó de poner mantequilla en su tostada.

—No se va a alegrar.

—No es su vida. No tiene nada que decir.

Mackenzie asintió.

—Ojalá las cosas hubiesen sido distintas. Rhys se merecía más de lo que ha tenido.

—¿Tú no?

—Sí, pero resulta más fácil preocuparse por él. Los dos descuidamos lo que era importante y lo perdimos.

—Dejó su café—. Pensar en el futuro es aterrador. Es un vacío y no sé qué va a pasar. Desde la universidad, Bel Après ha sido mi hogar. No sé cómo vivir en ningún otro sitio.

—Vente a vivir conmigo —le propuso Stephanie—. Tengo un dormitorio de sobra en la planta baja. Tiene baño y todo. Nos tendrás a los niños y a mí y podrás quedarte todo el tiempo que quieras.

Los ojos de Mackenzie se inundaron de lágrimas.

—Gracias. Significa mucho para mí. Puede que te acepte el ofrecimiento.

—Deberías. Lo pasaremos bien juntas y eso fastidiará a mi madre. Saldremos las dos ganando.

Mackenzie se rio.

—Algún día tendrás que aprender a llevarte bien con ella.

—Pero ¿por qué empezar ahora?

Mackenzie cogió una tostada.

—Me he comprado un Jeep. Es negro y tiene una pinta guay. En el instituto llevaba el coche de mi abuelo y, después, me casé con Rhys y siempre he tenido una camioneta de la empresa, así que, este es el primer coche que es mío.

—Enhorabuena. Has hecho bien.

—Lo sé. He tenido que contratar un seguro y todo.

—Mírate, estás hecha toda una adulta.

Mackenzie sonrió.

—Un paso menos, quedan cuatro mil noventa y siete.

Capítulo diez

Mackenzie fue con el coche hacia el este, pasó por el pequeño aeropuerto y, después, giró en una tranquila zona industrial. Al final de una calle sin salida había un restaurante mexicano que llevaba, por lo menos, veinticinco años en el mismo lugar. La comida era barata y abundante y eso lo convertía en el favorito de muchos chicos del instituto, pero estaba bastante apartado, de modo que no debía haber nadie que ella conociera un jueves a las dos. Nadie salvo el hombre con el que había quedado.

Nader English dirigía la bodega más grande del estado de Washington. Su producción se medía en millones de litros al año y el producto final se distribuía a nivel mundial. Lo conocía desde hacía años y casi siempre que se encontraban en algún evento del sector él le ofrecía trabajo. La oferta iba acompañada de unas risas y el comentario de que Barbara lo despellejaría vivo si Mackenzie aceptaba, pero siempre se la hacía. Ahora, ella quería saber si era de verdad o solo por hablar.

Aparcó junto al único vehículo que había en el aparcamiento, una F-150 grande último modelo con el logo de la bodega en el lateral. Al menos, no llevaba con su Jeep el suficiente tiempo como para que la gente lo relacionara con ella, pensó a la vez que apagaba el motor y se limpiaba las manos, repentinamente sudorosas, en los vaqueros.

Esto era un error, pensó también con un pellizco en el estómago. No quería irse a trabajar para Nader ni para nadie. Quería quedarse donde estaba. Le encantaba Bel Après. Solo que quedarse quizá no sería una opción, no solo por el divorcio, sino también porque la esperanza de tener algo más, algo que pudiera construir ella misma, había echado raíces muy dentro de ella. A lo mejor estaba deseando la luna, pero ahora mismo necesitaba un poco de esperanza en su vida.

—Mientras tanto, no hay nada de malo en tener esta conversación —susurró mientras salía del Jeep.

Entró. Unas sillas y mesas maltrechas inundaban el lugar. Había una barra en un extremo y una gramola en el otro. Nader, un hombre bronceado de cincuenta y muchos años, ya ocupaba una mesa junto a la ventana. Tenía una cerveza en una mano y una patata frita en la otra.

—Mackenzie —gritó haciéndole señales para que se acercara—. ¿Qué te pido de beber?

Ella se sentó y trató de no hacer caso del constante pellizco de su estómago.

—Nada para mí.

Él frunció el ceño.

—¿No vamos a comer?

—Yo quería hablar, pero come tú.

—Desde luego que pienso hacerlo —contestó con una sonrisa—. Estaba deseando comer aquí desde que me llamaste. En casa, Jody se ha vuelto prácticamente vegana. —Se estremeció—. He venido por los tacos de carnitas con extra de queso. ¿Seguro que no quieres nada?

Apareció su camarera, una mujer atractiva de pelo moreno.

—Mackenzie —la saludó con una sonrisa—. Me alegro de verte.

—Hola, Orla. —Orla miró a Nader—. ¿Me traes un Sprite, por favor?

—Claro. —Orla miró a Nader—. Ya he oído lo que quiere. ¿Qué le parece un par de taquitos de pollo para acompañar?

Nader sonrió.

—Eres de las que me gustan. Tráelos.

Mackenzie y Nader hablaron de las cosas que estaban pasando por la zona hasta que le trajeron a ella su bebida y, a continuación, él apoyó la espalda en su asiento y cruzó los brazos sobre su gran barriga.

—Tú has convocado esta reunión.

Y llegó el momento. Mackenzie tomó aire.

—Estoy pensando en hacer algún cambio en mi vida profesional. Me encanta Bel Après y todo lo que hago allí, pero nunca seré más que una empleada y estoy considerando otras opciones.

—Joder —contestó él y, después, la miró con una sonrisa irónica—. Perdón por la expresión. ¿Lo dices en serio? ¿Dejarías Bel Après y te vendrías a trabajar para mí?

—Puede. No lo sé. Ahora mismo estoy explorando. Siempre me estás ofreciendo trabajo y nunca he sabido si lo decías de verdad o no.

—Es de verdad. Es veinte veces de verdad. —Miró a su alrededor y volvió a dirigir su atención hacia ella antes de bajar la voz—. Mackenzie, yo te contrataría sin pensar. Dime qué quieres. ¿Tu propia marca? Hecho. ¿Control absoluto? Lo tienes. Te daré un porcentaje. El diez por ciento del neto. Qué coño, el veinte. Podríamos hacer grandes cosas juntos. Tenemos viñedos por todas partes. Puedes elegir las mejores uvas de Washington y Oregón y hacer algo estupendo. Solo dime qué hace falta. Tus propias oficinas, por supuesto. Elige tú al personal. Puedo darte presupuesto para viajes, una casa, un pony. Lo que sea.

Sus palabras la abrumaban, haciendo que le resultara difícil respirar.

—Puede que un pony no —consiguió responder.

—¿Qué te parece «Mackencie Dienes Presenta» en la etiqueta?

Ella lo miró.

—Eso estaría bien.

Él cogió una patata.

—¿Y por qué lo haces? ¿De verdad vas a dejar Bel Après? Llevas allí varios años. ¿Cuántos? ¿Trece? ¿Quince?

—Dieciséis —respondió—. Desde que me licencié en la universidad y Rhys y yo nos casamos.

—Ajá. Eso es muchísimo tiempo. ¿Y Rhys qué opina de todo esto? ¿De tu cambio?

Ella evitó mirarlo a los ojos.

—Me está apoyando mucho.

Él se quedó mirándola un largo rato.

—Mackenzie, ¿qué pasa?

—Nada —contestó con evasivas—. Como te he dicho, estoy considerando opciones.

—Te vas a divorciar.

—¿Qué? No. ¿Cómo lo has sabido? —Apretó los labios—. O sea, sí, pero esa no es la razón por la que me quiero ir de Bel Après. O sea, no es la única razón por la que estoy pensando en... —¿Por qué se le estaba dando tan mal esto? Solo era una conversación—. Lo estoy haciendo todo mal.

Orla se acercó haciendo equilibrio con tres platos. Dejó los tacos y los taquitos delante de Nader y puso una quesadilla delante de ella.

—Parece que tienes hambre —le dijo Orla—. Seguro que no has comido. Necesitas comida en el estómago, Mackenzie.

El acto de generosidad casi la hizo llorar.

—Gracias —susurró inhalando el olor del queso y la tortilla y sintiendo que la boca se le hacía agua— Sí que tengo un poco de hambre.

—Bien —Orla le dio una palmada en el hombro y se alejó.

Nader cogió un taco.

—¿Cuándo ha pasado todo esto?

—Durante las últimas semanas. No es un drama ni nada de eso. Rhys y yo somos amigos y siempre lo seremos. Pero ha hecho que me plantee otras cosas. Como qué hacer con mi carrera.

Cogió un trozo de quesadilla y le dio un bocado. La deliciosa mezcla de queso con chiles suaves le recordó que llevaba varios días sin comer. De repente, estaba muerta de hambre.

Mientras engullía el primer trozo, Nader se comió un par de tacos y, después, se secó las manos con una servilleta de papel.

—Te voy a dar un consejo —dijo cogiendo su cerveza—. Es un buen consejo, hazme caso. Tú me ayudaste hace un par de años cuando estaba mal.

Ella asintió con la cabeza, recordando cómo su equipo de recolectores había sufrido una grave intoxicación alimentaria en Oregón. Él tenía varias hectáreas de Syrah listas para la recolección y era imposible hacerlo con un equipo limitado. Mackenzie quería esperar un par de días más para recoger su propia cosecha de Syrah, así que envió a su equipo para que trabajara para él. Barbara no se mostró muy contenta, pero Mackenzie sintió que cuidar de un amigo era más importante que la ira de su suegra.

—Te escucho —le contestó.

Él se inclinó hacia ella.

—Por los clavos de... No puedes ir diciéndole a la gente que estás pensando irte de Bel Après. Barbara se va a enterar antes de lo que quieres y, entonces, sí que vas a tener un buen lío.

—¿Cómo sabes que no se lo he dicho ya?

—Porque no veo el humo de ninguna bomba nuclear. No se lo va a tomar bien.

Cosa que Mackenzie sabía que era verdad.

—A lo mejor no me voy.

—Ya has tomado la decisión, nena. Ahora solo estás queriendo saber qué vas a hacer a continuación. Yo dejaría a dos de mis chicos porque te vinieras, pero los dos sabemos que eso no va a pasar. Tú no quieres trabajar para otro. Quieres algo propio. Joder, si yo tuviera unos cuantos millones de dólares montaría un negocio contigo al instante. —Sonrió—. Pero el buen Dios solo me bendijo con una cara bonita.

Ella también sonrió.

—Eres muy amable al decir eso pero la verdad es que no he decidido qué quiero hacer.

—A lo mejor puedes mentirte a ti misma, pero a mí no. —Bajó la voz—. Este es mi consejo. No le cuentes a nadie lo que me has contado a mí. Antes firma un AC, un acuerdo de confidencialidad. Para protegerte. Búscate un abogado. Búscate dos. Uno para el divorcio y otro para el trabajo. Haz que la gente se gane tu confianza. En cuanto te marches no vas a contar con la protección de la familia Barcellona. Este es un mundo grande y malvado, nena. Tienes que cuidarte.

Tenía sentido lo que decía, pensó ella.

—Gracias. Estás siendo muy amable conmigo.

—Lo sé. Soy un santo. —Suspiró y, a continuación, señaló la comida—. Come. Invito yo para que también puedas aprovecharte de mí. ¿Quién sabe? A lo mejor te caes, te das un golpe en la cabeza y al despertar piensas que quieres venir a trabajar para mí.

Ella se rio.

—Te prometo que si no monto algo propio me pensaré muy bien tu oferta.

—Hazlo.

Mackenzie pasó el resto de la tarde conduciendo por la zona. Se detuvo en un par de bodegas para probar sus vinos, aprovechó una jornada de puertas abiertas para visitar un apartamento junto al campo de golf y pasó una hora paseando por un parque tratando de poner en orden sus pensamientos. Eran casi las siete cuando volvió a casa.

Entró en la cochera, avanzando despacio para asegurarse de que no abollaba el Jeep. Aparcar algo tan grande en lugar de uno de los carritos de golf seguía siendo algo nuevo para ella. Aunque estaba acostumbrada a llevar camionetas para la bodega, aparcarlas consistía más bien en salirse de un camino de tierra que en maniobrar en el interior de un espacio cerrado.

Cuando bajó, vio dos carritos junto a la puerta, lo que quería decir que Rhys estaba en casa. Entró rápidamente.

—Soy yo —gritó.

—En la cocina.

Lo encontró de pie junto al microondas, con el olor de una cena congelada inundando el aire al calentarse.

—¿Qué haces? —preguntó ella.

—La cena.

—¿Por qué no has cogido lo que nos ha dejado la cocinera?

Puso una mueca.

—No quería molestarme en cocinar nada.

—Todos los hombres sois iguales. —Cogió el paquete y vio la foto de una especie de pasta—. Tú odias estas cenas. Solo las compro para mí.

—Lo sé, pero tenía hambre.

Mackenzie fue al frigorífico para ver la comida que le habían dejado ese día. Había dos chuletas de cerdo, patatas rellenas y ensalada.

—Dame cinco minutos y te llevo la cena a la mesa —le propuso ella mientras iba al fregadero a lavarse las manos.

—No tienes por qué cocinar para mí —respondió Rhys.

—Voy a hacerlo para los dos. Y prepárate, porque quiero hablarte de algunas cosas.

Veinte minutos después estaban sentados uno frente al otro. A pesar de haberse comido una quesadilla apenas unas horas antes, tenía hambre. Quizá porque últimamente no había comido mucho.

Rhys había preparado la mesa del comedor, como siempre hacía. También había dejado una carpeta y un cuaderno junto a su cubierto.

Ella cogió el vaso de agua y señaló la carpeta.

—¿Tú también tienes que hablar de algo?

—Esto está más relacionado con lo tuyo.

—Pero no sabes qué te voy a decir.

Rhys sonrió.

—Tengo una idea de que nuestra conversación va a estar relacionada con el trabajo. No es que vayamos a preparar ningún viaje a Europa.

Lo cual era verdad, claro, pero oírselo decir la puso triste. En parte, porque nunca habían planeado un viaje a ningún sitio y, en parte, porque él era un hombre bueno y le iba a echar de menos.

¿Cuántas cenas más compartirían? ¿Cuántas veces más en esta mesa? ¿Cuántas noches más dormiría ella en esta casa? No había modo de saberlo y especular con la idea no tenía sentido, se dijo. Iba a dar pasos adelante. Puede que a desgana, pero en cuanto llegara adonde tenía que ir, ¿importaba la motivación?

Le pasó la ensalada.

—Estoy lista para empezar con el divorcio. He investigado un poco y si llegamos a un acuerdo, solo tendremos que rellenar unos papeles y esperar noventa días.

Sus ojos oscuros la miraban fijamente.

—Tienes que buscarte un abogado.

—Lo haré.

—No voy a ser ningún gilipollas, Mackenzie, pero tienes que protegerte.

—Lo haré —repitió antes de coger un bocado de ensalada. Nader le había dicho lo mismo. Iba a buscar algunos nombres y empezar a hacer algunas llamadas para buscar a alguien que la ayudara con el divorcio.

Él abrió la carpeta.

—He pedido una valoración de la casa. La tendremos a finales de la semana que viene. Tu parte de mi fideicomiso es un importe fijo, así que, en ese aspecto no hay que hacer nada. Es lo que es.

Pasó otra página.

—Hemos ingresado la mayor parte de nuestros salarios. Ninguno de los dos gasta mucho en manutención. Nos pagan más o menos lo mismo, así que, propongo que sencillamente dividamos las cuentas entre dos. Tus regalías de los vinos están en una cuenta distinta, así que eso es fácil. Son tuyas.

Ella asintió mientras trataba de no pensar que, al final, se iba a quedar con un montón de dinero y sin familia. No era precisamente un intercambio justo.

Él le pasó un papel. Ella vio los totales de distintas cuentas sumados y divididos entre dos. Cuando a ese importe se le sumaran sus regalías...

—Son los dos millones de dólares que dijiste —comentó ella levantando la cabeza y mirándolo fijamente—. ¿Esa cifra es la correcta?

—Debería serlo. Lo he comprobado todo.

—No sé qué decir.

La cifra no debería ser ninguna sorpresa, pero verla por escrito hacía que se convirtiese en real. Dos millones de dólares. Le costaba asimilar lo que eso implicaba.

Se levantó, recogió los platos de ensalada vacíos y entró en la cocina. Tras sacar del horno las chuletas de cerdo y las patatas, las emplató y las llevó al comedor.

—Vas a tener opciones —dijo él cuando ella estuvo sentada—. Guárdate el dinero, compra una bodega. Puedes hacer lo que quieras.

Lo cual debía haber parecido impresionante, pero le dejaba una sensación de estar perdida e inquieta.

—Hoy he hablado con Nader.

Rhys cortó su chuleta de cerdo.

—¿Le ha explotado la cabeza ante la idea de que trabajes para él?

—Se ha emocionado con ella pero no cree que vaya a hacerse realidad. Me ha dado muy buenos consejos.

—¿Quieres trabajar allí?

—No lo sé. —Nunca se había planteado en serio tener su propia bodega. Claro que había tenido ocasiones en las que había deseado poder hacer las cosas de otro modo, pero eso no era lo mismo que tener su propio negocio. Sin embargo, en los últimos días había empezado a aceptar la idea más como una posibilidad que como un sueño lejano—. Yo nunca he dirigido un negocio —confesó—. Dirijo a mis equipos y me encargo del vino, pero eso no es lo mismo que llevar las cuentas, el marketing y todo lo demás. Me he dedicado a las partes que me gustan.

—Pues asóciate con alguien. —Movió su tenedor en el aire—. Eres la mejor enóloga del estado. Cualquiera estaría encantado de montar un negocio contigo. La otra persona puede aportar los conocimientos empresariales y tú la elaboración del vino. Ah, y búscate a alguien con dinero. Así podrás comprar algo grande y no necesitarás pedir un préstamo.

¿Eran imaginaciones suyas o él la estaba apartando, aunque con mucha suavidad? Dejó el tenedor y puso a prueba su teoría con una broma.

—Además, si monto un negocio con otra persona ya no te sentirás culpable.

Había previsto algún tipo de negación (o tenía esa esperanza). Pero Rhys miró para otro lado y se encogió de hombros.

—Me sentiría mejor si no pasaras por todo esto sola.

Y en ese momento, se quedó sin apetito.

—No voy a estar sola. Seguimos siendo amigos y cuento con Stephanie.

—¿Habéis hecho las paces?

—¿Sabías que estábamos peleadas?

Él asintió.

—Se sentía mal por lo que había pasado y vino aquí para gritarme por no haber dejado la polla guardada en los pantalones. —Sonrió—. A mi hermana se le da bien expresarse.

—Espero que le dijeras que el divorcio no es culpa tuya. Los dos somos culpables.

—Eso hice, pero no me quiso escuchar. En cuanto a lo de buscar un socio, Mackenzie, es algo que te tienes que plantear.

—Claro, porque entre mis contactos tengo a muchas personas así. ¿Cómo voy a encontrar a alguien? —Recordó el consejo de Nader—. No puedo ir por ahí preguntando.

—Conoces a una persona con todos esos requisitos. Bruno.

Mackenzie cogió su copa de vino. Rhys tenía razón. Bruno tenía dinero y bastante experiencia empresarial. Incluso había mencionado que quería comprar una bodega, pero eso estaba muy lejos de quererla a ella como socia.

—Habla con él —le propuso Rhys—. Como poco, que te diga qué piensa. Conoce a mucha gente y sabe cómo funciona el sector. Podría servirte como un buen recurso.

Y como una buena salida para Rhys, pensó ella tratando de no sentirse mal.

—Voy a tener que pedirle que firme un acuerdo de confidencialidad.

Rhys la miró.

—Alguien está haciendo los deberes. Tienes razón, te vendría bien.

—La idea no es mía. Me la ha dado Nader. Tenía una actitud muy protectora.

—No me sorprende. Tú caes muy bien y la gente te respeta.

—Gracias —murmuró—. Está pasando todo muy rápido. Me cuesta seguir el ritmo.

—En teoría, no ha pasado nada —comentó él—. Solo estamos hablando.

—Es más que eso. Nos vamos a divorciar. Eso es real. Y en cuanto eso pase, tendré que seguir con mi vida.

—Te lo repito: puedes quedarte en Bel Après todo el tiempo que desees. A mi madre no le va a importar lo que pase con nuestro matrimonio.

Mackenzie tomó aire, preparándose para sincerarse sobre algo que había estado evitando.

—No puedo seguir trabajando aquí. No solo por el divorcio, sino por muchas otras razones. Tengo que hacer otra cosa.

—¿Comprar una bodega?

—No lo sé. Puede que sí. —Porque irse a trabajar para otra persona iba a ser más de lo mismo. ¿Y no estaba cansada ya de eso?

A lo mejor sí que la estaba presionando Rhys, pero eso no significaba que sus consejos no fueran sensatos. Sobre todo, respecto a Bruno. Ella siempre lo había respetado y lo que sabía de él le gustaba. Por lo menos, podría darle algún buen consejo.

—Tienes razón respecto a Bruno. Me encargaré de eso de inmediato.

Él la sonrió.

—Vas a hacerlo genial.

—Puedo darme un buen tortazo.

—Eso no va a pasar. Eres demasiado buena y muy trabajadora.

Esperaba que él tuviera razón en eso. Desde que se licenció en la universidad, solo había tenido un trabajo para una sola empresa, y era un negocio familiar. ¿Sabía siquiera cómo funcionaba el mundo real?

No es que eso importe, se dijo, porque estaba a punto de descubrirlo.

Capítulo once

Barbara revisó el montón de cheques que tenía delante. Lori llevaba las facturas a diario, pero cada trimestre, Barbara insistía en revisar todos los pagos. Había también cheques más grandes que ella firmaba en persona, como el pago del impuesto sobre el patrimonio y los cheques de las regalías para Mackenzie.

—¿Estás segura de que esto está bien? —preguntó de manera automática sin ni siquiera mirar a Lori, que estaba sentada al otro lado de la mesa.

—Sí.

Una vez terminada la revisión, Barbara firmó los cheques. Se quedó quieta delante de uno para Mackenzie, diciéndose a sí misma que no debería sentir ningún fastidio por el dinero. Por cada dólar que su nuera ganaba, Bel Après ganaba cuatro, así que, eso era un triunfo. Aun así, no debería haber aceptado ese acuerdo, pensó con cierta sensación de resentimiento.

—¿Se puede?

Levantó los ojos y vio a Catherine en la puerta de su gran despacho. Como siempre, la visión de su hija menor la puso en tensión. Solo la ropa, un espantoso vestido sin forma con un estampado de flores gigantes, fue suficiente para que pusiera una mueca de dolor.

Catherine prometía mucho. Era lista y creativa. Si hubiese mostrado el menor interés, Barbara habría estado encantada de enseñarle cómo era el negocio.

Sospechaba que, de todos sus hijos, Catherine era la que estaba dotada para elaborar vinos. Pero como Stephanie, Catherine no había querido tener nada que ver con Bel Après. En lugar de eso, jugaba con pinturas y arcilla y aseguraba que el arte era su destino.

—Quería avisarte de que he dejado en tu cocina unas cestas con arándanos.

Barbara se quitó las gafas de leer.

—Hay un mercado muy bueno ni a cinco kilómetros de la casa. ¿Por qué pierdes el tiempo en ese absurdo huerto?

Catherine sonrió.

—Mamá, en vista de lo mucho que te gustan los viñedos, pensaba que estarías encantada al ver que yo cultivo algo.

—Los viñedos tienen una finalidad.

—También mi huerto. Es importante que mis hijos sepan de dónde salen las cosas. Hay magia en la plantación de una semilla y ver cómo se convierte en una zanahoria o un arándano. La Madre Tierra es una gran bendición para nosotros y deberíamos mostrarle respeto.

Por enésima vez, Barbara se preguntó qué había pasado con su hija menor. Nunca se había caído de cabeza, así que, no podía echarle la culpa a ningún golpe.

Jaguar era mucho más sensato. Trabajaba para una empresa de reparación de maquinaria agrícola. Si era grande y tenía motor, podía arreglarlo. Barbara respetaba sus habilidades y su ética en el trabajo. Quizá cuestionaría su gusto con las mujeres, pero en definitiva era un buen hombre. Honesto y constante. Pero Catherine era otra cosa.

—Yo voy a hacer unas magdalenas —dijo Lori—. Podemos congelarlas.

—Qué bien —murmuró Barbara—. ¿Algo más?

—Eso es todo, Barbara. Disfruta de los arándanos.

Y dicho eso, Catherine se marchó. Barbara negó con la cabeza. Esa chica. Pero aparte de su hija menor, tenía que admitir que todo lo demás iba muy bien, sobre todo, en Bel Après.

—Tu padre estaría muy orgulloso de lo que hemos logrado —dijo en voz alta.

Lori pareció sorprenderse un poco y, después, asintió.

—Es verdad. La bodega ha crecido mucho. Has hecho una labor estupenda, mamá.

—Gracias. Creo que tienes razón. Y bien, ¿qué más?

Tras un rápido trayecto a Seattle y un anticipo de cinco mil dólares, Mackenzie ya tenía abogada. Ramona Spencer le había explicado el proceso y había acordado que si Rhys y ella llegaban a un acuerdo, sería más fácil para todos. Pero la abogada la había avisado de que la gente se pone rara con el dinero, así que, no debía hacerse muchas esperanzas de que no surgiera algún contratiempo. El acuerdo postnupcial serviría de ayuda, pero los divorcios podían complicarse un poco.

Mackenzie había tratado de explicarle que Rhys era un hombre estupendo de verdad y que ya lo habían hablado todo, pero la mirada compasiva de Ramona la había dejado sin terminar la frase. Había vuelto a casa con un montón de documentos para rellenar y una lista de artículos de internet sobre cómo era el proceso de los divorcios. Le había dejado a Rhys la información de contacto de Ramona para que compartiera con ella el de su abogado y así poder empezar con el divorcio.

Si pensaba en el divorcio como un proyecto, se sentía bien. Solo cuando se permitía pensar que en realidad era la muerte de su matrimonio lo pasaba mal. Al estrés se le añadía el hecho de que Barbara no supiera nada y que Mackenzie no quisiera contárselo. Aunque consideraba a Barbara una madre adoptiva, no estaba segura de que su relación no se resintiera con un divorcio, sobre todo, si Mackenzie decidía también irse de Bel Après.

Y ese era un condicionante importante. Su cabeza le decía que quedarse no era una opción, pero su corazón no estaba preparado para alejarse de su hogar, de su familia y de su vida. Sin embargo, quedarse implicaba rendirse a un sueldo cada dos semanas y nada más. Si tenía la posibilidad de hacer realidad su sueño, ¿no debería ir tras él?

Por suerte para su mente dispersa, estaban en mitad del verano y tenía menos trabajo. Seguía supervisando los viñedos. Había terminado la cata de una barrica un par de días antes y había informado a Barbara de los resultados. Enfrentarse a su suegra no era fácil, pero Mackenzie había intentado actuar lo más normal posible y no parecía que Barbara hubiese notado nada raro.

Mackenzie fue hasta la casa y entró en su pequeño despacho. Tras encender su portátil, creó un archivo para el divorcio y, a continuación, descargó los documentos que su abogada le había enviado. Tras estudiarlos, los guardó y abrió otra carpeta. Esta sobre Bruno.

Había empezado a investigarlo después de que Rhys lo mencionara como posible socio. En este momento sabía todo lo que podía saber por 49,95 dólares. Era un hombre soltero, rico y con éxito. No había ninguna quiebra, gravamen ni pleitos pendientes. Nunca le habían arrestado. Poseía varias propiedades, algunas casas e inmuebles comerciales. Su avión privado era arrendado.

En teoría, parecía una persona con la que ella podría sentirse cómoda haciendo negocios. Pero la vida real era diferente. Más complicada. O puede que sus dudas tuvieran más que ver con que tenía miedo.

Iba mirando desde la pantalla a su teléfono y vuelta a empezar y, después, maldijo en silencio mientras cogía el teléfono y buscaba entre sus contactos antes de pulsar el botón de la llamada. Contestó tras el segundo tono.

—¿Sí?

—Hola, Bruno. Soy Mackenzie.

Él se quedó en silencio un momento.

—Es un placer saber de ti. Sorprendente, pero un placer.

Ella oyó la sonrisa de su voz y sonrió también.

—Sí, ya sé. No suelo llamarte. —Lo cierto es que nunca antes lo había hecho. Se aclaró la garganta—. Me preguntaba si la próxima vez que estés por la ciudad podríamos hablar. Lejos de la bodega. Y si pudieras no decirle nada a nadie, en fin, sería genial.

Cerró los ojos y pensó que debería haberse preparado la conversación antes de llamarlo.

—No es nada malo —se apresuró a añadir—. Son... eh... cosas de trabajo. —Hizo una pausa, sin estar segura de mencionar o no lo del acuerdo de confidencialidad. ¿Cómo entablaba la gente esa conversación exactamente? Y a propósito del acuerdo de confidencialidad, ¿dónde narices iba a conseguir uno? ¿Lo podría encontrar en internet sin más?

—Ahora mismo estoy aquí —contestó—. Puedo verte dentro de una hora.

—Ah. Eso es estupendo. Gracias. No sé dónde podría ser. No quiero que me vean contigo. —Soltó un gemido—. Perdona. Me he expresado mal. No es por ti. Es que no quiero que nos vean juntos. —¡Mierda!—. Lo estoy diciendo todo mal.

Él se rio.

—Ahora sí que estoy intrigado. Podemos vernos en mi hotel. Tendremos la intimidad de mi habitación. Y antes de que empieces a asustarte, tengo una suite. Estaremos en la sala de estar. No quiero tentarte con nada.

—Eso no me preocupa —contestó ella. No era de las que se dejaban tentar—. ¿Dónde te alojas?

Esperaba que mencionara el Hotel Marcus Whitman o un lujoso B&B, pero no fue así.

—Estoy en el Marriott Courtyard.

—¿En serio?

—Pareces sorprendida. Me gusta el hotel. En verano hay mucha gente y, a veces, cuesta encontrar habitación, así que alquilo una durante julio y agosto. Aquí me cuidan bien. —Le dio el número de su habitación.

—Un hombre lleno de sorpresas. Te veo en el Marriot Courtyard dentro de una hora.

—Estoy deseando.

Colgó. Mackenzie hizo lo mismo y, a continuación, se preguntó en qué se estaba metiendo. Quizá estaba haciendo demasiadas cosas. Una vez que el divorcio fuera definitivo podría pensar en hacer otros cambios. Como en uno o dos años. Si se iba ahora, se iba a perder la vendimia. Le encantaba. Sin ella, ¿qué iba a pasar con todas las uvas? La necesitaban.

Apoyó los brazos en el escritorio y la cabeza en los brazos y se dijo que o le echaba un par o se quedaría atrapada en Bel Après toda la vida.

En cuanto pensó eso, se irguió. «Atrapada», pensó sorprendida. ¿Así es como se sentía? Y si era así, la única opción era hacer algo al respecto.

Sintiéndose como una actriz de tercera en una producción escolar de una obra de misterio, Mackenzie fue hasta el hotel y aparcó. Los nervios se mezclaban con el miedo y el recelo. No tenía ni idea de qué estaba haciendo y, sin embargo, aquí estaba... haciéndolo. Lo que quiera que fuera.

Hablar, se dijo mientras entraba y se dirigía hacia los ascensores. Iban a hablar. Le pediría información y, con suerte, él se la daría. Y así, sabría más que antes.

Tras salir en la planta de arriba, siguió los números de las habitaciones hasta llegar a la suya y, a continuación, llamó a la puerta.

—Mackenzie —dijo él al abrir la puerta.

—Hola.

Se apartó para dejarla pasar.

Pudo ver brevemente que había una sala de estar, una mesa pequeña y sillas y una puerta cerrada que llevaba a lo que supondría que sería el dormitorio.

Esto era muy raro, pensó mientras se sentaba en la mesa. Bruno se sentó en frente de ella con expresión de curiosidad y pose relajada. Fue entonces cuando ella se dio cuenta de que llevaba puesto un pantalón de traje y una camisa formal, mientras que ella iba con unos vaqueros y una camiseta. No le cabía duda de que tendría barro en las botas y no estaba segura de si se había peinado desde que se había levantado esa mañana. A lo mejor debería empezar a prestar más atención a su armario, pensó con tristeza. Vestirse para las reuniones. Solo que no sabía que iba a tener una reunión y Bruno la había visto docenas de veces. Sabía que era muy...

—¿Mackenzie?

Volvió a dirigir su atención de repente a la habitación.

—Perdona. Estoy un poco dispersa.

Él asintió con gentileza.

Mackenzie pensó en cómo empezar y, después, recordó que se suponía que debía llevar un acuerdo de confidencialidad para que él lo firmara. Iba a tener que conseguir uno de verdad.

—¿Me das tu palabra de que lo que vamos a hablar será confidencial?

Él levantó una ceja.

—Por supuesto.

—¿Como en los acuerdos de confidencialidad?

—Tienes mi palabra, Mackenzie. Nada de lo que digas saldrá de esta habitación.

—Gracias. —Vaciló—. Voy a irme de Bel Après.

Habló sin pensar y, entonces, se dio cuenta de lo que había dicho. Su plan había sido contarle lo del divorcio pero, al parecer, eso no era lo que ocupaba el primer lugar en su mente.

—Pareces impactada —dijo él en voz baja—. ¿Te has sorprendido a ti misma?

—Sí. Lo que quería decir era que Rhys y yo nos vamos a divorciar y estaba pensando en irme, pero a lo mejor es más que eso. —Se colocó una mano en el pecho para tratar de relajarse—. Suponiendo que sí me voy, no sé qué hacer con mi carrera. No dejo de pensar que debería tener mi propia empresa. Tengo muchas ideas.

Hizo una pausa.

—Todo el mundo tiene ideas, claro, pero yo creo que las mías están muy bien ancladas. Sé cómo elaborar un buen vino. Tengo dinero, así que, hay opciones para comprar, solo que no quiero encargarme de la parte empresarial.

Lo miró a los ojos.

—Bel Après es lo único que conozco, así que todo esto me da miedo, pero también es emocionante. Tú eres la persona de más éxito que conozco y he pensado que a lo mejor podrías darme algún consejo. —Se detuvo ahí, sin saber bien cómo mencionar el asunto de la posible asociación. Preguntarle eso podría parecer presuntuoso por su parte.

—¿Qué quieres tú de una bodega? —preguntó él.

—La verdad es que no lo he pensado.

—Eso no es verdad. Llevas toda la vida pensando en eso. Cuéntamelo.

Cerró los ojos e intentó imaginar el lugar perfecto.

—Mucho terreno. Más del que necesitaría al principio. Buenas vides. Sanas y fuertes. Quiero algo que ya esté montado pero no tan definido como para que no haya posibilidad para jugar, ¿sabes? Hay técnicas que quiero probar. El vino puede pasar por modas. Al mismo tiempo, mantener el toque clásico es maravilloso y no me gustaría perderlo. Quiero hacer algo importante.

—Pues haces bien en pensar en comprar un viñedo que ya esté establecido. Crear uno desde cero lleva años y se necesitan millones de dólares.

—Yo solo tengo dos millones. —Solo. Trató de no reírse ante lo ridículo de sus palabras.

—¿Dónde has mirado?

—No lo he hecho. No sé por dónde empezar y no le he dicho nada a Barbara, así que, eso es todo. Rhys lo sabe. Él es quien me ha dicho que debería hablar contigo.

—¿Te plantearías tener un socio?

Ah, así que era así como se hacía. Hizo que pareciera fácil.

—Sí. Querría a alguien que se encargara de la parte empresarial, incluido el marketing. Yo quiero que me dejen hacer lo que hago.

—¿Te plantearías montar una empresa conmigo?

Sintió que los ojos se le abrían de par en par.

—¿Tú querrías hacerlo conmigo?

Él sonrió.

—Mackenzie, eres la enóloga con más talento que he conocido nunca. Eres lista, eres intuitiva y muy trabajadora. Haces magia. Sí, me encantaría montar una empresa contigo.

—Eso sería estupendo. Claro. ¿Cómo lo haríamos?

—Primero quiero que te lo pienses bien. Esto es algo importante. Todo sería diferente. Seríamos socios al cincuenta por ciento. Tú pondrías tus dos millones y tu talento y yo pondría el resto del dinero. Estoy pensando en unos seis millones.

Ahogó un grito. ¿Ocho millones en total? Con ese dinero ¿no podrían comprarse un Estado pequeño?

—Eso nos permitiría comprar algo con lo que poder trabajar —continuó él—. Algo en esta zona, porque conoces esta tierra.

—¿Quién dirigiría el negocio?

—Yo.

—Pero no vives aquí.

—Quiero establecerme en algún sitio —contestó él—. Si hacemos esto, me quedaría aquí, en la ciudad.

—Pero es muy pequeña.

Él volvió a sonreír.

—Me acostumbraré. Dime qué te parece. No te pido que te comprometas, solo si te ves contestando que quizá.

—Un quizá muy grande.

—Bien. En ese caso, conozco una bodega que podría salir a la venta. Una bodega que reuniría todos nuestros requisitos.

¿Tenían requisitos?

—Vale. ¿Cuál?

—Luna Pintada.

Casi se cae de la silla.

—¿Herman va a vender Luna Pintada? —Se suponía que no debería ser ninguna sorpresa. Tenía ochenta y tantos años y sus hijos no habían querido tener nada que ver con el negocio, pero aun así, le sorprendió.

»Es una zona increíble —dijo ella—. No solo la parte de Red Mountain, sino el resto. Aunque el terreno de Red Mountain es perfecto. En la base tiene escorrentías desde hace siglos. Todos esos nutrientes. Sus cabernet son increíbles. Me dio pena cuando redujo la producción de vino y empezó a vender las uvas. Me pregunto cómo será su colección. Podría tener decenas de miles de botellas. Siempre ha sabido almacenar bien en bodega. Me gustaría saber qué vende de la recolección. Nos vendría bien guardar el mayor número de toneladas posible, porque así puedo trabajar con casi todo y...

Se dio cuenta de que solo ella hablaba.

—¿Demasiado entusiasta?

Él se rio.

—No. Es el nivel de entusiasmo perfecto Tiene vino en barricas, por cierto. Tendremos que venderlo.

—¿Es bueno?

—Tendrás que decírmelo tú.

—En realidad, no ha vendido al por menor y no creo que tenga club de vinos —dijo ella—. Podría resultar difícil conseguir la distribución del vino terminado. —Tendrían que venderlo de todos modos, pensó. Dependiendo del tamaño de las barricas, estaban hablando de miles de litros, lo que se traducía en miles de dólares.

—Ya lo tengo calculado —le contestó Bruno—. Dame una combinación de alta calidad, que yo tengo a un cliente a la espera.

—¿A quién?

—Se trata más bien de adónde. Conozco a un distribuidor de China. Quieren un vino muy bueno que sea exclusivo.

—Pues yo puedo hacerlo muy bueno. Quizá tengamos que comprar de otras bodegas, pero con la combinación adecuada lo puedo hacer. Herman sabe elaborar vino.

Bruno asintió.

—¿Quieres que llame y concierte una cita para que hablemos con Herman?

La cabeza de ella daba vueltas a gran velocidad, pero le gustaba la sensación.

—Sí, por favor.

—También le pediré a mi abogado que redacte un acuerdo preliminar para que lo veas. Tu abogado tendrá que echarle un vistazo. Pásaselo también a Rhys.

¿Otro abogado?

—Supongo que no es algo de lo que se pueda encargar la abogada de mi divorcio.

—No. Necesitas a alguien que entienda de contratos.

Ella asintió.

—¿Por qué me propuso Rhys tu nombre como socio potencial?

—He hablado con él de comprar algo. Quería que me aconsejara. —Se levantó—. Tenemos que ser discretos con esto, Mackenzie. Rhys lo puede saber, pero nadie más.

—Estoy de acuerdo. Yo no voy a decir nada. Ni siquiera a Stephanie.

Él extendió la mano.

—Entonces, ¿avanzamos con esto?

Ella se puso de pie, le estrechó la mano y sonrió.

—¿Esto es como un acuerdo entre caballeros?

—Lo es.

Mackenzie se rio.

—Luna Pintada. No sabes lo emocionada que estoy. Avísame cuando podamos ir a hablar con Herman. Estoy deseando probar lo que tiene en las barricas y dar una vuelta por los viñedos.

—Me pondré en contacto con él hoy y después te llamo.

—Gracias.

Salió al pasillo y se obligó a caminar con normalidad hacia el ascensor, cuando lo que quería hacer era bailar, dar saltos y hacer piruetas. ¡Luna Pintada! Tenía muchas posibilidades. Ella conocía los viñedos propiedad de Herman y la calidad de sus uvas. Tenían mucho potencial, podía hacer muchas cosas. Entre este momento y cuando Bruno la avisara iba a mantener una mente positiva y tratar de no sonreír demasiado. Bruno tenía razón: nadie podía saber lo que estaban planteándose. Pero ella lo sabía y, por ahora, eso era suficiente.

Capítulo doce

Stephanie entró en el aparcamiento del restaurante. Cuando apagó el motor del coche pensó en darse la vuelta y volver a casa. No le apetecía cenar fuera pero Kyle la había pillado en un momento de debilidad y su promesa de que estaba interesado en cenar y no en tener sexo la había tranquilizado. No es que le preocupara que fuese a caer en la tentación con él. Todavía seguía sufriendo las consecuencias de su mala reacción cuando Mackenzie le dijo lo del divorcio. Aunque había hecho las paces con su cuñada, estaba impactada por su conducta y hacer locuras no estaba en sus planes.

Bajó del coche. Se había maquillado y a lo mejor tenía una buena cena. Quizá verse con Kyle hiciera que su mente no pensara en otras cosas. Era una compañía fácil, se recordó.

Dio su nombre a la recepcionista del restaurante y la acompañó a una mesa en un rincón. Kyle sonrió y se puso de pie cuando se acercó.

—Hola, guapa.

Ese saludo tonto hizo que le respondiera con otra sonrisa.

—No tanto —contestó inclinándose hacia delante para besarle en la mejilla—. Aunque tú tienes buen aspecto.

Lo tenía, como siempre. Bien arreglado y de una belleza clásica con pelo rubio y ojos azules. Había un motivo por el que tenía éxito en la televisión y no era solo su amor por el deporte. Las mujeres le adoraban. Siempre había sido así. Por desgracia para su matrimonio, él también las adoraba a ellas.

—Para dejarlo claro —le advirtió ella—, lo que he dicho por teléfono iba en serio. Nada de seducción.

Él se colocó una mano en el pecho.

—Me ofendes. Te dije que solo cenar y era en serio.

Ella lo miró con recelo.

—¿En serio? Porque Seattle está como a seis horas de camino.

—Estaba en Pullman. Tenía una entrevista con uno de los entrenadores de fútbol.

—Entonces soy una parada práctica en tu camino de vuelta a casa. —Esa noticia la tranquilizaba.

Echó un vistazo al moderno restaurante.

—Llevo una eternidad sin venir aquí. La comida es muy buena, y también la lista de vinos. Por desgracia, he venido en coche, así que solo tomaré una copa.

—Pediremos una botella. Si bebes demasiado puedes enviar un mensaje a Avery para que venga a por ti. Tu coche estará a salvo en el aparcamiento.

—¿Y tú?

—Yo me quedo en un hotel de aquí cerca. Avery y yo vamos a tomar el *brunch* por la mañana.

—Ah, ¿sí? Nunca me cuenta nada. —Genial. Primero había sido una amiga horrible y ahora ella y su hija no se comunicaban.

—Para ya —dijo él con ternura—. Lo que sea que estés pensando, te equivocas. Le he enviado un mensaje hace diez minutos y hemos quedado en vernos. He esperado hasta saber que tenía habitación en la ciudad.

—Ah. Eso está mejor.

Él la miró con su mejor sonrisa.

—¿Por qué siempre piensas lo peor?

—Tú no puedes saber qué estaba pensando.

Él levantó las cejas pero no dijo nada. Ella soltó un suspiro.

—Vale. Estaba pensando en que ella y yo no nos co-
municamos ya, salvo para pelearnos. ¿Te ha contado
que la estoy apartando del amor de su vida?

—Me ha mencionado que le estás complicando todas las fiestas de verano a las que la han invitado.

—Me preocupa que se acueste con Alexander. Es demasiado joven y él le va a romper el corazón.

—Eres una buena madre.

—Ojalá.

Apareció su camarera y tomó nota de la bebida.
Stephanie decidió aceptar la sugerencia de Kyle de que
Avery la recogiera y pidió un cóctel. Él hizo lo mismo.

—Carson se está divirtiendo en el campamento de
béisbol —dijo ella cuando volvieron a quedarse solos—.
Su promedio de carreras limpias es magnífico.

—Un punto menos desde el año pasado. Y está ba-
teando mejor.

—Ha sacado sus aptitudes atléticas de ti —admitió
ella.

—Me gustaría que el mérito fuera mío, pero creo que
nuestro hijo es una anomalía de la naturaleza. Nadie de
mi familia tiene su talento.

Ella sonrió.

—A lo mejor consigue un contrato multimillonario
y nos compra una casa a cada uno.

—Ya tenemos cada uno una casa.

—No me importaría tener una un poco más lejos de
mi madre.

—Podrías volver a mudarte a Seattle.

Ella arrugó la nariz.

—¿Y hacer qué? Mis capacidades son muy limitadas.

—¿Es por eso por lo que has estado enfadada?

Se quedó mirándolo.

—¿Cómo sabes que he estado enfadada?

—Avery me contó que te pasaba algo.

—Me sorprende que se diera cuenta. ¿Y es por eso
por lo que querías cenar? ¿Para comprobar cómo estoy?

—No estaba segura de qué pensar de eso.

—No estoy comprobando nada. Solo me preocupo. Eres la madre de mis hijos y siempre seremos amigos. —Se inclinó hacia ella—. Dime qué te pasa, Steph. Quiero ayudarte.

Ella no sabía si fiarse de él o no.

—Tienes que guardar el secreto.

Él se dibujó una X en el corazón.

—Palabra de scout. Cuéntame.

Ella le explicó lo de Mackenzie y Rhys.

—Me quedé muy impactada —confesó—. No supe gestionarlo nada bien. Grité a Mackenzie por cambiarlo todo, porque no quería que mi vida se viese afectada. —Se tapó la cara con las manos—. Fui una amiga horrible y me siento muy avergonzada por cómo me comporté. Debería haberla apoyado y no lo hice.

—Estás siendo demasiado dura contigo misma.

—Venga ya. La decepcioné por completo.

—¿Volviste para pedirle perdón?

—Sí.

—Entonces, ya está. Cometiste un error y lo has corregido. Por supuesto que fue una sorpresa. Rhys y Mackenzie llevan juntos desde que estabais en la universidad. Que se separen rompe la dinámica de la familia.

Apareció su camarera con las copas. Él había pedido un whisky con soda y ella había elegido un margarita con hielo.

—Todavía sigo dándome tortas en la cara por eso —dijo ella.

—¿Es ese tu modo de distraerte de lo que de verdad ocurre? Debes estar triste por el divorcio.

Ella le fulminó con la mirada.

—¿Desde cuándo eres tan perspicaz? Déjalo ya.

Él sonrió.

—No puedo evitarlo, Steph. A veces, soy impresionante. Lo confieso.

—A veces —refunfuñó ella y, después, suspiró—. ¿Estoy utilizando la culpa para protegerme de lo que de verdad les está pasando? Puede ser. No lo sé. Me pone triste. Además, no tenía ni idea de que no eran felices.

—Estás de broma. ¿Cómo es que no lo sabías? Nunca se han comportado como una pareja. No se hablaban ni se tocaban. Ni siquiera se sentaban juntos en las comidas.

—¿Por qué no lo vi?

—Estás demasiado cerca. Yo venía de vez en cuando y resultaba más fácil identificar el patrón. No digo que se odien, pero no eran una pareja.

—Entonces ¿no te sorprende lo del divorcio?

Él negó con la cabeza.

—La verdad es que no. Ella debería independizarse. —Dio un sorbo a su copa—. Lo cual a ti te fastidia. Estás tratando de reunir el coraje para buscar otro trabajo y, de repente, Mackenzie aprovecha la primera oportunidad para marcharse.

Todo eso tenía sentido en su cabeza, pero resultaba absurdo cuando él lo decía en voz alta.

—No existe solo una oportunidad para marcharse —contestó ella a la defensiva—. No es como la última plaza de un avión. Aún puedo marcharme si quiero.

Él la miró sorprendido.

—Eso dices, pero dudo que lo creas.

Ella se desinfló.

—No. En cuanto ella me lo contó, sentí como si me hubiesen quitado mi única oportunidad para escapar. Soy muy débil.

—No lo eres, solo que no sabes lo que quieres.

—Tienes una situación buena. Vives en una casa estupenda que es tuya, tus hijos son felices y tienes a tu familia cerca. Por supuesto, una parte de ti quiere más, un trabajo que te guste y te suponga un desafío, pero eso tiene un precio. ¿Por qué agitar las aguas?

Ella dio un trago a su margarita.

—Estás diciendo que no tengo carácter.

—Lo que digo es que estás cómoda. Eso dificulta el esfuerzo que requiere el cambio.

Lo que decía era verdad, pero a Stephanie no le gustaba nada lo que eso implicaba de ella misma.

—Necesito ser una persona mejor —refunfuñó.

—Lo que necesitas es decidir qué quieres de verdad.

—He ido a una entrevista. O algo así. —Le contó su reunión con los mellizos. Cuando estaba terminando de contárselo él se estaba riendo.

—¿Y se acuestan juntos?

—Puaj, son hermanos, ni lo pienses siquiera. ¿Y por qué vas directo al asunto del sexo?

—Soy un tío. Es lo que siempre hacemos.

—Pues déjalo ya. El sexo no es la respuesta para todo. Míranos. Nos va mucho mejor ahora que hemos dejado el sexo.

—Dilo por ti.

Ella no hizo caso al comentario. No pensaba volver a meterse en ese jaleo. Acostarse con Kyle no era más que una distracción. Una especie de vida semiestupenda. Simplemente, se sentía lo suficientemente cómoda como para no tener la motivación de buscar algo mejor.

—Necesito objetivos —sentenció con firmeza—. Y un plan para lograrlos.

Él se acercó más y la sonrió.

—¿Y si empezamos con una segunda ronda de bebidas? Después, conquistaremos el mundo.

Ella levantó su copa.

—Acepto.

Mackenzie sentía como si tuviese cuatro años y fuese Nochebuena. Estaba emocionada, feliz e ilusionada ante tantas posibilidades. En su cabeza, sabía que quedaban como mil pasos que dar desde donde estaban Bruno y ella hasta la compra de Luna Pintada, pero solo pensar lo que podría ocurrir la hacía feliz.

A lo largo de los dos días siguientes, hizo su trabajo en Bel Après, pero todo su tiempo libre lo dedicó a pensar en qué desearía cambiar si tuviese la oportunidad.

Tenía muchísimas ideas, muchas cosas que quería probar, cambiar y ampliar.

En lugar de hablar con Rhys, se puso en contacto con su abogada matrimonialista para que le recomendara un abogado especializado en empresas que la pudiera ayudar con el acuerdo para crear la sociedad. Tras una llamada telefónica de dos horas y otro cheque más de cinco mil dólares, tenía oficialmente su segundo abogado contratado. Además del contrato y el recibo para el cheque, el abogado le había enviado una lista de artículos sobre la creación de una sociedad para que se los leyera y entre los que se incluían un par de trampas y errores en los que podían incurrir los novatos. Había añadido un acuerdo de confidencialidad que ella podía imprimir cuando lo necesitara para que los demás lo firmaran.

Como le había prometido a Bruno, no le contó nada a nadie, ni a Rhys ni a Stephanie, aunque le costaba mantenerse callada. A veces, pensaba que explotaría y les contaría su magnífico secreto.

Volvió tras supervisar los viñedos de Oregón. A mediodía y a mitad de semana el tráfico no era muy malo y llegó al despacho a tiempo para un almuerzo tardío. La cocinera había dejado ensaladas de quinoa con salsa de cacahuete que tenían una pinta deliciosa. Mackenzie estaba hambrienta. Se había saltado el desayuno para empezar pronto con la jornada.

Mientras echaba el pequeño cuenco de salsa sobre las verduras, cereales y garbanzos, se preguntó si Rhys se habría escapado para ir a por algo de comida rápida. Se negaba a comer quinoa por principios. Algo sobre que era un hombre que se solidariza contra la opresión de los cereales.

Seguía sonriendo con esa idea cuando él entró en la sala de descanso de arriba con un sobre grande en la mano.

—Justo estaba pensando en ti —dijo ella con una carcajada levantando en el aire su ensalada—. ¿Te has comido la tuya?

En lugar de responderle con una sonrisa, él casi apartó la mirada.

—He salido a comer fuera.

—Rhys, ¿qué pasa?

Él se puso en tensión y volvió a mirarla con expresión seria.

—Nada. ¿Has ido a ver los viñedos de Seven Hills?

—Sí. El riego funciona bien y me encanta cómo están madurando las uvas.

Él señaló con la mano hacia el pasillo. Entró un hombre al que ella no conocía.

—¿Mackenzie Dienes?

Ella miró al desconocido, a Rhys, y de nuevo al desconocido.

—Sí.

—No sabía cómo hacer esto —le dijo Rhys—. No sabía cuál era el momento oportuno ni...

El otro hombre cogió el sobre que Rhys tenía en la mano y se lo ofreció a ella. Mackenzie lo cogió de manera instintiva.

—Ha sido notificada oficialmente —dijo el hombre, y se fue.

Mackenzie se quedó mirando a Rhys.

—No lo entiendo.

Él se encorvó un poco.

—Lo sé. Son los papeles del divorcio.

Casi se le cae el sobre cuando asimiló lo que él le decía. ¿Los papeles del divorcio? Sí, había visto a una abogada y era eso lo que iban a hacer, pero no había pensado, no se esperaba que...

Toda la felicidad de los días anteriores desapareció, llevándose con ella su buen humor. Su cuerpo pareció desinflarse, como si fuese haciéndose cada vez más pequeña y, en muy poco tiempo, fuera a desaparecer.

Despacio, con cuidado, dejó el sobre en la encimera y contuvo la necesidad de frotarse las manos hasta borrar cualquier rastro de ese papel.

—Mackenzie...

—No pasa nada —dijo sin mirarle y esperando parecer menos enfadada de lo que estaba—. Ya lo hemos hablado. Es el siguiente paso, ¿no? —Fingió una sonrisa cuando por fin lo miró—. Le echaré un vistazo y le enviaré una copia a Ramona para que lo revise.

Rhys examinó su cara.

—¿Estás bien?

—Perfectamente. No te preocupes. —Tomó aire y decidió animarse—. En algún momento vamos a tener que decidir un plan sobre a quién se lo contamos y cuándo. Supongo que me corresponde a mí, por lo de Barbara y todo eso. Creo que podríamos contarle primero lo del divorcio y dejar lo demás hasta que yo sepa qué voy a hacer. Pero hoy no. Si no es hoy sería estupendo. Mañana tenemos la cena familiar, pero podemos fingir, ¿no? A menos que vayas a traer a alguien, en cuyo caso...

Él le puso las manos sobre los brazos.

—Mackenzie, deja de hablar.

—De acuerdo.

—Lo siento —le dijo él—. Creía que estabas preparada.

—Lo estoy —mintió.

—Espero que sea verdad. No estoy tratando de meterte prisa.

Sus palabras eran las adecuadas, pero sus actos las contradecían. O puede que de verdad no le estuviese metiendo prisa, sino que estaba yendo a su velocidad normal, que se acercaba más a «acabemos ya con esto» que la de ella.

—No tenemos que contarle nada a mi familia hasta que estés lista. Estaremos bien en la cena, igual de bien que está funcionando nuestra situación en casa.

En eso tenía razón. Seguían en la misma casa, viviendo la vida de antes. ¿No resultaba triste que divorciarse supusiera tan pocos cambios? Y si era así, ¿por qué se sentía tan mal por dentro?

—Gracias. —Dio un paso atrás y se obligó a coger el sobre—. Gracias por traerme esto.

Él la miró con cautela.

—Ahí dentro va un convenio provisional de liquidación. Es lo que hablamos. Quiero ser justo.

—Te lo agradezco. Hablaré con Ramona.

Él vaciló un segundo y, a continuación, abrió la puerta de la sala y se fue. Mackenzie se quedó mirando el sobre y la ensalada. Cogió la última y la tiró a la basura. De camino a su despacho, entró en el baño y vomitó el escaso contenido de su estómago. Tras enjuagarse la boca, se apoyó en los azulejos fríos y se dijo que no iba a llorar. No podía. No sin que todos se preguntaran qué estaba pasando. Así que, hasta que pudiera irse a casa, iba a tener que fingir que todo iba bien. Aunque sabía que no era así.

Mackenzie estaba en su vestidor, sin saber qué ponerse para cenar. Cada pocas semanas, Barbara convocaba a la familia para una cena. La asistencia era obligatoria. Normalmente, Mackenzie esperaba esas reuniones como una oportunidad para ponerse al día con todos y pasar un rato con las personas que más quería en el mundo. Pero no esta noche, no cuando Rhys y ella se dirigían hacia un divorcio y ella estaba planteándose marcharse de Bel Après. Fingir normalidad en esas circunstancias iba a requerir un nivel de actuación que no estaba segura de poseer.

Aun así, la idea de no asistir no era una opción, así que, estudiaba los vestidos que colgaban en su vestidor con la esperanza de que uno de ellos le diera un poco de valor.

Se decidió por un vestido tubo sencillo con el cuello cuadrado. La tela verde oscura resaltaba el rojo de su pelo. Se puso un par de zapatos color carne y volvió al baño, donde comprobó que su maquillaje mínimo estuviese bien y, después, bajó.

Rhys, que ya estaba duchado y vestido con unos pantalones de vestir y una camisa de manga larga, estaba delante de su ordenador. Estaba escribiendo y sonriendo. Ella estaba a punto de preguntarle qué hacía cuando él levantó los ojos y la vio. Su sonrisa desapareció y sus ojos pasaron de ella a la pantalla y, de nuevo, a ella. Si Mackenzie tuviese que elegir una emoción por la expresión que vio en su rostro, diría que se sentía culpable. ¿Qué narices...?

Sintió un pellizco en el estómago cuando se dio cuenta de que él estaba haciendo algo por internet con una mujer que no era ella. Probablemente, solo estaba enviando un correo pero, aun así.

—Estás guapa —dijo—. No nos esperan hasta dentro de veinte minutos.

—Lo sé. He pensado en ir a ver antes a Stephanie. ¿Te veo allí?

—Claro. —Miró a la pantalla y, de nuevo, a ella—. ¿Algo más?

Ella pensó en preguntarle con quién estaba hablando por internet, pero no lo hizo. Lo que estuviese haciendo no era asunto suyo. Y si le seguía impactando saber que él ya había pasado página, era problema de ella.

Recorrió la corta distancia hasta la casa de Stephanie y entró.

—Soy yo —gritó.

—En mi despacho —respondió su cuñada.

Mackenzie avanzó por el corto pasillo y entró en el despacho de la casa de Stephanie.

Lo había decorado con paredes claras y cuadros de colores llamativos. En las estanterías abiertas había varios galardones y títulos que habían ganado sus hijos junto a varios trabajos artísticos. Había algunos dibujos enmarcados, primitivos monigotes frente a pinturas profesionales.

Stephanie levantó los ojos y sonrió.

—Hola. ¿Qué tal? Me he pasado varias veces a verte, pero últimamente nunca estás en casa.

—Lo siento. He estado ocupada con varias cosas. —Mackenzie cerró la puerta al entrar y se sentó en una silla—. Rhys me ha enviado los papeles del divorcio.

Los ojos de Stephanie se llenaron de simpatía.

—¿Estás bien o tengo que ir hasta tu casa para darle una buena bofetada?

—Estoy bien. Más o menos. —Pensó en la sorpresa cuando él le había entregado el sobre—. Yo no sabía que a la gente se le entregaba una notificación de forma oficial. No me lo esperaba.

Stephanie cerró su portátil.

—Tienes que enfadarte con él. La rabia te da fuerza.

—Cuatro te diría que eso no se debe decir.

—Cuatro vive en un mundo en el que unas criaturas del bosque la ayudan a vestirse cada mañana. —Stephanie levantó una mano—. Eso ha sonado peor de lo que yo pretendía, pero ya me entiendes. El divorcio es una mierda, aunque los dos lo deseéis. Terminar con Kyle fue demoledor, y eso que él llevaba años engañándome. Te comprometes con alguien cuando te casas y supones que va a durar toda la vida. Descubrir que no es así no resulta fácil. Hay cierta sensación de fracaso, de pérdida. Yo estaba aterrada y tenía un lugar al que poder volver corriendo. Tú vas a empezar a ser independiente. Tiene que ser confuso y difícil pensarlo y estoy segura de que te sientes perdida. Y luego va el idiota de mi hermano y te entrega una notificación oficial. ¿Quieres que le dé una paliza?

Mackenzie trató de sonreír.

—Gracias, pero no.

—Puedo hacerlo. Sobre todo, porque él no me devolvería el golpe. ¿Estás bien?

—A veces. Otras, como has dicho, me siento perdida. —Suspiró—. He estado pensando en todas las últimas veces. ¿Es esta la última cena en familia? ¿La última vez que pongo la bandera de las galletas, la última vez que voy a venir a verte aquí? —Parpadeó para controlar las lágrimas que le ardían en los ojos.

—Vendrás a verme aquí montones de veces. Vamos a seguir siendo amigas. Si tratas de alejarte, te acosaré hasta que te rindas. Somos amigas. Amigas para siempre. ¿No lo crees así?

—Sí, pero me preocupa que tu madre te ponga en una situación difícil. No quiero que tengas que elegir.

—Es un incordio, pero no es insensata del todo. —Stephanie hizo una pausa—. Bueno, sí, pero no siempre. Tú y yo vamos a envejecer juntas.

Mackenzie asintió.

—Yo quiero eso pero, a veces, cuesta ver más allá de lo que está pasando ahora. Estoy perdiendo todo aquello a lo que me sentía anclada. Es difícil alejarse.

—Yo seré tu ancla. —Stephanie frunció el ceño—. ¿Por qué parece eso el título de una canción?

—No lo sé. A lo mejor lo es. Probablemente de los ochenta. En aquella época había títulos de canciones estupendos.

—Tú apenas habías nacido en los ochenta. ¿Cómo lo sabes?

Mackenzie sonrió.

—Yo sé muchas cosas.

Stephanie se rio.

—Eres muy rara. —Miró el reloj de la pared—. Bueno, tenemos que salir ya o llegaremos tarde, y ya sabes cómo se pone mi madre si alguien se retrasa.

Las dos se pusieron de pie y salieron juntas. Cuando llegaron a la puerta de la casa, Mackenzie se detuvo.

—¿No viene Avery con nosotras?

—Se ha ido para allá antes de que tú llegaras. Le gusta estar con su abuela, aunque cueste creerlo. —Stephanie se estremeció y, después, soltó una carcajada.

Mackenzie no sabía qué decir ante eso. Barbara y ella siempre se habían llevado bien también. Quizá porque no tenían un vínculo de sangre. Mackenzie se había sentido tan agradecida por tener una figura maternal que había aprendido a pasar por alto las... idiosincrasias de esa mujer. También tenían en común la bodega. Las dos podían pasarse horas hablando de Bel Après y, aun así, no haberlo dicho todo.

Atravesaron juntas el patio y subieron los escalones delanteros de la casa más grande. Stephanie llamó una vez y abrió la puerta y Mackenzie no pudo evitar pensar de nuevo en «las últimas ocasiones». ¿Era esta la última vez que iba a atravesar esa gran puerta de madera? ¿La última vez que iba a saludar a todos con sonrisas y abrazos? ¿Había pasado ya la última Navidad, la última Semana Santa, la última Fiesta del Solsticio de Verano?

Se vio inundada por la tristeza y le costaba respirar. Los cambios eran duros, pero este era mucho más difícil de lo que había creído. Sus miedos no eran tanto por los distintos días de fiesta como por la duda de saber cuándo sería la última vez que podría decir que esta era su familia. Porque esta era la única familia que tenía en el mundo y, cuando Rhys y ella estuvieran divorciados, se quedaría completamente sola. Y entonces, ¿quién sería ella?

Capítulo trece

Stephanie pasó un par de días observando a Avery con discreción. No resultaba fácil, teniendo en cuenta que Avery tenía dieciséis años y, como tal, recelaba de su madre. Pero en la cena familiar, Avery la había oído preguntándole a Mackenzie si se encontraba bien y ella había querido saber qué pasaba. Stephanie se preguntaba si había hecho bien en contárselo a su hija. ¿Era Avery lo suficientemente madura como para saber manejar esa información?

Todo parecía ir bien hasta el domingo por la mañana, cuando Stephanie llamó a la puerta del dormitorio de su hija. Pasara lo que pasara en sus vidas, ella siempre preparaba un gran desayuno con todo lo que sus hijos querían.

—Avery, cariño, voy a hacer el desayuno. ¿Qué quieres? ¿Tortitas y beicon? ¿Una tortilla?

—Nada. Vete.

Normalmente la respuesta ruda habría enfurecido a Stephanie, pero había algo en el tono de su hija que le hizo abrir la puerta y entrar.

La luz del verano se filtraba en la habitación, iluminando la cama sin hacer y la ropa tirada por todas partes. Pero lo que de verdad llamó su atención fue ver a su hija acurrucada en el suelo en el otro rincón de la habitación.

Stephanie corrió hacia ella, se puso de rodillas y la abrazó.

—¿Qué ha pasado? ¿Estás enferma? ¿Alguien te ha hecho algo?

Avery la empujó y se sentó.

—Estoy bien. Déjame en paz. —Las lágrimas corrían por sus mejillas mientras hablaba. Tenía los ojos enrojecidos y la cara pálida—. No quiero hablar de ello. Vete.

Stephanie no hizo caso y abrazó a su hija con fuerza. Avery se resistió un segundo y, después, se dejó caer sobre ella. Las lágrimas se convirtieron en sollozos, haciendo que el cuerpo se le agitara intensamente.

Stephanie siguió abrazándola, acariciándole la espalda, esperando a que pasara la tormenta. Estaba bastante segura de que su hija no estaba enferma, lo que dejaba abierta la posibilidad de que estuviese triste o algo mucho peor. Se le pasó por la mente una violación, pero apartó ese pensamiento. Esperaría a saber qué pasaba antes de asustarse.

Después de unos minutos, Avery se incorporó.

—Alexander se ha acostado con Bettina. Ha dicho que tenía que hacerlo porque yo no quería acostarme con él, así que, no me puedo enfadar porque es culpa mía. Eso me ha cabreado y he roto con él. Después, se ha enfadado él conmigo y ha dicho que soy una niña estúpida e inmadura y que ha estado perdiendo el tiempo conmigo.

En lugar de gritar y, después, subir a su coche para ir a darle una paliza al chico en cuestión, Stephanie se obligó a quedarse donde estaba.

—Lo siento —murmuró—. Los chicos pueden ser unos auténticos cretinos. Has hecho lo que debías. Estoy muy orgullosa de ti, cariño. Sé que es muy doloroso. Sé que te sientes fatal y que estás cuestionando todo lo que has dicho y hecho, pero eres muy fuerte.

Avery asintió y, después, cogió una caja de pañuelos del escritorio.

—Tenía que serlo, ¿sabes? No iba a permitir que me tratara igual que tú dejaste que te tratara papá.

Pronunció aquellas palabras como si tal cosa, con un tono tan normal que Stephanie no lo entendió al principio.

—¿De qué estás hablando?

Avery se limpió la cara.

—De que papá te engañaba. Yo lo sé, mamá, desde hace tiempo. Todo lo que te hizo.

Se sorbió la nariz.

—He hablado de eso con él. Me ha contado que se equivocó y que yo nunca debía permitir que ningún hombre me haga lo que él te ha hecho. Que cometió errores pero que tú sufriste por ellos.

Stephanie se sintió enormemente agradecida por estar sentada en el suelo. De lo contrario, se habría caído redonda. La invadió una sensación de sorpresa, vergüenza y horror.

—Yo no sabía por qué os habíais separado papá y tú, pero cuando supe que te engañaba, le vi todo el sentido. No se lo conté a Carson. Él no quiere saber cosas así. —Los ojos de Avery se llenaron de lágrimas—. Cuando Alexander me ha contado lo que ha hecho, me he sentido fatal. Como si él hubiese traicionado todo lo que teníamos, pese a que intentaba culparme a mí. En ese momento, me he dado cuenta de que se había terminado, que yo tenía que ser fuerte. No iba a hacer lo mismo que tú y seguir a su lado.

Sus palabras eran serias y cándidas, pensó Stephanie, conteniendo la necesidad de salir corriendo todo lo lejos y a toda la velocidad que fuera capaz. Avery no estaba intentando hacerle daño. Estaba explicándole la situación desde su punto de vista. Igual que Stephanie no quería ser como Barbara, Avery no quería ser como ella. Era el ciclo de la vida en lo que respecta a madres e hijas.

Pero eso no le impedía sentir como si su hija le hubiese destrozado el corazón con sus propias manos y, después, lo hubiese roto en pedazos diminutos.

Avery la sorprendió apoyándose contra ella.

—Ojalá no doliera tanto ser fuerte.

—Has hecho lo que debías. Cuando las cosas se pongan mal de verdad, recuérdalo. Estoy orgullosa de ti y tú también deberías estarlo.

—Gracias.

—¿Quieres tortitas con beicon?

—Vale.

Stephanie forzó una sonrisa y, después, se puso de pie. Tuvo que apoyarse en la pared para volver a la cocina y, cuando estuvo allí, miró al suelo esperando ver un charco de su propia sangre. Solo estaba el suelo de madera y unas cuantas migajas. Nada que indicara que se había abierto en canal emocionalmente por los comentarios despreocupados de su hija adolescente.

La culpa seguía a Mackenzie durante todo el camino hasta Luna Pintada. Desde la llamada de Bruno dos días antes, ella estaba dividida entre la emoción exagerada ante las nuevas posibilidades y el miedo y la preocupación por hacer un cambio tan grande. La pregunta de si debía o no hacerlo la había estado acechando durante el día pero en el momento en que atravesó la gran verja abierta, esa sensación fue sustituida por la de la expectativa.

La bodega tenía ya dos generaciones de vida. No era el primer viñedo del valle, pero casi.

Recorrió casi una hectárea de viñedos que se habían plantado como adorno por el camino hasta donde estaba lo que había sido la sala de catas. Ese gran edificio estaba ahora cerrado. Herman había dejado de embotellar vino hacía unos años. Ahora vendía uvas y vino directamente de la barrica.

Ella había visto a aquel anciano unas cuantas docenas de veces en diversos eventos. Era culto y siempre simpático, pero Mackenzie había visto que ya no estaba tan entregado al negocio desde hacía un tiempo.

Cuando aparcó junto a un Mercedes nuevo que supuso que pertenecía a Bruno, trató de reducir el ritmo de su respiración. Cualquiera que fuera el resultado, el simple hecho de plantear algunas preguntas sería beneficioso para ella. Estaba abierta a la idea de pasar página. Aunque comprar Luna Pintada sería una oportunidad increíble, no debía mostrarse muy esperanzada. Había muchas cosas que podían salir mal.

Todo eso era verdad, pero no detenía el aleteo que sentía dentro de su pecho mientras bajaba de su Jeep. A lo lejos estaba la vieja casa, levantada sobre una colina desde la que se divisaría buena parte de la finca. La mañana era cálida y el sol brillaba.

Encontró a Bruno y Herman charlando. Estrechó las manos a los dos.

Herman, un hombre bajito, de pelo canoso y la piel curtida, la miró con una sonrisa.

—Este socio tuyo ya me ha obligado a firmar un acuerdo de confidencialidad. Me gusta que os intentéis proteger. Si hacemos esto, Barbara va a querer mandarnos a todos a la hoguera, así que es mejor que os cubrías las espaldas, desde luego.

La mezcla de imágenes hizo que a ella le resultara difícil seguirle el ritmo, aunque lo que decía de Barbara era acertado.

—Ahora mismo solo estamos explorando —contestó ella—. Gracias por firmar el acuerdo.

—¿Tenía otra opción? —preguntó él riéndose entre dientes—. Muy bien, empecemos. —Comenzó a caminar a paso rápido—. Mis hijos no tienen ningún interés por el negocio del vino. Quieren que venda y, si soy sincero, yo me estoy haciendo ya suficientemente viejo como para entender lo que quieren. Luna Pintada tiene una producción de más de trescientos mil litros al año. —Guiñó un ojo a Mackenzie—. Más que Bel Après, señorita.

¿Tantos litros? No tenía ni idea.

—Desde luego que sí.

Era bastante menos que las bodegas más grandes y famosas como Ste. Michelle, que tenía una producción de más de siete millones de litros al año, pero era más que suficiente para que ella pudiera trabajar.

Los condujo a la sala de barricas. Las filas de pesadas barricas se extendían en vertical y en horizontal.

—La mayor parte de esto está ya vendido —les explicó—. Hay unos setenta y cinco mil litros con los que quería hacer algo, pero aún no he podido. —Su ánimo decayó—. Mi gusto ya no es tan bueno como el de antes. —Señaló a Mackenzie—. Tú podrías hacer algo importante aquí. Tienes un don.

—Gracias.

Se acercaron a una de las barricas. Herman cogió copas y un jarro y, a continuación, probaron unos cuantos vinos distintos. Mackenzie revolvió el líquido dentro de su boca antes de escupirlo. Tenía potencial, pensó. Podía hacer algo con esto.

—Tengo contratos para casi la mitad de la cosecha de este año —les explicó Herman—. Pero solo para este año. Llevo ya un tiempo pensando en vender y no quería tener amarrados mis recursos.

Probaron más vino. Ella no estaba contenta con los blancos pero todos los tintos tenían verdadero potencial.

—Pedí que me valoraran la empresa hace un par de años —dijo Herman mientras avanzaban por los pasillos—. Vinieron un par de tipos de Seattle y recorrieron esto con unas carpetas. Mi rango está en el nueve cinco.

—Nueve millones, quinientos mil —aclaró Mackenzie tratando de no desmayarse.

—Sí.

Miró a Bruno, que no parecía nada preocupado.

Pasaron buena parte del día viendo las instalaciones y un par de viñedos. Para las cuatro, Mackenzie ya estaba agotada y le dolía la cabeza de todo lo que había intentado asimilar. Bruno y ella le dieron las gracias a Herman y, después, volvieron al hotel de él y subieron a su habitación.

—¿Qué te ha parecido? —preguntó él después de sacar una botella de agua para cada uno y sentarse en frente de ella en la mesa.

—Había muchas cosas que asimilar —contestó—. El terreno es increíble. Me gustaría ver el resto y supongo que tú vas a necesitar ver sus libros de contabilidad y esas cosas. Nueve cinco me parece mucho.

—Lo es. Yo creo que podremos dejarlo más cerca de los ocho. ¿Qué opinas de los vinos?

—El blanco es malo. Sinceramente, era tan malo que me han dado ganas de tirarlo.

Bruno puso una mueca.

—¿En serio?

Ella sonrió.

—Sí, en serio, pero estoy segura de que podremos venderlo a alguien que lo embotelle y distribuya. Los tintos son estupendos. Tienen mucha fruta y tanino. Podrían mezclarse de muchas maneras. Esos barriles valen mucho.

Apoyó la espalda en la silla.

—¿Cómo se empieza con algo así? Tendríamos que revisar todas las escrituras, ver los contratos, buscar si existe alguna carga. Tenemos que confirmar los derechos de uso de aguas, porque sin ellos no tenemos nada. Hay que examinar todo el equipo. Los edificios mismos hay que inspeccionarlos. Y los gravámenes, pleitos y no sé qué más.

Bruno sonrió.

—Has hecho los deberes.

—Es todo lo que se me ocurre cuando no me siento culpable por plantearme dejar Bel Après.

—¿Sigue siendo simplemente un planteamiento?

Mackenzie pensó en los papeles del divorcio.

—No, es más que eso —contestó sintiendo en el estómago el golpe de la realidad—. Pero me entristece.

—¿Sigues queriendo que avancemos con esto?

—¿Es posible?

—¿Que compremos el negocio juntos? Claro. A mí me parece bien lo que hablamos. Tú pones tus dos millones y yo me encargo del resto. Redactaremos un contrato de manera que si vendemos, yo me quede con una parte mayor. Hasta entonces, será al cincuenta por ciento. Yo dirijo la parte empresarial y tú los viñedos. Luna Pintada será tu visión. —Se terminó la botella de agua—. Puedes quedarte con la casa si quieres. La verdad es que no es de mi estilo. Estoy pensando en comprar un piso en el campo de golf.

—Me interesa —respondió ella—. Pero hay mucho en lo que pensar. Además, no voy a tener el dinero hasta que el divorcio se concluya. Son tres meses desde la fecha en que lo presentemos. ¿Y si necesitamos dinero antes?

—Pediremos un préstamo puente.

—¿A un banco?

Los oscuros ojos de él brillaron divertidos.

—Será cosa de familia.

Ah, claro, porque él tenía dos millones más por ahí.

—¿Eres muy rico? —preguntó ella antes de poder evitarlo—. Perdona. Finge que no lo he preguntado.

—Hay cierta fortuna familiar y me ha ido bien por mi cuenta.

«Debe ser una sensación agradable», pensó ella.

—¿Y ahora qué?

—Si quieres que sigamos adelante, redactaré la escritura de la sociedad con las condiciones que hemos acordado. Dile a tu abogado que lo revise. Una vez que lo firmemos, buscaré un equipo que vaya a hacer una valoración de Luna Pintada. Le pediré a mi gente de finanzas que revise los libros de cuentas y tú dirigirás el equipo que se encargará de los viñedos y la bodega. Cuando sepamos de qué estamos hablando haremos una oferta.

—¿Así, sin más?

—¿Hay alguna razón para esperar?

—Haces que parezca muy fácil —dijo ella.

—Yo consigo lo que quiero. Tengo bastante dinero, Mackenzie. Lo que no tengo es tu talento. Tú eres la mejor y quiero trabajar contigo. Lo que yo pueda hacer para que te resulte más fácil tomar la decisión está en mi lista de deberes. ¿Estás preparada para seguir adelante?

Extendió la mano. Ella pensó en todo lo que había pasado en las últimas semanas. Su vida había cambiado en todos los aspectos posibles. Si quisiera mantener su trabajo en Bel Après, podría hacerlo, pero ya no formaría parte de la familia. No después del divorcio. Bruno le estaba ofreciendo la luna. Sonrió. Una luna Pintada, pero luna al fin y al cabo.

—Acepto —dijo estrechándole la mano—. Vamos a hacerlo.

Tres días después, Mackenzie estaba ahogándose en papeleo. Su posible socio no había perdido el tiempo a la hora de poner en marcha el proceso. Ya tenía un acuerdo de la sociedad, una oferta de compra preliminar para Herman y el primero de lo que suponía que serían docenas de informes de tasación.

Ella le había enviado una copia por correo electrónico a su abogado experto en sociedades pero estaba decidida a revisarlo ella misma. Para ello, tenía un taco de notas adhesivas y una libreta a su lado para ir anotando las preguntas que fueran surgiendo. Para colmo, tenía que encargarse también el acuerdo del divorcio. Ah, y en su tiempo libre, también tenía que encargarse de una bodega.

Era demasiada carga, pero también resultaba emocionante. Últimamente se despertaba a las cuatro y leía durante un par de horas antes de empezar la jornada. Después del trabajo, cenaba rápido para pasar varias horas más en su despacho. Siguiendo la sugerencia de Bruno, había comprado una caja de seguridad pequeña en la que guardar toda la documentación. Sin duda, era lo más sensato, pero hacía que se sintiera culpable cada vez que guardaba todos los archivos.

Sobre las siete, Rhys llamó a su puerta a medio abrir.

—Hola. No te he visto mucho desde hace una semana o así. Se me ha ocurrido venir a ver cómo iba todo.

Tenía buen aspecto, pensó ella con un pellizco de tristeza. Alto y fuerte. Inalterable. Rhys siempre había sido así. No le echaba de menos desde el punto de vista romántico pero lamentaba lo que había perdido.

Ella abrió el cajón de su mesa y sacó una hoja de papel. Le pasó un bolígrafo y dijo:

—A menos que quieras hablar del tiempo y del divorcio, tendrás que firmar esto antes.

Su futuro exmarido dio un paso adelante y miró el acuerdo de confidencialidad y, a continuación, empezó a reírse.

—¿En serio?

Su instinto natural era decirle que no, que por supuesto que no tenía que firmarlo. Confiaba en él. Si decía que no se lo contaría a nadie, no lo haría. Pero su abogado y Bruno se lo habían dejado muy claro. Sin un acuerdo de confidencialidad, nadie iba a enterarse de nada.

Sonrió mientras firmaba y se sentó en frente de ella.

—Alguien te está asesorando bien.

—Eso espero. Los abogados son caros.

—Pero necesarios. Bueno, ¿qué está pasando?

Mackenzie tomó aire. Puede que Rhys y ella estuviesen separándose, pero respetaba su opinión.

—Estamos considerando Luna Pintada.

Él puso expresión de sorpresa y soltó un leve silbido.

—La finca de Herman. Es una belleza. Un terreno estupendo. Vinos de calidad y afianzados. Asegúrate de confirmar los derechos de uso de aguas. Sin agua, no hay negocio.

Sonrió.

—Eso mismo he pensado yo.

—¿Vais a presentar una oferta?

—Nos lo estamos pensando. —Levantó varios papeles en el aire—. Mi acuerdo de sociedad con Bruno. El abogado lo está revisando ahora mismo.

El buen humor de Rhys desapareció.

—Me ofrecería a leerlo, pero ya no me corresponde, ¿no?

Se quedaron mirándose y, después, los dos apartaron la vista. Ella habló primero.

—En cuanto al divorcio, he mirado el convenio y me parece bien. Estoy esperando una aprobación definitiva de Ramona, pero no creo que haya problema.

Él se removió en su asiento.

—En cuanto firmemos, serán noventa días hasta que sea definitivo.

—Suponiendo que no lo recurramos.

La miró.

—Eso sería como una pelea. Nosotros nunca nos peleamos.

—Lo sé. —Ese era parte del problema. No habían tenido energía para pelearse por nada. Y sin esa energía, no había pasión ni estímulos.

Su matrimonio había sido como la conversación que estaban teniendo ahora. En este momento de la ruptura, otras parejas estarían lanzándose culpas y acusaciones como cuchillos. Ellos no. Eran sensatos y racionales. Lógicos. Los dos estaban dando pasos adelante y pronto todo lo que habían tenido quedaría en el recuerdo.

En cierto modo, ser consciente de eso era lo peor de todo. ¿Dieciséis años juntos no deberían dejar cicatrices visibles?

—Tenemos que contarle a mi madre lo del divorcio, Mackenzie —dijo él—. Puedes ocultarle el resto todo el tiempo que quieras, pero deberíamos decirle pronto que nos estamos separando.

—Estoy de acuerdo.

—Puedo hacerlo yo.

Le estaba brindando una salida fácil, porque era del tipo de hombres que hacían esa clase de cosas.

—Se lo diré yo —repuso ella despacio—. Tengo una reunión con ella mañana. Le daré la noticia después, tanto del divorcio como de que me voy.

Rhys puso una mueca de dolor.

—¿Tan pronto? ¿Y si no sale lo de Luna Pintada?

—En ese caso, Bruno y yo compraremos otra cosa. No puedo seguir aquí. Supongo que aceptaré tu ofrecimiento de vivir en la casa durante un mes o así para tener tiempo de organizarlo todo pero, después, tendré que irme.

Pronunciar esas palabras lo convirtió en una realidad, pensó. Hasta ahora, solo habían surgido pequeños trozos de realidad. O puede que eso no fuera verdad. A lo mejor se había hecho real en el momento en que Rhys la había mirado y le había preguntado si su matrimonio se había acabado.

—¿Quieres que vaya contigo?

—No hace falta. Debo ser yo, Rhys. Lo sabes.

Él asintió, despacio.

—Estaré por aquí si me necesitas.

—¿O si necesito protección? —preguntó ella casi con tono de burla.

—Siempre podrás esconderte detrás de mí.

Un bonito ofrecimiento, pero no podría aceptarlo, se dijo. Al menos, ya no.

Capítulo catorce

Mackenzie trató de convencerse de que no estaba nerviosa por la reunión con Barbara, pero sabía que era mentira. ¿Cómo no iba a estarlo? Había formado parte de Bel Après desde la universidad, prácticamente toda su vida de adulta. No conocía otra cosa. ¿Se equivocaba al desear algo más?

En un intento de ignorar esa pregunta, merodeó por la sala de barricas con la esperanza de distraerse pero incapaz de hacer nada que no fuera mirar el gran reloj de la pared y ver si ya se acercaban las ocho y media para entrar en el edificio principal y ver a Barbara en su despacho.

—Estoy haciendo lo que debo —se susurró—. Ella lo entenderá.

Barbara, aunque en ocasiones era difícil, siempre había sido amable y cariñosa con Mackenzie. Recordó su primera vez en la finca, cuando Barbara la había invitado a visitar la bodega. Habían recorrido los viñedos más cercanos y Barbara le había hablado de sus esperanzas y sus sueños para el negocio. Recorrieron la sala de barricas y hablaron de las diferencias entre un buen vino y un vino excelente. Estuvieron hablando tanto rato que Rhys había terminado yendo a buscarlas.

Durante los dos años siguientes, Barbara se había convertido en una segunda madre. Era a ella a quien acudía Mackenzie en busca de consejo. Había sido ella la que acompañó a Mackenzie al altar cuando se casó con Rhys, entre bromas de que estaba encantada de hacerlo porque iba a quedarse con Mackenzie. En los eventos sociales, Barbara la presentaba como su hija del alma, un título que a Mackenzie le parecía tan bochornoso como encantador.

Ahora, miraba esa sala tan familiar y se preguntaba si estaba cometiendo un error. ¿Debería quedarse aquí en lugar de marcharse? Pero ya sabía la respuesta y lo cierto era que ya había decidido lo que quería. En cuanto a Barbara y su relación, puede que eso también se disolviera con el tiempo. Atrás quedaron los largos paseos por los viñedos y las conversaciones a última hora de la tarde y hasta que llegaba la noche. Esos días en los que veía a su suegra en sus reuniones semanales, en las cenas familiares o de pasada.

Entró en el edificio de oficinas, subió las escaleras de dos en dos y entró en el despacho de Barbara.

Su suegra, perfectamente vestida con un traje azul marino y unas perlas, le sonrió.

—Llegas justo a tiempo, como siempre. —Barbara le señaló una silla—. Tengo la sensación de no haberte visto desde hace siglos.

El tono cálido y sus palabras amables hicieron que a Mackenzie le costara tragar saliva. Cerró la puerta y se sentó.

—He estado ocupada —dijo—. Están pasando muchas cosas.

Hizo una pausa, sin saber por dónde empezar.

Barbara se inclinó hacia ella.

—Cariño... Algo va mal, lo veo en tus ojos. Cuéntame qué es. No tendremos un problema de plagas, ¿verdad? Sé que el nuevo vallado ha aliviado la cuestión de los ciervos. Espero que no haya un oso comiéndose las uvas. Los osos pueden hacer mucho daño.

—No es por la bodega —le dijo Mackenzie retorciendo los dedos, tratando de no hacer caso al mal presentimiento—. Es sobre Rhys y yo. Nos vamos a divorciar.

La expresión de preocupación de Barbara no varió.

—¿De verdad? Lo lamento. Yo creía que erais felices juntos.

—No lo somos y llevamos tiempo sin serlo. Es una decisión mutua. A los dos nos entristece.

—Por supuesto que sí. —Barbara apoyó la espalda en su asiento—. Debes de estar decepcionada. ¿Quieres que hable con Rhys de tu parte?

—¿Qué? No. La verdad es que nos llevamos bien. —Consiguió mostrar una pequeña sonrisa—. Estamos siendo muy sensatos con la separación.

Barbara asintió, pero por lo demás, no parecía reaccionar. ¿No le sorprendía o es que no le importaba el matrimonio? Mackenzie no sabía por cuál opción decantarse.

Barbara soltó un suspiro.

—Por muy bien que os llevéis, la situación debe de ser dolorosa. Lo siento, cariño. Avísame si te puedo ayudar en lo que sea. Y que quede claro que nada va a cambiar entre nosotras. Tu trabajo no corre ningún tipo de peligro. Espero que lo sepas ya, pero quería decírtelo de todos modos. Tú eres una parte importante de Bel Après. Echaré de menos tenerte como nuera, pero siempre tendrás un sitio aquí. —Sonrió—. Estaríamos perdidos sin ti.

—Gracias por decirlo. —Mackenzie sintió que se le revolvía el estómago y que se le formaba un nudo el pecho—. La cuestión es que también quería hablar de eso contigo.

Barbara puso su cuerpo rígido a la vez que se le endurecía la expresión.

—No sé a qué te refieres. ¿Hablar de qué?

—De mi futuro.

—Que está aquí, en tu sitio. No voy a tolerar lo contrario. Tienes que estar aquí, Mackenzie. Tú y yo somos Bel Après. Tú eres la enóloga. Juntas hacemos magia. —Soltó una carcajada aguda—. Pensar en irte a cualquier otro sitio es una locura.

—No me puedo quedar —murmuró, deseando poder echar a correr y consciente de que tenía que enfrentarse a lo que fuera a pasar.

—Por supuesto que puedes. —El tono de Barbara se endureció—. Debes. Esta es tu casa. Un divorcio no lo cambia. ¿Te preocupa la casa? Podemos construirte otra. No puedes irte de aquí. Somos parte de tu familia, tu historia. Sin nosotros, ¿qué vas a tener?

Entrecerró los ojos.

—¿Vas a irte a trabajar a otro sitio. No puedes. Te lo prohíbo.

—¿Cómo puedes prohibírmelo? No soy de tu propiedad. —El enfado sustituyó a la preocupación.

—Tienes un contrato de no competencia con la bodega.

—Yo no tengo ningún contrato contigo. Nunca he firmado nada.

Barbara se puso de pie.

—Te equivocas. Todos lo firman. Me aseguré de eso. No te atrevas a trabajar para otro. Si lo intentas, acabaré contigo.

Si aquellas palabras tenían la intención de intimidarla, no iban a funcionar. Cuanto más enfadada se mostraba Barbara, más decidida se sentía Mackenzie.

—No tiene por qué ser así —dijo, cuidando de mantener un tono calmado y razonable—. No quiero pelearme contigo.

—Ya es demasiado tarde para eso. ¿Te vas? ¿Eso es lo que quieres? Pues olvídate. ¡Estás despedida! ¿Me oyes? Despedida. Jamás debí fiarme de ti. Jamás. Me creí el cuento de la pobre niña huérfana y durante todo este tiempo estabas planeando traicionarme.

Mackenzie se quedó mirándola, incapaz de creer lo que estaba pasando. Siempre había sabido que la conversación iba a ser difícil, pero no se había esperado algo así. Las absurdas acusaciones le llegaban como bombas por todos lados, haciendo que deseara buscar un modo de protegerse.

—Barbara, por favor —empezó a decir.

Su suegra la interrumpió.

—No intentes cambiar ahora de opinión. Hemos terminado.

—Barbara, he formado parte de esta familia durante dieciséis años. Seguro que podemos hablarlo. —Tenía que haber un término medio en el que pudieran recordar lo mucho que significaban la una para la otra.

—¡Fuera de aquí!

Mackenzie se dio cuenta de que no tenía sentido tratar de razonar con ella. A lo mejor más tarde podrían tener una conversación de verdad. Salió por la puerta y recorrió el pasillo sin saber bien qué hacer.

Se sentía vacía y fría, un poco mareada. La habían despedido. ¿Debía vaciar su mesa? ¿Marcharse sin más? Le vino a la mente el pensamiento de que debería haber dejado que Rhys la acompañara. Aunque hubiese estado esperando en su despacho, habría sabido que estaba cerca.

Solo que ya no era su marido, se recordó, tratando de contener unas lágrimas repentinas.

—Zorra.

Se giró y vio a Lori mirándola con furia.

—Lo he oído todo —continuó Lori—. Me alegra que te haya despedido.

La frialdad en la voz de la otra mujer llevaba el impacto de una bofetada. Mackenzie dio un paso atrás.

—Lori, ¿por qué hablas así? Me conoces.

—Mejor de lo que crees. Eres terrible y te odio.

Mackenzie sintió que el estómago se le revolvía y temió echarse a vomitar. Bajó corriendo y cogió un carrito de golf para volver a la casa. Cuando estuvo dentro hizo algo que no había hecho en todos los años que llevaba viviendo allí. Echó el pestillo de todas las cerraduras.

Envió un mensaje a Stephanie y a Rhys para advertirles de lo que había pasado. Stephanie no contestó pero Rhys le escribió diciéndole que iba de camino a casa.

Diez minutos después oyó que llamaban a la puerta de atrás. Atravesó corriendo la cocina y abrió y, a continuación, se lanzó sobre sus brazos. Él la abrazó con fuerza.

—Lo siento —murmuró él besándola en la cabeza—. Sabía que iría mal pero no me esperaba que te despidiera.

—Yo tampoco.

La llevó a que se sentara en la mesa de la cocina y le contara después qué había pasado.

—Ha sido espantoso —le dijo Mackenzie secándose las lágrimas—. Me ha despedido y me ha dicho que me fuera. Sin más. Yo no sabía qué hacer. Se acabó lo de ser su hija del alma.

—Estaba impactada. Entrará en razón.

—¿De verdad lo crees?

Él vaciló.

—Puede que sí.

A pesar de todo, ella consiguió sonreír.

—Estás mintiéndome.

—Solo un poco. Lo siento.

—Lo sé. Yo también.

Le contó lo que había pasado con Lori.

—Eso casi me sorprende más —confesó él—. Iré a hablar con ella.

—No. Ya está. Supongo que ella y yo no éramos amigas. Puedo soportarlo. Si Stephanie se pone en mi contra tendré un grave problema, pero puedo soportar que Lori no sea ninguna admiradora mía.

Rhys la agarró de las manos.

—¿Qué puedo hacer?

—Escucharme ya es mucho. Gracias. Y estaría bien que pudieras coger mis cosas personales de mi mesa del despacho. —Trató de sonreír—. Al menos tendré más tiempo para dedicarlo a la compra de Luna Pintada. Ah, y necesito un sitio donde vivir.

—No. Te quedas aquí, tal y como acordamos.

—No, Rhys. Será un problema con tu madre.

Él sonrió.

—Más razón aún para que te quedes. Oye, Bruno y tú vais a pagar dinero la bodega, para poder cerrar el negocio en un par de meses. Quédate aquí hasta entonces.

—Me lo pensaré.

Antes de que pudiera decir nada más, Stephanie entró corriendo en la cocina.

—Acabo de ver tu mensaje. ¿Mamá te ha echado? —preguntó abalanzándose hacia Mackenzie para abrazarla—. ¿Estás bien? ¿Qué puedo hacer? Es pronto para empezar a beber, pero lo haré si quieres que tomemos ese camino.

Mackenzie sintió que parte de su miedo desaparecía.

—Lo único que necesito saber es que seguimos siendo amigas.

—Siempre. —Stephanie se sentó a su lado y la agarró de la mano—. Las mejores amigas. Venga ya, no voy a permitir que mi madre se interponga entre nosotras. ¿Quién te crees que soy? ¿Lori?

Mackenzie se sorprendió riéndose y llorando a la vez.

—Eso nunca.

—Estoy aquí —dijo Stephanie. Hizo una señal a Rhys con la mano—. Vuelve al trabajo, hermano mayor. Yo me encargo de esto.

Él asintió y se puso de pie.

—Envíame un mensaje si necesitas algo.

—Lo haré.

Cuando se fue, Stephanie se inclinó sobre ella.

—Se me está ocurriendo que busquemos una bruja que fabrique una muñeca de vudú de mi madre.

—Yo no creo que las brujas hagan esas cosas.

—Lo que sea. Ven. Vamos a internet a buscar venganza mística. Seguro que salen páginas muy divertidas.

Mackenzie la abrazó.

—Eres la mejor.

Barbara estaba sentada en su mesa, tratando de recuperar el aliento. Sentía como si la habitación empezara a dar vueltas y no pudiera hacer que parara. La furia la inundaba por dentro, haciendo que deseara tirar algo, pero por debajo, aparecía una creciente sensación de traición y pánico.

¡Mackenzie se iba! ¿Cómo era posible? Eran un equipo, siempre lo habían sido. Las dos, el vino y todo lo que habían hecho juntas. Mackenzie era Bel Après. Sin ella, no quedaba nada.

Esa zorra los había traicionado a todos y, sí, tendría que encargarse de eso pero antes, ¿qué iba a hacer? Si Mackenzie se marchaba...

—No puede —dijo Barbara en voz alta—. No se lo permitiré. La llevaré a juicio. Haré que la detengan. ¡Haré algo!

Fue a coger su teléfono y se dio cuenta de que le temblaban las manos. Dos intentos después, consiguió cogerlo y hacer la llamada.

Giorgio contestó al segundo tono.

—Justo estaba pensando en ti, mi amor —dijo con la voz llena de cariño—. Pero así es como paso casi todo el tiempo, por lo que dudo que eso sea una sorpresa.

Con el sonido de su voz, ella empezó a llorar. Eso la impactó casi tanto como la noticia de Mackenzie. Ella nunca lloraba. Ni una vez en veintiséis años. La última vez que había llorado fue en el funeral de James. Allí de pie, mientras metían su ataúd bajo tierra, había hecho la promesa de que sería fuerte, y lo había sido. Hasta ahora.

—¿Qué pasa? —preguntó él con la voz cargada de preocupación—. ¿Qué ha pasado?

—Te necesito. ¿Puedes venir a mi despacho?

—Estaré ahí en quince minutos. Sea lo que sea lo solucionaremos juntos.

Ella asintió, aunque él no podía verla, y colgó. Seguía temblando y el corazón le latía con tanta fuerza en el pecho que creyó que iba a vomitar.

Tenía que concentrarse, se dijo. Empezar a pensar en lo que todo esto significaba y en cómo hacer que esa situación fuese factible. Tenía qué pensar qué...

—Mamá.

Levantó los ojos y vio a Lori en la puerta. Ver a su hija mediana con su traje demasiado ajustado y su expresión alicaída le fastidiaba más de lo normal.

—¿Qué? —preguntó con la voz tensa.

—He oído lo que ha pasado con Mackenzie —empezó a decir Lori.

—Claro que sí. Dios me tiene prohibido tener un segundo de intimidad en este maldito lugar. Muy bien. Lo has oído. Ahora, guárdate la información. Nadie tiene que saberlo hasta que yo decida qué hacer.

—A lo mejor te puedo ayudar.

—¿Cómo exactamente? ¿Qué posibilidad existe de que puedas sustituir a Mackenzie? Ella es una enóloga experta. Tu pequeña incursión en ese aspecto del negocio resultó un desastre y me costó miles de dólares. Tienes gusto para la pintura. Aparte de eso, ¿qué otra idea brillante tienes?

El labio inferior de Lori empezó a temblar, un indicador de que estaba a punto de echarse a llorar. Barbara apartó deliberadamente los ojos de ella y abrió el cajón de debajo de su escritorio. Tras una caja de sobres había una botella pequeña de tequila que guardaba para emergencias.

Desenroscó el tapón y dio un largo trago. El licor le quemó por toda la garganta. Cuando dejó al botella sobre la mesa, vio que su hija se había ido. Gracias a Dios. No podía soportar otra cosa más.

Se quedó sentada, dando sorbos de tequila, mirando a la pared hasta que entró Giorgio.

—¿Qué ha pasado? —preguntó abriendo los brazos.

Ella se levantó y corrió a abrazarlo, dejando que su calor y su fuerza le proporcionara una falsa sensación de seguridad.

—Es Mackenzie —contestó—. Me ha traicionado. Es una persona terrible, mentirosa y espantosa y no me había dado cuenta hasta hoy.

Las lágrimas volvieron. Giorgio la abrazó con fuerza y le estuvo murmurando palabras tranquilizadoras hasta que ella recuperó un poco el control y, a continuación, la llevó al sofá del rincón.

—Cuéntamelo todo —le dijo.

Ella le contó lo del divorcio y que le había dicho a Mackenzie que eso no iba a afectar a su puesto en Bel Après. Él la escuchaba con atención, sosteniéndole las manos.

—Ha sido una bofetada en la cara —concluyó Barbara—. ¿Qué va a hacer? ¿Irse a trabajar a otro sitio? —Se quedó mirándolo—. ¿Y si nos roba nuestros secretos? ¿Y si nos roba a nuestros clientes? Va a intentar destruirnos y no sé por qué. Hemos sido su familia, su vida. Que actúe así demuestra que no está bien de la cabeza. ¿Crees que podría internarla en algún sitio?

Giorgio sonrió.

—Me encanta ver que tratas de ver el humor en medio de una situación tan complicada.

Barbara no se molestó en aclararle que no estaba bromeando. Internar a Mackenzie en un hospital psiquiátrico era probablemente un poco exagerado, pero desde luego, se correspondía con sus intenciones.

—Lamento lo de su divorcio —dijo él—. Siempre es una tragedia cuando el amor desaparece. ¿Sabías tú que no eran felices?

¿Por qué narices le preguntaba eso? A ella no le importaban ni sus sentimientos ni su matrimonio. ¡Bel Après estaba en peligro! Pero sabía que Giorgio era mucho mejor persona que ella y aunque a veces eso le resultaba tedioso, era una de las razones por las que se había enamorado de él.

—Ninguno de los dos ha dicho nunca nada —le contestó—. Ha dicho que es una decisión mutua y muy amistosa, así que, la bodega me preocupa un poco más. No tenemos enólogo. Siempre he querido contratar a alguien de refuerzo, pero con Mackenzie aquí, no me parecía necesario. Ninguno de mis hijos puede hacerlo. Yo lo intenté anteriormente, pero entonces éramos mucho más pequeños. Con tantos litros que embotellamos al año, no creo que esté cualificada. Necesito un plan.

—Tienes que hablar con Mackenzie. ¿Por qué se marcha?

—No lo sé. Es una zorra. ¿Es razón suficiente?

Él le apretó los dedos.

—Mi amor, ella es como una hija para ti. Habéis trabajado juntas de manera muy íntima. Pero puede que su decisión de marcharse se deba a que no es feliz. Tú y los tuyos sois la única familia que tiene. No abandonaría eso fácilmente, así que, debe haber otro motivo. ¿Alguna vez te ha dicho algo de que deseara algo en su vida que no tenía?

Barbara se apresuró a tratar de contener sus recuerdos, pero eran demasiado fuertes. Recordó que hace unos años Mackenzie le había preguntado si alguna vez formaría parte de Bel Après. Barbara le había explicado lo del testamento y que solo podían heredar los parientes consanguíneos. Mackenzie se había mostrado desesperada por poder comprar una parte y se había esforzado mucho por ser una de las propietarias, pero Barbara le dijo que eso jamás ocurriría.

—¿Qué estás pensando?

Ella frunció los labios.

—Bueno, ella dijo que quería una parte de la bodega. Eso era imposible y le dije que nunca más volviera a preguntarlo. No es culpa mía —añadió, consciente de que parecía estar a la defensiva—. El testamento de James es muy claro.

—Debe haber alguna forma de solucionarlo.

Posiblemente, pero ¿por qué iba a querer buscarla? Pero en lugar de decir eso, murmuró:

—No estoy segura de que sirviera de algo.

—Mackenzie está sola en el mundo. Tiene sentido que quiera sentirse conectada a algo tan maravilloso como Bel Après. Quizá un pequeñísimo porcentaje de...

—No.

—Pero, cariño...

—No, Giorgio. Ella no puede poseer ninguna parte de la bodega. Las cosas son así.

—Pero tú la quieres.

—Ya no.

Él se apartó.

—No lo dirás en serio. Ella es la hija de tu alma.

—Es una zorra mentirosa que quiere dejarnos.

Giorgio se quedó mirándola unos segundos.

—Sigues enfadada. Lo siento. No debería haberte insistido. ¿Me perdonas?

—Claro que sí. Tú no eres el problema. Nunca lo has sido. Es Bel Après. Todo podría venirse abajo.

—Pues concéntrate en tu increíble talento para encontrar un nuevo enólogo. Seguro que hay docenas de ellos que aprovecharían la oportunidad de trabajar para una marca tan prestigiosa. —Se inclinó y la besó—. ¿Puedo ayudarte en algo?

—Solo con que estés aquí hace que me sienta mejor.

—Bien. —La atrajo hacia sus brazos—. Mi dulce Barbara. Solucionaremos esto juntos.

Ella asintió, porque era lo que tenía que hacer, pero en el fondo sabía que no había un «juntos» en lo concerniente a este problema. Solo estaba ella y la búsqueda de una solución para una situación tan espantosa.

Maldita sea Mackenzie, pensó con crudeza. Ojalá vaya directa al infierno.

Capítulo quince

Stephanie no estaba nada contenta de haber sido convocada a la casa de su madre, sobre todo, el día en que Mackenzie le había dicho a Barbara que se iba. Pero el mensaje era lo suficientemente claro como para que se le pudiera ocurrir un modo de escabullirse.

En mi casa a las siete de la tarde. No toleraré ninguna excusa.

Stephanie se había quedado mirando el teléfono con la esperanza de recibir una prórroga pero, por desgracia, la pantalla seguía apagada. En quince minutos iba a tener que recorrer la distancia demasiado corta entre sus casas y enfrentarse a la estupidez que su madre necesitara.

Se planteó emborracharse antes de ir. Un modo cobarde de afrontarlo, pero podría soportarlo. Solo que no tenía tiempo suficiente y por el bien de su supervivencia, quizá debería mantenerse alerta. Todo lo que pudiera, dadas las circunstancias.

—Mamá.

Levantó los ojos de su asiento en la isla de la cocina y vio a Avery de pie en la puerta. Su hija seguía todavía un poco pálida y tenía ojeras, pero parecía empezar a recuperarse. Ah, ser joven otra vez y recuperarte rápidamente, pensó. Stephanie, por el contrario, no dejaba de tener imágenes de la conversación de unos días antes, cuando su hija había mencionado como si nada que sabía que Kyle la engañaba y que estaba haciendo lo posible por no ser tan tonta como lo había sido su madre. Aleccionador, humillante, pero inteligente por parte de Avery.

—Madison me ha invitado a su casa —dijo—. Volveré a las once.

Stephanie forzó una sonrisa.

—Me alegra que salgas.

—He tenido noticias de Alexander. Lo lamenta y quiere que vaya a verlo mañana.

—¿Qué vas a hacer? —preguntó con cuidado de mantener un tono y expresión neutros.

—Le he dicho que hemos terminado y que le iba a bloquear en el teléfono.

Stephanie se relajó.

—Eres increíble. Estoy muy orgullosa de ti, cariño.

Stephanie se arriesgó a una reacción de rechazo al ir a abrazar a su hija.

—Sé que ahora cuesta creerlo, pero al final te sentirás mejor. Y luego encontrarás a un chico estupendo que te trate como mereces ser tratada.

Avery le devolvió el abrazo antes de apartarse.

—¿Sí? Tú nunca lo has encontrado. No sales con nadie ni nada. Toda tu vida está aquí. Trabajas para Bel Après, tu mejor amiga es tu cuñada. ¿No deseas nunca tener una vida más amplia?

Stephanie hizo lo que pudo por no encogerse.

—Tengo un buen trabajo y paso los días con las personas que más quiero.

Las palabras le salían de forma automática. Fue después de hablar cuando recordó que odiaba su trabajo y trabajar para su madre y que no decirle eso a su hija era dar la espalda a la verdad y a una oportunidad de compartir una importante lección de vida.

—Si tú lo dices —murmuró Avery antes de dirigirse hacia la puerta trasera—. Hasta luego.

—¡Espera! —exclamó Stephanie, pero ya era demasiado tarde. Su hija se había ido y la había dejado sola con sus medias verdades y sus remordimientos.

Uf. No era el mejor estado de ánimo para ir a enfrentarse a su madre, pensó mientras atravesaba el patio y entraba en la casa de Barbara.

De las cuatro casas que estaban juntas, la de Barbara era la más tradicional. Un vestíbulo de dos alturas se abría a una sala de estar formal. El comedor tenía una larga mesa donde podía acoger a veinte personas cuando se abría del todo. Los altos techos estaban decorados con elegantes escayolas y unas alfombras caras cubrían los suelos de madera.

Stephanie entró en la sala de la parte trasera de la casa. Había grandes sofás en forma de U delante de una enorme chimenea de piedra. No había televisión. Estaba arriba, en la sala multimedia. Nadie iba a ver a Barbara Barcellona para distraerse con dibujos animados o un partido de fútbol.

Vio a su madre y a Lori ya sentadas en uno de los sofás.

—Hola, mamá —la saludó Stephanie cuando se acercaba.

—Ya has llegado. Bien. —Su madre levantó en el aire un vaso alto—. ¿Qué quieres tomar?

Stephanie vio el líquido que había en el vaso de su madre y tuvo el mal presentimiento de que fuera tequila. El vino era la bebida habitual de Barbara, pero cuando las cosas se ponían difíciles, optaba por ese licor más serio y, por lo general, a partir de ahí todo iba a peor.

Vio que Lori tenía una copa de vino blanco delante de ella.

—Tomaré lo mismo que Lori.

Se retiró a la cocina y vio una botella abierta de chardonnay en el frigorífico. Se sirvió una copa. Se bebió la mitad de un trago y la volvió a llenar antes de dejar la botella donde estaba. Se acababa de sentar en frente de su madre cuando entró Cuatro.

—Decidme que no habéis empezado sin mí —dijo Cuatro con tono alegre—. No me gusta perderme nada.

Stephanie contuvo un gruñido. Le había enviado antes un mensaje a Cuatro para avisarla de que Mackenzie le había dicho a Barbara que se marchaba y ella la había despedido, para que así su hermana no dijera que no sabía que había entrado en un campo de minas. Pero así era Cuatro. Solía adentrarse sin temor en las aguas turbulentas.

—No me creo que no sepas lo que ha pasado hoy —espetó su madre—. Deja de actuar con esa felicidad absurda y ponte una copa.

—No, gracias. —Cuatro se sentó sobre sus pies al lado de Stephanie—. Entiendo por tu tono que estás enfadada por lo de Mackenzie.

Barbara la fulminó con la mirada.

—¿Por qué he pensado alguna vez que tenías un cerebro?

—Debo tenerlo. Estoy viva y soy completamente funcional. Mi sistema nervioso y mi cerebro parecen intactos.

Stephanie no sabía si es que Cuatro era la persona más valiente que conocía o la más tonta.

—Además —continuó Cuatro con una sonrisa triunfal—, no me sorprende que Mackenzie quiera marcharse. Este nunca fue su sueño. Tiene que buscar el lugar donde sea feliz.

—Debería ser feliz aquí —contestó Barbara con tono de grave gruñido—. Le he dado todo y ella nos ha traicionado.

—Así es —la apoyó Lori.

—No le has dado todo —repuso Stephanie antes de poder contenerse—. Ella quería formar parte de la bodega y tú no se lo permitiste.

Su madre dirigió su mirada fría y furiosa hacia ella.

—¿Te das cuenta de lo absurdo que es eso?

—Lo cierto es que lo que digo tiene sentido. Todo el mundo merece sentir que pertenece a un lugar. Ella quería ser más que una empleada. Tú te aseguraste de que eso no pasara y ahora se marcha. ¿Crees que eso nos hace felices a alguna de nosotras? Es mi mejor amiga, mamá. La veo a todas horas. Estamos siempre saliendo y entrando de nuestras respectivas casas. Trabajamos en el mismo edificio y ahora todo eso va a cambiar. Ella era buena para Bel Après y era buena para nuestra familia.

Cuatro extendió las manos por encima de los cojines y agarró la mano de Stephanie.

Barbara se terminó su tequila. Tras levantar el vaso hacia Lori para que se lo rellenara, se deslizó hasta el borde del sofá con una mirada intensa.

—Retira eso.

—¿Que retire qué? Es la verdad. Ha estado entregada a ti y a los vinos, es una amiga maravillosa y nos quiere a todos.

—No lo suficiente como para quedarse.

—Te repito mi premisa de antes. ¿Por qué se supone que debe quedarse? ¿Por un sueldo? Eso lo puede encontrar en cualquier sitio.

Lori se levantó, sirvió más tequila y le pasó el vaso a su madre.

—Es una persona terrible —dijo Lori—. La odio. Siempre he sabido que iba a traer problemas.

Stephanie puso los ojos en blanco.

—Eso es una gran estupidez. Siempre has estado resentida porque a mamá le gustaba más ella. Es muy distinto.

—No es verdad.

Cuatro apretó los dedos de Stephanie como para recordarle lo que era importante.

—Barbara, ¿qué es lo que nos quieres decir? —preguntó Cuatro.

Su madre dio un buen trago a su copa.

—Hay que castigarla.

—¿Darle unos azotes? —preguntó Stephanie con tono brusco—. ¿Vas a pagarlo con ella? Estás siendo ridícula, mamá. Tú eres la responsable de que esto pase y vas a tener atenerte a las consecuencias. Se va a marchar y no la culpo.

Su madre apoyó la espalda en el sofá.

—Esta noche estás muy suelta dando tu opinión.

Probablemente porque estaba tratando de compensar no haberle dicho a Avery la verdad, pensó Stephanie, todavía decepcionada por su anterior comportamiento. Además, no había sido de apoyo cuando Mackenzie le contó lo del divorcio.

—Estoy diciendo la verdad.

—Estás siendo desleal. Yo tendría cuidado con eso si fuera tú. —Su madre las miró a las tres—. A partir de hoy, ninguna de vosotras va a tener contacto alguno con Mackenzie. No vais a hablar con ella ni a enviarle mensajes. Por lo que a ti respecta, ella está muerta para todos.

—Qué bien —se apresuró a decir Lori.

—Yo no lo creo —le contestó Cuatro.

—Eso no va a pasar —añadió Stephanie—. Es mi mejor amiga, mamá. Eso no va a cambiar. La quiero y deseo que esté en mi vida. Quiero que esté en la vida de mis hijos. Lo que sea que necesite, yo voy ayudarla para conseguirlo.

Su madre se quedó mirándola con expresión severa.

—Hablas con mucha facilidad, pero debes saber esto: llegará un momento en el que tendrás que elegir. Créeme cuando te digo que no vas a querer que me enfade, Stephanie.

A pesar del escalofrío que le recorrió la espalda, Stephanie mantuvo una actitud desafiante.

—¿O qué? ¿También me vas a castigar? Todas somos adultas, mamá. No puedes castigarnos sin salir. Además, te equivocas en tu forma de gestionar esto.

Cuatro se inclinó hacia su madre.

—Somos una familia, Barbara. Por mucho que te enfades, eso no va a cambiar.

—Y vosotras dos tenéis que recordar el lugar que ocupáis en mi mundo. Puedo poneros las cosas difíciles.

Stephanie se puso de pie.

—Ya he oído suficiente. Sé que estás enfadada, y sí, es terrible que se vaya, pero también es culpa tuya. Tú te has hecho esto, a ti y a nosotras. Todas vamos a sufrir por tu culpa. No me importan tus amenazas. Lo que me importa es perder a alguien que es importante para mí. Aunque Mackenzie y yo siempre vayamos a ser amigas, todo va a cambiar. Así que, amenázame todo lo que quieras, pero que sepas que voy a tardar mucho en perdonarte por esto. Por tu modo de actuar. Estás haciendo quedar muy mal a todas las madres.

Y dicho eso, salió de la casa. Su actitud desafiante duró hasta que estuvo en su casa. Una vez allí, cerró la puerta y se apoyó contra ella tratando de no hacer caso al temblor que empezaba a ver en sus manos y que le bajaba hacia las piernas.

Al contrario que Cuatro, ella nunca se había atrevido a encararse con su madre. La mayoría de las veces se había limitado a no hacer caso de lo que Barbara dijera y hacía las cosas a su manera. Pero esta noche no. Esta noche se había rebelado abiertamente y, aunque no se arrepentía, no podía evitar preguntarse si muy pronto sí lo lamentaría.

Mackenzie entró en el restaurante y se dirigió hacia la recepcionista, pero antes de llegar a ella vio que Stephanie y Cuatro ya estaban en una mesa y se giró hacia ellas.

Estaba enfrentándose a muchas emociones, sintiéndose a la vez esperanzada y a la deriva. Todavía estaba afectada por su encuentro con Barbara, triste por su divorcio y asustada por su futuro. Ahora todo era distinto, incluido el hecho de que tenía que verse con sus cuñadas en un restaurante en lugar de almorzar directamente en alguna de sus cocinas.

Mackenzie se detuvo a unos metros de la mesa mientras se preguntaba qué otros cambios habría en su vida. Hacía apenas unas semanas, sabía exactamente cómo iba a ir cada día. Su trabajo y su vida estaban determinados por las estaciones. Ahora no estaba segura de nada.

Stephanie levantó los ojos y la vio. Su inmediata sonrisa atrajo a Mackenzie. Cuatro siguió su mirada y su boca se convirtió en una enorme sonrisa. Su evidente placer por verla suavizó una tensión que se había negado a reconocer hasta ese mismo momento.

Mackenzie se entregó al abrazo a tres y se mantuvo allí.

—Tenía mucho miedo de que estuvierais enfadadas conmigo por lo que ha pasado con vuestra madre —confesó.

—Jamás —sentenció Stephanie.

—Tú no has hecho nada para enfadarme —señaló Cuatro—. Además, no estoy segura de cómo ibas a afectar tanto a mi energía. Me esfuerzo por seguir la corriente. Observo en lugar de abrazar emociones negativas.

Ese comentario tan propio de Cuatro hizo que Mackenzie se riera. Abrazó a sus cuñadas una vez más y, después, las soltó.

—Gracias por proponer este almuerzo —dijo mientras tomaba asiento.

Stephanie se sentó en frente de ella con Cuatro entre las dos.

—En un restaurante —dijo Stephanie con una carcajada—. Es de lo más clandestino. Como si estuviéramos en una novela de espías y hablando de una insurrección.

—Con Mackenzie como nuestra propia insurrecta.

Mackenzie negó con la cabeza.

—Eso requiere más fuerza y estrategia de las que soy capaz en este momento. Ahora mismo solo me las estoy arreglando lo mejor que puedo.

Stephanie y Cuatro intercambiaron una mirada.

—Aun a riesgo de estresarte más, queríamos hablar contigo de algunas cosas. —Stephanie soltó un suspiro—. De una cosa.

Mackenzie trató de disimular su temor.

—¿De Barbara?

—Eso es —contestó Cuatro con tono alegre—. Anoche se le fue del todo la cabeza. Nos ha prohibido tener ningún contacto contigo. —Su sonrisa se volvió pícara—. Y por eso he enviado a Stephanie un mensaje para proponerle que comiéramos hoy contigo.

—Debería habérseme ocurrido a mí —dijo Stephanie.

Mackenzie odiaba pensar en lo que le había hecho a la familia.

—Lo siento —empezó a decir.

Stephanie negó con la cabeza.

—No. No lo sientes ni deberías sentirlo. Esto es por culpa de mi madre, no tuya. En lo del trabajo. De vuestro matrimonio sois Rhys y tú los responsables.

—Era inevitable —añadió Cuatro—. El cambio. No podías seguir toda la vida donde estabas. No era justo para ti.

Mackenzie se preguntó si sería verdad. Hasta que Rhys mencionó lo del divorcio, ella estaba bastante satisfecha. Sí, había tenido problemas y decepciones, pero no estaba segura de que se le hubiese ocurrido nunca irse por su cuenta.

—No esperamos que vayas a hacer nada con la información de nuestra madre —dijo Stephanie—. Pero hemos pensado que deberías saber se le ha ido un poco la chaveta. Ten cuidado.

—Lo tendré.

—Las dos te avisaremos si nos enteramos de algo que sea preocupante de verdad —le informó Cuatro. Sonrió—. Y esa es la fea noticia. ¿Qué tal va todo?

—¿Y cómo estás? —preguntó Stephanie.

—Estoy tratando de organizarlo todo. Han cambiado muchas cosas con demasiada rapidez y me cuesta hacerme a la idea. Todavía me estoy recuperando de mi reunión con Barbara.

—Le encanta dejar huella —respondió Stephanie.

Apareció la camarera y tomó nota de sus bebidas. Cuando se fue, Cuatro miró a Mackenzie.

—Barbara está igual de perdida y confusa. Sospecho que no está segura del todo de que te vayas a ir de verdad y si la estás engañando para conseguir más dinero.

También espera encontrar una salida para que la bodega funcione sin ti. Está enfadada, herida y asustada, por no mencionar que está furiosa por no tener un plan alternativo. En todas las demás bodegas tienen un enólogo adjunto, un adjunto del adjunto y así sucesivamente. Barbara y tú siempre habéis estado tan interconectadas que nunca habéis querido añadir un tercero a la ecuación. Cada una de vosotras se resistía a dar el siguiente paso sensato y ahora ella está pagando las consecuencias.

Mackenzie se quedó mirándola.

—Eres una persona increíble. Todo el mundo cree que no eres más que una que va por ahí abrazando árboles y que le gustan los cristales, pero tienes profundidad emocional.

—Observo —dijo Cuatro con modestia.

—Yo creo que en el fondo es vidente —bromeó Stephanie.

Estuvieron de charla un rato y sus habituales bromas ayudaron a que Mackenzie sintiera que había una posibilidad de que algún día todo pudiera volver a ser normal. Una nueva normalidad para ella, pero estaba abierta a eso. El simple hecho de estar con sus amigas era reconfortante. Lo que Cuatro describiría como conexión con la tierra.

La camarera volvió con sus bebidas. Pidieron la comida.

—¿Qué tal estás? —preguntó Stephanie cuando volvieron a quedarse solas—. En serio, ¿estás durmiendo? ¿Comes bien?

Mackenzie sonrió.

—Me estoy cuidando. No bebo y no duermo muy bien, pero estoy aprovechando el tiempo de más en vela para elaborar mi plan de negocio.

Lo que le recordó una cosa. Sacó dos hojas de papel del bolso y se las pasó a sus cuñadas.

—Si queréis detalles, me temo que vais a tener que firmar esto.

Stephanie y Cuatro se miraron la una a la otra y,

después, al acuerdo de confidencialidad. Cuatro fue la primera en terminar de leerlo. Agarró de la mano a Mackenzie.

—Me siento orgullosa de que te estés cuidando y te tomes tu futuro tan en serio. Eres una persona sincera, siempre lo has sido. Eso es lo que hace que la gente se sienta atraída por ti.

Stephanie garabateó su nombre en la hoja y, a continuación, le pasó el bolígrafo a su hermana.

—Tienes razón. Esto empieza a parecerse a una novela de espías. Me gusta.

—Voy a abrir un negocio con Bruno —dijo Mackenzie a la vez que volvía a guardar las hojas en su bolso—. Estamos pensando en comprar Luna Pintada.

Las dos hermanas se quedaron mirándola con expresión idéntica de placer y sorpresa. Stephanie fue la primera en recuperar la compostura.

—Es perfecto. Grande. Y el terreno es magnífico. Ahora que lo pienso, no me sorprende mucho que Herman quiera vender. Me alegra mucho que te quedes en el valle. Me aterraba la idea de que me fueras a abandonar.

—¿Lo sabe Barbara? —preguntó Cuatro.

—No. No voy a decírselo hasta que nos acepten la oferta. O quizá hasta que cerremos el trato.

—Mantenlo en secreto todo lo que puedas —le aconsejó Stephanie—. Ella solo va a causarte problemas si le es posible.

—Eso mismo pienso yo —respondió Mackenzie.

—¿Dónde vas a vivir? —preguntó Cuatro—. Sé que Rhys te va a decir que te quedes en la casa todo el tiempo que quieras pero, al final, tendrás que irte a algún sitio.

—Si compramos Luna Pintada, me mudaré a la casa de allí. Si no sale adelante...

—Yo tengo sitio —la interrumpió Stephanie.

—Nosotros también —añadió Cuatro—. A los niños les encantaría tenerte cerca.

Su generosidad hizo que a Mackenzie se le hiciera un nudo en la garganta.

—Gracias —consiguió decir—. A ver cómo termina esto.

—Como Barbara te ha despedido, tienes derecho al subsidio por desempleo —comentó Cuatro.

Mackenzie se las arregló para soltar una carcajada.

—No se me había ocurrido. Tienes razón.

Todavía no había asimilado que no tenía trabajo. Ahora mismo se decía a sí misma que simplemente se había tomado unos días de descanso. Su trabajo con Bruno la tenía bastante ocupada, así que, sus horas no estaban vacías. Pero después de haber trabajado tanto tiempo en Bel Après, la desconexión iba a ser dura.

—Vale ya —dijo levantando una mano—. ¿Qué tal estáis vosotras dos? ¿Qué tal le va a Carson en el campamento?

—Le encanta. Me envía mensajes todos los días, sobre todo, creo que es porque sabe que si no lo hace tomaré un avión hasta allí y le humillaré abrazándole y besándole delante de sus amigos. Pero le sigo echando de menos. Avery está sobrellevando su ruptura con Alexander. —Miró a Cuatro.

—Nosotros estamos bien —dijo Cuatro—. Estoy pensando en pintar un mural en el comedor. Le he dicho a los niños que podrían ayudarme.

La normalidad de la conversación consolaba a Mackenzie. Esto era lo que había echado de menos, se dijo. Estar con sus amigas en un entorno divertido y de apoyo. Sin dramas, solo hablando, riendo y estando juntas.

Pensó en cómo se sintió después de la muerte de su abuelo. Recordaba lo sola y aterrada que se había sentido.

Esto no era igual. Era mayor, con más experiencia en la vida, y tenía una familia. Quizá no a Barbara o a Lori, pero estas dos seguirían a su lado. De eso estaba segura.

Con la cura emocional gracias al largo almuerzo con sus amigas, Mackenzie volvía con el coche a casa. Quería revisar la casa y decidir si había algo que quisiera llevarse cuando inevitablemente tuviera que marcharse. No sería mucho, quizá unos cuantos recuerdos de su vida y algún cuadro. Como Barbara y ella habían decorado juntas la casa, no se sentía cómoda llevándose muchas cosas. Demasiados recuerdos, pensó.

Entró en la finca y giró en dirección a su casa pasando por el camino junto a un coche de policía. El vehículo policial le resultaba tan inesperado que, al principio, no reaccionó y, después, redujo la velocidad para ver cómo el coche se incorporaba a la carretera principal. ¿Había venido alguien de la oficina del sheriff? Pero ¿por qué?

Aparcó en la cochera, al lado del todoterreno de Rhys, y entró corriendo. Lo encontró de pie en la cocina.

En el medio segundo antes de verla, ella se percató de las marcadas arrugas del ceño. Unas arrugas que no tenía la última vez. Si tuviera que elegir una palabra para describir el estado de ánimo de él diría que estaba furioso por algo.

—Rhys, ¿qué pasa? ¿Por qué estás en casa en mitad de la jornada y por qué he visto el coche del sheriff saliendo de la finca?

Él la miró. La falsa sonrisa hizo que ella sintiera un nudo en el pecho.

—Todo está bien —dijo él fingiendo un tono fuerte—. Nada de qué preocuparse.

—¿No son estos los androides que buscas? —preguntó ella citando la frase original de *Star Wars* que solían emplear el uno con el otro—. Creo que probablemente lo sean. ¿Qué ha pasado?

Él soltó un fuerte suspiro.

—¿No podrías haber llegado cinco minutos después?

—Rhys, por favor. Si estás tratando de no contarme algo, debe ser sobre tu madre. Ya me ha despedido. No creo que pueda ser peor que eso.

Al ver cómo retorcía los labios supo que se equivocaba.

—Mi madre ha llamado a la oficina del sheriff para que te desahucien. —Su tono carecía de fuerza.

—¿Qué? Pero estamos casados y esta es mi casa.
—Solo que no lo era, pensó amargamente. En la escritura solo aparecía el nombre de Rhys, porque él era miembro de la familia y ella no—. ¿Puede hacerlo?

—No. Eso es lo que le he dicho al sheriff. Es mi casa, y hasta que el divorcio sea definitivo, tú eres mi esposa y puedes vivir aquí todo el maldito tiempo que yo te lo permita.

—Gracias. —Mackenzie seguía sin poder asimilar lo que había pasado. ¿Tanto deseaba Barbara que se fuera? Mackenzie sabía que esa mujer estaría enfadada pero ¿intentar desahuciarla?

Rhys tomó aire.

—¿Cómo puedes pensar en seguir adelante con todo si ella te está molestando de esta forma? —Cruzó la cocina hacia ella y la abrazó—. Lo siento.

—No pasa nada —mintió, tratando de encontrar consuelo en sus palabras y su abrazo sin preguntarse cuánto de su preocupación era por estar sacándola de su vida.

—Tú eres más fuerte de lo que sería yo en esas mismas circunstancias. —La soltó—. De verdad que lamento lo que ha hecho mi madre.

Pero no sentía lo del divorcio, pensó con tristeza. Él estaba preparado para pasar página. Ella también, pero sabía que él iba muy por delante.

—Estoy bien —contestó ella, convenciéndose de que con un poco de suerte y tiempo sería verdad.

Capítulo dieciséis

Barbara tamborileaba en la mesa con los dedos. La llamada de su contacto en la oficina del sheriff había sido decepcionante. Al parecer, había leyes en contra de desahuciar a la gente de su casa, aun cuando se lo merecieran. Lo único que había podido conseguir era recibir una visita de un ayudante. Necesitaba castigar a Mackenzie y destrozarla para que volviera arrastrándose. Quizá no tenía lógica, pero era la verdad.

Dirigió de nuevo su atención a la pantalla del ordenador, pero antes de poder empezar a dar sentido al informe, Rhys entró en su despacho. Se colocó por encima de ella, fulminándola con la mirada como si estuviese tratando de intimidarla.

—¿En qué cojones estabas pensando? —preguntó.

Ella levantó las cejas y señaló a la silla.

—Si quieres tener una conversación, por favor, ten la cortesía de hablar con un tono civilizado y evitar las palabrotas.

—Has intentado hacer que desahuciaran a Mackenzie.

—Intentar es la palabra clave. Sabía que no iba a funcionar, pero algo tenía que hacer. No es que tú estés ayudando. Y todo esto ha sido culpa tuya. —Señaló de nuevo hacia la silla.

Como ella se esperaba, se sentó.

—¿Cómo que es culpa mía?

—Es evidente que no la has hecho feliz en vuestro

matrimonio y ahora todos tenemos que sufrir las consecuencias. ¿Por qué no me contaste que teníais problemas en vuestra relación? —En realidad, la pregunta más
importante era por qué no los había solucionado, para
empezar, pero formularla no llevaría a ninguna parte.

—Mi matrimonio no es asunto tuyo.

—Ojalá eso fuese verdad, pero como tu mujer trabaja
para mi empresa, es asunto de todos. ¿La has engañado?

Rhys suspiró.

—No voy a hablar de eso contigo.

No estaba segura de si eso significaba que sí o que no.
Rhys no se correspondía con el tipo de hombres que hacen esas cosas. Era un hombre bueno, honesto y trabajador. También era guapo y rico, lo cual lo hacía
irresistible para la mayoría de las mujeres. Así que, habría tenido oportunidades.

—Entonces ¿no vas a luchar por ella?

—Mamá, no es asunto tuyo. Mackenzie y yo nos vamos a divorciar. Punto y final.

—Puede que para ti, pero no para mí. Tu divorcio afecta a Bel Après y eso quiere decir que nos afecta a todos.

Se apretó los dedos contra la sien, consciente de que
después tendría un dolor de cabeza.

Todo estaba yendo tan bien, pensó con amargura.
Los vinos eran magníficos. Mackenzie estaba haciendo
un trabajo muy bueno y ahora podían perder todo eso.

—¿Por qué no habéis tenido hijos? Eso os habría
mantenido juntos.

—¿Ahora quieres que se quede embarazada? Siempre te alegraba que Mackenzie no tuviera hijos que la
distrajeran de su trabajo.

—Yo nunca he dicho eso.

Rhys la miró sin decir nada.

Ella quitó importancia al comentario moviendo la
mano en el aire.

—Vale, puede que lo dijera una o dos veces, pero no
lo decía en serio. De haber sabido que necesitabais tener
hijos para seguir casados, os habría animado a ello.

—Siento no haber caído en la cuenta.

Ella ni hizo caso de su sarcasmo.

—Tenemos que arreglar esto.

—No. Mackenzie y yo nos estamos separando. Es asunto nuestro. Lo que ocurra con la bodega es por tu culpa, mamá. Eres tú la que has perdido los estribos y la has despedido.

—Me dijo que se iba de Bel Après. ¿Qué se suponía que tenía que hacer?

—Preguntarle por qué quería irse. Quizá mostrar un poco de compasión y comprensión.

Su estupidez no debería sorprenderla y, sin embargo, así era.

—¿Quizá debería haberle hecho un regalo de despedida? ¿Te das cuenta de que no tenemos otro enólogo? Nos vamos a quedar sin nada. Podríamos terminar arruinados.

Rhys negó con la cabeza.

—Encontrarás una solución, mamá. Como siempre. Lo que te estoy diciendo es que podrías haber buscado una con Mackenzie. Lo único que ella quería era sentir que pertenecía a este lugar, que formaba parte de esto.

Barbara pensó en su conversación con Giorgio. Rhys le estaba diciendo exactamente lo mismo. ¿Era una conspiración?

—Las condiciones del testamento eran muy claras. Sabes que no las puedo incumplir. Además, ¿qué más quería? Le he dado todo. Libertad absoluta con la elaboración de los vinos. —Sentía que estaba perdiendo los estribos y se contuvo conscientemente—. La va a contratar otra persona. Ojalá pudiera evitarlo.

Rhys miró hacia otro lado sin decir nada. Barbara se quedó mirándolo.

—¿Qué es lo que sabes que yo no sé? —preguntó.

Él la miró.

—Mackenzie y yo tenemos un acuerdo postnupcial.

Las paredes de la habitación se volvieron un poco borrosas mientras ella trataba de entender lo que él le decía. Un acuerdo postnupcial implicaba que Mackenzie iba a obtener dinero de él.

—¿Por qué me estoy enterando de esto ahora?

Él volvió a mirar hacia otro lado.

—Era algo entre nosotros dos.

La rabia la volvió a invadir.

—¿Cuándo fue eso?

—Cuando le dijiste que nunca tendría una parte de la bodega. Se quedó destrozada.

—¿Y le diste dinero? —preguntó ella—. Dios santo, qué idiota eres. ¿Cuánto?

Él irguió la espalda.

—La mitad del valor de la casa y parte de mi fideicomiso. Renuncié a las regalías de sus vinos. En total, unos dos millones.

—¿De dólares? ¿Le has regalado a esa zorra dos millones de dólares? —Estuvo a punto de levantarse pero volvió a caer sobre su asiento. No. No era posible. Con esa cantidad de dinero Mackenzie podría comprarse algo. O lo que era peor, podría usarlo como adelanto de una bodega real que hiciera la competencia a Bel Après.

—En su momento me pareció lo correcto —contestó él—. Seguíamos siendo felices juntos y no me gustaba verla disgustada. Sentía que la habías traicionado y rechazado.

Barbara no escuchó el resto de lo que había dicho y se centró en lo que era importante.

—¿En su momento era lo correcto? ¿Te arrepientes de ese acuerdo?

—En parte, es posible. No se puede disolver. Ya he preguntado a mi abogado. Voy a cumplir mi parte del acuerdo. La cuestión es que ella va a recibir el dinero.

Puede que no fuera tan tonto como ella temía, pensó, todavía furiosa por lo que esa cantidad de dinero supondría para Mackenzie.

—Pregúntale de nuevo a tu abogado. Tiene que haber un modo de evitar que se lleve tanto. Es absurdo. ¿En qué estabas pensando?

Él se quedó mirándola durante un largo rato.

—Estaba pensando que quería a mi mujer. Y eso es lo que hay. Ella va a recibir el dinero, mamá. Y tú vas a tener que aceptarlo.

—Ah, vale. Tú provocas el problema y después me dejas a mí para que lo arregle. Qué típico de ti. —Volvía a tener ganas de darle una bofetada—. ¿Por qué no entiendes lo que pasa? Estamos a solo un par de meses de la vendimia. ¿Y luego, qué? ¿Quién va a coger las uvas para convertirlas en los maravillosos vinos de Bel Après? Todos trabajamos mucho y, sin embargo, sin Mackenzie, ¿qué nos queda? Uvas. Tenemos que conseguir que se quede.

—Se ofreció a quedarse durante la recolección, mamá. Tú la has despedido.

—No tenía otra opción.

—Siempre hay otra opción. —Se puso de pie—. Se acabaron los desahucios y ese tipo de cosas. Está decidido. Se marcha. Olvídate de lo demás.

—No pienso hacerlo —espetó ella—. Hacerla feliz era tu cometido y has fracasado.

Él salió del despacho. Cuando se quedó sola, se puso de pie y se acercó a la ventana para contemplar unas vistas que normalmente le provocaban placer.

Mackenzie tenía que quedarse, pensó con gesto sombrío. Eso era lo único que importaba. Bel Après la necesitaba, cosa que su propio hijo no entendía. Lo irónico era que Mackenzie sí sabría a qué se refería. Para Mackenzie, la bodega siempre había sido lo primero. Si se iba...

—No voy a pensar en ello —dijo en voz alta. Solo que no podía pensar en otra cosa. En cuanto la gente se enterara...

Maldijo en voz baja y, después, volvió rápidamente a su mesa. Escribió un correo electrónico rápido a todos sus hijos diciéndoles que no dijeran nada de la amenaza de Mackenzie de marcharse. Nadie tenía que saberlo, no hasta que Barbara hubiese encontrado un modo de resolver el problema. De la forma que fuera, iba a convencer a Mackenzie de que no se marchara.

El viernes por la mañana Mackenzie vio a Rhys en la cocina mientras él estaba desayunado en la mesa, junto a la ventana.

—Buenos días —la saludó él.

—Buenos días. Necesito tu ayuda. Quiero vaciar mi mesa del despacho y, en fin, no quiero ir sola.

Casi se esperaba que se burlara de ella por ser una cobarde pero, en lugar de eso, asintió.

—Claro. Iré contigo. Podemos hacerlo antes de que yo salga a ver las vides de Seven Hills.

Ella se sirvió una taza de café y se sentó en frente de él.

—¿Va todo bien? Me preocupan las copas de la zona sur. Ha hecho mucho calor el último par de días y...

Apretó los labios.

—Lo siento. Había olvidado que estoy despedida.

—Iré a verlas por ti. —La miró con una ligera sonrisa—. Sé hacer mi trabajo.

—Eres el mejor. Lo sé. Solo que soy aprensiva desde siempre.

—Eres una gran enóloga. Por eso estás nerviosa. —Dio un sorbo a su café—. Si ella te ofreciera una parte ¿te quedarías?

Se quedó pensando en la respuesta.

—Sí. Yo nunca he querido marcharme. Es lo único que sé. Vosotros sois mi familia y este es el trabajo de mi vida. Pero ahora todo ha cambiado. Bruno y yo somos socios y vamos a seguir adelante con la compra de Luna Pintada. —Sonrió—. Tenemos una oficina en la ciudad.

—¿Se acabó lo de trabajar desde un hotel? —preguntó él con voz burlona.

Ella sonrió.

—Estaba siendo un poco incómodo. La oficina es mejor. Tenemos más espacio. Estoy emocionada por la oportunidad pero triste porque todo haya cambiado.

—Hizo una pausa—. Te echo de menos —confesó—. Nos echo de menos a nosotros.

—¿A los que fuimos o a los que llegamos a ser después?

—A ambos. Sobre todo a los que fuimos. Estábamos bien juntos.

Él asintió.

—Pero nunca fue demasiado especial.

¿Era así como él veía su relación? Ella había creído que sí era muy especial. Era evidente que se equivocaba en eso también.

—Avísame cuando quieras ir al despacho —dijo ella.

—Podemos ir ahora —contestó él mientras llevaba los platos al fregadero.

Mackenzie ya había dejado un par de bolsos de tela junto a su bolso. Los cogió y salió con él a la cochera. Cada uno cogió un carrito de golf y recorrió el corto trayecto hasta el edificio de oficinas y, después, subieron las escaleras.

Mackenzie entró rápidamente en su despacho y miró a su alrededor. Las únicas cosas que quería eran las personales. Rhys se acomodó en la silla para las visitas mientras ella recogía fotografías y las metía en el primer bolso. Había un par de adornitos que Rhys le había regalado, además de unos cuantos dibujos que le habían hecho los hijos de Stephanie y de Cuatro.

Acababa de sentarse detrás de su mesa para mirar en los cajones cuando apareció Lori en la puerta.

—No puedes estar aquí. Mi madre te ha despedido.

Rhys miró a su hermana.

—Déjala en paz.

—La han despedido. ¿Y si roba información confidencial? —Miró a Mackenzie—. Voy a revisar tus bolsas antes de que te vayas.

—No, no lo vas a hacer —le ordenó Rhys—. Se va a llevar solo lo que es suyo. Joder, Lori, relájate un poco.

Mackenzie abrió cada uno de los cajones. Había barritas energéticas, crema de manos, unas cuantas tiritas, un cargador de teléfono. Nada de ello importante, pero era todo de ella. Metió todo en la segunda bolsa y trató de no pensar en lo poco que se llevaba. ¿No debería haber más cosas tras dieciséis años de trabajo?

Pero no había nada más, se recordó. El resto pertenecía a la empresa. Al menos, tenía los recuerdos. Pensó en las largas noches leyendo informes con atención, las veces que se había quedado junto a la ventana viendo cómo se desplegaba alguna tormenta de verano mientras miraba al cielo y se preguntaba si granizaría. Los granizos podían echar a perder una cosecha en cuestión de segundos. Aquí rara vez ocurría eso pero, aun así, le preocupaba.

Se levantó y cogió un par de chaquetas que había dejado en el perchero del rincón.

—Esto es todo —dijo.

Rhys se puso de pie.

—Te acompaño a la puerta.

—No será necesario.

Los dos se giraron y vieron a Barbara detrás de Lori. Mackenzie esperaba no haberse encogido al ver a la otra mujer. Se miraron a los ojos.

—Vuelve al trabajo, Lori —ordenó Barbara con voz sorprendentemente agradable—. Tú también, Rhys. Quiero hablar con Mackenzie. —Sonrió ligeramente—. Prometo que no correrá la sangre.

Rhys miró a Mackenzie.

—¿Te parece bien?

Ella asintió.

Él se inclinó para acercarse.

—Estaré en mi despacho hasta que las dos hayáis terminado.

—No te preocupes. Tienes que ir a Seven Hills.

Rhys vaciló.

—¿Estás segura?

—Estoy bien. —Bajó la voz—. Estoy bastante segura de que podría con ella si fuera necesario.

—A menos que aparezca Lori. Entonces, serían dos contra una.

—Deja de preocuparte. Tienes que ir a ver las viñas.

Él asintió y se marchó. Mackenzie salió tras él de lo que había sido su despacho y entró en el de Barbara.

—¿Puedes cerrar la puerta, por favor?

Mackenzie obedeció. Dejó sus bolsas junto a la puerta y se sentó en la silla para las visitas.

Barbara se sentó con las manos cruzadas sobre su mesa. Tenía el aspecto de siempre, perfectamente arreglada y vestida con un traje. No tenía ojeras, ningún rastro de preocupación. Mackenzie no sabía si a la otra mujer no le afectaba lo que estaba pasando o si simplemente se le daba bien maquillarse.

—Parece que estamos en un aprieto —dijo Barbara con una sonrisa—. Puede que vaya siendo hora de hablar de cómo salir de él.

—No sé qué significa eso —confesó Mackenzie deseando creer que podrían llegar a alguna especie de acuerdo, pero sin fiarse de su futura exsuegra.

—Quiero arreglar las cosas entre las dos, Mackenzie. Siempre hemos estado muy unidas. He estado pensando en lo mucho que tardamos en encontrar los sofás adecuados para vuestra sala de estar.

A pesar de todo, Mackenzie sonrió.

—Yo también he estado pensando en la decoración. Hicimos un buen trabajo.

—Eso es porque formamos un buen equipo.

—Lo somos. Barbara, tú eres importante para mí. Has sido como mi segunda madre. No quiero que nos peleemos.

—Bien. Yo tampoco quiero. Así que, vamos a ver si podemos arreglar este problema. Te doblaré el sueldo. ¿Qué te parece?

Mackenzie no sabía qué decir. Ella se había estado refiriendo a su conexión emocional mientras que era evidente que Barbara se refería a su trabajo en Bel Après.

—Entonces ¿no estoy despedida?

—Eso depende de ti, querida. ¿Quieres que no te despida?

Pensó en lo que estaba haciendo con Bruno. La

sociedad y lo generoso que estaba siendo con todo. Pensó en despertarse cada mañana sabiendo que era propietaria del terreno, de las vides y de todo. O, al menos, de la mitad.

—¿Sería propietaria de alguna parte de Bel Après?

—No, pero serías muy valorada. Tu trabajo siempre ha sido la parte más importante de tu vida. ¿Por qué iba a cambiar? —Barbara apoyó la espalda en la silla—. Ojalá no te enfades por lo de no ser propietaria. Conlleva mucha responsabilidad. ¿No preferirías dedicar tu tiempo a elaborar buenos vinos?

—¿Y luego qué? ¿Meter dinero en mi plan de jubilación y recibir un reloj de oro cuando me retire?

—A nadie se le regala ya un reloj de oro. Mackenzie, no hay necesidad de complicar las cosas.

—Así que, debería cerrar la boca y hacer mi trabajo.

La expresión agradable de Barbara desapareció.

—Esperar más sería poco razonable. Te vas a divorciar de Rhys. Ya no vas a ser una de los nuestros. Estoy dispuesta a darte más dinero. Ya tienes el control de los vinos. ¿Crees que te va a ir mejor en otro sitio? ¿Sola?

Barbara levantó las cejas.

—Sé lo del acuerdo postnupcial. Rhys me ha dicho lo arrepentido que está. ¿Y si se enfrenta a ti por el dinero? ¿Y si terminas sin nada?

Mackenzie se obligó a no reaccionar. Barbara estaba tratando de hacerle daño, de asustarla, y aunque se le estaba dando de maravilla, no había motivos para hacerle saber que le estaba funcionando.

—Estaré bien —contestó Mackenzie con toda la seguridad que pudo—. Sé lo que hago.

Barbara se rio.

—¿De verdad? ¿En serio crees que puedes dirigir una bodega sola? No puedes enfrentarte a los gastos, al marketing y hacer que todo funcione. Se te da bien tu trabajo, pero es lo único que sabes hacer. Si intentas hacer algo más vas a fracasar.

—Gracias por el discurso motivacional.

La expresión de Barbara se oscureció.

—Te estoy diciendo la verdad. No siempre es agradable, pero eso no significa que lo que estoy diciendo no sea verdad.

Mackenzie se obligó a no hacer caso del daño de esas palabras. Ya se enfrentaría a ese dolor más tarde.

—Ya que estamos hablando de verdades, deja que te cuente yo algunas. Me habría quedado por muy poco. No quiero más dinero. Quiero tener una conexión de pertenencia. Pero nunca has estado dispuesta a que eso ocurra. Te aferras a eso con todas tus fuerzas y no se me ocurre qué es lo que temes perder. Supongo que ya no importa, porque cuando aprietas algo con tanta fuerza, lo destruyes. —La miró con su sonrisa más amarga—. Iba a ofrecerte mi ayuda con la vendimia, pero veo que eso no te interesa. —Se puso de pie—. No me puedes comprar. No por lo que me ofreces.

—Eres una zorra desagradecida. —Barbara se levantó—. Jamás debí confiar en ti. Pues no intentes buscar un trabajo en esta ciudad. Voy a advertir a todo el mundo de quién eres. Les voy a contar cómo me has traicionado, a todos nosotros.

—Adelante. Haz lo que quieras. —Mackenzie fue hacia la puerta y cogió sus bolsas—. Una última verdad. No puedes decir nada que perjudique a mi carrera. ¿Sabes por qué? Porque yo les caigo mejor que tú y no van a creer una palabra de lo que digas.

Y dicho eso, salió del despacho de Barbara segura de que sería la última vez. Bajó las escaleras y se subió al carrito de golf. Unos minutos después estaba en la casa. Hasta que hubo entrado no cedió a las lágrimas. Se dejó caer en el suelo de la cocina y lloró hasta quedarse vacía. Estuvo todo el rato casi esperándose que entrara Rhys para ver cómo estaba, sabiendo que cuando lo hiciera la abrazaría y le diría que todo iba a salir bien. Que por supuesto que quería que ella tuviera el dinero porque se preocupaba por ella. Solo que no vino y, al final, ella se había quedado completamente sola.

Capítulo diecisiete

El sábado por la mañana, Stephanie entró con el coche en el aparcamiento detrás de Bellevue Square. El centro comercial de varias plantas era un lugar exclusivo y ajetreado con montones de tiendas y restaurantes y estaba a un puente de distancia no de uno, sino de dos cines.

Había llevado a Avery y su mejor amiga, Madison, la noche anterior. Las tres se habían alojado en un bonito Airbnb cercano y volverían a Walla Walla el domingo por la tarde. Mientras tanto, harían muchas compras y pasarían el rato juntas. Las adolescentes tenían una lista de tres películas que querían ver. Stephanie había pensado actualizar un poco su armario y quizá comprar algunas cosas para Carson. No es que a él le importara la ropa, pero tenía la sensación de que iba a necesitar algunas cosas cuando volviera del campamento de béisbol.

En cuanto hubo aparcado miró a su hija.

—¿Vais a estar bien solas? —preguntó con cuidado de mantener un tono más de burla que de preocupación. Durante las últimas dos semanas o así, Avery y ella se estaban llevando mejor y no quería fastidiar su débil tregua.

—Estaremos bien, mamá. —Avery movió su teléfono en el aire—. Tenemos entradas para la sesión de las 2:10 en el cine. Vamos a comer a The Cheese Factory y nos reuniremos contigo a las cinco en el Starbucks de la segunda planta.

Madison se inclinó hacia delante desde su asiento de atrás.

—El resto del tiempo estaremos de compras —dijo con voz cantarina.

La noche anterior habían cenado en el mexicano y habían ido a dar una vuelta, pero no habían tenido tiempo de hacer mucho más que mirar escaparates.

—Pasadlo bien —contestó Stephanie mientras salía del coche.

—¿Qué vas a hacer tú? —preguntó Avery.

—Algunas compras. He quedado con tu padre para comer. —El verdadero motivo del viaje, aunque no se lo había contado a su hija cuando le propuso la excursión.

Entraron juntas en el centro comercial y se separaron en la tienda de Nordstrom. Mientras las chicas iban en busca de boutiques modernas, Stephanie se quedó echando un vistazo en su tienda preferida.

Aunque se estuvo probando algunos vestidos y buscó unos vaqueros nuevos, no perdió la noción del tiempo. Iba a ver a Kyle a las doce y no quería llegar tarde.

Él se había sorprendido cuando ella le dijo que iba a acercarse a la zona de Seattle para pasar el fin de semana, pero se apresuró a aceptar que se vieran para comer. Lo que no le había contado era el asunto del que quería hablar.

Poco antes de las doce, guardó sus compras en el coche y, a continuación, atravesó el centro comercial y el puente en dirección al restaurante. Kyle ya la estaba esperando junto a la recepción y sonrió al verla.

—¿Qué se siente al volver a la gran ciudad? —le preguntó con una sonrisa.

—Soy una sencilla chica de campo que está tratando de no perderse entre la gente sofisticada como tú.

Él se rio y, después, se giró hacia la recepcionista para decirle su nombre.

Los acompañaron a una mesa junto a la ventana.

Estaban a una altura de treinta plantas y las vistas eran fantásticas, pero Stephanie estaba más preocupada por su conversación que por las vistas al estrecho y al Monte Rainier. Jugueteó con el menú, cogiéndolo y soltándolo después hasta que Kyle se lo quitó de las manos.

—Habla —dijo con firmeza—. Está claro que tienes algo en la cabeza. Suéltalo y podremos disfrutar después del almuerzo.

A ella no le agradaba que él le leyera la mente con tanta facilidad, pero aunque eso resultaba interesante, no era relevante en ese momento.

—Avery y su novio rompieron hace unas semanas —dijo obligándose a mirarle—. Lo dejó después de que él la engañara y, después, le dijo que era culpa de ella, que tenía que hacerlo porque no quería acostarse con él.

Un músculo se la mandíbula de Kyle se tensó.

—¿Alexander hizo eso? Avery me contó que ya no estaban saliendo, pero no me dijo por qué. Ese cabroncito.

—Sí, es desagradable, pero no es lo importante. Yo le dije a Avery que estaba orgullosa de ella por ser tan fuerte. —Se apretó los dedos entre las palmas de las manos mientras se repetía a sí misma que no iba a llorar.

»Dijo que tuvo que terminar con él porque no quería ser como yo. No iba a ser débil y seguir con un tío que la engañaba. —Endureció la mirada—. Le contaste a nuestra hija de dieciséis años que me habías engañado pero no me dijiste que ella lo sabía. Dejaste que me pillara por sorpresa, lo cual ya está bastante mal, pero lo peor es que le soltaste esa información sin darle ningún apoyo ni permitirme que yo le contara mi versión.

Kyle se estremeció.

—Lo siento. Debería haberte avisado de lo que había pasado. Estuvimos hablando y me pareció que estaría bien.

—¿Cuándo fue? ¿Y por qué no me dijiste nada?

—Durante las vacaciones del año pasado, cuando Carson y ella se quedaron conmigo. Un tipo que conozco de la cadena se acercó a casa para hablar de cómo le estaba yendo en su matrimonio. Había engañado a su mujer y ella lo había averiguado y él no sabía qué hacer. Era tarde y creía que los niños estaban dormidos.

Vino su camarero pero Kyle le hizo una señal con la mano para que se fuera.

—Le dije que yo había pasado por lo mismo y que lo había gestionado muy mal. Que había sido un tonto y que por culpa de eso había perdido algo que era importante para mí. Le dije que reconociera su error y lo solucionara.

—Cosa que tú nunca hiciste —le espetó ella.

—Tienes razón. No lo hice y me arrepiento más de lo que te imaginas.

—Eso parece precioso, bien por ti, pero ¿por qué no me lo contaste? Debería haber sabido que se lo habías contado a Avery.

—Lo sé. Lo siento. —Retorció los labios—. Cuando mi amigo se fue, Avery se enfrentó a mí. Estaba enfadada y llorando y quería volver a casa. Hablé con ella un par de horas. Le dije que me había equivocado y que era un estúpido. Le dije que tú me habías dado varias oportunidades para enmendarme pero que era demasiado inmaduro como para ver lo que iba a perder. Cuando terminamos, me dijo que estaba bien y la creí.

La miró.

—No te lo conté porque no es un comportamiento del que me sienta orgulloso. Estaba avergonzado, abochornado. Lo siento de verdad, Stephanie.

—Yo también.

—Debería haberte dicho algo.

—Sí, deberías haberlo hecho. ¿Hay algo más que no sepa de mis hijos?

—No. Ese es el único secreto que te he ocultado. Sé que estás enfadada y te pido disculpas por haberlo provocado. Lo digo en serio, Steph.

Ella quería lanzarle algo pesado a la cabeza pero sabía que no iba a conseguir nada con eso.

—Fuiste un verdadero estúpido —le dijo.

—Sí.

—Me voy a pedir lo más caro del menú.

—Me parece muy bien. Y vamos a pedir una botella de champán caro, si quieres.

—Tiene que costar más de doscientos dólares.

—Estoy seguro de que tendrán aquí. ¿Estamos bien?

—Sigo enfadada. Me has cabreado. Somos sus padres, Kyle. Tenemos que estar en el mismo equipo o no funcionará.

—Lo sé. Tienes razón. No volveré a hacerlo.

Ella hizo una señal al camarero que se mantenía a una distancia prudencial y, a continuación, señaló a su ex.

—Él te va a pedir una botella de champán bueno.

Kyle echó un rápido vistazo a la lista de vinos.

—¿El Dom Pérignon te parece bien?

—Supongo —contestó ella con un suspiro fingido.

Cuando volvieron a quedarse solos, Kyle la miró.

—¿Cómo va todo con tu madre?

—Una pesadilla. Nos ha ordenado a todos que no hablemos con Mackenzie.

—¿Y estás bien?

—No, pero lo solucionaré. Hay demasiados cambios. Cuesta asimilarlo todo.

—¿Carson te ha enviado un mensaje para contarte que ayer no bateó?

Sonrió.

—De hecho, me llamó y me hizo un resumen de cada una de sus entradas durante el partido.

—Nuestros hijos son bastante especiales.

—Tú eres un buen padre. —Hizo una pausa—. La mayoría de las veces.

Él se rio.

—Tú eres mejor madre.

—Eso es verdad —respondió ella con una sonrisa.

Kyle se inclinó hacia ella.

—¿Amigos?

—Sí. Te perdono.

En lugar de sonreír, él asintió despacio.

—Siempre has sido buena en ese aspecto, Steph. Debería haberlo apreciado cuando lo tenía.

Mackenzie pasó casi la semana siguiente enterrándose entre papeles, lo cual no era su pasatiempo preferido. Bruno había alquilado un despacho para los dos en la ciudad. Cada uno tenía una mesa y había un gran mueble archivero con una cerradura impresionante. Guardaban bajo llave cada documento con recelo antes de marcharse. Por si acaso. Mackenzie no creía que Barbara enviara a nadie para entrar a escondidas y ver los documentos pero ¿para qué arriesgarse?

Ya había recorrido a pie todos los viñedos de Luna Pintada. La mayoría se encontraban en buen estado. Habría que sustituir algunas partes del sistema de riego durante el próximo par de años pero, aparte de eso, estaba encantada con lo que había visto.

Seguía sin estar segura de qué hacer con el vino de las barricas. En cuanto firmaran la compra, tendría que dedicar varias semanas a probarlo todo y, después, empezar a tomar notas y, a partir de ahí, decidir. Tendría que dedicarle mucho tiempo, pero era la única forma de obtener unos vinos de gran calidad. Tenía que buscar unas barricas realmente buenas que sirvieran como la base y, después, ir en distintas direcciones.

—Pareces concentrada.

Ella levantó los ojos y sonrió.

—Estoy pensando en las mezclas. Va a ser un trabajo enorme. Hasta que sepa qué hay en cada barrica no podré empezar a tomar decisiones. Una parte dependerá de lo que queramos hacer con el vino. Podríamos venderlo sin más tal y como está y empezar de cero.

Había mercado para las barricas de vino y los de Luna Pintada se venderían a precios decentes.

—¿No ganaríamos más si llegamos a embotellarlos? —preguntó él—. Sigo tanteando a mis contactos de

China. Quieren un vintage exclusivo. Podríamos dedicar a eso varios cientos de cajas.

—Esa decisión no me resulta cómoda —respondió ella—. No sé mucho sobre la proporción coste-beneficio.

—Para eso tienes a tu socio.

Algo que a ella aún le costaba similar. Bruno y ella se habían puesto de acuerdo y habían firmado los documentos. Barbara se había ocupado de cualquier vacilación que pudiera haber tenido. Después de su última conversación, no iba a volver nunca a Bel Après. Tampoco es que pensara hacerlo. No iba a poder seguir haciendo lo que siempre había hecho. Ya no.

Le gustaba el carácter calmado de Bruno. Cualquiera que fuera la situación, él escuchaba, reunía todos los datos y tomaba una decisión sensata. No había ningún dramatismo. Aunque ese hombre seguía llevando un traje a medida cada día, pensó ella con una sonrisa. Le quedaban bien los trajes, pero aun así.

—¿Qué es lo que tiene tanta gracia? —preguntó él.

—¿Vas a llevar traje cuando seamos los dueños de Luna Pintada?

—¿Qué prefieres tú?

Ella apoyó el codo en la mesa y la cabeza sobre la mano.

—Las bodegas no son como el mundo corporativo estadounidense y vas a salir a los viñedos conmigo, así que quizá sea más práctico ir un poco más informal.

—¿Vaqueros?

—¿Tienes alguno?

—Sí.

—¿Son hechos a medida?

Él se rio entre dientes.

—No. Son comprados en tienda.

—¿Fuiste tú a comprarlos o enviaste a alguien?

Vaciló lo suficiente como para que ella empezara a reírse.

—¿Tienes empleados que te compran la ropa?

—A lo mejor he enviado a algún asistente para que me comprara algunas cosas.

—Sigue siendo un empleado. Esta es una ciudad pequeña, Bruno. Voy a tener que enseñarte a ir de tiendas. Empezaremos por Walmart. Te vas a quedar impresionado.

—Ya he estado en Walmart.

Ella lo miró sorprendida y esperó. Él se rio.

—Vale, puede que no, pero tengo acciones.

—¿Vamos a tener que contratar a algún asistente aquí?

—Estoy pensando que un director de personal haría un mejor uso de nuestros fondos. —Miró a su mesa y, después, a ella—. Nos han confirmado los derechos de uso de aguas.

—¿Sí? Eso es genial.

Los derechos de uso de aguas implicaban que tenían permiso para recibir el agua directamente de su nacimiento y que no dependían de ningún ayuntamiento. En tiempos de sequía, la bodega tendría prioridad sobre el suministro limitado. De igual importancia era el hecho de que ella podría controlar la cantidad de agua que iría a las vides. Dependiendo de la época del año, de la cantidad de sol y de la temperatura, el agua marcaba la diferencia entre el éxito y que todo se pudriera.

—Nos estamos acercando —dijo ella—. Yo casi he terminado con el pronóstico a cinco años.

—No te preocupes por formatearlo. Limítate a obtener la información. Podremos sanearlo después.

Él había querido que Mackenzie desarrollara un pronóstico anual de las cosechas y de los posteriores vinos que elaboraría. Necesitaban establecer un plan maestro y objetivos. Ella había realizado una labor similar en Bel Après, pero nada tan detallado. Para cada pronóstico, Bruno estimaba la rentabilidad de cada decisión que tomaban. No todas las decisiones había que tomarlas teniendo como base la ganancia neta, pero algunas sí.

—¿Qué tal va todo con Barbara? —preguntó.

La pregunta la sorprendió. Durante la mayor parte del tiempo Bruno y ella no hablaban de asuntos personales.

—No muy bien —confesó.

En lugar de responder, Bruno calló, como esperando a que ella dijera algo más.

—No me lo está poniendo fácil.

—¿Esperabas que fuera así?

—No, pero no creía que pudiera ir tan mal. —Le explicó lo del desahucio—. Rhys dice que me puedo quedar en la casa todo el tiempo que quiera, pero eso es solo una solución temporal. Además, estoy allí mismo, dentro de la finca, así que tengo que evitar a Barbara lo máximo posible. —Él la miró con una leve sonrisa—. Sé lo que estás pensando.

—Lo dudo.

—No debería sorprenderme ni dolerme. Por supuesto que Barbara no está contenta conmigo. Debería haberlo visto venir.

—¿Crees que te estoy juzgando, Mackenzie? No es así. Durante el último par de meses has hecho enormes cambios en tu vida. Estoy impresionado con tu fuerza y tu carácter. Eres exactamente la persona con la que quería hacer negocios. Vamos a formar un equipo con mucho éxito.

Sus amables palabras hicieron que se le saltaran las lágrimas.

—Gracias —contestó ella y, a continuación, se aclaró la garganta—. A mí también me gusta nuestra colaboración. Eres muy estable y sabes mucho. Me gusta tu falta de dramatismo.

—No soy de los que gritan —bromeó él.

—Es bueno saberlo. —Sonrió—. ¿Qué opina tu familia de que te instales aquí?

—Están acostumbrados a tenerme en la costa oeste. Mi madre se queja diciendo que es culpa suya. —Sonrió—. Cuando mis padres se divorciaron, mi madre se mudó a Napa un par de años. Mis hermanas estaban deseando marcharse pero yo me enamoré de aquella zona. Al final, volvimos a Nueva York, pero yo regresé en cuanto pude. —Levantó un hombro—. Fui a la Universidad de Berkeley, en California, para disgusto de mis padres.

—¿Tu padre también estaba en Nueva York?

—Sí. Era gerente de un fondo de cobertura. Murió el 11 de septiembre, cuando derribaron las torres.

—¿Qué? No. Bruno, lo siento.

—Fue hace mucho tiempo.

—Aun así, no es fácil —repuso ella pensando en su abuelo y lo mucho que le echaba de menos, incluso ahora.

—No lo es —convino él—. Mis hermanas y yo heredamos mucho dinero de él. También tenía un fondo fiduciario de mis abuelos paternos. Aprendí a cuidar el dinero y hacerlo crecer. Al final, se volvió una cosa aburrida, así que, decidí ir en busca de mis intereses.

—¿Incluido el vino?

—Incluido eso. Mi madre volvió a casarse y es feliz con su nuevo marido. La veo a ella y a mis hermanas cada par de años.

Ella quiso preguntarle por qué él no se había vuelto a casar. Era un hombre atractivo y de trato fácil. Puede que lo de tener un niño molestara a algunas mujeres, pero no a otras. ¿No quería probar a conocer a alguien? ¿No le importaba estar solo?

No pensaba preguntárselo. La verdad es que no era asunto de ella ni tampoco quería que él le hiciera las mismas preguntas. No se imaginaba saliendo con nadie. En cuanto a lo de enamorarse, no imaginaba que eso fuera a pasar tampoco. Se le daba bien su trabajo y tenía pensado centrarse en eso los siguientes años. Solo deseaba poder encontrar un modo de no sentirse tan sola todo el tiempo. Aunque el futuro parecía emocionante, el precio a pagar era alto: la única familia que había conocido nunca.

Sabía que Stephanie, Cuatro y ella seguirían siendo amigas, pero no iba a ser lo mismo. No solo estaba perdiendo la proximidad, también todos los pequeños momentos que conformaban el ritmo de sus días. Los rápidos abrazos, las reuniones improvisadas, las cosas diarias que, hasta ahora, había dado por sentadas.

Bruno miró su reloj.

—Deberíamos ir a reunirnos con el inspector en la casa. —Bruno había insistido en que se hiciera una inspección de la vieja casa de Herman, aunque no le importaba el estado en el que estuviera. Iban a comprar la finca de todos modos. Pero afectaría un poco al precio y Bruno quería que Mackenzie supiera en qué se estaba metiendo.

La casa de más de cien años había sido remodelada en varias ocasiones. La planta principal constaba de una sala de estar, un comedor, un aseo y una cocina. Arriba había dos baños completos y tres dormitorios. Tenía un porche delantero grande y una terraza aún más grande en la parte trasera. La casa estaba sobre un montículo con vistas a la propiedad.

—Sigo sintiéndome culpable por el hecho de que me des la casa —dijo ella.

—Ya te dije que no quiero vivir allí. No es mi estilo. Además, te gustará estar cerca de las uvas.

Ella sonrió.

—Ese es el sitio que me hace feliz. Si estás seguro...

—Lo estoy.

—Gracias. Es un poco grande para mis necesidades.

—Querrás tener espacio cuando te visiten tus amigos y familiares.

—No voy a tener familia después del divorcio —contestó ella esperando no parecer muy lamentable—. Pero mis amigas vendrán y será divertido.

Él la miró.

—Mackenzie, tienes mucha familia. Si no lo crees así te estás subestimando a ti y también a ellos.

Capítulo dieciocho

Barbara encontraba consuelo en la sala de barricas. Había algo en ese espacio que resultaba reconfortante esos días en los que todos parecían estar empeñados en hacerla enfadar. Últimamente, eso ocurría cada minuto de cada día.

Apoyó la mano sobre una barrica de roble francés y aspiró su magnífico aroma. La etiqueta pegada a la barrica detallaba lo que tenía en su interior —el viñedo, la fecha y otros datos—. Reconocía la letra de Mackenzie. Estaba en cada etiqueta de cada barril.

Al principio, Mackenzie y ella habían probado cada variedad de cada viñedo y de cada año. Siempre juntas, recorriendo la sala, analizando, hablando, tomando nota. Más tarde, cuando Mackenzie empezó a hacer mezclas, también lo hacían juntas, Mackenzie probándolas todas y Barbara anotando sus ideas. Pero al final, eso había cambiado. Barbara había dejado de ir a los viñedos y Mackenzie había empezado a encargarse sola de los vinos. Durante los últimos años, habían definido sus dominios. Mackenzie se encargaba de la elaboración de los vinos y dejaba el aspecto empresarial a Barbara.

¿Cuándo había cambiado todo? Se preguntó todavía furiosa y tremendamente triste a la vez. ¿Cuándo había decidido su empleada de confianza, alguien a quien había recibido en el seno de la familia, asestarle una puñalada en la espalda?

Recorrió la sala de barricas hasta donde se embotellaba el vino. Ahora la maquinaria estaba en silencio, pero cuando estaba en marcha iba pasando las botellas vacías para ponerles las etiquetas y llenarlas y, después, meterle corchos nuevos y sellar la funda metálica. El ruido era tremendo con el retumbar de los motores y el tintineo de las botellas. Y al final... magia.

Y todo se había perdido, pensó con tristeza. Destrozado por una zorra desagradecida que había decidido marcharse por su cuenta. Barbara puso una mueca de desagrado, reprendiéndose otra vez por no haberse ocupado de tener sustitutos a la espera. Debería haber tenido dos o tres asistentes preparados para ocupar su puesto, pero no había sido así.

Iba a tener que arreglarlo. Contratar a alguien, pero en cuanto empezara a preguntar, se extendería el rumor de que algo había pasado. Había tenido mucho cuidado de mantener la discreción, en parte porque era bueno para el negocio y, en parte, por vergüenza.

—Que se pudra en el infierno —murmuró y, después, apretó los labios cuando oyó pasos por el pasillo.

Su nivel de fastidio aumentó hasta que vio a Giorgio entrando a la sala de embotellado. Al instante, su respiración se calmó y su rabia desapareció a la vez que se lanzaba hacia él.

—¿Qué haces aquí? —preguntó ella—. ¿Me dijiste que ibas a venir?

Él sonrió y la atrajo hacia sí.

—He estado pensando en ti, mi amor. No puedo pensar en otra cosa. —Se apartó lo suficiente como para mirarla a los ojos—. ¿Cómo te encuentras?

—Triste —confesó—. Traicionada. Enfadada.

—Por supuesto. Has perdido un trozo de tu corazón. —La besó en la frente—. No entiendo por qué Mackenzie está siendo tan testaruda. Le has ofrecido todo lo que quiere, incluida una parte del negocio. Yo estaba seguro de que eso sería suficiente para convencerla de que se quedara.

Barbara no hizo caso de la punzada de culpa que la había atravesado. Giorgio había hecho lo posible por convencerla de que debía darle a Mackenzie una pequeña parte de Bel Après. Barbara le había prometido que lo pensaría. Evidentemente, él había supuesto que había conseguido que cambiara de opinión, cosa que no era así. Jamás daría un puñado de tierra a nadie que no perteneciera a la familia, sobre todo a su futura exnuera.

—Es una desagradecida —respondió Barbara evitando la verdad.

—Me sorprende. —La besó en los labios—. Y me decepciona. Quizá debería ir a hablar con ella.

—No creo que sea buena idea —se apresuró a decir ella, consciente de que tenía que mantenerlos alejados. Si Giorgio hablaba con Mackenzie sabría que Barbara no le había ofrecido nada aparte de más sueldo.

Sus ojos oscuros miraron los de ella.

—¿Estás segura? Se me da muy bien negociar.

Ella fingió una sonrisa.

—Vamos a darle tiempo.

—Como siempre, tienes razón, mi amor. Unas semanas alejada de esto hará que se replanteé su testarudez. Normalmente se me da bien juzgar a la gente, pero me equivocaba con ella. Creía que era sensata.

—No creo que lo haya sido nunca. Simplemente, no lo vimos. Al menos, hasta ahora. Se marchó sin decir una palabra, sin dar una pista.

Él la envolvió con sus brazos, acariciándole la espalda.

—Tú te mereces algo mejor. Pase lo que pase con Mackenzie, lo solucionaremos.

Intentó no ponerse rígida al oír sus palabras. Lo de «lo solucionaremos» no iba a pasar, pensó. Amaba a Giorgio más de lo que había amado a nadie en su vida, pero aun así no iba a implicarse en Bel Après. Eso era solo para la familia.

Pero en ese momento, él colocó su boca sobre la de ella y hablar de la bodega parecía menos importante. Más tarde le recordaría lo del acuerdo prenupcial que había firmado y que ella le quería en su vida, en su corazón y en su cama, pero no en Bel Après.

Mackenzie se quedó mirando la alarma de su teléfono. Ese sencillo mensaje, el que veía cada mes, no debería molestarla. Era un simple recuerdo, una forma de ahorrarse problemas. No se suponía que tuviera que revolverle el estómago, hacer que el corazón le latiera más rápido ni que la piel se le quedara fría. Pero así era.

Ponte un tampón. Eso era todo. Tres palabras sencillas. Ponte un tampón.

Dependiendo de la época del año, buena parte de su trabajo era al aire libre, donde no tenía acceso fácil a un baño. Tener el periodo cuando estaba recorriendo una alambrada no era lo más oportuno. Así que, a las seis y cuarto de la mañana, una vez al mes, su teléfono la avisaba de que se pusiera un tampón para que, si ese día empezaba con el período, estuviera preparada.

Había visto la alerta el mes pasado, había seguido las instrucciones, pero no había llegado a tener el periodo. Eso le pasaba de vez en cuando, cuando estaba estresada. Pero nunca le había ocurrido que estuviese dos meses seguidos sin periodo. Y la alerta había aparecido hacía tres días. Llevaba tres días de retraso.

No. Llevaba un mes y tres días de retraso, algo que no le habría preocupado si Rhys y ella no se hubiesen acostado hacía seis semanas. Sexo sin protección.

Cerró los ojos y se dijo que era imposible. Solo había sido una vez. Nadie se queda embarazada después de una vez sola, ¿no?

Se tapó la cara con las manos y se obligó a tomar aire. Tenía que haber otra explicación. Era imposible que estuviese embarazada. No podía ser. Estaba en medio de su divorcio. Acababa de firmar una escritura de sociedad con Bruno e iban a comprar una bodega. Tener un bebé ahora mismo sería un enorme lío.

No estaba embarazada, se dijo. Estaba estresada. Sus

hormonas estaban descontroladas. Además, tenía treinta y ocho años. Quizá fuera una menopausia temprana.

Incapaz de seguir preocupándose sin tener una certeza, salió del despacho. Al menos, Bruno había salido de la ciudad un par de días. No tenía que enfrentarse a él mientras empezaba a sudar ante esta crisis inesperada.

Fue con el coche al Walmart y compró tres tests distintos de embarazo y usó el cajero de autopago para no tener que hablar con nadie. Durante todo el camino de vuelta al despacho, se dijo que estaba bien. No estaba embarazada. No lo estaba. Era imposible.

Después de tres botellas de agua y un abundante pis, la verdad la miró a la cara. La información, presentada en tres formas distintas dependiendo del test, era muy clara. Iba a tener un hijo.

Mackenzie se quedó sentada en su silla mientras trataba de decidir qué hacer ahora. Evidentemente, tenía que llamar a su médica para pedir una cita, pero esa era la parte fácil. ¿Y si se lo contaba a Rhys? ¿Y a Bruno? ¿Y si el hecho de estar embarazada le cambiaba toda la vida?

Un hijo. No tenía ni idea de qué sentir al respecto. La idea no tenía ningún sentido. ¿Niños? ¿Ahora? Al principio de su matrimonio, Rhys y ella habían asumido que iban a tener hijos pero, por lo que fuera, eso nunca ocurrió. Ninguno de los dos había insistido en ello y, al final, ella decidió que no pasaba nada. Tenía a sus sobrinos y eso era suficiente. Además, tenía su trabajo y, en el fondo, siempre había pensado que los hijos la apartarían de él.

Ahora era aún peor. Un niño la ataría a Rhys para siempre. Un niño implicaba que tendrían que estar presentes en la vida del otro, a pesar del divorcio. Y lo peor era que no sabía cómo iba a reaccionar él ante la noticia. Aunque había sido fácil tratar con él en el asunto del divorcio, había dejado claro que estaba preparado para cortar con ella. Un hijo sería un obstáculo para ello. Un hijo...

—Mierda. Barbara va a ser la abuela de mi hijo.

Apoyó la espalda en la silla sin saber si debía reír, llorar o simplemente acurrucarse bajo la mesa y desear que todo desapareciera. Estaba embarazada del hijo de su casi exmarido. Tenía que contárselo a él y a su nuevo socio, y luego iba a tener que decidir hasta qué punto esto cambiaba las cosas. ¿Podía poner en marcha un nuevo negocio y estar embarazada? ¿Y después de que naciera el bebé? ¿Y si...?

Mackenzie se puso de pie.

—Es el nieto de Barbara —dijo en voz alta—. Hay un vínculo de sangre. —Se dejó inundar por lo irónico del momento—. Va a heredar una parte de Bel Après.

Y entonces, empezó a reírse.

—No lo sé —dijo Barbara con un suspiro—. Un DJ me parece muy vulgar.

—Podemos tener una banda en directo —murmuró Stephanie tratando de aferrarse a su paciencia cuando entraban en la segunda hora de planificación de la boda esa tarde—. Lo que tú decidas. Sin embargo, la banda necesita más espacio y no tendrás tanto control sobre lo que toca o cómo suena. Tú dirás, mamá.

Stephanie no estaba segura de si su madre quería que se encargara del evento después de su encuentro más reciente, pero Barbara le había enviado un correo electrónico para proponerle una fecha y una hora para seguir dando pasos en lo relativo a la boda, así que, aquí estaba, sentada en el comedor de su madre, libreta en mano.

Habían acordado el sábado anterior a la Navidad como fecha para el evento y su madre se había decidido por la sala de catas como lugar de la celebración.

—¿Puedo oír a las bandas tocar? ¿En directo? —preguntó Barbara.

—En directo es un problema. Tendremos que averiguar dónde van a estar y, después, pedir permiso para asistir al evento. Eso requerirá tiempo. Sé que parece que tenemos muchas semanas, pero las bandas se reservan con antelación y las vacaciones son una época de muchas fiestas.

Su madre la fulminó con la mirada.

—¿Estás complicando las cosas de forma deliberada?

—¿En qué las estoy complicando? Estoy haciendo lo posible por asegurarme de que tengas exactamente lo que quieres. Podemos organizar visitas para ir a ver dos o tres grupos si es importante para ti, pero simplemente te estoy avisando de que cuando te decidas, es probable que ya estén reservados, si no antes.

—Seguro que podrían cambiar sus planes.

—¿Quieres decir que rechazarían a su otro cliente por ti?

Barbara frunció el ceño.

—Eso es muy grosero.

—Pero acertado.

Se quedaron mirándose la una a la otra. Barbara la sorprendió al ser la primera en desviar la mirada.

—Bien. Envíame los enlaces de páginas web para ver las muestras y tomaré la decisión en los próximos días. —Señaló los menús que le había propuesto Stephanie—. Estos son espantosos. ¿Cómo se atreven siquiera a servir sopa de tres maneras? Es absurdo.

Stephanie tomó aire lentamente mientras se decía que estaba orgullosa de sus propuestas de menú y, si a su madre no le gustaban, es que era una cabeza hueca, grande y vieja.

—Los del catering utilizan tazas pequeñas de unos cien mililitros. Evidentemente, no van llenos hasta el borde, así que, cada una lleva entre sesenta y ochenta. La presentación es elegante y el trío hace que los invitados piensen que se les está dando algo especial sin que resulte caro.

Su madre apretó los labios.

—Bueno, supongo que no es una idea tan mala.

—Vaya, gracias.

Su madre levantó la cabeza.

—¿Eso es con sarcasmo? No intentes venderme una de tus descabelladas ideas. Cíñete a lo tradicional y no habrá problema.

—¿Descabelladas ideas? ¿De qué estás hablando?

Su madre movió una mano en el aire.

—Siempre se te están ocurriendo planes absurdos para el espacio de la tienda. La cafetería es un buen ejemplo. ¿Para qué molestarnos? Limítate a hacer tu trabajo y no trates de ser especial.

Stephanie dejó su cuaderno y se quedó mirando a su madre.

—¿De verdad me ves así? —preguntó en voz baja—. Cuando empecé a encargarme de la tienda las ventas estaban estancadas. Ahora están subiendo un veinte por ciento al año.

—Claro que sí. Los vinos se venden cada vez mejor. La gente viene a probarlos y compra lo que vean allí. —Su madre levantó las cejas—. No creerías que era gracias a ti, ¿no? —Sonrió—. Ay, Stephanie. ¿De verdad? No es por ti. No tiene nada que ver contigo.

Aquellas palabras no debían haber sido una sorpresa ni un bofetón emocional y, sin embargo, eran ambas.

Barbara soltó un fuerte suspiro.

—¿Y ahora qué? ¿Vas a ponerte a hacer pucheros? No entiendo por qué no comprendes qué es importante. Somos una bodega. Lo demás está simplemente como apoyo. ¿Por qué no se te mete en la cabeza?

—¿Solo el vino, no las personas?

Su madre se quedó mirándola con evidente fastidio.

—Venga, por favor. No nos pongamos sensibles porque ya sabes cómo me gusta. Muy bien. Conviérteme en la mala de todo esto. Después de tu divorcio, ¿fui demasiado apoyo? Pobrecita. La malvada de tu madre te construyó una casa y creó un puesto de trabajo para ti. ¿Cómo puedes aguantar tanto dolor? —Señaló con el dedo el montón de revistas de la mesa del comedor—. Si has terminado ya de comportarte de manera absurda, ¿podemos hablar de las flores, por favor?

Stephanie sintió como si se mirara desde lejos. Su cuerpo estaba en esa habitación, pero el resto no. Podía verse allí sentada, con el dolor y la tristeza visibles en sus ojos.

Parecía pequeña, pensó sorprendida. Parecía pequeña, débil y un poco como una persona que nunca había sido valiente. Quizá porque no lo había sido. Ni una sola vez.

Había dejado a su marido pero, en lugar de independizarse, volvió corriendo con su madre donde, sí, le habían construido una casa y le habían dado un trabajo. Diez años después, no había hecho nada por mejorar sus conocimientos y sus esfuerzos por buscarse otro trabajo habían sido, como mucho, deslucidos.

Se quejaba mucho pero no hacía nada. ¿Qué clase de ejemplo era ese para sus hijos? ¿Y qué decía eso de su manera de respetarse —o no— a sí misma?

—Tienes razón, mamá —dijo mirando a su madre—. No tiene nada que ver conmigo, ¿verdad? El trabajo que hago no importa. La tienda solo está para contentar a los clientes. Es el vino lo importante. No me necesitas.

—Cariño, yo no necesito a ninguno de mis hijos. No te lo tomes como algo personal.

Si Stephanie tuviese que adivinar, diría que la intención de su madre al pronunciar esas palabras era ser amable. Al menos, amable a su modo, que no se correspondía con la definición de ninguna otra persona.

Empezó a recoger sus notas.

—Ahora mismo no puedo hacer esto. Lo siento. Tendremos que aplazarlo.

—No, ni hablar. Quiero hacer esto hoy. No te atrevas a marcharte.

—¿O qué? Tengo treinta y ocho años, mamá. ¿Qué vas a hacer? ¿Decirme que no puedo ir a una fiesta?

—No me provoques. Ahora mismo están pasando demasiadas cosas como para tener que enfrentarme a tus berrinches. Siéntate a organizar la maldita boda.

Stephanie podía ver las encrucijadas delante de ella.

Podía quedarse donde ya llevaba demasiado tiempo, con un trabajo que no le gustaba y sintiéndose atrapada e inútil. O podía mover el culo y exigirse algo a sí misma. Solo por esta vez, podría ser valiente.

—Dimito.

No tenía intención de pronunciar esa palabra pero, en cuanto lo hizo, se sintió más fuerte, más feliz y empoderada. También asustada pero, por lo que fuera, no le preocupaba.

—Dimito —repitió.

Su madre se quedó mirándola.

—¿De qué estás hablando? No puedes dimitir.

—Sí que puedo. Acabo de hacerlo. —Recogió sus papeles y su agenda—. Mamá, si quieres que organice la boda estaré encantada de ayudarte. Pero hoy no. Y en cuanto a mi trabajo en Bel Après, lo dejo. Solo se trata de la tienda, que en realidad no importa, así que, no vas a echarme nada de menos.

—Vuelve a sentarte ahora mismo. Si sales de esta casa, te vas a arrepentir. No querrás que me enfade.

Stephanie metió sus cosas en el bolso y salió de la casa. Su madre seguía gritando cuando cerró la puerta al salir.

Una vez fuera, le sorprendió que siguiera estando el sol, que siguiera haciendo calor y todo estuviera precioso. No había ninguna nube ni amenazaba ninguna tormenta. El mundo seguía girando.

—Dimito —susurró, orgullosa y aterrada a partes iguales. Sabía que había hecho lo que debía. Puede que la forma no hubiese sido la más madura, pero el resultado era magnífico. O lo sería cuando supiera qué narices iba a hacer a continuación.

Capítulo diecinueve

La malísima semana de Barbara mejoró ligeramente cuando leyó la lista de posibles enólogos que Rhys le había traído. Aunque ninguno de ellos era Mackenzie, todos tenían posibilidades.

Al menos, algo estaba saliendo bien, pensó con amargura, negándose a dedicar un segundo siquiera de su jornada laboral a la deserción de su hija. ¿Qué más daba si Stephanie ya no trabajaba más con ella? Podían amaestrar a un mono para que hiciera su trabajo.

Lo cual podría ser verdad, pero no hacía que desapareciera la extraña sensación de pérdida que había sentido durante los últimos días. Un vacío absurdo que no tenía explicación y que no le gustaba en absoluto.

Miró a Rhys por encima de sus gafas de lectura.

—Esto está bien —dijo levantando en el aire los nombres de las personas a las que él había propuesto que se dirigieran para que trabajaran en Bel Après—. Has sido exhaustivo.

—Solo hago mi trabajo. Vamos a encontrar a alguien, mamá.

—Asegúrate de que firman algo que diga que no pueden hablar de lo que pasa aquí. No quiero que se entere la gente.

—Un AC —contestó él con una sonrisa—. Un acuerdo de confidencialidad.

Había algo en su mirada, pensó ella. Una broma privada que ella no entendía; tampoco es que le importara.

—Sigo enfadada por el dinero que le vas a dar a Mackenzie.

—A mí tampoco me agrada, pero ya está hecho. Tienes que asumirlo.

—¿Sí? —Lanzó los papeles sobre el escritorio—. Su marcha nos va a arruinar.

—No es verdad. Dependiendo del vino, tenemos entre dos y cuatro años en la bodega. Eso nos da tiempo. La mayoría de los clientes no sabe quién es el enólogo de cada etiqueta. Encontraremos a alguien bueno y contrataremos a un asistente. Vamos a superar esto.

—Estás pensando que es culpa mía que no tengamos a nadie para asumir el trabajo de Mackenzie.

—Eres tú la que se negó a añadir más personal. Ella lo propuso varias veces, mamá. Y yo también.

Tenía razón, y eso la fastidiaba.

—No creía que esa golfa con la que te casaste nos haría esto.

—Mamá. —Su tono era de advertencia—. No la insultes. No era ninguna golfa.

—Eso no lo sabes. Podría haber tenido amantes por todo el valle.

—Basta ya.

—Te vas a divorciar. ¿Por qué te importa que diga algo malo de ella?

—Porque no está bien. Seguimos siendo amigos.

Muy típico de él decepcionarla de esa forma también. Amigos.

—La personas sensatas se dejan de caer bien cuando se divorcian.

—Eso dicen. —Señaló con la cabeza hacia los papeles de la mesa—. En cuanto des tu aprobación a los nombres me pondré en contacto con cada uno de ellos. Concertaré una reunión informal sin decirles el motivo. Conozco a la mayoría, así que, que me ponga en contacto con ellos no levantará sospechas.

—Tiene sentido.

Preferiría hacerlo ella en persona, pero no era de las que tenía reuniones informales y, aunque conocía a la mayoría de las personas de la lista, se sorprenderían si ella los llamaba para proponerles que se vieran para hablar. Salvo Lori, todos sus hijos eran mucho más extrovertidos de lo que ella había sido nunca. Tampoco es que...

La puerta de su despacho se abrió de repente. Lori la miraba con los ojos abiertos de par en par.

—Ha habido un accidente en el almacén.

A la vez, salieron por la puerta y bajaron las escaleras. En el edificio principal corrieron hacia las bodegas. El olor a vino les llegó mucho antes de ver el desastre.

Barbara miró a su alrededor y vio un palé de cajas de vino que se había caído de cualquier manera. Cientos de botellas estaban rotas en el suelo. Había cristales y cartones rotos por todas partes y el vino tinto inundaba el suelo.

Uno de los encargados del almacén se acercó con los ojos abiertos de par en par y retorciendo las manos.

—Lo siento. Estaba haciendo mi turno, un lateral del palé se ha partido y se han empezado a caer.

Barbara vio el palé roto y supo que probablemente estaría diciendo la verdad. El espacio de ahí dentro era estrecho y los palés se movían por encima de los estantes, cosa que Rhys le había dicho que era un error.

—¿Cuánto? —preguntó ella.

—Unas ciento cincuenta cajas.

Rhys cogió una botella rota y le mostró la etiqueta.

—No es el más caro, pero bastante. Doce botellas por caja a unos cuarenta dólares la botella.

—Tenemos un seguro —se apresuró a decir Lori—. Lo cubrirá.

Económicamente sí, pensó Barbara con tristeza y abatida. Pero el vino se ha perdido para siempre.

Era consciente de que todos la miraban, como si esperaran que explorara, a pesar del hecho de que claramente había sido un accidente. Vio cómo el vino avanzaba hacia la alcantarilla del centro del almacén. Mientras el líquido desaparecía, supo que era así como ella se sentía. Como si todo por lo que se había esforzado se lo estuviesen succionando.

—Ocúpate —le dijo a Rhys y se dispuso a volver a su despacho. El simbolismo, aunque no era nada sutil, sí que resultaba dolorosamente claro. Sentía que estaba perdiendo el control y no tenía ni idea de cómo recuperarlo.

La zona de Red Mountain era la más cara del estado. Para el vino, al menos. Mackenzie estaba segura de que algunas manzanas del centro de Seattle costarían mucho más, pero en el mundo agrícola, esto era Park Avenue, la Rive Gauche de París y la mejor zona de cualquier ciudad cara.

Había motivos para ello. El terreno, el sol, el viento, todo ello unido para proporcionar las condiciones perfectas para el cultivo de los vinos tintos afrutados y con cuerpo por los que ese estado era famoso.

Una vez que fuera aceptado el acuerdo para comprar Luna Pintada, este terreno sería de ella o, al menos, la mitad, lo cual era mucho. Debería estar invadida por la emoción y el vértigo y rebosante de ideas. La cabeza le daba vueltas pero no por la cantidad de posibilidades. En lo único que podía pensar era en el hecho de que estaba embarazada.

Quería preguntar cómo había pasado, pero ya sabía la respuesta. Una sola noche, una sola vez, lo había cambiado todo.

Miró a Bruno, que caminaba a su lado. Había cambiado el traje y la camisa de vestir blanca por unos vaqueros y un polo verde oscuro. Tenía buen aspecto. Alto, de espaldas anchas. Estaba en forma y tenía un aire de seguridad relajada. Quizá fuera una de esas personas que se sentían cómodas en cualquier sitio. Ella no era así. Este era el único lugar donde se sentía como en casa, solo que hoy no. Se sentía rara, incómoda, asustada y confundida.

—¿Qué te pasa? —preguntó él mirándola—. Tienes algo en la cabeza. Normalmente, cuando recorremos un viñedo vas observando cada planta, acercándote a ellas, prácticamente conversando con ellas.

Su tono era ligero, pero ella vio en sus ojos la preocupación. Tenía que decirle la verdad, lo sabía. Lo que no sabía era cómo iba a reaccionar. ¿El sueño que apenas se había permitido creer que se haría realidad iba a acabarse antes de empezar?

—Estoy embarazada.

Tuvo que reconocer que él apenas reaccionó. Levantó ligeramente una ceja, pero eso fue todo.

—¿De Rhys? —preguntó.

Ella asintió.

—El sexo de despedida es muy potente —contestó él observándola con atención.

—Más bien fue que no habíamos tenido sexo desde hacía años y, en realidad, este era el final de nuestro matrimonio. —Apartó la mirada—. Lo supe ayer mismo. Todavía tengo que ir a ver a la médica y decidir qué voy a hacer.

—Vas a tenerlo.

No era una pregunta, pero ella asintió de todos modos.

—Tengo que hacerlo. Quiero hacerlo —rectificó—. Solo que es impactante. ¿He escupido?

Él inclinó la cabeza.

—¿Ahora?

Ella consiguió mirarlo con una leve sonrisa.

—No. Cuando estábamos catando las barricas de Herman. ¿He escupido? Es lo que recuerdo, pero ahora tengo que preocuparme por el bebé. Se supone que no hay que beber alcohol cuando se está embarazada. Y yo soy enóloga. ¿Cómo lo voy a hacer?

—Has escupido cada una de las veces —respondió él—. Ha sido muy elegante.

—Espero que sí. —Cogió una hoja de una vid—. Todavía no se lo he contado a nadie. Apenas me lo creo. Tengo que decírselo a Rhys. No creo que se alegre.

Había otra cosa que le preocupaba. Nunca habían tenido hijos. Si hubiesen querido, podría haberse quedado embarazada en mil ocasiones. Pero nunca lo hizo. Hasta ahora.

—¿El embarazo cambia en algo el divorcio?

Una pregunta sensata, pensó ella.

—No. Ninguno de los dos va a cambiar de opinión. —Miró a Bruno—. ¿Cambia esto las cosas contigo?

—¿Tú quieres que cambien?

—Eso no responde a la pregunta.

—Sigo queriendo tener un negocio contigo.

—Pero estoy embarazada. Me emociona lo que podemos hacer aquí y quiero seguir adelante con el acuerdo. Dicho eso, un niño traerá cambios y no sé cómo. No me veo convirtiéndome en una madre de las que se quedan en casa, pero puede que las hormonas me alteren. Y no sé cuánto podré hacer durante los últimos dos meses de embarazo. —Movió una mano en el aire—. Todo esto son suposiciones. No sé nada de embarazos ni de tener hijos.

Él sonrió.

—No me preocupa que, de repente, te pases el día haciendo punto. Te veo más como las que se atan al bebé a la espalda y se van al campo.

—Esa imagen me gusta mucho.

Pensar en llevar a su bebé con ella mientras trabajaba le hacía sentir bien.

—Tenemos un acuerdo de colaboración —dijo él—. No quiero que eso cambie. Eres la mejor, Mackenzie. Siempre serás la mejor. Además, a mí me gustan los niños.

Su voz sonaba un poco melancólica. Recordó que él le dijo que no podía tener hijos. ¿El hecho de que ella estuviese embarazada resultaría difícil para él?

Nada más pensar en esa pregunta, la borró de la mente. Seguro que no era la primera mujer embarazada que él conocía.

—Puedes traerte al bebé al trabajo —añadió—. Buscaremos a alguien que ayude a cuidarlo para que sigamos adelante con nuestro plan.

—Gracias. Eso es también lo que yo quiero. —Vaciló—. Tenía miedo de que te echaras atrás.

Él sonrió.

—Va a hacer falta mucho más que un embarazo para que te deshagas de mí.

La sala de estar de Cuatro era un perfecto reflejo de la personalidad de sus propietarios. Los suelos de madera estaban blanqueados. Unas puertas correderas dejaban que la luz del sol se filtrara en el interior, iluminando el mural que llegaba del suelo al techo. La escena boscosa tenía un castillo a lo lejos, trols debajo de los puentes, duendecillos, unicornios, un oso de aspecto muy feroz y tres niños que caminaban juntos bajo un estandarte de lo que Cuatro aseguraba que era el escudo de armas de la familia. Stephanie estaba menos segura de que el pequeño dibujo de un dragón con una hamburguesa en la mano tuviese rigor histórico, pero no estaba en condiciones de decirlo de todos modos.

Se acurrucó en el rincón de un gran sofá modular que miraba hacia el patio trasero. La mesita cuadrada estaba pintada con un ramo de flores veraniegas. Los pétalos estaban apiñados mientras las patas eran los tallos verdes. En el rincón, junto a la chimenea, un rocódromo subía por la pared hasta el techo. Por debajo, había esparcidas unas alfombrillas de colores vivos para proteger a los niños por si se caían.

Había cestos pintados llenos de libros, rotuladores de colores, bloques de construcción y pegatinas. Un caballo balancín casi de tamaño natural, regalo de Jaguar a su mujer por su quinto aniversario, ocupaba el espacio de una mesa y sillas en la cocina comedor. La familia de Cuatro comía en el comedor. O fuera. O en el desván las noches que había tormenta.

La casa olía a flores y hierbas con un inesperado toque de olor a limpio. Las telas eran de algodón orgánico y bambú. Había notas de color en casi cada rincón y se podía oír el sonido de un arroyo por el sistema de sonido integrado por toda la casa.

Con los niños en el campamento de verano y Jaguar en el trabajo, Cuatro y Stephanie estaban solas en la casa. Stephanie había aparecido sin avisar y se había puesto a llorar de inmediato. Su hermana la acomodó en el sofá y, a continuación, fue a la cocina, donde rápidamente preparó unos martinis de chocolate, cargados tanto de chocolate como de vodka.

Stephanie cogió la copa preparada y olió.

—Son las nueve y media de la mañana —dijo antes de darle un sobro—. No es que no esté delicioso.

—Ha pasado algo —contestó Cuatro—. Me ha parecido que era un caso adecuado para el alcohol. Pero si quieres que vayamos a sentarnos en la sauna y expulsar tu dolor con el sudor, podemos hacerlo.

Cuando construyeron la casa, Cuatro y Jaguar habían insistido en que hubiese un espacio para meditar en un lateral. La tranquila sala llevaba a una sauna de verdad y a un jacuzzi. Cada mes de diciembre, durante el solsticio de invierno, Stephanie y sus hijos se unían a Cuatro y su familia y Mackenzie para hacer una meditación y luego se apretaban todos en el interior de la sauna.

Después, se daban un banquete de hamburguesas, perritos calientes y ensalada de patata como recuerdo de que el verano se acercaba.

Stephanie sonrió.

—Creo que el Martini servirá.

Cuatro se sentó en la tumbona del sofá con las piernas cruzadas y con su larga melena recogida en una trenza. Tenía puestas unas bermudas y una camiseta y, solo por esta vez, tenía el aspecto de cualquier otra madre ama de casa de su edad.

—Has tardado un poco en venir a verme —dijo su hermana.

Stephanie la miró extrañada.

—¿Qué quieres decir?

—Lo que sea que pasara fue... —Cuatro cerró los ojos— hace tres días. Sentí la inquietud pero no supe qué era.

Stephanie dio un buen sorbo a su copa.

—Ahora sí que me estás asustando.

—¿Por qué? Mi unión con el universo debería ser un consuelo. Todos necesitamos estar conectados a algo más grande que nosotros mismos. Así se nos recuerda que todos encajamos y deberíamos esforzarnos por conseguir un bien superior.

Stephanie sintió ganas de preguntarle a Cuatro si había hablado con su madre pero sabía que no era necesario. Si se hubiese enterado de lo que había ocurrido, lo habría dicho. Cuatro decía lo que pensaba. No creía en los juegos emocionales. Bloqueaban su flujo mental.

Stephanie dejó la copa en la mesita.

—Está muy rico, por cierto.

—Le pongo sirope de chocolate negro. Está un poco crujiente.

—He dejado el trabajo.

La expresión de Cuatro no cambió.

—Continúa.

—Estábamos organizando la boda. Se me habían ocurrido varias ideas que pensé que gustarían a mamá. Sin saber cómo, terminamos hablando de mi trabajo en la bodega y de que yo creía que podía hacer cambios. Ella dijo que mis ideas eran descabelladas y que cualquier aumento en las ventas eran por el vino y no por nada que yo hubiese hecho. —Stephanie cogió su copa—. Lo estoy diciendo todo mal.

—Lo estás diciendo tal cual es.

—Me enfadé, pero estaba dolida. Fue como una experiencia extracorpórea. Me vi a mí misma allí sentada. Parecía pequeña y, de repente, decidí que ya estaba harta. Así que, dimití.

Cuatro sonrió.

—Estoy muy orgullosa de ti. Felicidades. Eres libre.

—¿Sí? Yo siento sobre todo que tengo el estómago revuelto. Avery se lo ha tomado bien cuando se lo he contado. —Levantó un hombro—. Hace unas semanas pasamos por una mala racha pero ahora todo va bien entre nosotras. En realidad, me contó que la abuela no quiere a nadie que no sea Mackenzie y que no nos tomemos sus insultos como algo personal. Ah, y quiere saber si puede venirse a trabajar conmigo cuando me ubique donde sea.

—Eso debe hacer que te sientas bien.

—Sí. —Avery y ella también habían hablado un poco más sobre los engaños de Kyle y por qué Stephanie había seguido con él. Esperaba que no hubiese más sorpresas por parte de Kyle y que mantener la calma en el tema de los niños.

Stephanie se inclinó hacia delante.

—He estado tratando de pensar en qué voy a hacer ahora. Hay cuestiones económicas. La casa es mía, pero tengo que traer comida a la mesa y pagar las facturas. No es que quiera quedarme en casa. Me gusta tener un trabajo. Me gusta sentir que soy de ayuda y disfrutar del desafío. Pero esto es Walla Walla. ¿Dónde voy a encontrar un trabajo decente?

Cuatro ladeó la cabeza y su larga trenza le quedó colgando y rozando el sofá.

—¿En serio? ¿Esa es la pregunta?

—Vas a decir que debería trabajar para una bodega, ¿no? Hay docenas, puede que cientos, en esta zona y conozco el sector. Lo cual suena genial, pero no sé si podré hacerlo. No hacer caso al sentimiento de culpa por trabajar para lo que nuestra madre consideraría «el enemigo». —Dibujó en el aire las comillas—. ¿Y si mamá tiene razón? ¿Y si no mejoré las ventas? ¿Y si no soy más que un diente del engranaje de una rueda?

—¿Y si no lo eres? ¿Y si eres creativa y resolutiva y por fin eres capaz de mostrar tu mejor versión? ¿Y si esto es un nuevo comienzo y puedes encontrar la satisfacción que siempre te ha faltado?

—Estás ejerciendo demasiada presión en un pequeño puesto de trabajo.

—Solo te estoy planteando la pregunta.

—Es una pregunta que da miedo.

Cuatro sonrió.

—Eso pasa con todas las preguntas buenas. —Terminó su copa—. Puedes hacerlo. Quieres hacerlo. Aprovecha tu experiencia y tus ideas para crear algo de lo que sentirte orgullosa.

Stephanie asintió despacio. La charla motivacional era exactamente la razón por la que había venido a ver a su hermanita.

—Eres muy sabia para tu edad.

—Yo creo que fui chamán en una vida anterior.

Stephanie sonrió.

—De eso no me cabe duda.

Capítulo veinte

Barbara estaba sentada en su asiento habitual de la mesa con Giorgio al otro lado. Él estaba centrado en su conversación con Jaguar, hablando quizá de la maquinaria agrícola que su yerno reparaba. Estaban todos sus nietos, salvo Carson, que seguía en el campamento de béisbol. Avery, tan guapa con su pelo largo y sus ojos grandes, estaba hablando con Lori. Catherine y Stephanie susurraban y miraban en dirección a ella.

La aparición de Stephanie en la cena la había sorprendido. Había creído que su hija boicotearía el evento. Pero había llegado a tiempo, había saludado a todos y actuaba como si no pasara nada. Barbara no sabía si de verdad estaba bien con lo que había ocurrido o si simplemente era demasiado estúpida como para reconocer el peligro que corría.

No había vuelta atrás, pensó con determinación. Stephanie la había traicionado y había que castigarla. Si su hija regresaba arrastrándose para recuperar su trabajo, Barbara le diría que no. Sinceramente, casi estaba deseando decir esas palabras y recordarle a Stephanie que su comportamiento tenía consecuencias. Pero, hasta ahora, eso no había ocurrido.

Todos estaban actuando con tanta normalidad que no estaba segura de que alguien supiera nada del pequeño ataque de Stephanie. Avery no le había dicho nada, ni tampoco Catherine. Quizá Stephanie estuviese guardando el secreto para dar marcha atrás en lo que había hecho. O eso pensaba.

Barbara no tenía ni idea de qué iba a hacer con la boda. Stephanie no podía organizarla ahora y Lori era poco menos que una inútil. Catherine se ofrecería pero bajo ningún concepto iba Barbara a permitir que su hija menor planeara la compra de un hámster y, mucho menos, una boda. Solo pensar en lo espantoso que sería le daba escalofríos.

El remordimiento tenía un sabor amargo en su boca. No eran solo los miembros de su familia que se habían perdido, pensó con tristeza. Su entusiasmo ante la idea de organizar su gran día se había desvanecido. Una cosa más de la que tendría que encargarse ella. Así que, ¿qué iba a hacer? ¿Cancelar la boda? Giorgio y ella podían fugarse solos para casarse, pensó. Seguro que podrían ir a algún lugar elegante. No podía soportar un sitio chabacano y de plástico donde hacer cola con otras lamentables parejas de novios.

Hizo desaparecer la imagen de su cabeza y miró por la mesa. La cena casi había terminado y, aunque debería estar contenta de tener a su familia con ella, no lo estaba. A pesar de la nueva disposición de las sillas y los puestos de cada uno, en su mente seguía habiendo un asiento vacío y un agujero igual de grande en su corazón.

La echaba de menos. Ya está, ya lo había pensado, lo confesaba, aunque solo en su mente. Echaba de menos a Mackenzie. Echaba de menos su ayuda con la comida. Mackenzie siempre era la primera en ir con ella a la cocina, ansiosa por realizar la tarea que Barbara le asignara. Mackenzie era la que la ayudaba a elegir los manteles y a asegurarse de que la mesa se colocaba tal y como a Barbara le gustaba.

Cuando se servía la comida, Mackenzie se sentaba a su lado. Hablaban de vinos y de qué estaba haciendo cada uno en el valle. Disfrutaba de su tiempo con la familia y se reía a menudo y ahora Barbara no iba a compartir nunca más con ella esas risas.

Se fijó en que Rhys estaba mirándose el reloj.

—Es la tercera vez que miras el reloj en media hora —dijo—. ¿Tienes que irte a algún sitio?

Rhys la miró antes de asentir.

—He quedado con alguien esta noche.

Barbara trató de asimilar sus palabras.

—¿Tienes una cita con una mujer?

La mesa quedó en silencio mientras todos los miraban. Rhys la miró sonriendo.

—Sí, mamá. Con una mujer.

No con Mackenzie, pensó ella sintiendo el dolor en nombre de su nuera.

—Me parece un poco pronto —espetó.

Giorgio la observaba como si estuviese preparado para salir corriendo a su lado para consolarla, algo que a ella le solía gustar. Pero hoy no, pensó. Hoy estaba triste y no tenía consuelo. Un pensamiento melodramático pero aun así, acertado.

—Jaguar y yo hemos estado viendo un nuevo colegio para los niños —dijo Catherine en un claro intento por cambiar de tema—. Van a usar muchas técnicas de enseñanza nuevas que son más enriquecedoras que los métodos tradicionales.

—Deja que adivine —dijo Barbara con indiferencia—. Ni currículum ni exámenes. De hecho, los niños deciden qué quieren aprender.

—No deberías despreciar nada solo porque sea nuevo —contestó Catherine—. Las técnicas antiguas no siempre son las mejores.

—Explícale eso a mis nietos cuando descubran lo útil que habrían sido la lectura y las matemáticas para conseguir un buen trabajo.

—A los niños hay que dejarles ser quienes son.

—¿Para que puedan crecer y dejarte sin pensárselo dos veces? —preguntó ella lanzando su servilleta sobre su lasaña a medio comer—. Disculpad, me duele la cabeza.

Salió del comedor y entró en la cocina. Una vez allí,

no sabía adónde ir. ¡Maldita sea! Todo esto era culpa de Mackenzie. El dolor de echarla de menos, lo diferente que era todo.

Unas manos conocidas se posaron en sus hombros. Se giró y dejó que Giorgio la atrajera hacia su cuerpo.

—La echo de menos —susurró sobre su hombro—. La echo mucho de menos. La odio y la echo de menos.

—La quieres —la corrigió él acariciándole el pelo—. Es normal que estés triste. Quererla y desear que todo vuelva a como era antes.

Asintió.

—Has visto a Rhys. Ya ha pasado página. No le importa su matrimonio. Y Catherine con sus ideas absurdas. ¿Qué he hecho mal con mis hijos?

—Son unos hijos preciosos. Hiciste una labor maravillosa.

Ella se apartó para mirarle.

—¿Por qué siempre ves lo mejor de mí?

—Veo lo que es real.

Ella deseaba que fuera verdad pero sabía que no. Él tenía una imagen idealizada de ella que no se correspondía en nada con la realidad. Si supiera la rabia que había en su corazón, cómo deseaba vengarse de Mackenzie y castigarla... Pero no lo sabía. Solo veía lo que quería ver, y probablemente fuera lo mejor. Por supuesto, eso quería decir que jamás había visto quién era ella en realidad.

Volvió a abrazarla.

—Nos casaremos pronto y eso te servirá de ayuda. No tendrás que estar sola, como lo has estado todos estos años.

¿Sola? No estaba sola. Tenía Bel Après, pero eso no lo entendería. Giorgio había levantado un negocio pero ella había formado parte de un legado. Había una diferencia. Aun así, él la amaba profundamente y se esforzaba. No podía pedir más.

* * *

Mackenzie terminó de vestirse. Tras coger su bolso recorrió la corta distancia hasta la consulta de la médica. La doctora Brighton tenía cuarenta y tantos años, pelo corto y un aire de seguridad. Sonrió cuando Mackenzie tomó asiento.

—Tengo algunas preguntas —dijo Mackenzie—. Soy enóloga. Mi trabajo consiste en catar vino. Sé que el alcohol es malo para el bebé así que ¿qué hago? —Trató de que no se le notara el pánico en la voz al hablar. Hablarle a la médica de todas las barricas que la esperaban en Luna Pintada no iba a servir de ayuda.

La doctora Brighton negó con la cabeza.

—Conozco a muchas enólogas y todas escupen el vino más que tragarlo cuando lo catan. Supongo que tú harás lo mismo.

Mackenzie asintió.

—No puedo emborracharme a primera hora de la mañana. Sería un mal comienzo de la jornada.

—Entonces, sigue haciéndolo así. Presta más atención. Las primeras tres semanas tras la concepción el feto no absorbe el alcohol. Los primeros dos trimestres son la época más sensible. Nada de beber por placer. Cuando vayas a hacer catas asegúrate de que estás bien hidratada para que tu cuerpo no quiera absorber la humedad. Haz que las sesiones sean cortas. Enjuágate la boca con agua entre sorbos. Reparte las catas en varios días mejor que en horas. No tendrás por qué dejar tu trabajo, solo tener cuidado.

—Tiene sentido. —Podía cumplir todas esas reglas. Había leído muchas cosas en internet y, aunque no había muchos artículos que hablaran de enólogas embarazadas, había podido quedarse con algunos consejos—. Y las degustaciones de la vendimia son seguras, ¿no? En ese momento no son más que uvas.

—Exacto. Puedes probarlas. Ahora bien, en cuanto al resto del embarazo... —La doctora Brighton miró su expediente—. Estás sana. Tus últimos análisis de sangre han sido estupendos. Aun así, tienes treinta y ocho años y este es tu primer embarazo, así que será mejor que te vigiles un poco más hasta que veamos cómo se desarrolla todo. ¿Cuentas con un sistema de apoyo personal?

—Tengo amigas.

—¿El padre del niño?

Mackenzie vaciló.

—Mi marido. Nos vamos a divorciar.

—¿Qué opina él de lo del bebé?

—No se lo he contado todavía. Lo haré mañana. Quería verla a usted antes.

—El embarazo es una experiencia completamente natural para las mujeres, pero eso no quiere decir que sea fácil. Cada sistema de tu cuerpo se va a ver afectado. Vas a estar más cansada, tendrás cambios de humor. A veces, vas a sentir tu cuerpo como si fuese un alienígena adolescente que hace cosas por fastidiar. —Sonrió—. Tendrás que comer bien, dormir bastante y asegurarte de que la gente que te rodea te cuide. ¿Qué te parece eso?

—Abrumador pero factible.

Al menos, esperaba que lo fuera. Mackenzie sabía que podía contar con Stephanie, desde luego, y con Cuatro. No sabía si con Rhys. Esperaba que se alegrara y que estuviera a su lado, pero con el divorcio y lo demás, no podía estar segura. También contaba con Bruno. Algo en su interior le decía que podía apoyarse en él. En cuanto al resto del mundo, no tenía ni idea.

La doctora Brighton le pasó varios folletos.

—Un poco de material de lectura para empezar. Tendrás que hacer algunos cambios en tu dieta. Comer sano es fundamental. Muchas proteínas, frutas y verduras. Hay una lista de comidas que hay que evitar.

Mackenzie cogió todos los papeles que le ofrecía, le dio las gracias a la doctora y, después, fue a sentarse en su Jeep. Salvo por las vueltas que le daba la cabeza no se sentía distinta a la semana anterior. Hasta ahora, no estaba cansada de más ni sufría mareos matutinos.

Pero tendría que hacer cambios en su rutina. También iba a tener que empezar a decirle a la gente que estaba embarazada. Tenía la sensación de que sabía lo que Stephanie y Cuatro iban a decir. A Barbara le iba a dar un ataque, pero la única reacción que no podía prever era la del hombre que no quería seguir casado con ella.

Stephanie lo había dado todo en su cita para comer con Mackenzie. Pechuga de pollo en rodajas, beicon y ración doble de aguacate. Sin pasarse con la mayonesa. Una bolsa grande de patatas barbacoa para compartir y, no uno ni dos, sino cuatro brownies rellenos de nuez. En un esfuerzo por mantener el control calórico bajo, había pasado de la soda y, en su lugar, había comprado una botella de agua para cada una. Con su almuerzo en la mano, pasó por varias tiendas, un par de salas de catas y, después, giró en la esquina y entró en el pequeño edificio de oficinas en el que Mackenzie y Bruno trabajaban ahora.

Le había enviado un mensaje la noche anterior para preguntarle si se veían para almorzar. Con Bruno fuera de la ciudad, Mackenzie había propuesto su despacho y Stephanie se había ofrecido a llevar la comida. Había muchas cosas de las que hablar.

Stephanie recorrió los números de oficinas hasta la puerta del pasillo y, después, llamó. Mackenzie abrió con una amplia sonrisa mientras la abrazaba.

—Te he echado de menos —dijo Mackenzie cogiendo la gran bolsa de comida de sus manos y dejándola sobre la mesa y, después, la volvió a abrazar—. Ha pasado una eternidad. Llego tarde a casa y me voy temprano y, vaya, estás estupenda.

Stephanie se relajó en el familiar abrazo mientras pensaba que era exactamente esto lo que necesitaba en su vida. Más tiempo con Mackenzie.

Cuando se apartó, arrugó la nariz.

—Hemos sido malas amigas las dos. Estamos dejando que las circunstancias no permitan que nos veamos. Vamos a tener que esforzarnos más por mantener la conexión.

Mackenzie asintió.

—Estoy totalmente de acuerdo. Empecemos por escribirnos todos los días. Solo mensajes rápidos para saludar, así estaremos en contacto. Y tendremos que planear más ocasiones para juntarnos. Ya no va a ocurrir de una forma orgánica. Te quiero de verdad y te he echado de menos.

—Yo también te quiero.

Se sonrieron la una a la otra. Stephanie sintió que parte de su preocupación desaparecía. Cerró la puerta al entrar y observó el sencillo despacho. Había dos escritorios enfrentados, una pequeña mesa redonda de juntas, un par de muebles archivadores, algunas estanterías y una puerta que llevaba a lo que Stephanie suponía que sería un baño.

—Me lo había imaginado más lujoso —bromeó.

Mackenzie se rio.

—Estamos ahorrando dinero para la bodega. La verdad es que este sitio nos resulta estupendo. Es tranquilo y está en la zona de la ciudad más cercana a Luna Pintada.

Stephanie vio cómo su amiga disponía el almuerzo. Mackenzie tenía buen aspecto. Quizá un poco más delgada, pero parecía bastante descansada y tenía en sus movimientos ciertos brincos que no había visto antes.

—¿Estás contenta por trabajar con Bruno? —preguntó a la vez que se sentaba en la mesa de juntas.

—Sí. Es estupendo. Muy experto y comprensivo. También es calmado. No hay gritos ni acusaciones.

—Entonces, lo contrario a mi madre.

Mackenzie sonrió.

—Sí, eso. Debo admitir que me gusta.

Le pasó a Stephanie y bocadillo y una de las botellas

de agua y se sentó. Stephanie abrió la bolsa de patatas y la colocó entre las dos.

—No dejo de pensar que trabajas allí —añadió Mackenzie—. Me siento culpable. Sé que ella te hace infeliz y te castiga por lo que yo he hecho.

Stephanie abrió su agua.

—Sí, bueno, eso ya no es problema. He dejado mi trabajo.

Mackenzie se detuvo con el bocadillo a medio camino de su boca. Abrió los ojos de par en par mientras volvía a dejar la comida en el envoltorio.

—¿Que has hecho qué?

—Dimitir. —Stephanie le contó que estaba ayudando a Barbara con la boda y que todo se descontroló.

—Me sentí ridícula —confesó—. Prácticamente dijo que todo mi esfuerzo no importaba. —Negó con la cabeza—. No. No fue eso. Que yo no importaba. Fue humillante pero, al final, liberador. ¿Por qué me estaba torturando yo sola?

—¿Lo has dejado?

Stephanie se rio.

—Tienes que dejar de repetirlo. Sí, ya está.

—Me siento fatal. Es todo culpa mía.

—Oye, siempre asumes que tienes un poder que no tienes. He tomado la decisión yo sola.

—Ella no te lo habría puesto tan difícil si yo me hubiese quedado.

—Tienes razón pero, en ese caso, yo estaría allí estancada otros diez años, odiando lo que hago y deseando tener la fuerza suficiente para marcharme. Por fin lo he hecho. Puede que no de la forma más madura y meditada, pero ya está hecho y brindo por ello.

Mackenzie levantó su agua.

—¡Por ti! Si tú eres feliz yo también. ¿Qué vas a hacer respecto al trabajo? ¿Tendrás que trabajar?

—Si vamos a seguir comiendo, sí. Ahora mismo estoy estudiando mis opciones. Cuatro, al igual que tú, me ha dicho que tengo que superar todo eso de la culpa por trabajar en otra bodega. He estado recopilando algunas ideas para marketing y comercio. En cuanto lo tenga, concertaré algunas citas.

Lo cual sonaba mucho más claro de lo que era, pero estaba dando pasos. Había encontrado varias campañas que había hecho para la tienda y las había añadido a su dosier. Después de un par de años trabajar sin ganas se sentía bien desarrollando de nuevo su creatividad.

—¿Seguro que estás bien? —preguntó Mackenzie.

—Tengo mis momentos malos, pero no les hago caso y me pongo a trabajar. Me estoy dando unas semanas para tener un plan completo. Para entonces, Carson volverá a casa del campamento y los dos niños estarán listos para volver a las clases.

—No presentes solicitudes durante la vendimia —le aconsejó Mackenzie—. Aunque los de marketing y comercio no formen parte de ella, sigue habiendo un ambiente frenético. Quizá no puedan dedicarte la atención que necesitas.

Stephanie sabía que eso era cierto, pero no iba a esperar hasta mediados o finales de octubre para empezar a buscar trabajo.

—Me las apañaré —dijo—. ¿Y cómo va lo de la compra?

—Bien. Rápido. —Mackenzie se puso una mano en el pecho—. Hay días en los que me cuesta respirar. Doy gracias porque Bruno lo está llevando todo. Yo solo tengo que encargarme de los vinos y de la planificación de la vendimia.

—Te encanta la vendimia.

—Es verdad. Es la promesa de lo que será el vino. Solo que... —Tomó aire—. Voy a decir una cosa y tú vas a reaccionar, pero necesito que me prometas que no vas a decir nada a nadie antes de que yo hable con Rhys. En serio, prométemelo. Solo tengo que...

Stephanie le lanzó una patata frita.

—Deja de dar largas. ¡Cuéntamelo!

Stephanie casi esperaba que su amiga dijera que había conocido a alguien o quizá que había besado al macizo de Bruno, pero en lugar de eso, Mackenzie la miró y dijo:

—Estoy embarazada.

Stephanie oyó las palabras con claridad pero, al principio, no sabía qué significaban.

—Embarazada como... —Se puso de pie—. ¡Joder! ¡Estás embarazada!

Rodeó la mesa dando saltos y puso a Mackenzie de pie y la abrazó.

—¿Vas a tener un hijo? ¿Cuándo ha pasado? ¿Te has acostado con alguien? ¿Con quién? ¿Cuándo?

Tenía que haber un hombre porque, según Rhys, Mackenzie y ella no lo habían hecho desde hacía una eternidad. Así que ¿por qué no había mencionado ella con quién se estaba acostando?

—Es de Rhys —contestó Mackenzie encogiéndose de hombros cuando las dos volvieron a sentarse.

—Pero yo creía... es decir, os vais a divorciar. ¿Os seguís acostando?

—No, no lo estábamos haciendo. Ni ahora. Fue cosa de una sola vez. —Mackenzie tocó con el dedo su bocadillo—. De hecho fue la noche en la que nos dimos cuenta de que lo nuestro se había acabado. Fue muy triste.

De repente, Stephanie recordó que Rhys le había contado lo mismo.

—Y en cuanto a los anticonceptivos —continuó Mackenzie—, antes usaba un DIU, pero me lo quité.

—Sí. Hace un par de veranos. Sangrabas mucho. ¿No volviste a ponértelo?

Mackenzie negó con la cabeza.

—No. No estábamos precisamente, ya sabes, intimando. No me parecía que hubiese ningún motivo y, después, dejé de pensar en ello. —Miró a Stephanie—. Y para que lo sepas, con una sola vez es suficiente.

—Vas a tener un hijo.

—Ya te digo. Estoy asustada y nerviosa y también un poco emocionada. No sé bien qué voy a hacer.

Había muchas cosas que asumir, pensó Stephanie.

—Vaya. Mírate. Ah, un momento. ¿Y Bruno?

—Lo sabe y dice que le parece bien. —Sonrió—. Me dijo que voy a ser de esas madres que se ata al bebé a la espalda y sale al campo.

—No se equivoca. —Stephanie fue a coger su bocadillo—. Me da vueltas la cabeza.

—La mía también.

—Estoy aquí para lo que necesites. Puedo ir contigo al médico o a la preparación para el parto. Cuatro querrá ayudar, sobre todo a montar la habitación para el bebé. No estás sola. —Sonrió— Todavía tengo esa habitación libre si quieres vivir conmigo.

—Gracias, pero voy esperarme a la casa de Luna Pintada.

—Esa opción será más tranquila. —Stephanie dio un bocado a su bocadillo—. Embarazada. Qué fuerte. ¿Has ido al médico? Hay cosas que no puedes comer y... —Se quedó mirando a su amiga—. ¡No puedes beber! Te ganas la vida bebiendo.

—Eso va a ser un desafío. —Mackenzie le contó lo que le había dicho la médica.

—Nunca me ha gustado lo de escupir —confesó Stephanie—. Entiendo por qué hay que hacerlo, pero me resulta asqueroso.

—Te acostumbras. Voy a tener que catar barricas y beberé toneladas de agua antes de hacerlo. Me da miedo. No quiero perjudicar al bebé, pero tengo que trabajar.

Una complicación inesperada, pensó Stephanie.

—Avísame cuando se lo digas a Rhys para estar atenta por si hay cambios de comportamiento. —Se quedó mirándola—. Mi madre. Al final se enterará. ¡Ay, no! Vas a tener un hijo de Rhys, así que él o ella formará parte de la herencia. —Stephanie empezó a reírse.

—Eso también lo he empezado. Se va a volver loca y es posible que lance una bomba incendiaria a mi coche.

—Yo creo que lo de la bomba incendiaria es poco probable, pero va a perder la cabeza. Soy un poco malvada al sentirme emocionada ante la idea. ¿Quién dice que Dios no tiene sentido del humor?

Mackenzie levantó su agua.

—Yo no.

Stephanie chocó su botella con la de ella.

—Por los bebés preciosos y los nuevos trabajos. Que no dejemos de sorprendernos en el buen sentido.

—Por mi mejor amiga.

—Y por la mía.

Capítulo veintiuno

Barbara no tenía reparos a la hora de entrar en la casa de su hijo en pleno día. Si querían mantener alejada a la gente, deberían cerrar las puertas con llave. Pero, por supuesto, no lo hacían. Todos estaban siempre corriendo de una casa a otra, colocando banderas de galletas e inventando juegos ridículos con los niños.

O al menos, eso hacían antes, pensó deteniéndose en el vestíbulo. Últimamente lo hacían menos. Probablemente porque Mackenzie ya no estaba nunca.

Pero hubo una época en que sí, pensó. Cuando Mackenzie organizaba un juego del escondite multigeneracional o cuando ella y Rhys habían construido una parrilla para hacer hogueras y habían estado levantados hasta después de la medianoche para ver una lluvia de meteoritos. Todos habían llevado mantas y almohadas y se habían tumbado juntos.

¿Cuándo habían dejado de tener noches así? Se preguntó Barbara mientras recorría la planta baja de la casa. ¿Cuándo se habían apartado Mackenzie y Rhys, retirándose a su casa en lugar de unirse a los demás? Suponía que el cambio había sido tan gradual que nadie se había dado cuenta, ni siquiera ellos, imaginaba.

Pasó junto al despacho de Rhys y entró en el de su nuera. Los colores eran más vivos, la mesa más pequeña. Había fotografías en la pared. Algunas de la boda, otras de las hermanas, una de Mackenzie y Barbara, agarradas del brazo.

Barbara se detuvo ante esa. De hacía diez años, puede que doce. Acababan de terminar la vendimia. Estaban sucias y agotadas, pero felices. Las dos sabían que iba a ser su mejor año y así había sido.

Se sentó delante de la mesa y empezó a abrir cajones. No buscaba nada en particular. Revolvió entre el material de oficina y un viejo bote de aspirinas. Había medio paquete de caramelos de menta y algunas gomas para el pelo. Nada más... nada importante.

Volvió al pasillo y pasó las manos por una mesa que Mackenzie y ella habían comprado en una de sus excursiones de compras a Seattle. También habían elegido juntas el conjunto del comedor y los platos.

Subió y giró hacia la habitación principal. El mobiliario del dormitorio lo habían heredado Barbara y James de los abuelos de él. Unos preciosos muebles antiguos que ella había mandado restaurar para los recién casados. Se preguntó cuando había dejado de ser feliz la joven pareja.

En el baño no encontró rastro de su hijo, ni tenía nada en el vestidor. Solo estaba la ropa de Mackenzie, bien ordenada. Las camisas y vaqueros que se ponía para trabajar estaban doblados en un estante. Sus vestidos de fiesta estaban en un extremo, con otros más informales a su lado.

Barbara volvió al dormitorio y abrió los cajones de la cómoda, sin saber qué buscaba y, después, dirigió su atención al joyero que estaba sobre la cómoda.

En el cajón de arriba estaban los pendientes de diamantes Mackenzie se ponía cuando se arreglaba. No era de las que se pusiera joyas, así que, solo tenía algunas cosas. Aros dorados, un par de ridículos pendientes de hipopótamo que Catherine le había hecho. En el cajón de abajo del joyero, sin nada más, estaba el conjunto de la boda.

Barbara cogió las alianzas y se las puso en la palma

de la mano. Rhys le había pedido consejo para los anillos. Quería escoger algo que le gustara a Mackenzie.

—Sencillo pero elegante —le había aconsejado ella—. Un solitario redondo y una pulsera sencilla de platino.

Él no había estado seguro pero, al final, le había hecho caso y Mackenzie se mostró encantada con la elección. Rara vez se ponía el anillo de compromiso, pero sí la alianza de boda. ¿Cuándo había dejado de hacerlo?

Barbara volvió a dejarlos y cerró el cajón y, a continuación, miró por la habitación. Seguía sin saber qué estaba buscando, pero no estaba aquí. Ya no. Todo lo que había esperado para Rhys y Mackenzie se había perdido o posiblemente se habría destruido. Los pedazos rotos jamás podrían juntarse. No podía hacerse nada salvo fingir que no importaba y seguir adelante.

Dejó el dormitorio, bajó las escaleras y salió a la luz del sol, parpadeando bajo la claridad de la primera hora de la tarde. Después, condujo hasta el despacho y volvió a su mesa. Al menos, controlaba su mundo y a los que estaban en él.

Mackenzie vaciló nada más entrar en la cocina. Le había enviado un mensaje a Rhys para pedirle que se vieran a última hora de la tarde del sábado, después del trabajo y antes de salir de noche.

Había repasado mil veces en su cabeza lo que le iba a decir, pero todavía no estaba segura de hasta dónde llegar en asuntos como la custodia y la paternidad compartida. Sentía un hormigueo en el fondo de su estómago que no tenía nada que ver con su embarazo y mucho con los nervios.

Se dijo a sí misma que todo iría bien. Se trataba de Rhys. Lo conocía, le quería, había estado casada con él. No iba a enfadarse ni a culparla. Puede que no estuviese entusiasmado, pero era un ser humano racional. La escucharía, llegarían a un acuerdo y juntos elaborarían un plan.

Seguían viviendo en la misma casa, comían lo que les dejaba la cocinera de la familia. Él respondía a sus llamadas, contestaba a sus mensajes. En realidad, muy pocas cosas habían cambiado en su vida juntos. Una realidad que la entristecía en lo más profundo.

¿Cuándo había pasado? ¿Cuándo habían empezado a vivir vidas separadas y por qué ella no se había dado cuenta? Suponía que habían sido pequeños cambios hasta que se sumaron a algo que era más importante. Algo que había roto del todo su matrimonio.

—¿Qué haces merodeando?

La pregunta de broma le vino desde detrás. Se giró y vio a Rhys caminando hacia ella. Fingió una sonrisa.

—Estaba pensando.

—No sé. A mí me ha parecido que estabas acechando. —Se cruzó de brazos y se apoyó sobre la isla—. ¿Cómo estás? Llevo días sin verte. ¿Bruno te tiene ocupada?

—Los dos vamos abriéndonos paso a medida que suceden las cosas —contestó ella sentada en la mesa y haciendo una señal a Rhys para que fuera con ella—. Todo está yendo sin contratiempos, lo cual es bueno y alarmante a la vez. Estoy aterrorizada con tanto papeleo.

—Herman es un vendedor motivado. Quiere que te quedes con Luna Pintada porque sabe que siempre la vas a cuidar.

Rhys cogió una botella de vino tinto y la movió hacia ella, como ofreciéndole una copa. Ella negó con la cabeza. Él se sentó frente a ella.

—Bueno, ¿qué pasa? Sé que no quieres que te aconseje sobre el negocio.

Ella se las arregló para sonreír.

—Ya sé lo que piensas.

—Es una gran oportunidad para ti. La posibilidad de hacer lo que quieres. Eso nunca podría pasar aquí.

—Lamento los problemas que han surgido con tu madre.

Él se encogió de hombros.

—Ya sabes cómo se pone. Al final, pasará página y empezará a odiar a otra persona.

¿Barbara la odiaba? Mackenzie trató de no reaccionar a ese comentario despreocupado, aunque le había llegado al corazón.

—Qué interesante lo de Stephanie —añadió él, como si no supiera que a ella le estaba costando actuar con normalidad—. Dimitir de ese modo. Supongo que mi madre y ella tuvieron que discutir a lo grande. Todo está cambiando.

Trató de contener el torrente de culpa, consciente de que también era responsable de esa ruptura. Si Rhys y ella no se hubieran separado, no se habría marchado de Bel Après. Si no se hubiese ido, Stephanie no habría tenido que defenderla. Y así sucesivamente.

Él la miró.

—Tú has convocado esta reunión. ¿Qué pasa?

Una parte de ella deseaba decir «Nada» y salir corriendo, aplazar la confesión, pero no iba a hacerlo. Esconderse solo serviría para empeorar las cosas. Le miró directamente a los ojos.

—Estoy embarazada —dijo.

Él se quedó mirándola sin expresión.

—No puede ser. Tienes un DIU. No estás embarazada.

—Me lo quité hace dos años. Rhys, tú lo sabías. Me llevaste a la intervención.

—No. —Se levantó y se alejó hasta que la isla quedó entre los dos, sin dejar de negar con la cabeza—. No. No es verdad. No puede ser. Ahora no. ¿Un niño? —Maldijo.

—Estás enfadado —susurró ella, sobre todo porque no se le ocurría qué más decir.

—¿Enfadado? ¿Que estoy enfadado? —Levantó la voz—. Yo no creo que eso se acerque siquiera a lo que yo siento. ¿Embarazada? Eso es lo último que necesitamos ninguno de los dos. —Se giró y dio un puñetazo a la pared y, después, volvió a girarse hacia ella—. Lo único que deseaba era tener una vida. ¿Es pedir demasiado? He pasado los últimos cinco años viviendo como un maldito monje en esta casa. Sin sexo, sin conexión de ningún tipo. De lo único que hablábamos era de trabajo. Yo quería algo más. Lo que fuera menos esto. ¿Y ahora estás embarazada?

No se había esperado que se alegrara, pero tampoco este tipo de reacción. Cada una de sus palabras era un puñetazo en el estómago hasta que, en su imaginación, su cuerpo se encorvó, tratando de protegerse.

—Quiero que te hagas una prueba de ADN cuando nazca el niño.

Ella casi se puso de pie y, a continuación, se hundió en la silla.

—Eres un auténtico cabrón. No me lo habría imaginado.

—¿Qué esperas que diga? —preguntó él.

—Que me crees. Sabes que no me he estado acostando con nadie más. ¿Cómo iba a pasar exactamente? Pasaba en la finca de Bel Après cada segundo de cada día. ¿Crees que estaba viéndome con algún tío en mitad de los viñedos? Qué romántico.

—Lo sé. Lo siento. Es solo que... — Se sujetó a la isla—. Yo no deseo nada de esto. Solo quiero divorciarme. —La miró—. ¿Nunca se te ocurrió usar algún tipo de anticonceptivo?

—¿Para qué me iba a molestar? —espetó ella buscando la rabia que le daría fuerza—. Tal y como no dejas de decir, no teníamos sexo. Por segunda vez en cinco minutos, te recuerdo que tú me llevaste al médico cuando me sacaron el DIU. Sabías exactamente lo mismo que yo. Los dos nos olvidamos. Si lo recuerdas, fuiste tú quien empezó con lo de vamos a acostarnos. Yo no estaba tratando de quedarme embarazada a propósito.

Él tomó aire y levantó las dos manos.

—Tienes razón. Lo siento. —Miró a su alrededor, como si buscara una salida, y después, despacio, volvió a la mesa y se sentó.

Mackenzie pensó en los comienzos de su matrimonio, cuando todavía hablaban de tener hijos. Ojalá esto hubiese ocurrido hace diez años, o incluso siete, pensó con tristeza. Habrían sido muy felices, emocionados por su hijo y su futuro. Otra cosa más que habían perdido.

—¿Qué vamos a hacer? —preguntó él con tono de derrota—. ¿Quieres esto?

—Voy a tenerlo. —No se había planteado otra cosa. Sí, era defensora de la posibilidad de elegir, pero era una mujer sana con un buen trabajo y perfectamente capaz de criar a un hijo sola.

—No te estaba pidiendo que abortaras.

—No, pero eso resolvería muchos de tus problemas.

—No soy ningún cretino.

—¿Solo interpretas a uno en la televisión?

Él tomó aire.

—Empecemos de nuevo. Estás embarazada. ¿Ahora qué?

—Ahora yo voy a tener un hijo y tú tienes que decidir qué hacer al respecto. Ah, y me haré una prueba de ADN porque tenemos que asegurarnos de que es tuyo. —Apoyó la espalda en la silla—. No te preocupes. No quiero parar el divorcio. Te lo estoy contando porque esto cambia algunas cosas. Nuestro sencillo acuerdo de división del patrimonio ya no es tan sencillo.

Él se frotó la cara con las manos.

—Ni siquiera lo había pensado. Tenemos que hacer algo legal, ¿no?

—Se llama plan de parentalidad. Yo tendré la custodia pero tú querrás decidir cuántas visitas deseas. O puedes renunciar a tus derechos.

No estaba segura de lo último. ¿Era legal siquiera? Lo veía siempre en películas y en la televisión, pero a menudo, la vida real era distinta.

Él dejó caer las manos.

—No pienso desentenderme de mi hijo. No sé mucho de esto como para mantener una conversación. Deja que hable con mi abogado y te cuento. Si podemos llegar a algún acuerdo, no tendría por qué retrasar el divorcio.

El tan importante divorcio, pensó ella amargamente. Porque Rhys no veía el momento de alejarse de ella.

—Pide a tu abogado que prepare una propuesta para un plan de parentalidad y de manutención —dijo ella poniéndose de pie—. En cuanto lleguemos a un acuerdo con eso podremos seguir con el divorcio.

Él se levantó y la miró.

—No estoy enfadado —empezó a decir—. No esperaba tener un hijo.

—Yo tampoco, pero en esas estamos.

Buscó algún rastro del hombre con el que se había casado, pero no lo veía por ninguna parte. Puede que Rhys ya no estuviera dando puñetazos contra la pared, pero no estaba contento. Cualquier fantasía que ella se pudiera haber imaginado en secreto sobre que siguieran siendo un equipo acababa de escaparse por el inodoro.

Después de dieciséis años de matrimonio, estaba completamente sola. Soltera y embarazada. Empezaba una nueva historia pero, desde luego, no la que se había esperado vivir.

Subió a su habitación y se sentó en el borde de la cama. No sabía por qué pero había creído que la conversación había durado más rato. Era curioso ver lo que una pareja podía vivir en quince minutos cuando ya no se querían.

Stephanie se agarró a la mano de Kyle sin importarle si le estaba clavando las uñas en la carne. Él era un tipo duro y deportista, podía aguantarlo.

Las últimas cuatro horas habían pasado en una neblina que había empezado con una llamada del entrenador de Carson para decirle que su hijo había tenido un accidente. Sus amigos y él habían ido a hacer escalada al centro de deportes donde entrenaban y Carson se había caído, se había roto un brazo y se había golpeado la cabeza contra la colchoneta.

—Voy a vomitar —dijo ella sintiendo cómo el estómago se le revolvía.

Kyle la miró con el ceño fruncido.

—¿Lo dices en serio? ¿Quieres que busque un cubo? La verdad es que no creo que debas vomitar en el asiento. Es una muy mala forma de darle las gracias a Bruno.

Ella se quedó mirándolo, casi sin poder entender lo que decía hasta que miró a su alrededor y recordó que sí, que estaban en un avión privado muy bien equipado.

En cuanto Stephanie había recibido la llamada del entrenador, había llamado a Mackenzie para preguntarle si Avery podía quedarse con ella esa noche mientras Stephanie iba a estar con Carson. La segunda llamada de Stephanie había sido a Kyle, que de inmediato se dispuso a buscar un vuelo a Sacramento. El problema era que Walla Walla estaba a varias horas en coche de Seattle y solo había un par de vuelos al día entre las dos ciudades.

Mackenzie había interrumpido la llamada para decirle que Bruno les ofrecía su avión privado. Los pilotos se quedarían en Sacramento todo el tiempo que hiciera falta y, después, volarían los tres de vuelta.

Menos de una hora después de recibir la primera llamada del entrenador, Stephanie estaba volando al Aeropuerto Boeing Field de Seattle donde Kyle subió a bordo. En cuanto lo vio, se deshizo de su autocontrol y cayó en sus brazos entre sollozos.

—No voy a vomitar —dijo ella tratando de reducir el ritmo de su respiración—. Tengo que mantener la compostura.

—No le va a pasar nada.

—Se ha dado un golpe en la cabeza y van a dejarlo toda la noche en el hospital.

—En observación.

Ella negó con la cabeza

—Es toda la noche, Kyle. Puede haberle pasado algo en el cerebro.

—Va a estar bien.

—Tú no sabes más que yo —espetó ella.

En lugar de apartarse, le pasó el brazo por encima.

—Lo que sé es que imaginarte lo peor no va a hacer que lleguemos antes. Ahora intenta calmarte y disfrutar de los lujos que te rodean. Es probable que nunca vuelvas a volar en un avión privado.

—Disfrutaré en el viaje de vuelta —murmuró, instando en silencio a los pilotos a que volaran más rápido.

Menos de una hora después habían aterrizado. Kyle introdujo la dirección del hospital en el GPS del coche alquilado y fueron directos.

Cuando entraron en Urgencias, Stephanie hizo lo posible por no empezar a gritar que necesitaba ver a su hijo. Kyle se dirigió directamente al mostrador de información.

Solo tardaron unos minutos en que les indicaran la habitación de Carson. Encontraron a su hijo de catorce años sentado en la cama, pálido, algo asustado, con el brazo izquierdo escayolado.

—Hola, mamá —dijo con voz débil moviendo el brazo y, después, haciendo una mueca de dolor—. Parece que me he caído del muro rocoso.

Se abalanzó hacia él y lo envolvió en sus brazos, decidida a no soltarlo jamás. Le asaltaron varios pensamientos, sobre todo que jamás volvería a salir de casa y que había hecho mal en dejarle ir al campamento de béisbol.

—Estoy bien —insistió Carson—. No es grave.

Ella se apartó para dejar que Kyle lo abrazara, aprovechando ese momento para buscar los daños. Aparte del brazo roto y la piel pálida, parecía estar bien. Antes de empezar a preguntarle por otros síntomas, entró una mujer de mediana edad y con bata blanca.

—Hola —dijo extendiendo la mano—. Soy la doctora Leishman. Ustedes deben ser los padres de Carson. La fractura ha sido muy limpia y debería cicatrizar rápido. No hemos encontrado ningún indicio de traumatismo ni conmoción en la cabeza, pero vamos a mantenerlo aquí esta noche por si acaso. —Sonrió.

—¿Puedo volver al campamento de béisbol? —preguntó rápidamente Carson—. Solo nos queda una semana.

No voy a poder jugar, pero tengo que estar apoyando a mi equipo.

Stephanie estaba a punto de decirle que iba a ir directo a casa cuando notó que Kyle le tocaba el hombro. Lo miró y vio que estaba negando lentamente con la cabeza.

—Vamos a ver qué tal estás por la mañana —dijo ella a regañadientes.

—Ya estoy bien, mamá.

—Y sin embargo, vas a pasar la noche en el hospital.

La doctora Leishman los miró a los dos.

—Vamos a llevar a Carson a pediatría en la siguiente hora. Vamos a pedir que lleven un camastro para que uno de ustedes pueda pasar la noche con él. El doctor que está de guardia irá a hablar con ustedes cuando esté instalado.

—Gracias —contestó Stephanie acercándose a Carson y agarrándole de la mano—. Gracias por todo.

Cuando la doctora se fue, Carson puso los ojos en blanco.

—No es tan grave, mamá. Mírame. ¿No te parezco normal? Ni siquiera me duele la cabeza.

—Tampoco me lo dirías si te doliera.

Carson sonrió.

—No se me da tan bien fingir que no tengo dolor.

—Aun así, hablaremos del campamento por la mañana. Lo primero que quiero que hagas es que duermas bien esta noche.

En cuanto Carson estuvo instalado en su habitación de Pediatría, Kyle sacó a Stephanie al pasillo.

—Voy a buscar un hotel. Seguro que hay alguno cerca. En cuanto me registre buscaré si hay establecimientos de comida para llevar por la zona y volveré para ver qué queréis. Carson no va a querer la cena del hospital.

—Si es que le dejan comer.

Él la sonrió.

—Le dejarán comer. Steph, yo no creo que tenga nada malo en la cabeza. Vamos a pensar en lo mejor hasta que tengamos motivos para lo contrario.

—Ser tan positiva no está en mi naturaleza.

—Pero te sientes mejor por él.

Ella asintió despacio.

—Parece completamente normal y no tiene mucho dolor. La verdad es que no sabe fingir muy bien. Pero sigue en el hospital. ¿Eso no te asusta?

—Un poco, pero es una cuestión temporal. ¿Estarás bien sola?

—Sí. Ve a buscar un hotel. Mientras estés fuera le preguntaré a la enfermera qué puede comer. Ah, y cuando vuelvas, ¿puedes traer mi bolso de viaje? Está en el coche.

—Claro. —Se inclinó hacia ella y rozó suavemente su boca con suya—. Superaremos esto juntos.

—Lo sé. Tienes muchos defectos, pero eres un buen padre.

—Tú eres una buena madre.

Consiguió mirarle con una sonrisa.

—Cierto, y no tengo defectos.

Él se rio.

—Ojalá fuese verdad. Te veo luego.

Stephanie vio cómo se iba hacia el ascensor y, después, volvió a la habitación de su hijo. Mientras se ocupaba de Carson y se aseguraba de que estuviera cómodo, pensó en lo agradecida que estaba de tener a Kyle con ella. Había ocasiones en las que la volvía loca pero últimamente había sido un hombre bueno de verdad. Sabía que él se encargaría de hacer lo que fuese necesario. Resultaba curioso que hubiesen tardado diez años de divorciados para por fin encontrar el tipo de relación que les funcionaba.

Capítulo veintidós

La casa de la granja tenía, por lo menos, cien años, pero era evidente que había estado cuidada. La pintura exterior era reciente y el gran porche delantero, macizo. Mackenzie vio cómo Bruno se acercaba a las ventanas.

—Doble acristalamiento —observó—. Se han cambiado en los últimos cinco años. No tendrás que preocuparte por ellas.

—Eso fue más o menos cuando la mujer de Herman enfermó. Tenía cáncer y apenas duró unos meses después de que la diagnosticaran. Estoy segura de que él sustituyó las ventanas para que ella estuviese más cómoda en la casa.

Bruno abrió la puerta delantera y le hizo una señal para que pasara primero. Había una sala de estar de buen tamaño con una gran chimenea a la izquierda y un pequeño baño para las visitas a la derecha. Unas escaleras conducían a la planta de arriba. Pudo ver el interior del comedor y supuso que la cocina estaba a la derecha.

Los techos eran altos; los suelos, de madera remozada, probablemente los originales. El papel con estampado de hojas no era de su gusto, pero eso se arreglaba fácilmente.

Era una buena casa, sólida y más que suficiente para ella. Debería estar entusiasmada y se esforzaba por estarlo. El problema era que no podía sacarse de la cabeza su conversación con Rhys. Aunque no esperaba que

diese saltos de alegría, sí se había imaginado una reacción algo más positiva.

Se obligó a dirigir su atención desde esa desastrosa
conversación a la casa.

—Es bonita —dijo—. ¿Estás seguro de que no quieres
vivir aquí?

Bruno la miró.

—Ya lo hemos hablado. He hecho un depósito para
un piso grande con vistas al campo de golf. Es mucho
más mi estilo. Esta casa es perfecta para ti y para el bebé.

—Supongo que sí. —No estaba segura de qué era lo
que hacía que una casa fuera perfecta para un bebé. Suponía que cualquier lugar serviría con tal de que fuera
seguro, cálido y lleno de amor.

Entraron en la cocina. Era más grande de lo que se
había esperado, aunque bastante anticuada. El enorme
fregadero estaba un poco estropeado y los electrodo-
mésticos no se encontraban en su mejor momento, pero
todo estaba limpio y tenía bastantes armarios.

—Puedes tirar esto y tener la cocina de tus sueños
—le dijo él.

Ella se rio.

—Normalmente no sueño con cocinas. Soy más de
vinos.

—Entonces, busca un diseñador que te la haga.

—Cada penique que poseo está bloqueado hasta el
divorcio. En el momento en que eso ocurra, irá para ti.
—Sonrió—. No voy a poner nada de mi parte aparte de
mi destellante personalidad.

Él se rio.

—Vas a hacer bastante durante uno o dos años. Además, se te va a pagar un salario y tendrás tus regalías por
tu vino de Bel Après.

Asintió en lugar de confesar que se esperaba que
Barbara encontrara el modo de evitar pagarle eso. Bruno le diría que se mantuviera firme y que contratara un
abogado, y probablemente era un buen consejo, pero
todo estaba sucediendo muy deprisa —el divorcio, la

compra de la bodega, saber que estaba embarazada. No estaba segura de poder soportar una cosa más.

Subieron a la planta de arriba. Había un gran dormitorio principal con un baño y un vestidor. Las paredes estaban cubiertas por un papel de rosa lavanda y había cierto aroma a jabón antiguo, pero nada sin lo que Mackenzie no pudiera vivir.

Tomó notas en el cuaderno que había llevado. Necesitaba comprar una cama, un par de mesitas de noche y una cómoda. Abajo iba a necesitar un sofá y puede que una televisión. Todo lo demás podría esperar.

Cuando terminó de escribir, Bruno y ella entraron en el primero de los dos dormitorios secundarios. Compartían un baño. Bruno se colocó en el centro del que tenía un gran ventanal.

—Este para la bebé —dijo—. Tiene muchísima luz. Cuando se haga mayor podrás comprarle un sofá curvado para ponerlo ahí y que se acurruque en él para leer.

—¿La bebé?

Él la miró con una sonrisa tímida.

—Espero que sea una niña.

—¿De verdad? Entonces ya vas más adelantado que yo. Apenas me he hecho a la idea de que estoy embarazada. Salvo por las vitaminas y la absurda cantidad de verduras que tengo que comer cada día, he tenido muy pocos cambios.

¿Una niña?

—Hay un cincuenta por ciento de posibilidades de que consigas lo que quieres —añadió.

—Me contento con cualquiera de las dos. ¿Has hablado con Rhys?

Ella asintió con la esperanza de no parecer tan incómoda como se sentía. Al parecer, no lo consiguió, porque Bruno soltó un suspiro.

—¿Tan mal?

—No se ha puesto contento. Empezó a maldecir y trató de atravesar la pared con el puño. No lo consiguió y la pared está muy orgullosa de su victoria. —Mantenía un tono despreocupado y esperaba que Bruno creyera que estaba mejor de lo que se sentía.

—Cuando te echó la culpa ¿le recordaste que es cosa de dos?

—Sí, y también le dejé claro que él me había llevado a la cita para que me quitaran el DIU, así que, fingir que no lo sabía no iba a...

Se puso la mano sobre la boca y soltó un gemido. Tras bajar el brazo a un lado, dijo:

—Lo siento mucho. No debería haber dicho eso. Es demasiado personal y no creo que te interese.

—Te he visto escupir, Mackenzie. Esto no es nada.

—Aun así, me siento humillada.

—No lo estés. Las relaciones se ponen difíciles al terminar. Sabré soportar cualquier cosa de la que quieras hablar.

Le agradeció su amabilidad y deseó con todas sus fuerzas cambiar de conversación.

—Cuidado con lo que ofrece, caballero. He estado leyendo mucho sobre el embarazo y hay cosas que te quitarían el hambre durante una semana.

—No me asusto con tanta facilidad.

Entraron en el otro dormitorio.

—Este sería un buen despacho —dijo él.

—¿Por qué no ir a mi despacho habitual? Está como a quince minutos a pie.

—Porque vas a tener un recién nacido, luego un niño pequeño y después un chaval que se puede poner enfermo y te va a necesitar.

Ah, vale.

—Pues será el despacho. —Añadió un escritorio y una silla a la lista.

Bajaron a la planta inferior. Mackenzie se detuvo para fijarse en la sensación que le daba la casa.

—Voy a ser feliz aquí —dijo—. Gracias.

—No me las des solo a mí. Somos un equipo.

Rhys y ella habían sido un equipo antes, pensó con melancolía. Ya no. Miró a Bruno y pensó que quizá durarían un poco más de tiempo juntos. Sabían en qué se estaban metiendo y no había emociones liosas que complicaran las cosas.

—¿Qué vas a hacer para tener citas? —preguntó ella—. Walla Walla es una ciudad bastante pequeña. Supongo que podrías conocer a alguien en Seattle. Tienes un avión privado, así que la distancia no va a ser ningún problema.

Él la miró sorprendido.

—¿Estás especulando con mi vida amorosa?

—Sí. Resulta interesante pensar en eso, sobre todo, porque ahora mismo necesito una buena distracción.

—Estoy centrado en la compra de Luna Pintada.

—Estás diciendo que me meta en mis asuntos.

—Lo que digo es que no estoy en situación de cumplir tus necesidades especulativas.

Salieron de la casa y Bruno cerró la puerta y, después, le dio la llave.

—Legalmente no podrás mudarte hasta que cerremos la compra, pero Herman me ha dicho que puedes venir a tomar medidas para los muebles, alfombras o lo que sea.

Ella vaciló antes de coger la llave de su mano.

—Esta va a ser la primera casa que he tenido nunca en propiedad —confesó—. Mi abuelo tenía alquilada una casa pequeña junto a su trabajo y, después de fallecer, me fui a la universidad y viví en la residencia y luego me fui a vivir con Rhys después de la universidad. —Lo miró—. ¿Resulta muy ridículo que tenga treinta y ocho años y que nunca haya vivido sola?

—No tiene nada de ridículo.

Sus ojos marrones la miraban con amabilidad, pensó ella. Sintió el extrañísimo deseo de pedirle que la abrazara. Solo un minuto, hasta que volviese a sentirse fuerte.

Pero no lo hizo. Bruno era su socio y esperaba que ella se mostrara lo suficientemente fuerte como para ocuparse de su vida. Y a propósito de eso...

—Adivina qué voy a hacer ahora —dijo.

—No tengo ni idea.

Mackenzie tomó aire e irguió la espada.

—Voy a contarle a Barbara que estoy embarazada.

Bruno se quedó mirándola.

—¿Estás segura de querer hacerlo?

—En absoluto. Iba a esperar pero, en vista de la reacción de Rhys, necesito ser yo la que lo cuente.

—¿Quieres que te acompañe? Puedo esperar en la puerta de su despacho, o incluso en el coche. No estoy tratando de meterme en un asunto personal, pero no deberías hacerlo sola. Esa mujer es muy volátil.

—Eres un encanto, pero puedo manejarla.

Al menos, eso esperaba.

Bruno no parecía convencido, pero asintió de todos modos.

—Envíame un mensaje cuando acabes.

—Lo haré.

También escribiría a Stephanie y a Cuatro para advertirles de que se mantuvieran alejadas porque su madre no iba a tomarse bien la noticia. Una triste afirmación, pero cierta.

Se dirigió hacia su Jeep. Bruno le abrió la puerta.

—Lo siento —dijo—. Tener un hijo debería ser una noticia alegre y ella va a hacer que sea todo lo contrario.

—Gracias por decirlo. Yo estaba pensando lo mismo. Deséame suerte.

—No necesitas suerte, Mackenzie. Nunca la has necesitado.

Mackenzie trató de aferrarse a las palabras de ánimo de Bruno y entró con el coche en la finca de Bel Après. Dormía en la casa cada noche, pero dirigirse a la zona administrativa de la finca era algo que ya no hacía.

Sin hacer caso a las sensaciones que empezaban a surgir en su interior, entró en el edificio y subió las escaleras hasta el despacho de Barbara. Nadie trató de detenerla y tuvo cuidado de no mirar en el interior de ninguno de los otros despachos mientras caminaba hacia el último.

Barbara estaba sentada en su mesa con las gafas de leer en la nariz. Estaba vestida con un traje, como siempre, con su pelo negro perfecto y su elegante maquillaje. Su anillo de compromiso centelleaba bajo las luces del techo.

Ese anillo, pensó Mackenzie. Era curioso que todo hubiera comenzado con una proposición de matrimonio. Compartir ese momento romántico le había mostrado las partes vacías de su propia vida. Llevaba años inquieta, pero ese momento lo había puesto todo en relieve.

Su suegra levantó los ojos y la vio. Después de quitarse las gafas, apoyó la espalda en su asiento.

—No se me ocurre qué tenemos que decirnos.

Mackenzie cerró la puerta y se acercó a la mesa. Durante un segundo pensó en soltarle la noticia y salir corriendo después, pero sabía que eso estaba mal. A pesar de lo que pudiera estar pasando ahora entre ellas, Barbara había sido como una madre para ella. Como poco, Mackenzie le debía el respeto de sentarse con ella.

Cuando lo hizo, fue directamente al grano.

—Estoy embarazada.

Barbara la miró sin pestañear.

—¿Es de Rhys?

La pregunta no debería haberle sorprendido, pero lo hizo.

—Sí. ¿Por qué si no iba a molestarme en contártelo? —Levantó la mano—. Antes de que lo preguntes, lo confirmaré con un test de ADN cuando nazca el niño. Rhys sabe que es suyo. —Al menos, estaba bastante segura de que lo sabía, por mucho que él deseara que no lo fuera.

Los ojos de Barbara se oscurecieron con la emoción contenida.

—Los hombres creen lo que quieren creer y nada más.

Mackenzie se propuso no permitir que la distrajera.

—No quiero discutir contigo. Te lo he contado porque he pensado que querrías saber que vas a tener otro nieto. Espero que mi embarazo no se vea afectado por tu enfado por mi marcha.

Barbara se inclinó hacia ella.

—¿Eso es lo que esperas? Qué encanto. Así que, crees que debería alegrarme de que hayas engañado a Rhys para dejarte embarazada. Debería haberlo visto venir.

Sus ofensivas palabras no fueron ninguna sorpresa. Mackenzie negó con la cabeza.

—No sé cómo mantienes ese nivel de rabia. Es agotador. No he engañado a Rhys ni planeaba quedarme embarazada, aunque no me creas. Y, al final, lo que creas no importa. Estoy realmente destrozada por cómo ha terminado todo entre nosotras. Yo te quería mucho y creía que siempre estaríamos unidas.

—En ese caso, no deberías haberte marchado. Eres tú la que lo has empezado, Mackenzie. Ni yo ni Rhys ni nadie más que tú.

—No te importa nada lo del niño, ¿verdad?

—No. No significas nada para mí. Siempre fuiste el medio para alcanzar un objetivo.

Mackenzie sabía que Barbara quería hacerle daño y se le estaba dando muy bien. Lo que no sabía era si estaba siendo sincera.

—Lo irónico es que esa herencia que siempre me has echado en cara está a punto de darte un mordisco en el culo —dijo Mackenzie poniéndose de pie—. Porque la prueba de ADN que demuestre que mi hijo es miembro de la familia le dará derecho a heredar exactamente lo mismo que tus otros nietos.

Se dirigió hacia la puerta y, a continuación, se giró.

—Yo quería que esto fuera una muestra de que teníamos una relación familiar, de que eras la abuela de mi hijo. Tú quieres que todo se centre en el dinero y la tierra. No es una pelea que yo haya buscado, pero si es lo que deseas, prepárate, porque voy a ganar.

Y dicho eso, se marchó. Iba por la mitad de las escaleras cuando oyó un fuerte golpe contra la pared seguido de un grito agudo.

Cuando llegó a su coche, envió un mensaje rápido a Stephanie y Cuatro: «Estad preparadas. Lo sabe». Y a continuación, volvió a la oficina que compartía con

Bruno. Tenía que revisar mucha documentación. El depósito generaba muchos documentos. Más tarde, cuando no tuviera el estómago tan revuelto, se premiaría con un gran cuenco de helado de chocolate mientras fantaseaba con todo lo que iba a hacer en Luna Pintada. Mientras siguiera dando pasos adelante, estaría bien. Y eso era bueno, porque nunca le había gustado mucho quedarse quieta.

Barbara esperó a las seis pasadas y fue con el coche al complejo. Aparcó detrás de la casa de su hijo y entró por la puerta de atrás, que siempre estaba abierta. Tal y como había esperado, encontró a Rhys sentado en la mesa de su despacho.

Tenía la atención puesta en el ordenador y se sobresaltó cuando ella dijo su nombre.

—Has estado a punto de provocarme un infarto —dijo él llevándose una mano al pecho—. ¿Nunca llamas a la puerta?

—No, nunca. —Se acercó a la mesa y se agarró al respaldo de la silla—. Me ha contado lo del embarazo.

Rhys apoyó la espalda en su silla.

—A mí también me lo ha contado.

—¿Es tuyo?

—Sí.

Barbara se dejó caer en una silla después de que desapareciera la poca esperanza que tenía.

—¿Tenías que dejarla embarazada?

—A mí tampoco me gusta esto, mamá. ¿Crees que quiero un hijo ahora? Por fin iba a librarme de mi matrimonio y empezar la vida que deseaba. —Levantó una mano en el aire—. Ya está hecho y voy a tener que aguantarme.

Ella levantó la cabeza.

—No solo tú, Rhys. Todos nosotros. Esto es una pesadilla en muchos aspectos. —Se inclinó hacia él—. Quiero que presentes una demanda para tener la custodia.

—¿Qué? —Se quedó mirándola—. No.

—¿Por qué no? Eres el padre. La sociedad ha cambiado ahora. Hay muchos hombres que crían solos a sus hijos. Tendrás ayuda. Todos te apoyaremos. Contrataremos a una niñera para el trabajo diario.

—Olvídalo. No tengo ningún interés en quedarme con la custodia. Si tanto quieres el bebé, pide tú la custodia.

—Créeme, ya lo he pensado. —Y hablaría con su abogado si no lograba convencer a Rhys de que hiciera lo que debía—. Me sorprende el poco interés que muestras por tu propio hijo —dijo deseando medir cuánto chantaje emocional podría hacerle para que obedeciera a sus deseos.

—Como si tú fueses la mujer más maternal del planeta. Olvídalo, mamá. No vas a conseguir que me enfrente a Mackenzie por el niño. Mi abogado ya está diseñando el plan de visitas. Estaré presente porque es lo que debo hacer, pero no esperes que haga más que eso.

Barbara debía haberse imaginado que él se lo pondría difícil.

—Eso a mí no me vale —espetó—. No podemos permitir que se lo quede. ¿Y si de verdad es tuyo? ¿Mi nieto se va a criar con esa mujer?

—Dado que es la madre, sí. Eso es exactamente lo que va a pasar.

Sabía que gritarle no iba a servir de nada, aunque estaba desesperada por dar rienda suelta a su frustración.

—Solo quiero que colabores en esto —dijo con los dientes apretados—. Quiero que hables con tu abogado.

Él se puso de pie y colocó las manos sobre la mesa.

—Escúchame bien, mamá. No vas a fastidiarme la vida. Mackenzie y yo vamos a diseñar el plan de parentalidad. Cuando nazca el bebé, confirmaremos que soy el padre con una prueba de ADN, y eso es lo único que necesitarás saber. No estoy interesado en ningún plan loco que se te pueda ocurrir. Está decidido. Olvídalo. Dentro de unos meses hablaremos de cómo deberás arreglar las cosas con Mackenzie para que puedas pasar tiempo con tu nuevo nieto.

—¿Arreglar las cosas con ella? —gritó, poniéndose de pie—. ¿De verdad has dicho eso? Ella no se merece ese hijo. Ojalá aborte. Es ella la que nos quiere destruir. Es ella la que...

—¡Barbara!

Se giró y vio a Giorgio de pie en el despacho de Rhys. Estaba pálido por el impacto.

Qué oportuno, pensó ella con fastidio. Seguramente había visto su carrito de golf detrás de la casa de Rhys.

—¿Qué estás diciendo? —preguntó él—. Dime que no lo decías en serio. ¿Mackenzie está embarazada? Eso hay que celebrarlo.

Adoraba el bondadoso corazón de Giorgio, pero ahora mismo no era más que un incordio. Por supuesto, no lo entendería porque para él la familia lo era todo. No compartía la conexión que ella tenía con esa tierra. Se había alejado alegremente de su negocio, cosa que ella nunca haría. No era implacable y tampoco quería que ella lo fuera.

Resultaba curioso que Giorgio pensara que la amaba, cuando no la conocía. Ella, por otra parte, tenía muy claro cuáles eran los puntos fuertes y los débiles de él.

—Tienes razón —se apresuró a contestar, fingiendo que perdía el equilibrio antes de dejarse caer en la silla—. Estoy abrumada por todo lo que está pasando.

Dado lo nerviosa que estaba, no le costó derramar algunas lágrimas. Giorgio se puso a su lado al instante, cogiéndola de la mano y besándola en la mejilla.

—Voy a llevarte a casa —dijo—. Tienes que descansar.

—Sí. Gracias, mi amor.

Dejó que él la sacara de la habitación y de la casa. No tenía ni idea de qué estaría pensando Rhys, pero en este momento, no le importaba. Las crisis de una en una.

Capítulo veintitrés

Stephanie guardó el archivo en su ordenador y se dijo que lo estaba haciendo genial, dadas las circunstancias. A Carson le habían dado el alta en el hospital y ella había tenido la valentía suficiente para dejarle pasar la última semana en el campamento. Estaría de vuelta en un par de días, justo a tiempo para empezar las clases. Avery y ella seguían manteniendo su estado amistoso y su hija había anunciado que renunciaba a los chicos, al menos durante su penúltimo año de instituto. Iba a centrarse en los estudios y en las actividades extraescolares.

Stephanie había dado credibilidad al plan, aunque en el fondo pensaba que no duraría más allá de las dos primeras semanas del semestre pero, al menos, Avery ya no añoraba a Alexander.

En el aspecto laboral, tenía una entrevista con una bodega local justo después de la vendimia, lo cual era lo más emocionante de todo. Se estaba esforzando por dar forma a su dosier para que resultara deslumbrante. Mientras tanto, había firmado para ayudar en Luna Pintada durante la recolección. Ese trabajo temporal mantendría su cuenta corriente lo bastante saneada como para poder dormir la mayoría de las noches. Las cosas pintaban bien.

Estaba a punto de empezar a pagar facturas cuando sonó su teléfono con un mensaje.

¿Estás x aquí?

Negó con la cabeza antes de contestar. «¿A qué vienen esas abreviaturas cuando envías mensajes? Ya no tienes 17 años. Escribe la frase entera. Sé que puedes. Y sí, estoy en mi despacho. Hay galletas en la cocina».

Pulsó Enviar y se dispuso a cerrar su ordenador. Unos minutos después, Rhys entró en su estudio y se dejó caer en el sofá.

—¿No querías galletas? —preguntó ella.

—No tengo hambre.

El habitual buen humor de su hermano mayor no estaba a la vista y no cabía duda de que tenía un gesto triste en la cara.

Se preguntó si se estaba arrepintiendo del divorcio. Aunque su matrimonio no había sido perfecto, desde fuera parecía que Mackenzie y él se llevaban bien. Bueno, vale, lo del sexo era un problema, pero quizá podrían solucionarlo con un poco de terapia o viendo porno o algo así. Si él...

—Mackenzie está embarazada —anunció.

—Lo sé. Me lo ha contado.

Stephanie estaba feliz por ella y, en secreto, se sentía orgullosa de sí misma por haber reaccionado como lo hacen las buenas amigas.

Él volvió a tumbarse en el sofá y clavó la mirada en el techo.

—Yo no quiero un hijo.

—Pero antes hablabas de tener una familia.

Él la miró.

—Hace años, justo después de casarnos, pero ahora no. Por fin soy libre para vivir mi vida y, en lugar de disfrutar, voy a tener que estar pegado a un bebé. —Soltó un suspiro—. Tuvieron que quitarle el DIU. Supongo que yo la llevé al médico, aunque te aseguro que no lo recuerdo. Así que, no estaba tomando nada. Y solo ha sido una vez.

—Solo con eso basta. Una vez.

La fulminó con la mirada.

—¿En qué me ayuda eso?

—No sabía que buscabas ayuda. Creía que estabas refunfuñando sin más.

—Es que no quiero tener que ocuparme de un bebé.

—Rhys, es tu hijo. Es una parte de ti, una parte de la familia.

—No me importa. Ojalá pudiera renunciar a mis derechos.

Stephanie estuvo a punto de caerse de la silla.

—¿Lo dices en serio?

—Puede. No lo sé. Es decir, supongo que hay formas legales de abandonar a un hijo, pero no estoy seguro de ser capaz de eso. O si debería, ya sabes. ¿Y si después me arrepiento? Mamá quiere que luche por la custodia, cosa que no va a pasar.

A Stephanie ni siquiera le sorprendía que su madre estuviese buscando la forma de complicarle la vida a Mackenzie.

—Nuestra madre es una mujer horrible.

—No es aburrida, eso hay que reconocérselo.

—¿Qué vas a hacer?

Negó con la cabeza.

—Mi abogado está preparando el plan de parentalidad. Hay una cantidad mínima de visitas que se consideran aceptables. Voy a pedir eso. Además, pagaré la manutención, pero eso solo se basa en mi sueldo, ni en el fideicomiso ni en nada más. Casi ni me importa el dinero. Es todo lo demás.

Stephanie sabía que ninguno de los dos se esperaba un embarazo pero, aun así, le sorprendía la resistencia de Rhys a ser padre.

—No te metas en esto con la idea hacerlo con poco entusiasmo —le dijo—. No permitas que tu hijo crezca sabiendo que no es deseado. Es devastador hacerle eso a un niño inocente. No eres feliz, pero tampoco eres una mala persona, Rhys. No empieces ahora a actuar como si lo fueras.

—No me juzgues. Tu vida no se está poniendo del revés.

—Tienes razón. Tampoco soy yo la que ha dejado embarazada a su mujer, así que ya está.

Él la miró con el ceño fruncido.

—No estás siendo de mucho apoyo.

—Tú no estás siendo muy humano, así que, oye, estamos empatados.

—Tenemos que buscar el modo de romper los contratos con Mackenzie —dijo Barbara cuando entró en el despacho de Lori—. Los de las regalías del vino —añadió cuando su hija gorda se quedó mirándola con evidente confusión.

—No puedes romperlos —contestó Lori—. Los firmaste tú misma y te aseguraste de que Mackenzie jamás pudiera librarse de ellos. ¿No recuerdas lo impresionado que estaba el abogado?

Barbara se preguntó por qué todo el mundo se empeñaba en ser siempre tan estúpido.

—No estoy senil. Por supuesto que me acuerdo. Esa no es la cuestión. Siempre hay una salida y quiero que le llames y le pidas que la busque. Mackenzie va a necesitar el dinero para vivir y no quiero que lo reciba de mí.

Lori, tan desaliñada como siempre con su traje mal ajustado, se dejó caer en su silla.

—El dinero no es problema para ella. Va a montar una sociedad con Bruno Provencio. Él va a financiar la compra de Luna Pintada. Mackenzie le pagará su parte con el dinero que reciba del divorcio.

Barbara la fulminó con la mirada.

—¿Estás segura? ¿Cómo lo sabes? ¿Quién te lo ha dicho?

—Herman se lo contó a su capataz y él se lo dijo a Jaguar cuando estaba arreglándole un tractor y Jaguar me lo ha contado a mí. Bruno ya ha puesto el depósito para un apartamento junto a la pista de golf. Va a vender su empresa de distribución de vinos y otros activos para poder centrarse en Luna Pintada.

Barbara retorció los dedos de sus manos hasta clavarse las uñas en la piel.

—¿Por qué no me lo ha contado nadie? ¿Lo sabe Rhys?

—Eso creo. Ella sigue viviendo con él, así que, estoy segura de que hablan.

La indignación se unió a la furia. Todos le habían dado la espalda. Todos querían hacerle daño y quedarse con lo que ella tenía, incluso sus propios hijos. Primero se fue Mackenzie, luego dimitió Stephanie y ahora Mackenzie iba a conseguir todo lo que deseaba con la compra de Luna Pintada.

—Esto no se puede permitir. Esperaba que tuviera que acudir a un banco para pedir un préstamo. Ahí yo contaría con ventaja. Pero si se asocia con Bruno, no hay nada que yo pueda hacer. —Se dejó caer en la silla de las visitas y se apretó la punta de los dedos a las sienes—. Y pensar que le invité a la fiesta del Solsticio de Verano.

Miró a Lori.

—Deberíamos incapacitar a Mackenzie. Está claro que no está bien. ¿Con quién hay que hablar para eso?

—A mí tampoco me cae bien, pero no le pasa nada a su cerebro.

—Ah, no te cae bien. Qué bonito. —Barbara se puso de pie—. Nos va a arruinar —gritó—. A arruinar. ¿Por qué soy la única que lo ve?

Volvió a su despacho y cerró con un portazo. La furia que sentía en su interior la quemaba tanto que creyó que iba a incendiar el edificio. Había que hacer algo y allá donde miraba se encontraba con muros de piedra y con incompetencia.

Estuvo dando vueltas por su despacho. Bruno. Sabía que no podía enfrentarse a él. Jugaba en una liga con la que ella ni podía soñar. Si Mackenzie y él creaban un negocio juntos, no había nada que hacer.

Las lágrimas le ardían en los ojos pero parpadeó para contenerlas. No, se dijo con firmeza. No iban a vencerla. Era Barbara Barcellona y se había enfrentado a situaciones peores que esta. Había sobrevivido a la pérdida de su marido. Había convertido Bel Après en lo que era hoy. Había tenido cuatro hijos pequeños y poca ayuda y había trabajado día y noche para hacer de la bodega un éxito.

Había aprendido por su cuenta cada aspecto del negocio. Había aguantado ante incrédulos, la mayoría hombres, que decían que no podría conseguirlo. No solo había sobrevivido, sino que había prosperado y había creado un imperio. Por Dios, no iba a permitir que un intruso cualquiera la arruinara.

La firma de la documentación del préstamo puente le llevó a Bruno unos quince minutos. Los documentos de compra para la adquisición de Luna Pintada eran más complicados y exigían los servicios de un notario, además de lo que parecían doscientas firmas, pero para las once de la mañana del miércoles, había terminado. Mackenzie salió de la oficina del administrador del depósito con Bruno, sin saber hasta qué punto la extraña sensación que tenía en el estómago tenía que ver con su embarazo o si era una mezcla de emoción, nervios y un auténtico deseo de que ese momento fuera más importante.

—A lo mejor debería haber comprado globos o algo así —dijo mientras permanecían juntos en la acera—. Creía que habría más ceremonia.

Bruno, de nuevo con uno de sus caros y bien confeccionados trajes, sonrió.

—Normalmente, yo propondría un almuerzo caro con champán pero, dadas las circunstancias, no parece lo más adecuado.

Ella se puso instintivamente una mano en el vientre.

—Sí, bueno, en condiciones normales yo aceptaría el almuerzo caro, pero me siento un poco revuelta.

—¿Náuseas matutinas?

—Creo que es más lo de haber comprado una bodega. ¿Cómo ha sido tan rápido? Hicimos la oferta hace seis semanas.

—Tener el dinero ha servido de ayuda.

Ella sonrió.

—Nota mental: siempre montar un negocio con un hombre con dinero.

—Hace que la vida sea mucho más fácil. —La llevó hacia el aparcamiento—. ¿Vas a coger ahora tus cosas de Bel Après? Si es así, voy contigo a ayudarte a cargar las cajas.

Mackenzie trató de no poner los ojos en blanco.

—Soy perfectamente capaz de levantar unas cuantas cajas. En serio, Bruno, son unas cinco, puede que seis. Solo me llevo cosas personales. Ninguna caja pesa más de siete kilos. Además, llevé la mayoría de mi ropa ayer, así que, quedan pocas cosas. —Lo miró a los ojos—. Mira qué decidida estoy. No me va a pasar nada.

—De acuerdo. Lo acepto. No me gusta pero lo acepto. Entonces, te instalas hoy y mañana por la mañana nos vemos con los empleados para hablar de nuestros planes para la bodega.

—¿Cuántas personas crees que querrán quedarse?

—Con suerte, el ochenta por ciento. Si no, se irán alrededor de la mitad.

Ella hizo una mueca de dolor.

—Estamos apenas a una semana o así de la vendimia. No me gustaría nada tener que enfrentarme a ella sin un equipo completo.

Él la miró con expresión de sorpresa.

—Este año vamos a hacer una vendimia mecánica para todo.

Algo de lo que ya habían hablado y a lo que ella había accedido. Los avances tecnológicos implicaban que todas las antiguas preocupaciones de la recolección mecánica, como fruto dañado, demasiados desechos de la vendimia y perjuicio a los viñedos, ya no eran un problema. La bodega ya tenía contratada la maquinaria

que recolectaría más de cien mil toneladas o el equivalente a casi sesenta y cinco mil cajas de vino en un par
de días. Las máquinas eran más baratas y fiables que
formar a cientos de trabajadores para que recogieran las
uvas a mano. Era la solución lógica. Y aun así...

—Me pone triste —confesó—. Echo de menos la vendimia a mano.

—El año que viene, cuando consigas que los viñedos
estén en forma, podrás recolectar a mano las uvas pré-
mium. —Su tono se suavizó—. Son demasiados viñedos
para hacerlo a mano. Tardaríamos demasiado y perde-
ríamos hectáreas enteras de fruto.

—Lo sé. Tienes razón. No puedo evitarlo, soy muy
tradicional.

—Y la mejor del sector. —Abrió la puerta de su Mercedes—. Estaré en la casa en un par de horas para ayudarte a abrir las cajas.

Ella sabía que más le valía no decirle de nuevo que
no tenía por qué hacerlo. Mackenzie había pasado el fin
de semana recogiendo sus cosas personales y apilando
las cajas junto a la puerta trasera. No eran muchas y estaba segura de poder hacerlo todo en un solo viaje. No
se llevaba muchas cosas. Los muebles que había encargado para la casa se los entregaban esa tarde.

Mackenzie se despidió de Bruno con la mano y vio
cómo se alejaba. Salió detrás mientras trataba de asumir todos los cambios que había tenido en su vida en los
últimos tres meses. Iba a divorciarse, había comprado
una bodega y estaba embarazada. Aunque el divorcio
no era una buena noticia, poner fin a su matrimonio era
la decisión acertada. Debería estar encantada por cómo
estaba saliendo todo.

Pero mientras iba con el coche hacia Bel Après, las
lágrimas empezaron a bajarle por las mejillas. Por muy
prometedor que fuera el futuro, había elementos de su
pasado que no podía evitar echar de menos. Vivir cerca
de sus cuñadas, pasar el rato con la familia. Se había
perdido el primer día de clases. Siempre iba con Cuatro

y Stephanie a acompañar a los niños a la parada de autobús. Pero este año no le había parecido adecuado.

Seguía echando de menos a Barbara. No a la mujer terrible que le había gritado, sino a la mujer amable y cariñosa que había compartido su sueño de lo que Bel Après podría llegar a ser. Aunque según su comportamiento reciente, a lo mejor había sido todo una farsa.

Estaba comenzando una nueva aventura y anhelaba el pasado, lo cual la hacía sentir estúpida. Pero la tristeza era real y suponía que simplemente tendría que pasar por ella.

—¿Quieres replantearte tu elección de madre? —se preguntó acariciándose el vientre—. Haré todo lo que pueda por comportarme como es debido cuando nazcas.

Giró hacia el camino privado que llevaba a la casa en la que había vivido casi toda su vida de adulta, tratando de asumir que, a partir de hoy, ya no iba a vivir aquí.

Salió de su Jeep y fue hacia la puerta de atrás. Las cajas estaban donde las había dejado. Mientras se ocupaba de ellas, casi se esperaba que Stephanie o Cuatro se pasaran para despedirse. O incluso Rhys, que sabía que se marchaba hoy. Pero no vino nadie.

Tardó solo unos minutos en cargar las cajas. Cuando hubo terminado, entró y recorrió la casa por última vez. Su armario estaba vacío, igual que la cómoda de su dormitorio. Ya había recogido sus cosas del cuarto de baño. Atravesó la casa hasta la habitación de Rhys y se disponía a entrar cuando se detuvo justo antes de llegar a la puerta. No, pensó, dándose la vuelta. No podía entrar ahí. Ya no.

Abajo, echó un vistazo más a su despacho. Había dejado todo salvo los dibujos que le habían hecho sus sobrinos y sus fotos personales. Resultaba curioso que, aun sin sus cosas, la casa tuviera el aspecto de siempre. Empezaba a preguntarse si de verdad había sido ese su lugar.

Entró en la cocina y se quedó junto a la isla. Aparte del leve zumbido del frigorífico, solo había silencio. Era como si estuviera sola en el mundo. Sintió un nudo en la garganta y un pequeño dolor en el pecho, síntomas de una tristeza que decidió ignorar. Esta parte de su vida había terminado. Había llegado el momento de avanzar.

Se sacó la llave de la casa del bolsillo de los vaqueros y la dejó con cuidado sobre la encimera y, después, salió y puso en marcha el Jeep. Mientras salía por el camino de entrada, tuvo el pensamiento de que tras dieciséis años debería tener más pruebas de su matrimonio y de su pertenencia a la familia Barcellona. Algo más que seis cajas y los recuerdos. Pero no era así, y quizá esa era la certeza más dura de todas.

Capítulo veinticuatro

Sobre las tres de esa tarde, ya se había marchado el último de los camiones de reparto de los muebles. Sin apenas tiempo, Mackenzie había elegido la menor cantidad de mobiliario que pudo. Tenía un sofá de piel y una televisión en la sala de estar, una cama, una mesita de noche y una cómoda en el dormitorio principal, y una mesa y una silla en lo que iba a ser su despacho. Había decidido convertir la habitación con el gran ventanal en la habitación del bebé, tal y como Bruno le había sugerido. Iría comprando cosas como una mesa de comedor y mesitas con el tiempo.

Hasta que entró en la cocina no se dio cuenta de que no tenía platos, cacerolas ni sartenes ni un sitio donde sentarse a comer. Tampoco se le había ocurrido comprar toallas, ni sábanas o almohadas para la cama. Ni comida. Ni papel higiénico.

No era su mejor momento. Volvió a la sala de estar, se sentó en el sofá y se dijo que estaría bien. Este era un día muy importante para ella y no iba a permitir que se lo arruinara el hecho de que se hubiese olvidado las necesidades básicas para vivir sola.

Ojalá no se sintiera tan sola, pensó, tratando de no estar triste por no haber tenido noticias de Stephanie ni de Cuatro en todo el día. Sabían que se mudaba. Había imaginado que al menos una de ellas se pondría en contacto.

—Estoy bien —se dijo, sin importarle estar mintiendo—. Haré una lista e iré a Walmart.

Al menos, Herman le había dejado una lavadora y una secadora. En cuanto tuviese suficientes provisiones para empezar dedicaría al menos una hora a la semana a hacer cosas como ocuparse de la casa y comprar provisiones. Mejor dos horas a la semana. Iba a tener que empezar a limpiar, pagar facturas y hacer la colada. En cuanto a sus amigas, en fin, tenían sus vidas. Si quería compañía, debería haberlas avisado. Esperar que le leyeran la mente no era sensato.

Sacó un cuaderno de la mochila. La lista de todo lo que creía que necesitaba ocupaba casi una página entera cuando oyó el ruido de un motor en la puerta de la casa.

Fue hasta la ventana delantera y vio el coche de Stephanie aparcando junto al suyo. El todoterreno de Cuatro se detuvo detrás de ella y una camioneta que arrastraba un tráiler daba la vuelta por detrás de los coches

—¿Qué narices pasa? —Salió al porche delantero y sonrió a sus amigas—. ¿Os habéis perdido?

Stephanie y Cuatro corrieron a abrazarla. Su cálido abrazo hizo que desapareciera su tristeza y que volviera a sentirse querida. No debería haberlas cuestionado. Eran su familia y siempre lo serían.

—Vinimos la semana pasada —le dijo Stephanie—. Después de que me contaras los pocos muebles que habías comprado. Herman nos hizo un rápido recorrido por la casa. Yo sabía que no ibas a llevarte nada de Rhys, porque habría resultado raro, y sé que has estado demasiado ocupada con la compra de la bodega como para pensar en cosas como leche y pan, así que, vamos a ayudarte con eso.

Cuatro le apretó el brazo.

—También he venido para hacer una rápida purificación de la casa. He traído salvia y sal. No tardaré mucho en dejar esta preciosa casa rebosante de energía positiva.

—Y por eso no habéis venido a despedirme antes —dijo Mackenzie conteniendo unas estúpidas lágrimas—. Yo creía que estabais demasiado ocupadas.

—Jamás —contestó Stephanie—. Estábamos planeando esta sorpresa.

—Es una sorpresa buena de verdad. Gracias.

Las tres mujeres se abrazaron y, después, se separaron cuando Jaguar se acercó.

—Me han dicho que te mudas —dijo con una sonrisa.

—Así es.

—Tenemos algunas cosas que no necesitamos, así que, te las hemos traído.

—Me encantan las cosas de segunda mano.

Cuatro se colocó las manos en las caderas.

—¿De segunda mano? No lo creo.

Mackenzie las siguió hasta el camión y vio que estaba lleno de muebles. Había un conjunto de comedor con una larga mesa y seis sillas. El antiguo conjunto art decó había sido decapado y pintado de color verde claro con preciosas flores por la superficie. Los cojines de las sillas eran de terciopelo verde oscuro. Había un aparador a juego con el motivo floral en los frentes de los cajones.

—No —susurró Mackenzie mirando a Cuatro—. Esto podrías venderlo por miles de dólares. Te quiero mucho. Deja que te lo pague.

Cuatro le sonrió.

—O puedes dejar que te muestre lo mucho que te quiero yo y aceptes este regalo con elegancia.

Stephanie rodeó a Mackenzie con el brazo.

—La elegancia no es lo suyo. Es demasiado mandona. —Miró a Mackenzie—. Espera a ver las cosas para el bebé. Vas a llorar tanto que vas a sentir vergüenza.

—¿Hay cosas para el bebé?

Había una preciosa cuna y un cambiador, una cómoda y, lo más increíble de todo, una mecedora de madera.

Stephanie pasó las manos sobre ella.

—Me encanta esta mecedora. En ella mecí a mis dos hijos. La he tenido guardada durante, no sé, doce años ya. Creo que necesita un nuevo hogar.

Mackenzie negó con la cabeza.

—No puedes regalarme esto.

—Sí, puedo, pero si hace que te sientas mejor, si alguna vez me vuelvo a quedar embarazada, podrás devolvérmela.

—Trato hecho.

Entraron los muebles. Sus amigas habían pensado en todo. Había lámparas, alfombras, una mesa para la entrada, estanterías y cubos para la basura. En cuanto el camión estuvo vacío, Jaguar se fue y dejó a las mujeres descargando los dos coches.

Cuando las bolsas y cajas estuvieron vacías, Mackenzie tenía sábanas, bandejas, vajillas, cacerolas y sartenes y su frigorífico estaba lleno. Había productos de limpieza bajo el fregadero, detergente para la ropa junto a la lavadora y jabón de manos repartido por todos los baños. Stephanie le había comprado incluso un ejemplar de *Qué se puede esperar cuando se está esperando*. Era todas las Navidades y cumpleaños juntos. Mackenzie no se había sentido nunca en su vida tan querida.

Poco después de las seis, se dejaron caer en el sofá nuevo. El aroma de la salvia quemándose se había suavizado, dejando la promesa de algo nuevo y maravilloso.

—Esto es increíble —dijo Mackenzie conteniendo las lágrimas que Stephanie le había prometido que derramaría—. Me habéis ayudado a crear un hogar.

—No nos necesitabas para eso —contestó Cuatro—. Tú traes el hogar contigo. Nosotras nos hemos encargado de los pequeños detalles. —Miró a su alrededor—. Vas a ser feliz aquí. Claro que sin la cocinera de casa, vas a tener que aprender a cocinar.

—Y a pagar las facturas —confesó Mackenzie—. Rhys siempre se encargaba de eso. He sido muy afortunada en mi vida anterior. Pero dejemos de hablar de mí.

¿Qué tal están los niños? Stephanie, ¿cuándo es tu entrevista? Cuatro, ¿qué obra de arte estás haciendo? Contadme todo lo que me he perdido.

Cuatro hizo una señal a Stephanie, que se sentó sobre sus pies y sonrió.

—Estoy bien. A los niños les gustan sus clases. A Carson le quitan la escayola dentro de unas semanas. A su entrenador le preocupa que a Carson lo fichen demasiado pronto. Es una cosa de la que hay que preocuparse. Avery sigue asegurando que no va a salir con ningún chico en todo el año, pero ya veremos cuánto le dura, y estoy preparada para mi entrevista, que será justo después de la vendimia. Así que, genial.

Cuatro se estiró.

—En nuestro rincón del complejo nos va bien. Los niños están felices y Jaguar sigue siendo el amor de mi vida. Barbara sigue siendo un problema, pero ahora que te has mudado, espero que su energía negativa empiece a calmarse.

Cogió de la mano a Mackenzie.

—Concéntrate en ser feliz. Has tomado todas las decisiones correctas. Sabes cuál es tu lugar en el universo. Cree en ti.

Stephanie le dio un codazo en las costillas.

—Déjate de tantas expresiones espirituales.

—Estoy dando bendiciones.

—Tienes que pasar más tiempo en internet. Eso te curará de ser tan positiva.

Cuatro sonrió.

—Me gusta ser positiva. Eso fastidia a la gente.

Mackenzie se rio.

—Os quiero muchísimo a las dos.

—Y nosotras a ti. —Stephanie se miró el reloj—. Ay, mirad qué hora es. En cualquier momento alguien va a llamar a la puerta.

Se puso de pie y tiró de Cuatro para que hiciera lo mismo. Mackenzie se levantó también.

—¿A qué te refieres?

Las hermanas se miraron sonriendo y, después, la miraron a ella.

—Vas a tener una visita —le dijo Cuatro—. Un hombre muy guapo con una impresionante energía masculina va a traer la cena.

Antes de que pudiera preguntar de qué estaban hablando, sonó el timbre de la puerta. Stephanie fue la primera en llegar y dejó pasar a Bruno. Traía una caja de pizza en una mano y una bolsa en la otra.

—¿Llego pronto? —preguntó.

—Justo a tiempo —le contestó Stephanie. Miró a Mackenzie—. Nosotras nos vamos a casa. Me pasaré en un par de días para estar un rato juntas. Disfruta de tu nueva casa.

Las tres se abrazaron y, después, sus amigas se marcharon. Bruno se había retirado a la cocina, donde sacó un recipiente con ensalada, un pastel pequeño y una botella de zumo de manzana con gas.

—¿Platos y vasos? —preguntó.

Mackenzie señaló a los armarios.

—Lo has planeado con ellas.

—Sí. En cuanto Stephanie me contó lo que Cuatro y ella iban a hacer, se me ocurrió que estaría bien cenar juntos para celebrar. Hoy ha sido un gran día. —La miró—. A menos que tengas otros planes.

—Iba a doblar el montón de toallas que tengo en la secadora, y nada más.

Le ayudó a llevar a la comida a la mesa. Él sirvió a cada uno un vaso de zumo de manzana y se sentó en frente de ella.

—Bonita pieza —dijo tras pasar las manos por la mesa—. Original.

—La ha pintado Cuatro.

—Tiene mucho talento. —Levantó su copa—. Por nuestra sociedad, por Luna Pintada y por tu nuevo hogar.

—Gracias.

Chocaron los vasos. Mackenzie se quedó mirando su bebida.

—Echo de menos el vino.

—Estoy seguro, pero es por un bien mayor. —Puso un trozo de pizza en el plato de ella y cogió otro para él—. ¿Qué te parece la casa?

—Me encanta. Con todos los muebles es perfecta para mí. Después de cenar tienes que subir a ver los muebles para el bebé que me han traído Stephanie y Cuatro. Tengo la antigua mecedora de Stephanie y una de las cunas que usaba Cuatro. —Señaló el libro que estaba en la encimera—. Incluso material de lectura.

—Pues ya estás lista.

—Ah, yo no iría tan lejos, pero me siento ligeramente más preparada

—¿El bebé va siendo más real?

—No, ojalá lo fuera.

—Ya te vendrá.

—Si no, va a ser un verdadero impacto cuando empiecen los dolores del parto.

Él se rio.

—Pero ¿estás más contenta con el embarazo?

—Sí. A pesar de todo, estoy emocionada con la idea de ser madre y tener mi propia familia.

—¿Rhys y tú no quisisteis nunca niños?

—Yo creía que sí, pero nunca pasó. Había muchas razones. El momento oportuno, la empresa. No sé si inconscientemente sabíamos que las cosas no iban bien entre nosotros.

—¿Barbara no te presionó?

—Creo que temía que tener un hijo me distrajera del trabajo.

—Ese temor es absurdo. Se puede hacer más de una cosa a la vez.

—Ese es el plan. —Dio un bocado a su pizza—. Estoy muy contenta con la casa y la bodega.

—Me alegro. Tengo grandes planes para nosotros. El contratista va a empezar con las obras de la oficina enseguida. No debería tardar más de unas cuantas semanas. Me siento menos seguro con la sala de catas. Las tiendas no son lo mío. Me preguntaba si podríamos contratar a alguien para que nos ayude a planearlo.

—Probablemente sea una buena idea. Mi gusto reside por completo en mi boca —dijo con una carcajada.

—Teniendo en cuenta el motivo por el que te quería de socia, eso es bueno.

Bruno se había cambiado para ponerse unos vaqueros y una camisa con las mangas enrolladas hasta los codos. Su pelo era oscuro; su mentón, fuerte. Era un hombre atractivo, pensó. Capaz e inteligente, pero amable. No de los que se quedan solteros.

—¿En qué estás pensando? —preguntó él.

—Estoy especulando de nuevo con tu vida personal. ¿De verdad no salías con nadie cuando vivías en tu casa?

Hizo la pregunta con toda la ligereza que pudo, tratando de no sentirse preocupada por la respuesta.

—Me mudo aquí solo. He estado saliendo con alguien de manera informal, pero no va a ir a ninguna parte.

La inesperada confesión dio lugar a mil preguntas.

—No me lo habías contado. ¿Quién es ella? ¿Dónde está? ¿A qué se dedica? ¿Sabe que no vais a seguir adelante o es decisión tuya? —Apretó los labios—. Perdona. No puedo evitar sentir curiosidad.

Él se rio.

—Se llama Gloria y fue modelo, pero ahora es fisioterapeuta y trabaja con niños enfermos.

Mackenzie notó cómo sus ojos se agrandaban.

—Por favor, dime que es una broma.

Cogió su vaso.

—Es todo verdad.

—Estupendo. Así que, es guapa, altruista y tiene un cuerpo de muerte. ¿Por qué no quieres seguir saliendo con ella?

—No me hace reír.

—¿Tú la haces reír?

—No con la frecuencia suficiente. —Se miraron a los ojos—. A veces, la risa es importante.

—Rhys y yo no nos reíamos mucho, pero no me

considero divertida. Stephanie tiene buen sentido del humor. Mejor que el mío.

—Tú puedes ser divertida.

—Sí, pero ¿lo hago a propósito?

Él se rio.

—Gloria parece muy intimidante —confesó ella—. ¿Es guapa de verdad?

Bruno vaciló el tiempo suficiente para que ella emitiese un gemido.

—Uf. Nunca voy a salir con nadie. No se me da bien. Tampoco se me daba bien antes. Lo mío con Rhys casi ocurrió sin más. —Se sirvió ensalada—. Además, voy a tener un hijo. ¿No odiáis los hombres encargaros de los hijos de otros?

—¿Quieres tener una relación con alguien?

—La verdad es que no. O sea, puede que sí, en algún momento. No sé. Me cuesta imaginarlo. Me sumerjo en el trabajo. No soy una gran conversadora. No como Gloria. —Hizo hincapié en el nombre.

—A lo mejor ella tampoco lo es.

—Venga ya. Ella es perfecta. La odio y no me importa si eso me convierte en una frívola. —Comió más pizza—. Stephanie está soltera y, como ya te he dicho, es divertida. Y guapa. Y lista.

—No me interesa Stephanie.

Había algo en su tono de voz, aunque ella no sabía identificarlo.

—Teniendo en cuenta mi falta de experiencia, quizá no debería meterme en tu vida amorosa —dijo Mackenzie.

—Creo que será lo mejor.

—No le cuentes a Gloria lo que he dicho, por favor. Pensará que soy malvada.

—Creía que la odiabas.

—Sí, pero no quiero que lo sepa.

La sonrió.

—Será nuestro secreto.

* * *

Seis días después de tomar posesión de Luna Pintada, Mackenzie se despertó a las 3:29 de la mañana, exactamente un minuto antes de que sonara su alarma. Se levantó y encendió la lamparita de al lado de la cama y, después, se acercó a la ventana y abrió la cortina.

El cielo estaba limpio, el aire tranquilo y fresco. Quedaban más de dos horas para el amanecer, pero cuando los primeros rayos estuviesen extendiéndose por el viñedo, ella ya estaría fuera para recibirlos. La vendimia empezaba hoy.

Apagó la alarma de su teléfono, se vistió rápidamente, se puso crema solar y bajó. Tardó solo unos minutos en hacerse el batido y preparar bastante agua. En condiciones normales, pasaría todo el día sin comer, pero el embarazo había cambiado eso. Stephanie vendría a verla y traería el almuerzo además de algo para picar y más agua para que estuviese hidratada.

Iban a empezar por los viñedos de la parte más al sur. Había ido a verlos todos los días con el coche, para comprobar el aspecto de las uvas, medir el azúcar y los grados Brix. Estaban listas.

Se aseguró de coger un gorro, gafas de sol, un cargador para el teléfono, sus papeles y su bebida y, después, se dirigió hacia su Jeep. Para las cuatro ya estaba de camino, atravesando el río Columbia hacia Oregón y los viñedos de Seven Hills de Luna Pintada.

Sentía un revoloteo en el estómago ante la expectativa. Todo el duro trabajo del principio de la primavera se resumía en este momento. En cuanto las uvas se hubiesen recolectado, trabajaría con lo que tenía pero, hasta entonces, estaba la promesa de las posibilidades. La única nube oscura de su, por lo demás, soleado día, era que esta vendimia iba a ser diferente. No conocía las uvas ni los viñedos, no como le pasaba normalmente. No habría después ninguna cena familiar para hablar de cómo había ido. Barbara no saldría con el coche a verla y darle un abrazo. No vería a Rhys a varias hileras de distancia echando una mano en lo que hiciera falta, saludándola con la mano cuando la viera.

Los cambios eran duros, se recordó, y habían pasado muchas cosas. El año que viene sería mejor. El año que viene las uvas serían de ella y se sentiría más cómoda en su papel. El año que viene tendría un bebé.

Ese último pensamiento la impactó más que ninguno de los otros. Un bebé. El embarazo era todavía más un ejercicio intelectual que una realidad, pero en un año sería mucho más que eso.

—Nada de distracciones —se murmuró—. Ya me encargaré del bebé cuando esta parte esté terminada.

Salió de la autopista y se incorporó a una carretera más pequeña y, después, giró por un camino de tierra donde aparcaría a un lado para no estorbar a las máquinas grandes. Poco después del amanecer, las cosechadoras gigantes encenderían sus motores y empezarían a avanzar por las hileras, recogiendo el fruto y descartando las hojas y ramas. Las uvas se transportarían a lo largo de la hilera y se dejarían caer en unos contenedores que las estarían esperando.

Una vez que el primer camión estuviese lleno, Mackenzie iría tras él a la bodega, donde supervisaría el proceso de exprimido. Examinaría cada entrega hasta la puesta de sol y por la mañana repetirían otra vez lo mismo, ella se quedaría con las uvas recolectadas y Bruno a cargo de lo que ocurriera en los viñedos.

Ya había establecido el orden en que los distintos viñedos serían vendimiados pero se reservaba el derecho a cambiar de opinión. Stephanie iba a inspeccionar determinadas plantas que Mackenzie había marcado y le enviaría por mensaje los resultados de sus catas. El nivel de grados Brix determinaría finalmente el orden de recolección de los últimos tres viñedos. Cuando hubiesen terminado, los grandes equipos se llevarían a otra bodega para empezar allí su labor.

El año que viene recolectarían a mano parte de los viñedos, se dijo. El año que viene tendría tiempo para planificarse mejor pero, por ahora, iban a utilizar la alta tecnología.

Apenas había terminado la mitad de su asqueroso batido cuando Bruno aparcó detrás de ella, con su elegante coche deportivo resaltando en aquel entorno rural.

—Cuidado con no romperte un eje —dijo ella mientras salía del Jeep.

—Mi coche es más duro de lo que parece.

—Eso lo dudo. —Levantó los ojos hacia las estrellas que centelleaban en el cielo—. Va a hacer un día perfecto.

—¿Estás lista? —preguntó él.

—Sí, nerviosa pero lista.

—¿Nerviosa bien o nerviosa mal?

—Siempre estoy nerviosa bien. —Señaló la gran cosechadora—. Y aquí están las temidas máquinas que van a hacer todo el trabajo.

—Te vas a quedar impresionada.

—Eso espero. —Negó con la cabeza—. Tengo interés por ver cómo va todo esto.

Él hizo un gesto hacia los silenciosos viñedos.

—¿Alguna comprobación o comentario de último momento?

—Confío en que Herman haya hecho todo lo que ha podido. Ahora combinamos ciencia y magia para producir vino.

Los ojos oscuros de él se cruzaron con los de ella.

—¿Arrepentida?

Había una pregunta mayor en esa única palabra, pensó. ¿Se arrepentía de los cambios de su vida? Su embarazo, su divorcio, su marcha de Bel Après. ¿Se arrepentía de dejar su casa, su rutina, su futuro para entrar en un mundo desconocido? ¿Tenía miedo? ¿Quería volver a cómo eran las cosas antes?

Miró más allá de él hacia los viñedos que se extendían hasta donde alcanzaba la vista. Al este vio el primer atisbo de luz en la cima de las montañas. Esto era suyo, pensó satisfecha. Bruno y ella eran los propietarios de cada hectárea, de cada uva, de cada hoja. No había nadie que le pudiera decir que no podía hacer algo, que no debía o que estaba equivocada. Los errores recaían por completo sobre ella, como también las recompensas.

—No me arrepiento —le contesto—. En absoluto.

Barbara se despertó con la sensación de un brazo pesado alrededor de su cintura. Giorgio se había quedado a pasar la noche y, como era habitual, la mantuvo despierta abrazándola contra él mientras dormía. Era una costumbre que normalmente a ella le parecía encantadora, pero esta mañana no. Notaba los ojos arenosos y sentía como si estuviese funcionando tras dos horas de descanso. Había sido incapaz de apagar sus pensamientos y no había conseguido llegar al orgasmo a pesar de los esfuerzos de Giorgio.

Mientras iba hacia la ducha notaba que su permanente fastidio con el mundo en general y con Mackenzie en particular se elevaba, por lo menos, en dos puntos. Estaban en mitad de la vendimia y no había nadie supervisando el proceso. No como solía hacerlo Mackenzie. Rhys hacía lo que podía, pero eso no era apenas suficiente. Ella trataba de convencerse de que saldrían adelante, pero no estaba segura de que fuera verdad.

Con café y unos minutos de soledad en su despacho, conseguiría controlar sus sentimientos. Llevaba varias semanas nerviosa, algo más de lo que podía culpar a Mackenzie. Odiaba de verdad a esa zorra.

Giorgio entró con ella en la ducha. Antes de que Barbara pudiera protestar, él se colocó detrás. Deslizó sus hábiles y jabonosas manos por su cuerpo, buscando todos los puntos que a ella le gustaban. Estaba a punto de decirle que no se molestara pero antes de poder hablar, los dedos de él ya estaban entre sus piernas y el interés que había estado ausente la noche anterior cobró vida.

Hizo que llegara al clímax en menos de un minuto y, después, la arrastró riéndose y goteando hasta la cama, donde volvieron a tener sexo. Cuando acabaron, las sábanas estaban empapadas, había champú por todas partes, pero a ella no le importaba en absoluto.

—Me haces mucho bien —dijo ella tumbada de lado y mirándole a los ojos—. He sido terrible los últimos dos meses y tú has estado a mi lado.

—Te quiero. ¿Dónde sino iba a estar?

Ella le besó, pensando que si fuera él, no habría tolerado ese comportamiento suyo. Y por eso le amaba. Era mejor persona que ella.

—Eres un hombre bueno.

—Entonces, vente conmigo. Vamos a Nueva York por el cumpleaños de mi hija. Añadámosle una semana para volar antes a las Bermudas.

Ella soltó un suspiro.

—Sabes que no puedo estar fuera tanto tiempo. —En ese momento, no creía que pudiera ir a la fiesta de cumpleaños, pero no iba a echar a perder el momento diciéndolo.

—No digas que no. Te lo volveré a pedir dentro de una semana.

Ella le acarició la cara.

—¿Cómo he tenido tanta suerte?

Él sonrió.

—Yo soy el afortunado.

Una hora después, Barbara fue a por su café. Su mal humor había desaparecido y ya no estaba cansada. Giorgio era un verdadero mago.

Subió las escaleras a su despacho decidida a dejar terminado todo el trabajo posible durante los siguientes dos días para poder pensarse lo de ir a las Bermudas con Giorgio. Era una idea estúpida, pero si eso le hacía feliz a él, merecía la pena pensárselo.

Pero todas sus buenas intenciones se evaporaron en el momento en que vio a su hijo sentado delante de su mesa. No parecía contento.

—¿Qué? —preguntó ella dejando caer el bolso en el cajón de debajo de su mesa y sentándose—. ¿Por qué no estás fuera recolectando las uvas?

Mackenzie habría estado allí. Cuando llegaba el momento nada podía impedírselo. En una ocasión se hizo un corte tan profundo que no dejaba de sangrar, pero siguió fuera hasta que se puso el sol y, después, fue a urgencias a que le pusieran unos puntos.

—Enseguida. Quería hablar antes contigo. —Rhys tenía la mirada fija en la mesa en lugar de en ella—. Me está costando encontrar un enólogo de la zona dispuesto a trabajar aquí.

—¿Qué quieres decir con eso? ¿Con cuántos has hablado?

Levantó los ojos hacia ella.

—Con todos. Estoy ampliando la búsqueda a California. Deberíamos poder encontrar a alguien allí.

—¿Nadie quiere trabajar en Bel Après? Eso es absurdo. Somos una empresa premiada. ¿Es por el sueldo?

—No.

—Entonces ¿qué es...? —Se quedó mirándolo cuando se le vino a la mente un pensamiento incómodo—. ¿Estás diciendo que no quieren trabajar para mí?

Él apartó la mirada.

—Nadie ha dicho eso.

Lo cual no era una respuesta.

—Porque exijo excelencia —refunfuñó—. Es lo justo. Me rompo la espalda y ahora yo soy la mala. ¿Ha hablado Mackenzie antes con ellos?

—Esto no tiene nada que ver con Mackenzie.

Vio que él estaba esperando a que explotara, pero no estaba enfadada. En lugar de eso, sentía que la cara le ardía y que le dolía el estómago. Toda la gloria de esa mañana se evaporó, dejando un vacío en su interior.

—Vale. Busca a alguien en California. No necesitamos a nadie de por aquí. De todos modos, es mejor empezar de cero. Muy bien. Vuelve al trabajo.

Él parecía sorprendido, pero se levantó.

—Programaré algunas entrevistas.

—Haces bien.

Cuando se fue, ella trató de tomar aire varias veces, pero tenía el pecho demasiado tenso. Los ojos también le ardían. Como si fuera a llorar, cosa que no iba a hacer. ¿Qué más daba si tenía mala reputación? Se había enfrentado a cosas peores cuando hizo crecer la compañía. Era una mujer y no procedía de esta zona. Demostrar su valía le había costado años.

No era una zorra, pero que pensaran que lo era. Que se asustaran. Eran todos unos idiotas y, al final, ella demostraría que estaban equivocados.

Se dispuso a levantarse para prepararse un café pero se dio cuenta de que sí estaba llorando. Frustrada consigo misma y sus estúpidos sentimientos de persona dolida, volvió a sentarse y esperó a que el arrebato emocional se le pasara.

Era mejor que todos ellos, se recordó. Más lista, más decidida, más dispuesta a hacer lo que otros no harían. Esa era la razón por la que siempre ganaba. Las lágrimas no servían de nada. Lo que necesitaba era un plan.

Capítulo veinticinco

Una vez terminada la vendimia empezaba el trabajo de verdad para Mackenzie. Supervisaba el comienzo de la fermentación y comprobaba su progreso a diario. Cuando no estaba merodeando por los tanques, estaba en su ordenador pasando sus notas a los archivos donde actualizaba todas las variedades.

El sonido de sierras, pistolas de clavos y compresores hacía que le costara concentrarse. Tras intentar no hacer caso del ruido, Mackenzie y Bruno habían acordado que trabajar en las oficinas iba a ser imposible hasta que estuviesen terminadas las obras. Desviaron las líneas de teléfono y enviaron al personal de oficina al espacio que habían alquilado en la ciudad y ellos dos instalaron sus ordenadores en la nueva mesa de comedor de ella.

Bruno había insistido en comprar un cristal para cubrir la superficie y que así sus equipos no dañaran la pintura exquisita de Cuatro. Había muebles archivadores en el rincón e impresoras en dos de las sillas. Estaban apretados, pero a Mackenzie no le importaba. Esto iba a servir para que Bruno y ella formaran un equipo.

Había miles de cosas que hacer. Las obras de las oficinas, que ya estaban en marcha. En cuanto estuviesen terminadas la fermentación y la clarificación y el vino envejeciendo en las barricas, tenía que tomar decisiones sobre los viñedos. ¿Quería mantener todo tal y como estaba? ¿Hacer cambios? Los injertos requerían tiempo, aunque el rizoma estaba fuerte y sano.

Jamás había sido propietaria, así que nunca había tenido que encargarse de todos los detalles. A pesar de haber terminado la vendimia, le estaba constando relajarse lo suficiente para dormir. Tenía que empezar ya a tomar decisiones.

—Tenemos que hablar sobre qué hacer con los vinos de colección —dijo mirando desde el otro lado de la mesa con la mente dándole vueltas a todo lo que tenían que decidir—. Algunos pueden quedarse donde están, pero otros habrá que venderlos el año que viene o así. Y la sala de catas necesita una labor seria. Tienes razón en lo de contratar a alguien que la dirija, además de la tienda, suponiendo que tengamos. Yo creo que deberíamos. Es decir, ¿por qué limitarnos a vender vino cuando la gente puede comprar adornos y cosas de cocina? Además, hay un club de vinos. ¿Queremos crear uno? Quizá es demasiado pronto, pero deberíamos recopilar nombres. ¿Y qué hacemos con lo de vender nuestros vinos a restaurantes? Podríamos ofrecer marcas privadas durante unos años mientras echamos a andar. O de forma exclusiva o les proporcionamos el vino y ellos lo etiquetan como su vino de la casa, aunque eso podría plantear un problema con el precio.

Hizo una pausa para tomar aire.

Bruno levantó los ojos de su ordenador.

—No.

—¿A qué te refieres con que no?

—No necesitamos tomar ninguna de esas decisiones hoy. Acostúmbrate al nuevo software y piensa en los vinos. Respira. Ya nos ocuparemos del resto en los siguientes meses.

—Pero acabamos de pagar ocho millones de dólares por una bodega. Necesitamos ingresos.

—Ya vendrán. Confía en mí.

—Pero me parece un buen momento para entrar en pánico. ¿No deberíamos hacerlo juntos?

Él sonrió.

—Nada de pánico. Todo va a ir bien.

—Dijiste algo sobre China. ¿Qué pasa con eso? ¿Estamos...?

Notó que él miraba por detrás de ella, hacia la ventana delantera. Mackenzie se giró en su asiento y vio un coche que conocía aparcando detrás del de ella. La puerta del conductor se abrió y salió Barbara.

—Uf —exclamó poniéndose de pie—. Esto no puede ser bueno.

—A lo mejor quiere que volváis a ser amigas.

Mackenzie suspiró.

—¿En serio? ¿Qué posibilidades hay?

—Pocas. Saldré para daros un poco de intimidad, pero estaré cerca. Grita si necesitas ayuda. —Hizo una pausa—. A lo mejor debería ir a por mi escopeta.

A pesar de la aprensión que sentía en el pecho, sonrió.

—¿Tienes una escopeta?

—No, pero comprar una es ahora un punto en mi lista de deberes.

Abrió la puerta de la calle cuando Barbara se acercaba para llamar.

—Barbara.

—Bruno.

La miró con una sonrisa.

—Muy elocuente. Disfruta de tu visita. —Miró hacia atrás—. Deja abierta la puerta.

Mackenzie asintió mientras miraba a su futura exsuegra.

—No te esperaba.

—Ya imagino. ¿Puedo pasar?

Mackenzie pensó brevemente en registrar el bolso de esa mujer en busca de artefactos explosivos. Dio un paso atrás pero dejó la puerta abierta mientras Barbara entraba.

Barbara miró los ordenadores en la mesa del comedor.

—¿No podéis permitiros un despacho?

—Estamos en plena obra —contestó Mackenzie. Señaló el sofá—. Siéntate.

Barbara negó con la cabeza.

—No me voy a quedar mucho rato. Sacó del bolso un papel y se lo pasó.

La habitación se volvió borrosa mientras Mackenzie miraba la cifra del cheque.

—¿Tres millones de dólares? —Miró a Barbara con la esperanza de estar fingiendo a la perfección su expresión de indiferencia—. ¿Supongo que querrás algo a cambio?

—Debes andar justa de dinero —dijo Barbara—. Bruno está forrado, pero tú no. Supongo que cada penique que recibes de tu generosísimo acuerdo de divorcio está destinado a la bodega. Esto te ayudaría a dormir por las noches.

—Duermo muy bien —mintió, devolviéndole el cheque.

Barbara no lo cogió.

—No sabes qué quiero.

Porque su futura exsuegra quería algo. Era el único motivo por el que se habría pasado por allí.

Mackenzie la miró y observó sus rasgos familiares, la fría expresión que antes había sido cálida y cordial. ¿Alguna vez había sido real? ¿Había sido ella una persona de verdad para Barbara? ¿Su relación había sido alguna vez algo más que un medio para alcanzar un objetivo? No pensaba hacerle esas preguntas, sobre todo, porque no quería escuchar las respuestas.

Mackenzie reprimió un suspiro.

—Vete. No tienes nada más que decirme.

—Escúchame. Lo que quiero no tiene nada que ver contigo. No tendrás que ceder nada. Lo único que quiero es que renuncies a los derechos del bebé sobre Bel Après.

Sabía que no debía sorprenderse, pero aquellas palabras encontraron el camino hasta su punto débil y se le clavaron hasta lo más hondo.

—Estamos hablando de tu nieto.

Barbara se encogió de hombros.

—Renuncia a la herencia del bebé y el cheque será tuyo. Es un buen trato. Ya hay cinco nietos. El tuyo será el sexto. Los tres millones son algo seguro. Inviértelo bien y tu hijo será multimillonario. La bodega dividida en siete partes va a valer menos.

Mackenzie se quedó mirando el cheque. Barbara tenía razón. Hasta el acuerdo de su divorcio había estado arruinada, arruinada con un préstamo puente de dos millones. Sería fácil ingresar el cheque y tenerlo todo. Su hijo heredaría Luna Pintada. ¿Qué importaba Bel Après?

Solo que su bebé formaba parte de la familia y eso debería importar. Su bebé iba a tener primos, tías y tíos. Su bebé iba a pertenecer a un lugar. Algo que Mackenzie había deseado toda su vida, algo que había creído que tenía. Pero estaba equivocada.

Con cuidado, rasgó el cheque por la mitad y le dio los trozos a su suegra.

Barbara apretó la boca con expresión de rabia.

—Harás todo lo que puedas para vengarte de mí, ¿verdad?

Mackenzie suspiró.

—Esto no se trata de ti. Se trata del sentido de pertenencia y conexión. Nunca he querido el dinero. Quería formar parte de algo.

—Nunca serás parte de Bel Après. ¡Nunca!

—Puede que no, pero mi hijo sí.

Barbara estaba sentada sola en su comedor, rodeada de revistas de novias abiertas. Estaba en medio de su jornada de trabajo pero había convocado una cita para hablar de la boda y, se le había ocurrido la idea absurda de volver a casa para estar ahí por si acaso aparecía su hija. Cosa que no había pasado.

—No me sorprende —murmuró Barbara, pensando que sus hijos siempre la decepcionaban. Claro que si

Stephanie hubiese aparecido, Barbara la habría echado a patadas, pero aun así. Debería haber venido. Al parecer, dejar su trabajo implicaba también no ocuparse de la boda. Muy bien, Barbara podía hacerlo sola.

Tenía una lista principal de cosas que había que hacer. Todo el proceso consistía en elegir y comprar. No era ningún desafío mental. Le llevaría una hora o así tomar las decisiones y hacer algunas llamadas. Pero cuando cogió la primera hoja se preguntó qué sentido tenía hacer una gran fiesta. ¿Para presumir de felicidad ante sus amistades y familiares? Ahora mismo no se sentía nada feliz.

La sensación de estar a la deriva no era propia de ella. Cada vez que las cosas se ponían mal, recuperaba la compostura y se ocupaba del problema. Era fuerte. Estaba acostumbrada a ser la única que se encargaba de lo que hubiese que hacer. Solo que esta vez no tenía fuerza de voluntad.

No podía creer que Mackenzie hubiese rechazado el dinero. No, eso no era cierto. Sinceramente era lo que se había esperado. Mackenzie siempre había sido valiente, fuerte y un modelo de conducta. En algunos aspectos, pensó Barbara con desagrado, Mackenzie era la que más se le parecía. Veía lo que había que hacer, se echaba al fango y lo hacía.

Oyó que se abría la puerta de la calle y el sonido de unos pasos en el recibidor. Durante un segundo se animó imaginando que Stephanie había venido a disculparse. Barbara se dijo que sería severa pero indulgente, que le diría a su hija que tenía que...

—Hola, Barbara.

No era Stephanie, pensó conteniendo un suspiro. Era su hija menor la que estaba delante de ella. Como siempre, la elección de atuendo de Catherine era cuestionable, como poco. Su blusa, de un bonito color verdemar, era aceptable, pero sus pantalones recortados estaban cubiertos de peces acolchados del tamaño de platos. Los peces eran tridimensionales, con aletas que sobresalían y se movían a la vez que Catherine. Sus zapatos tenían también motivos de peces. Estaban cubiertos de lentejuelas que formaban el dibujo de un pez.

El atuendo era tan horrible que Barbara casi se olvidó de su decepción.

—¿A qué has venido?

Catherine sonrió.

—A ayudarte con la boda. Stephanie y yo hemos hablado de eso y hemos acordado que, en vista de lo que ha pasado, no querrías trabajar con ella, así que me he ofrecido a venir yo en su lugar.

—¿Lo habéis decidido entre vosotras pero a nadie se le ha ocurrido consultármelo? —preguntó ella—. Es de lo más típico en vosotras.

Catherine apartó una silla y se sentó frente a ella.

—¿Quieres que Stephanie organice tu boda?

Por supuesto que quería. Puede que Stephanie no fuera la persona con más talento, pero se había ofrecido y Barbara había esperado ver cómo cumplía su compromiso. Su sensación de abandono no era más que una extensión de la promesa incumplida de su hija.

—No necesito la ayuda de nadie —espetó—. Desde luego, la tuya no.

En lugar de encresparse, Catherine sonrió.

—Ay, Barbara, cómo lo complicas siempre todo. ¿Qué tiene de divertido planear tu boda tú sola? Deja que me ocupe de algunas cosas. —Levantó una mano—. Sé que no tenemos el mismo gusto en nada.

—Tú no tienes gusto alguno. Quieres deslumbrar a todos con tu originalidad y terminas con un aspecto ridículo.

La sonrisa de Catherine no flaqueó.

—Prometo ser de lo más convencional. Como novia que eres, tus decisiones serán las únicas que importen. Yo he venido a ayudar, nada más.

Quizá todo eso fuera verdad, pero no era la hija que Barbara quería. Al menos, Stephanie había organizado varias fiestas y sabía lo que hacía. Pero se había ido. Igual que Mackenzie.

Esa era la verdadera pérdida, pensó Barbara, y el origen de su vacío.

—Yo también la echo de menos —dijo Catherine en voz baja.

—No tengo ni idea de qué estás diciendo.

—Estabas pensando en Mackenzie. Es normal. Estás muy triste. Es una parte importante de la familia y...

—No es nada para esta familia ni es nada para mí. Estamos mejor sin ella. No se puede confiar en ella y, cuando fracase, lo celebraremos.

Catherine negó con la cabeza.

—Nunca entenderé por qué, si era a ella a la que más querías, la trataras como lo hacías. A lo mejor no nació en el seno de esta familia, pero fue nuestro corazón. Jamás volveremos a ser los mismos. Sobre todo, tú.

La boca de Catherine se convirtió en una línea recta.

—Debe resultar difícil ser tú, Barbara. Tan implacable en tu severidad, siempre imaginando lo peor. Vivir así me destrozaría.

Barbara la fulminó con la mirada.

—Vete.

—Tienes razón. —Catherine se puso de pie—. ¿En qué estaba pensando? No puedes aceptar un regalo, aunque sea sin pedir nada a cambio. Un acto de amabilidad puede ser un ataque. Lo cual hace que tu relación con Giorgio resulte tan desconcertante. ¿Por qué permites que él se acerque pero nadie más? ¿Es porque se trata de un hombre? ¿O es que sabes que, al final, no va a durar?

—Vete de aquí de inmediato —chilló Barbara poniéndose de pie y señalando hacia la puerta—. ¡Sal ahora mismo!

—Vas a alejarlo de ti. Y lo lamento, porque parecía que te hacía feliz de verdad. Ojalá fueras diferente. —Catherine sonrió—. Pero estoy segura de que dices lo mismo de mí.

Y dicho eso, se marchó con sus pantalones de peces aleteando al andar. Barbara esperó a que la puerta se cerrara antes de dejarse caer en la silla y taparse la cara con las manos. Las palabras de su hija resonaban en la habitación, burlándose de ella.

—No soy yo —contestó con un grito—. Son todos los demás. Siempre son los demás.

Tiró las listas y las revistas al suelo y, a continuación, cogió su taza de café y la lanzó contra la pared. Mientras el líquido oscuro manchaba la pared, se levantó y salió.

Iría al despacho, se dijo. Allí todo tenía sentido y, si eso empezaba a cambiar, pasaría el resto del día planeando el modo de vengarse de Mackenzie.

—He tenido mucho éxito en eventos de empresas —dijo Stephanie sintiendo que los nervios por su entrevista se iban calmando al hablar—. Las bodas son una magnífica fuente de ingresos, pero mi principal interés ha sido la tienda de la sala de catas.

Elias, el director general de una bodega de la zona, fue pasando las páginas de su dosier. Había incluido muestras de material promocional, fotografías de expositores y menús de los eventos que había organizado.

Todo lo que había leído sobre entrevistas y conseguir un trabajo para acudir preparada pero no parecer demasiado ansiosa. Estaba esforzándose por mostrar su faceta profesional mientras controlaba sus ganas de suplicar, «¡por favor, por favor, contráteme!». Su situación económica no era extrema y si no conseguía este trabajo buscaría otra «oportunidad», pero sería genial que Elias creyera que era exactamente lo que estaba buscando.

Elias cerró la gran carpeta y la miró. Tenía unos cincuenta y tantos años, con el pelo canoso y gafas.

—Conozco a tu madre —dijo.

Stephanie sonrió.

—Como todo el mundo.

Él no respondió con otra sonrisa.

—Las pocas veces que ha hablado de ti no ha sido muy halagadora.

Stephanie se obligó a no reaccionar ante eso. Mantuvo una expresión neutra y las manos relajadas.

—Suponía que estaba siendo como siempre había sido. Barbara rara vez dice nada agradable sobre nadie. Salvo sobre Mackenzie, claro.

Stephanie asintió. No había necesidad de entrar en pánico. Ya sabía que había muchas posibilidades de que su madre la hubiese criticado a lo largo de los años. La gente lo entendía y no le hacía caso. ¿No?

—Pero esto me hace dudar —continuó él dando toques con el dedo sobre la carpeta antes de abrirla—. A lo mejor no se equivoca.

Stephanie notó que los ojos se le abrían de par en par.

—No lo entiendo.

Él sacó un folleto de una venta de fin de temporada de hacía siete años. Sacó otra que parecía casi idéntica.

—Esta es del año pasado. Usaste el mismo folleto. En fin, yo no tengo problemas a la hora de reciclar trabajos, pero pusiste los dos entre el material que querías enseñarme. Supongo que consideras que es tu mejor trabajo. Entonces ¿por qué dos iguales? Un simple error, quizá. No lo sé.

Stephanie sintió que las mejillas le empezaban a arder. ¿Cómo había pasado eso por alto?

—El trabajo de tus comienzos es fresco y lleno de energía —siguió Elias—. Pero después, no es nada original. ¿Qué problema hay?

Ella no sabía si la pregunta era retórica o si se suponía que tenía que responder. Por suerte, él continuó hablando.

—Cada trabajo tiene aspectos que son aburridos. Eso lo entiendo. Pero ni siquiera te estabas esforzando. Y lo que es peor, me has traído la prueba que lo demuestra. Tienes un gran plan para vender vinos de colección, pero nosotros no somos Bel Après. Somos una bodega de mucho volumen a bajo coste. Si está embotellado, se vende. A nuestros clientes no les importan cosas como los vinos de colección. Quieren botellas de temporada con Santa Claus en la etiqueta.

Empujó la carpeta hacia ella.

—Eso deberías saberlo, Stephanie. Has pasado todo el tiempo de tu preparación pensando en lo que querías decir, pero muy poco en lo que yo quería oír.

—He investigado la bodega —susurró, toda una proeza, teniendo en cuenta que apenas podía respirar. La humillación le recorría todo el cuerpo—. Sé lo mucho que habéis vendido y qué lugar ocupáis en las ventas.

—Eso no son más que cifras. No nos conoces. —Se encogió de hombros—. Yo creo que probablemente podrías desempeñar un trabajo decente si nos prestaras toda tu atención. Pero la cuestión es que yo no quiero ninguna probabilidad. Quiero estar seguro, y contigo no lo estoy. —Miró hacia la puerta—. Pero te agradezco que hayas venido.

Stephanie tardó un segundo en darse cuenta de que la estaba echando. Se dispuso a coger la carpeta y se le resbaló un par de veces antes de agarrarla por fin. Cogió su bolso y su maletín y se puso de pie.

—Gracias por tu tiempo —logró decir y, después, salió corriendo. Caminando todo lo rápida que sus tacones negros de siete centímetros le permitían, fue hasta su todoterreno.

Entró en el aparcamiento del restaurante de comida rápida más cercana y, con cuidado, apagó el motor y se agarró al volante mientras las lágrimas le inundaban los ojos. La flagelación no conseguía describir del todo lo terrible que se sentía. No solo acababa de fastidiar una entrevista, había dejado a la vista su falta de experiencia y talento ante alguien que los conocía a ella y a su familia. Elias era importante en la zona. Podía contarle a todo el mundo lo que había pasado y que su madre tenía razón respecto a ella. Todo el sector se reiría de ella.

Se limpió las lágrimas solo para que otras nuevas las sustituyeran.

Había estado muy segura, pensó, pero había metido la pata hasta el fondo. Había estudiado para la presentación, había sacado las muestras y las había colocado sobre la mesa. ¿Cómo no había visto el duplicado? ¿Cómo no se había dado cuenta de que su trabajo de los últimos dos años era una porquería? Había creído que tenía talento pero no tenía nada. ¡Nada!

Consiguió mantener las lágrimas bajo control. Condujo hasta su casa y fue directa a su dormitorio. Tras quitarse los zapatos, entró rápidamente en el baño y vomitó lo poco que tenía en el estómago.

Tumbada sobre las frías baldosas, revivió la entrevista mientras esperaba que se le pasaran las náuseas. Se vio entrando y presentando orgullosa a Elias su dosier. Vio su expresión endurecerse un poco, probablemente porque estaba tratando de ocultar su sorpresa ante lo mala que era. Cuando levantó los ojos, Stephanie vio la pena en sus ojos.

Se levantó despacio, se cambió de ropa y volvió a bajar con el dosier bajo el brazo. En su estudio, se sentó en su silla y se preguntó qué iba a hacer ahora.

Si Elias contaba lo que había pasado, jamás encontraría un trabajo en Walla Walla. Aunque no creía que fuera probable que lo hiciera, no podía estar segura. Y lo que es peor, no podía culparle. Él tenía razón en lo de que no había sido cuidadosa en el último par de años. Sí, era un fastidio trabajar para su padre pero ¿y qué? En comparación con la mayoría de la gente, ella lo había tenido fácil.

Dispuso sus muestras por delante de ella. Los primeros trabajos sí que eran emocionantes, pensó con tristeza. Creativos y atrayentes. Después de eso, no tanto, lo cual era solo culpa de ella.

No le sorprendía que su madre hubiese dicho cosas desagradables de ella. Eso lo podía soportar. Pero el hecho de que ella hubiese demostrado que era verdad resultaba insoportable.

Miró las páginas del estudio que había hecho en torno a la bodega de Elias. Saber cuántas botellas vendía al año era una cosa, pero no saber ver la naturaleza de sus clientes era imperdonable.

Cogió su plan de marketing para los vinos de colección. ¿Qué más daba si había hecho una campaña estupenda? Él no podría utilizarla porque no tenía vinos de colección. Eso debería haberlo sabido. Y como no había sido así, había perdido la oportunidad de conseguir un trabajo estupendo. Y lo que es peor, había sabido que ni siquiera estaría dispuesto a contratar a alguien como ella.

Capítulo veintiséis

Durante el almuerzo, Mackenzie hizo lo que las mujeres de todo el país solían hacer normalmente: los recados. Tras echarle gasolina al Jeep, se dirigió a la tienda con una lista de la compra en el bolsillo de atrás. Todavía estaba tratando de establecer una rutina, lo cual resultaba más complicado de lo que había esperado. Había estado muy mal acostumbrada en Bel Après, con una cocinera, un servicio de limpieza y Rhys ocupándose de cosas como las facturas y echar gasolina a su coche. Ahora ella tenía que encargarse de todo. Abrumador, pero merecía la pena.

Dos semanas después de mudarse a la casa, por fin dormía mejor y se estaba acomodando. Le gustaba la sensación de hogar de la casa. Bruno tenía razón: al final iba a querer cambiar la cocina y los dos baños de arriba pero, por ahora, tenía suficiente con contar con un lugar al que llamar hogar.

El cambio más difícil fue el de vivir sola. Nunca lo había hecho. Había pasado de vivir con su abuelo a compartir habitación con Stephanie en la universidad, y después vivir con Rhys. Lo bueno era que las sobras que metía en el frigorífico siempre estaban a su disposición. Por desgracia, no había nadie más que llenara el lavavajillas cuando ella estaba cansada tras una larga jornada.

La última vez que había ido a hacer la compra había dado vueltas por los pasillos y se había olvidado de la mitad de lo que necesitaba. Anoche había escrito una lista e incluso había planeado varias cenas. El sábado iba a sacar su nueva olla eléctrica y a buscar un par de recetas que tenían buena pinta. Haría comida en cantidad y la congelaría por raciones separadas.

Cogió un carro y entró en la tienda. Tuvo que retroceder un par de veces pero terminó la compra en menos de veinte minutos. Después de pagar, llevó las bolsas a su Jeep y tuvo una fuerte sensación de triunfo. Descargaría todo rápidamente en casa y después, volvería al trabajo. Con las uvas en plena fermentación, se pondría al día con el papeleo. Luego, tras beberse dos vasos de agua enteros, sacaría muestras de dos barricas más y tomaría más notas en su archivo, cada vez más grande.

Se detuvo en un semáforo. Mientras esperaba a que se pusiera en verde, vio que en una cafetería aprovechaban el calor poco habitual de octubre y habían sacado sillas y mesas a la acera.

La silueta familiar de un cliente llamó su atención. Todo su cuerpo se puso en tensión al ver a Rhys sentado en frente de una rubia guapa. Estaban los dos inclinados hacia delante, riéndose por algo que había dicho uno de ellos.

Por detrás de ella, se oyó un claxon. Dirigió de nuevo su atención a la calle y entró en el cruce, siguiendo el camino hacia la casa.

—Estoy bien —se dijo, sin hacer caso a los rápidos latidos de su corazón y la repentina sequedad de su boca—. Nos vamos a divorciar. Por supuesto que se está viendo con otras personas.

No le sorprendía. No le importaba. Esto era lo que pasaba. La gente pasaba página. Ella había pasado página. Se sentía perfectamente bien con lo que había visto.

Solo que no se sentía bien, sobre todo porque siempre había ido un paso por detrás de Rhys en lo del divorcio. Él había sido el primero que lo había dicho, el que se lo había notificado, y aunque ella también quería que fuera así, no podía evitar pensar que quizá podrían haber llorado por lo que habían tenido un poco más de tiempo. No le echaba de menos tanto a él como a la idea de lo que eran ellos.

Volvió a la casa y guardó las compras. Bruno estaba sentado en la mesa del comedor con dos pantallas de ordenador delante de él. Mackenzie entrecerró los ojos mientras miraba lo que parecía una hoja de cálculo muy complicada, agradecida de no ser la responsable de la parte económica.

—Tenemos gatos de granja —anunció él con la mirada fija en las pantallas mientras ella tomaba asiento—. He contado cuatro.

—En la mayoría de las bodegas hay gatos. Son casi salvajes y ayudan a mantener a raya la población de roedores.

—Estoy buscando a alguien que venga a atraparlos y llevarlos al veterinario. Tienen que hacerles un reconocimiento. Si no lo están ya, habrá que vacunarlos, esterilizarlos y castrarlos antes de que nos los devuelvan. —Levantó los ojos—. No queremos que... —Farfulló entre dientes—. ¿Qué te pasa?

Ella sabía que debería comer algo, pero ahora mismo no tenía mucha hambre.

—Nada. ¿Por qué lo preguntas? Estoy estupendamente.

Él se quedó mirándola.

—No es verdad. Ha pasado algo. Estás pálida y pareces alterada. —Soltó un taco—. ¿Ha vuelto Barbara? Podemos pedir una orden de alejamiento contra ella.

—No creo que haya incumplido ninguna ley y dudo que ningún juez la considere una amenaza.

—Ha intentado comprar a tu hijo.

—No, ha intentado comprar la herencia de mi hijo. Es muy distinto. —Consiguió sonreír mientras se sentaba—. Sé manejarla.

—Puede que sí. ¿Qué ha pasado?

Tenía la sensación de que Bruno no lo iba a dejar pasar y deseó que hubiese algo dramático que pudiera contarle. Algo que justificara su reacción. Por desgracia, lo único que se le ocurría era la verdad.

—He visto a Rhys comiendo con una mujer. —Levantó una mano en el aire—. No estoy molesta. Más bien estoy impactada. Estaban riendo y pasándolo bien. Es muy guapa.

Él la miró con recelo.

—Bruno, estoy bien, de verdad. Es solo que todo ha pasado muy rápido y, aunque no quiero seguir estando casada, el divorcio es duro. Rhys ha formado parte de mi vida durante mucho tiempo y ahora se ha ido. Yo creía que Barbara era mi segunda madre y evidentemente no es así. Sigo contando con Stephanie y Cuatro pero, a veces, es como si mi vida emocional se me estuviera escapando de las manos. El día anterior a la fiesta del Solsticio de Verano, sabía cómo iba a ser el resto de mi vida. Después de eso, todo cambió y sigo adaptándome. Estar embarazada no ayuda.

Apoyó las palmas de las manos sobre la mesa.

—Stephanie dijo el otro día que iba a necesitar ropa de premamá. No puedo seguir llevando mucho más tiempo mis cosas habituales, pero nunca pienso en esas cosas y sinceramente me resisto a pensarlas. ¿Eso no está mal? No me siento conectada con el bebé. ¿Y si nunca lo consigo? ¿Y si soy una madre terrible?

Él la sonrió.

—Los vestidos de premamá no tienen nada que ver con ser madre. Los padres malos no se preocupan por ser malos padres.

—¿Lógica? ¿En serio? No me parece el momento oportuno.

Bruno se rio.

—Siempre es buen momento para la lógica. Vamos a ir viendo estos puntos de uno en uno. El divorcio. Por supuesto que es duro. Estuviste con él... ¿cuánto? ¿Dieciséis años? Le querías. No puedes olvidarte de eso sin más.

—Él lo ha hecho —refunfuñó ella.

—No se trata de él, sino de ti. Llevará tiempo. Igual que lo que sientes por Barbara. Estás llorando la pérdida de esa relación también. La querías y creías que ella a ti también. Te ha traicionado. Es difícil superar eso. En cuanto al bebé, lo conseguirás.

—Eres muy racional. Debo parecerte una idiota. Me estás viendo en mi peor versión.

—Si esta es tu peor versión, no tengo de qué preocuparme.

Ella apoyó el codo en la mesa y dejó la cabeza sobre la mano.

—Eres bueno. Sabía que serías un empresario magnífico y un estupendo socio en la bodega, pero no conocía tu bondad.

—No soy bueno, pero sí sé lo que es sentirse mal por algo que ha ocurrido. Todos tenemos remordimientos.

—Cuéntame alguno.

Él vaciló antes de apoyar de nuevo la espalda en la silla.

—Me encapriché de una mujer casada.

Mackenzie lo miró con los ojos abiertos de par en par.

—¿De verdad? Pero no pareces para nada de esos.

—No lo soy. Sé bien que no lo soy. Se llama Kristine. Vive en Blackberry Island. —Puso una ligera sonrisa—. Nos conocimos porque ella era la que servía el catering de mi avión privado.

Mackenzie irguió la espalda y sonrió.

—Un cuento de Cenicienta.

—No exactamente. Su matrimonio estaba pasando por una mala racha y tenía tres hijos de los que siempre estaba hablando. Yo sabía muy bien que no debía pero empecé a imaginarme entrando en su casa. Siendo un padre, siendo un marido. No fue mi mejor momento.

Ella no sabía qué decir. Bruno siempre se mostraba capaz, sofisticado y urbanita. El hombre vulnerable que tenía delante era alguien al que nunca había visto antes.

—¿Te enamoraste de ella?

—No. No la conocía tanto como para eso. Flirteamos y ella se apartó de inmediato. No quería a alguien cualquiera, quería que apareciera el hombre de su vida.

—¿Y apareció?

—Al final, sí. Lo último que supe es que están juntos y felices.

—Siento que sufrieras.

—No me impliqué tanto como para sufrir. Sin embargo, esa situación me enseñó que tenía que hacer algunos cambios. Fue entonces cuando decidí que quería nuevos desafíos profesionales.

Ella sonrió.

—Y eso es lo que hemos hecho, ¿no?

—Luna Pintada va a convertirse en un nombre a tener en cuenta en el sector del vino.

—Espero que tengas razón.

—Rara vez me equivoco en los negocios. Es mi vida personal la que es un desastre.

—No entiendo por qué dices eso. ¿Te has visto? Cualquiera querría salir contigo.

La miró levantando una ceja. Mackenzie se puso nerviosa de inmediato y no sabía qué hacer con las manos. Quería retirar lo que había dicho, solo que era verdad y eran amigos, así que ¿por qué no podía decirlo?

Suponía que el problema estaba en que temía que él lo viera como una invitación más que como una observación y no quería que Bruno pensara que estaba interesada en él de esa forma. Sobre todo porque, en fin, eh...

Él la sacó de sus pensamientos desatados con una ligera sonrisa y diciendo:

—¿En mi tiempo libre?

Ella se agarró a ese elegante salvavidas que le había lanzado.

—Sí, bueno. Ese es el problema. Yo tampoco tendría tiempo para citas. Aunque la verdadera diferencia entre nosotros es que tú eres un tipo atractivo y rico y yo soy una soltera embarazada. Sospecho que tú resultas más deseable en el terreno de las citas.

Sus ojos oscuros miraron a los de ella.

—Tú no estás lista para tener una cita.

—Tienes razón pero, al final, me gustaría... no sé, enamorarme. A veces, me pregunto si alguna vez quise de verdad a Rhys. —Negó con la cabeza—. Me he expresado mal. Sí que le quería. Todavía le quiero. Lo que nos faltó fue la parte del enamoramiento. Yo creo que el nuestro era un amor basado en intereses compartidos y conveniencia.

—La próxima vez te irá mejor.

—Confío en tu historial como empresario, pero menos en tu capacidad de ver mi futuro.

—Te conozco, Mackenzie. No tropiezas dos veces con la misma piedra. —Se puso de pie—. Vamos.

Ella lo miró.

—¿Adónde?

—A ningún sitio. Ponte de pie. Voy a abrazarte. Después de lo que ha pasado hoy, necesitas el abrazo de un amigo.

A pesar del repentino estallido de incomodidad, hizo lo que le pidió. Se levantó y se acercó a él. Sus fuertes brazos la rodearon y la atrajeron hacia él. Ella le devolvió el abrazo y se permitió apoyarse sobre él y absorber su fuerza y calidez.

Había creído que él la soltaría de inmediato, pero la mantuvo varios segundos y dejó que fuera ella la que se apartara primero. Al mirarlo se dio cuenta de que se sentía menos tensa y más convencida de que iba a estar bien.

—Gracias. Se te dan muy bien los abrazos.

Él sonrió y le acarició ligeramente la mejilla con el pulgar.

—Una ventaja de ser socios.

—No recuerdo haber leído eso en las escrituras.

—Algunas cosas se sobreentienden sin más.

Mientras se sentaba y abría su correo electrónico, se sorprendió pensando que Bruno era un hombre bueno de verdad. Que sabía dar abrazos estupendos.

Dos características que ella estaba encantada en ver en su nuevo socio.

Barbara estaba sentada en frente de su abogado y trataba de contener su impaciencia. Se habían ocupado ya de casi toda la lista que ella le había enviado. Pero hasta ahora, Dan no había dicho una sola palabra sobre Mackenzie.

—No sé si estás siendo complicado a propósito o si tienes un plan —dijo cuando él mencionó una revisión anual del fideicomiso que había creado para las cuentas de inversión—. No quiero hablar del fideicomiso. Quiero saber si has revisado los contratos que tengo con Mackenzie.

Dan, un hombre de mediana edad con pelo castaño y aficionado a los trajes de tres piezas, apretó los labios.

—Te he dicho en mi correo electrónico que los contratos son firmes, Barbara. Tú misma insististe en que lo fueran. Durante el tiempo que estés vendiendo esos vinos, Mackenzie recibirá su parte.

—Eso es absurdo.

—Es la ley.

—Es una ley estúpida. ¿No puedes hacer nada?

—Yo mismo los he estado revisando y también le he pedido a uno de mis socios que lo haga.

—¿Puedo demandarla?

—¿Por qué?

Movió una mano en el aire.

—Tú eres el abogado, dímelo. Por lo que sea. Por haber dejado su trabajo. Por comprar Luna Pintada. Por divorciarse de mi hijo.

—Nada de eso es motivo de demanda. No teníais un contrato de trabajo ni de no competencia. Ella era una trabajadora independiente y ha querido irse. El divorcio es entre Rhys y ella.

—Pues no debería serlo. Nos afecta a todos. —No le sorprendían sus palabras, pero no le gustaban—.

Tendremos que dejar de producir esos vinos. Así no recibirá nada.

—¿No son rentables para la compañía?

—Sí. —Muy rentables. Todos los vinos de Mackenzie eran muy demandados y se agotaban a las pocas semanas de su salida al mercado.

—¿No sería más sensato pagarle sin más lo que se le debe?

—No me interesa la sensatez. Quiero castigarla. Está embarazada.

La expresión neutra de Dan no cambió.

—No lo sabía. ¿Rhys es el padre?

—Eso dice él.

Dan la sorprendió con una sonrisa.

—Pues enhorabuena.

Ella le lanzó una mirada asesina.

—¿Ahora vas de gracioso?

—¿Qué? No. Yo creía... Va a dar a luz a tu nieto.

—Ya tengo nietos. No necesito más y, menos aún, de ella. ¿Puedo presentar una demanda por la custodia?

—¿De qué?

¿Todos los abogados eran tan estúpidos como él?

—¿Puedo demandar a Mackenzie por la custodia de su hijo?

Dan apoyó la espalda en su silla y su expresión se volvió seria.

—El derecho de familia no es mi campo. Tendría que referirte a otro abogado. Y dicho esto, no veo base para demandarla por la custodia de su hijo nonato. Los tribunales favorecen a los padres biológicos. Eso sí, Rhys sí podría hacerlo.

—No está interesado en tener mucha relación con el niño. Yo le insisto en que se haga una prueba de ADN, pero tal y como está yendo todo, es probable que el bebé sea suyo.

Cogió la taza de café que le había servido nada más sentarse.

—Es la herencia. No me importa cuántos hijos tenga

ella, pero si Rhys es el padre, ese niño va a heredar una parte de Bel Après. Quiero evitar que eso pase. —Lo miró—. Es ahí donde entras tú.

—En cuanto tenga la prueba de ADN y demuestre que Rhys es el padre, no podrás hacer nada. El testamento es muy claro en cuanto a quiénes son los herederos.

—¿Estás seguro? ¿Ni siquiera puedes fingir que buscas una solución? —La frustración se revolvía dentro de ella.

Dan negó con la cabeza.

—No. Lo siento.

Ella podía notar su desaprobación. No le cabía duda de que Dan pensaba que era cruel y desalmada. Tampoco es que eso le importara. Proteger Bel Après era lo único que importaba y, con tal de conseguirlo, haría lo que hiciera falta.

Capítulo veintisiete

A Stephanie le estaba costando quitarse de encima la sensación de vergüenza y fracaso. Pasaba los días como una autómata, diciéndose a sí misma que en unos días se olvidaría y encontraría un nuevo objetivo. O, al menos, un plan para conseguir un trabajo. Pero casi dos semanas después de la humillante entrevista con Elias, no se sentía más capaz de exponerse de nuevo igual que el día en que había ocurrido.

Hacía lo posible por actuar con normalidad delante de los niños. Carson solo estaba atento a sus amigos y el deporte y no se daba cuenta de que pasara nada. Había empezado a plantearse recientemente jugar al béisbol en la universidad en lugar de pasar del instituto a la liga no profesional, lo cual significaba que, de repente, le importaban sus notas. Esa era la única buena noticia para ella.

Estaba menos segura de estar convenciendo a Avery de que todo iba bien. Había sorprendido a su hija observándola un par de veces, pero puede que solo fuera cosa de una adolescente corriente que se pregunta cómo de tontos pueden ser sus padres y por qué tiene que pasar eso.

Cuando llamó Kyle para proponerle que cenaran juntos el viernes por la noche, había aceptado porque sí. Él era una cara amiga y ella necesitaba distraerse. Al día siguiente Kyle iba a ir a Pullman a un partido de la Universidad Estatal de Washington.

Reunió las fuerzas para darse una ducha y maquillarse un poco pero luego perdió interés en lo relativo a
buscar algo bonito que ponerse. Al final, se puso unas
mayas y un jersey largo y unas bailarinas.

Estaba cansada por no dormir bien y seguía teniendo destellos en los que revivía el horror de la entrevista.
En algún momento tendría que empezar a mover el culo
y buscar un trabajo. Los ahorros no iban a durarle eter-
namente.

Ojalá pudiera saber si Elias le iba a contar a todo el
mundo lo que había pasado. No podía llamar y preguntarle si tenía pensado ir chismorreando sobre lo idiota
que era. Pero la idea de que corriera el rumor, que su
madre se enterara, la obsesionaba.

Justo a tiempo, Kyle llamó a la puerta. Avery estaba
cuidando a los hijos de Cuatro y Carson estaba en casa
de un amigo. Stephanie le dejó pasar mientras cogía el
bolso.

—Hola —dijo con la esperanza de parecer más ani-
mada de lo que se sentía—. ¿Qué tal el viaje?

—Bien. —Se inclinó para besarla en la mejilla—. Está
lloviendo en Seattle pero el cielo se ha aclarado cuando
he atravesado el puerto. —Frunció el ceño—. ¿Estás
bien?

Ella iba a contestarle que sí, pero se sorprendió con-
fesando:

—No. Estoy fatal. —Las lágrimas le inundaron los
ojos. Trató de contenerlas, pero un par de ellas se le es-
caparon y le bajaron por las mejillas.

Kyle la sorprendió cerrando la puerta, quitándole el
bolso de las manos para dejarlo sobre la mesa de la entrada y, después, llevándola a la sala de estar.

—¿Qué pasa? —preguntó cuando estuvieron sentados juntos en el sofá. Se inclinó sobre ella con expresión
de preocupación.

—Soy un verdadero desastre —contestó limpiándose
la cara—. Creía que estaba haciendo bien enfrentándo-
me a mi madre y queriendo buscar otro trabajo, pero he

cometido muchos errores. Siento vergüenza de mí misma y puede que ahora no encuentre trabajo por aquí. ¿Y entonces, qué?

Él frunció el ceño.

—No tengo ni idea de qué estás diciendo. Empieza por el principio.

Vaciló, pues no quería compartir su vergüenza, pero luego recordó al hombre que la había visto gritar de dolor mientras expulsaba a un bebé, por no mencionar los vómitos por la gripe, así que, probablemente podría soportar lo que ella le dijera.

—Tuve una entrevista de trabajo.

Le contó lo emocionada que había estado y lo segura que se había sentido con sus respuestas y su material. Hasta que Elias había empezado a señalar sus errores.

—Tenía razón en todo —confesó conteniendo de nuevo las lágrimas—. Yo había investigado mucho sobre el sector pero nada sobre su bodega. Me había esforzado mucho en cómo vender vinos de colección porque Mackenzie me había hablado de los de Luna Pintada. Ahí es donde me surgió la idea.

—Entonces, tenías un buen plan, pero para la empresa equivocada.

Ella asintió.

—Y los folletos. ¿Por qué no me había dado cuenta de que mi trabajo había ido cuesta abajo en los últimos años? Me obsesiona y aterra que Elias vaya a contar a todos sus conocidos que mi madre tenía razón respecto a mí y que nadie debería contratarme y ella termine diciendo que tenía razón.

Kyle la atrajo hacia él y la abrazó.

—No va a ir por ahí diciendo esas cosas de ti.

—A lo mejor sí.

Notó que él se reía entre dientes.

—Ese es mi rayito de sol.

—Estoy muy avergonzada. No sé qué hacer ahora. Tengo que encontrar un trabajo pero no tengo experiencia fuera del sector del vino y me da miedo que nadie de la industria quiera contratarme. —Se apartó y se secó las lágrimas—. Soy un fracaso.

Él le agarró la mano.

—No lo eres. Has tenido un revés. Eso es todo. Aprenderás de la experiencia y la próxima vez lo harás mejor.

—Para ti es fácil decirlo. Eres un famoso comentarista deportivo de la televisión. ¿Qué sabrás tú lo que es fracasar?

—Te perdí a ti.

—Ah, venga ya. Eso fue hace una década y apenas te diste cuenta de que me había ido.

—Eso no es verdad. Lo fastidié todo, Stephanie, y tengo muchos remordimientos.

Aunque sus palabras resultaban agradables al oído, no estaba segura de creerle.

—Gracias por decirlo.

Él le apretó los dedos.

—Ve a trabajar para Mackenzie. Bruno y ella deben necesitar ayuda con la tienda y otras cosas. Tú ya tienes un plan para sus vinos de colección.

Ella le soltó la mano.

—No. No voy a pedirle a mi mejor amiga que me dé un trabajo. —Sintió un escalofrío—. Quiero que me contraten porque soy la persona indicada, no por compasión.

—No te estás valorando lo suficiente. Eres buena en lo que haces.

Ella le agradecía sus palabras aunque, de nuevo, dudaba de que fueran verdad.

—Quieres ver lo mejor de mí. Eso está muy bien, pero los últimos dos años en Bel Après he hecho las cosas sin ganas. Lo veo ahora. Estaba aburrida y frustrada y no me he esforzado.

—Pues aprende también de eso. Tienes mucho que ofrecer. Eres honesta y lista y has criado a unos hijos estupendos. —Sonrió—. Me aguantaste más de lo que deberías.

Ella se las arregló para sonreír también.

—Sí, pero eso fue porque estaba locamente enamorada de ti. No quería alejarme.

Siempre estuvo esperando a que él cambiara para no dejarlo pero, al final, había hecho lo que debía. Se suponía que debía sentirse orgullosa de ello. Por supuesto, había seguido acostándose con su ex durante la siguiente década, lo cual había sido una verdadera estupidez.

—Soy lenta aprendiendo —contestó con un gemido—. Tengo que mejorar a la hora de ver los problemas y resolverlos.

—Tengo una idea —dijo él—. Concédenos otra oportunidad.

Ella se quedó mirándolo, sin saber si le había oído bien.

—¿Qué has dicho?

—Danos otra oportunidad. —Extendió la mano de nuevo hacia la de ella—. Te echo de menos, Steph. Nos echo de menos a nosotros. Me equivoqué. Tiré a la basura lo más importante de mi vida y no me di cuenta. Pero ahora sí. Tengo muchos remordimientos. Te estoy pidiendo una segunda oportunidad. Sé que tengo que ganarme tu confianza, pero estoy dispuesto a asumir el desafío. Nunca he dejado de quererte.

A ella le costaba pensar. Unía varias palabras, pero no tenían sentido. ¿Estaba enamorado de ella? No entendía el concepto.

—Han pasado diez años —dijo con la esperanza de no parecer tan confundida como se sentía.

—Eso significa que los dos hemos tenido oportunidad para crecer y cambiar. Sé que yo lo he hecho. —La miró con una sonrisa de arrepentimiento—. Para empezar, eres bastante perfecta, así que tu camino ha sido más corto. Lo digo en serio. Te quiero. Quiero que volvamos a intentarlo.

¿La quería? ¿Desde cuándo? ¿Y qué pensaba ella de lo que le estaba diciendo? ¿Quería volver con él? ¿Funcionaría eso? Avery estaba en el penúltimo año del instituto. No iba a querer mudarse. Y Carson tenía a todos sus amigos y...

Stephanie negó con la cabeza. ¡No! Esto no era cosa de sus hijos. Se trataba de Kyle y de ella y de lo que ella deseaba.

—Podríamos hacer que funcionara —continuó él—. Podría mudarme aquí e ir a trabajar a Seattle. No tendrías que preocuparte de trabajar a menos que quisieras. Quiero cuidar de ti como debí hacerlo antes. Quiero ser todo lo que quieras que sea.

Parecía sincero, pensó, sin entender todavía del todo lo que estaba pasando. Le estaba ofreciendo todo lo que él creía que deseaba. Todo lo que ella había deseado cuando lo dejó y volvió corriendo a casa. Se llevaban bien, el sexo siempre había sido increíble y era divertido estar con Kyle. Pero ¿eso era suficiente? ¿Qué pasaba con sus esperanzas en su propio futuro? ¿Encajaría él en ellas? No es que ahora mismo tuviera mucho futuro. Una parte de ella sentía la tentación... una fuerte tentación. Al fin y al cabo, se lo estaba poniendo muy fácil.

Por segunda vez, soltó la mano de él cuando sintió en la cara la bofetada de la realidad. Sería fácil decir que sí, evitar todos los problemas de su vida. Volver con Kyle los resolvería todos. No tendría que preocuparse por el dinero ni de qué hacer con su vida.

Pero ¿era eso suficiente? ¿No quería, por una vez sola, ser valiente? Había sido infeliz en su matrimonio durante varios años antes de reunir el valor para marcharse y, después, lo único que había hecho era volver corriendo con su madre. Y había tardado más incluso en tratar de buscar otro trabajo y, cuando lo de la empresa de quesos fue un desastre, no había hecho nada. Había dimitido por un acto impulsivo, lo cual no tenía nada de valiente. Y ahora se enfrentaba a la realidad de unas habilidades mediocres y una mala reputación. En lugar de mover el culo y solucionarlo, se había estado escondiendo y autocompadeciéndose. Y lo que era peor, estaba planteándose casarse con Kyle porque era la solución fácil.

—Soy una verdadera y absoluta gallina —dijo en voz alta.

—¿Qué?

Le miró.

—Eso soy. Llevo toda la vida escogiendo el camino fácil. Quería estar contigo, así que, me quedé embarazada para atraparte. Te dejé y esperé que mi madre me cuidara. Odiaba mi trabajo aquí pero no hice nada al respecto. Seguí acostándome contigo para no tener que buscarme a otro con quien de verdad quisiera estar. Siempre he tomado la salida fácil.

—Estás siendo demasiado dura contigo misma.

—No. Puede que por primera vez en mi vida esté siendo honesta. —Tomó aire—. Yo no te quiero, Kyle. Lo siento, pero no. Llevo mucho tiempo sin quererte. Creo que somos buenos amigos, pero no podemos volver a estar juntos. Lo nuestro se acabó hace mucho tiempo. Los dos tenemos que avanzar hacia el futuro, no regresar al pasado.

Él se apartó y torció el gesto.

—¿No vas a darnos una oportunidad? —Su voz estaba teñida de dolor.

Su evidente sorpresa, su reacción emocional, desató en ella un sentimiento de culpa, pero lo ignoró.

—Eres importante para mí —le dijo—. Siempre será así. Estamos unidos el uno al otro y eso me gusta. Pero como amigos. Tienes que buscar a alguien que sepa ver el hombre en el que te has convertido.

Él se puso de pie y la fulminó con la mirada.

—Podría haber pasado a la televisión nacional. Me quedé en el canal de Seattle porque quería estar cerca de ti y todo este tiempo no te ha importado lo que hice.

Estaba reaccionado con rabia, se dijo ella. Sería mejor no hacer lo mismo.

—Yo no sabía que habías tenido oportunidad de pasar a la televisión nacional. ¿Puedes hacerlo aún? A los niños les encantaría ir a verte a Nueva York. Y a mí también.

En cuanto pronunció esas palabras supo que se había equivocado. Kyle se encogió de dolor.

—Ni siquiera te importa tenerme cerca, ¿verdad?

—¡Kyle, no! Eso no es lo que yo he dicho. Quiero que seas feliz. Quiero que tengas lo que desees.

—Pero no a ti.

No había nada que pudiera contestar a eso. El incómodo silencio se extendió hasta que se giró hacia la puerta. Ella fue tras él.

—Lo siento —dijo—. No quiero hacerte daño.

Él la miró.

—Podríamos haberlo tenido todo, Steph.

Tenía razón. Podrían haberlo tenido. Pero esa oportunidad pasó hacía diez años. Después de todo este tiempo, no había vuelta atrás.

—Lo siento —repitió.

—Yo también.

Y se fue hacia la noche. Ella vio cómo subía a su coche y se iba y, después, cerró la puerta y se apoyó contra ella.

No se sentía bien por lo que acababa de pasar pero, al menos, había hecho lo que debía. Por una vez, no había tomado la salida más fácil. Ahora la pregunta era, qué iba a hacer a continuación.

Barbara bebía vino porque le encantaba, pero bebía tequila para emborracharse. A veces, se preparaba un margarita y otras se lo bebía solo. Esta tarde en particular, al menos estaba fingiendo, así que, lo había mezclado con zumo de lima recién exprimido y Cointreau.

Estaba sentada en la sala de estar, junto a la cocina, mirando por la ventana y preguntándose cómo toda su vida se había ido a la mierda tan rápido. Todo era un desastre y no había nada que le hiciera sentir mejor, ni siquiera mirarse su centelleante anillo de compromiso. La idea de planificar una boda la hacía estremecer. Apenas tenía tiempo para lo que tenía que hacer al cabo del día, mucho menos organizar una celebración absurda. ¿Qué importaba su matrimonio? Bel Après había perdido a su enóloga y no tenía nadie que la sustituyera. Incluso estando ahí sentada, las uvas estaban fermentando y, después, ¿qué? ¿Quién iba a decidir lo que pasaba después? ¿Cuáles se mezclaban y en qué proporción? No se podía fermentar un puñado de uvas sin más, verter el resultado en una botella y esperar que pasara algo maravilloso.

—Nadie de la zona quiere trabajar conmigo —dijo levantando la copa hacia sus dos hijas. No estaba segura de cómo habían llegado. Puede que Lori la hubiese seguido desde el despacho, y Catherine había aparecido unos minutos después. Sin duda, Lori la había llamado en busca de refuerzos.

Barbara no sabía para qué. Estaba sentada sola, bebiendo. Estaba a punto de prender fuego a todo así que, para qué tanto jaleo. Pero no lo dijo en voz alta porque tampoco importaba.

—¿Qué quieres decir? —preguntó Catherine con un aspecto tan ridículo como siempre con su mono teñido con nudos. Dios santo, ¿teñido con nudos? ¿Eso no había quedado obsoleto en los años sesenta?—. ¿Quién no quiere trabajar para ti?

—Ningún enólogo decente de la zona. Estamos buscando en California. Vamos a terminar contratando a algún fracasado, pero ¿qué otra opción nos queda? —Se bebió de un trago la mitad de su margarita. Era el tercero, pensó. O puede que el cuarto.

»Todo se ha venido abajo —continuó Barbara—. Primero se fue Mackenzie, luego Stephanie. Echo de menos a las dos. Era muy divertido hablar con ellas. —Lanzó una mirada asesina a las dos hijas que le quedaban mientras se preguntaba por qué no podían ser unas conversadoras más brillantes.

»Y el abogado ha sido un desastre. Se ha negado a pensar siquiera en demandar a Mackenzie para quitarle la custodia. ¿Por qué no? Yo he criado a cuatro hijos. Ella no tiene ninguna experiencia y es huérfana.

Lori la miraba confundida.

—¿Qué tiene que ver el hecho de que sea huérfana?

—No tiene familia ni sistema de apoyo.

—Pero es su hijo, mamá —contestó Lori con voz vacilante—. No puedes quitárselo.

—Eso es lo que me dice todo el mundo —espetó Barbara preguntándose por qué su hija mediana era tan tediosa.

—Cambiemos de tema —propuso Catherine—. Hablemos de cosas felices. Lori, cuéntale a Barbara lo de Owen.

Barbara se giró de repente para mirar a Lori.

—¿Quién es Owen?

Lori parecía nerviosa y, después, ruborizada, lo cual siempre era desastroso para ella. Le salían manchas. Resultaba muy poco atractivo.

—Es el subdirector de una bodega. Llevamos ya un tiempo saliendo.

¿Lori saliendo con alguien?

—¿Desde cuándo?

—Unas semanas. —Su hija desvió la mirada de ella—. No pensé que quisieras hablar de ello, con todo lo que está pasando.

Aunque eso era cierto, a Barbara le molestaba que otros decidieran las cosas por ella.

—Deberías habérmelo contado.

—Lo siento. Tienes razón.

—La tengo. —Barbara se acabó la copa—. Me alegra que no le importe que estés gorda. Eso ya es bueno, supongo.

Lori abrió los ojos de par en par, como siempre hacía antes de echarse a llorar. Barbara contuvo un suspiro y se preparó para la arremetida. Segundos después, su hija salió corriendo de la habitación.

—¿En serio? —Catherine negaba con la cabeza—. ¿Tienes que ser cruel en todo momento? ¿No podemos limitarlo a los días impares?

—Es débil.

Catherine frunció los labios.

—¿Sabes? Hay muchos estudios que dicen que comer en exceso es el resultado de una mala infancia, así que, en teoría, sus problemas de peso son culpa tuya.

Barbara levantó las cejas.

—Sí, está muy de moda culpar a la madre, ¿no?

En lugar de responder, Catherine sacó su teléfono móvil y envió un mensaje. Sonrió a su madre.

—¿Eres feliz?

La inesperada pregunta inquietó a Barbara. Bajó la mirada a su vaso sin intención de contestar.

—Yo sí —añadió Catherine con tono alegre—. Cada día tengo a Jaguar y a mis hijos. Mi arte hace que me sienta satisfecha y vivo en una casa bonita rodeada de mi familia. Me siento bendecida.

—Sin duda, no le exiges mucho a la vida —espetó Barbara.

La sonrisa calmada de Catherine resultaba fastidiosa.

—Le exijo lo que es importante para mí.

—Venga ya. Jaguar es mecánico. Nunca va a tener un puesto de dirección. Tus cositas a las que llamas arte no se venden bien.

—La felicidad no depende del dinero ni del puesto de trabajo. Consiste en sentirte satisfecha con tu vida. A Jaguar le gusta su trabajo y no quiere ascender en su empresa. Prefiere tener tiempo para su familia.

—Qué sorpresa. Te casaste con un hombre sin ambición.

Catherine, como venía siendo habitual, no le hizo caso.

—No necesitamos mucho dinero, gracias al fideicomiso de la familia. Yo vendo mi arte cuando me apetece. El precio no es importante. Me gusta saber que mis cosas hacen feliz a la gente. Me siento conectada con la tierra y las criaturas que me rodean. Mis hijos crecen sanos. ¿Qué más puedo desear?

—¿Un cerebro?

Catherine se rio.

—Sé que tu intención no es ser divertida pero, a veces, lo eres. —Su sonrisa desapareció—. Ojalá pudieras ser feliz. Tienes mucho y nunca te molestas en apreciarlo.

—¿Qué tengo? ¿Traición? ¿Abandono? ¿Una empresa que va a quebrar?

—Tienes buena salud, familia y un hombre que te quiere.

Como si lo hubiesen llamado, Giorgio entró en la habitación. A Barbara le sorprendió verle. A continuación, Catherine y él intercambiaron una mirada de complicidad y ella fue consciente de que el mensaje que su hija había enviado antes había sido una petición para que él fuera. Estaban conspirando contra ella, pensó con seriedad. No debería sorprenderla.

Giorgio se sentó a su lado y le agarró de la mano.

—¿Cómo estás, cariño?

—Enfadada. Deprimida. Con miedo al futuro.

Vieja, pensó, pero no lo dijo. ¿Por qué pronunciar lo evidente?

—Deberías tener un poco de fe —le contestó él con tono de reproche—. Todo se solucionará.

—¿De verdad? Qué maravilla. Ya que estás viendo el futuro, ¿cuándo aparecerá el nuevo enólogo? Esa información me sería útil.

Giorgio frunció el ceño.

—¿Por qué estás enfadada conmigo?

—Porque estás diciendo cosas absurdas. No sabes si todo se va a solucionar. En tu imaginación, dices que no pasa nada y no pasa, pero esa no es la realidad. Si no estás pendiente de las cosas, todo se vendrá abajo.

Él le soltó la mano y se cambió al sofá de enfrente.

—Si aprietas demasiado vas a estrangular a todos.

—¿Estoy apretando demasiado? —preguntó ella con firmeza—. ¿Quieres decirme qué más estoy haciendo mal? ¿Que todo es culpa mía, desde la marcha de Mackenzie hasta el problema de sobrepeso de Lori? Parece que soy la mala de la película. Critícame todo lo que quieras.

Estaba a la vez furiosa y a punto de llorar. Lo primero estaba bien, lo segundo hacía que sintiera más rabia. Estaba harta de llorar. La hacía sentir pequeña y sola y que no había logrado nada.

—Barbara, ¿por qué estás enfadada?

—Porque no estás siendo sensato. —Miró a su alrededor y vio que Catherine se había ido de la habitación—. Deja de decirme que todo se va a solucionar. Tú no sabes si va a ser así.

—Tú no sabes si no lo será. ¿Por qué tienes que buscarle el lado malo?

—Porque cada día aparecen problemas.

Se miraron airados el uno al otro. Barbara no recordaba haber discutido nunca con Giorgio, no de esta forma. Él siempre la había apoyado y comprendido, pero últimamente parecía que lo único que hacía era criticarla.

—Quizá deberíamos cambiar de tema —dijo él en voz baja—. Hablar de algo más agradable.

Barbara tenía mucha energía y habría estado dispuesta a pasar otra hora gritando, pero vio que la propuesta de él era sensata. Aunque pensándolo bien, esperaba que no le propusiera que subieran al dormitorio. Ahora mismo el sexo era lo último que tenía en mente.

—Tenemos que planear el viaje para el cumpleaños de Rosemary. Supongo que ahora mismo no tienes ningún interés en ir a las Bermudas.

—Muy perspicaz —contestó ella con sarcasmo, pero después deseó no haberlo dicho.

Giorgio apoyó la espalda en su asiento y se quedó mirándola. Ella sintió que se sonrojaba y quiso disculparse pero no parecía que las palabras pudieran atravesar el nudo de su garganta.

Él apartó la mirada.

—Como estaba diciendo, no vamos a ir a las Bermudas, así que, decidamos las fechas para Nueva York.

—No voy a ir.

—Es su cuarenta cumpleaños. Va a celebran una gran fiesta con todos sus amigos y familiares. Tienes que asistir.

—No es ninguna niña. Es una adulta. Lo entenderá. No es más que un cumpleaños.

Él ladeó la cabeza.

—No se trata de ella, Barbara. Se trata de nosotros. Este viaje es importante para mí y quiero que me acompañes. Lo que esté pasando con la bodega seguirá ahí cuando regresemos. Es una semana. No creo que mi petición sea poco razonable.

—Para mí lo es. No quiero ir. Ahora no. Mi empresa me necesita.

Deseó tener otra copa. Deseó que él dejara de mirarla con una mezcla de sorpresa y decepción que la hizo sentir muy pequeña.

—En esta relación, no siempre tienes que ser el centro —dijo él en voz baja.

—Eso no es justo. Estoy en medio de una crisis. ¿Por qué no lo entiendes? No estoy poniéndome en el centro; tú, sí.

—¿Es eso lo que piensas de verdad?

—Por supuesto. Es la realidad.

—Entiendo. —Se levantó—. En ese caso, parece que no hay nada más que decir.

Ella se puso de pie.

—Entonces, te vas. ¿Así como así? ¿Sin más discusión ni conversación? ¿Coges tus cosas y te vas?

La mirada oscura de él era firme.

—¿Hay algo más que pueda decir para que cambies de opinión con lo de Nueva York?

—No.

—Entonces, quedarse no tiene sentido. Si Bel Après está en crisis, tendrás que volver al despacho. No permitas que yo sea un estorbo.

Salió de la habitación. Segundos después, oyó la puerta de la calle cerrándose. Volvió a dejarse caer sobre el sofá y se tapó la cara con las manos. Había conseguido lo que quería de él pero, en cierto modo, no sentía que fuese ninguna victoria. De hecho, el estómago se le estaba revolviendo como si fuese a vomitar y, sinceramente, no sabía por qué.

Capítulo veintiocho

El sábado por la tarde, Mackenzie llevó a Stephanie a su dormitorio.

—No me juzgues —dijo deteniéndose en el pasillo—. He hecho lo que he podido.

Stephanie se rio y la apartó para pasar.

—Se trata de ropa, no de solucionar la economía de un país tercermundista. No tiene por qué ser difícil.

—Pero lo es. Y tengo que hacer algo. —Mackenzie levantó la parte delantera de su camiseta para enseñarle que no podía subirse la cremallera de los vaqueros. Se había visto obligada a meter un cordón por el ojal y, después, atárselo al botón.

—Ay, cariño, qué triste.

—Lo sé. Puede que no me sienta conectada con mi bebé, pero cada día que pasa estoy más gorda.

Stephanie entró en el dormitorio.

—Más tarde nos ocuparemos de tu fragilidad emocional. Ahora mismo, la ropa. ¿Qué tienes?

—Nada que me quede bien. Todo es demasiado grande. —Señaló hacia las cajas abiertas que había dejado sobre la cama.

Por consejo de Stephanie había comprado un montón de cosas por internet, pero parecía que ninguna le servía. Levantó una camiseta que se había probado.

—Es enorme. De hombros está bien, pero es demasiado ancha. ¿Por qué es imposible encontrar ropa de premamá que se ajuste? Y eso sin mencionar los pantalones. Los míos me están pequeños pero los que he comprado en internet son demasiado grandes.

Stephanie sonrió.

—Sabes que el bebé es más o menos del tamaño de un hueso de lima, ¿verdad? Y que dentro de cinco meses va a ser del tamaño de un bebé. Ya rellenarás esa camiseta.

Mackenzie no parecía convencida.

—No me puedo imaginar que eso vaya a pasar.

—No tienes por qué. Va a pasar de todos modos.

Stephanie se acercó a la cama y sacó unos vaqueros y unas mallas.

—Los vaqueros son menos anchos por cómo están confeccionados y por el hecho de que la zona de la tripa no sea tan grande como la de las mayas. Te pondrás mallas cuando el bebé vaya creciendo. Compra cuatro de cada y un par de pantalones más de vestir para cuando tengas algún evento de trabajo.

—¿Cómo voy a saber que me van a estar bien?

—Si son de tu talla habitual y la pernera es de tu medida, cómpralo. Lo mismo con las camisas. Deben quedarte bien por los hombros y los brazos. Te pondrás camisetas y sudaderas para el trabajo. Compra de esas y un par de blusas bonitas para cuando tengas que ir más formal. Ese será un buen comienzo. En un par de meses, iremos las dos a Tri-Cities a comprar más cosas.

—No estoy segura de que pueda con esto —dijo Mackenzie con la mirada fija en la ropa que había sobre la cama—. Y no estoy segura de lo del bebé.

Stephanie sonrió.

—Vaya, me preguntó por qué será. Mira todo lo que has pasado. Tener un bebé era lo último que tenías en mente.

Fue a la cama y enseguida empezó a mirar entre la ropa que Mackenzie había comprado. Sacó todas las camisetas de manga larga, las sudaderas y dos jerséis y los amontonó y, después, cogió dos blusas.

—Estos estampados son espantosos. ¿En qué estabas pensando?

—Estaba desesperada y estaban de oferta.

—Devuélvelos. Busca algo que, al menos, te guste un poco. —Señaló al montón de ropa—. Pruébate esto y, si los hombros y las mangas te quedan bien, quédatelo.

Se acercó al vestidor. No tardó mucho en sacar todas las camisetas ajustadas.

—Todos esto se guarda para hacer sitio para las cosas de premamá. —Señaló los cubos transparentes que había traído—. Vas a tener que repasar también tus sujetadores y bragas. No te preocupes. Compraremos cuando vayamos de tiendas. ¿Te siguen quedando bien tus sujetadores?

Mackenzie asintió.

—Tengo un montón de sujetadores deportivos elásticos que me van a servir durante mucho tiempo. —Se miró el pecho—. No me gusta que me crezcan las tetas. Es raro.

—Irán a peor.

Mackenzie suspiró.

—No podría hacer esto sin ti. Lo digo en serio. Estoy completamente perdida, lo cual no es nada propio de mí.

—Cuenta conmigo para lo que quieras, y también con Cuatro. Ahora vamos abajo a comer algunas de las magdalenas que he traído.

—Me encantan tus magdalenas. Qué suerte que sea sábado y Bruno no esté, si no, se las habría comido todas. Cuatro trajo el otro día galletas y resulta que ese hombre está obsesionado con la pastelería casera.

Bajaron. Mackenzie sabía que iba a tener que ocuparse después de la ropa pero, por ahora, estaba agradecida de pasar un rato con su amiga.

Sirvió una taza de café para cada una.

—Descafeinado —dijo—. No tengo café de verdad. Lo siento.

—El descafeinado me vale. —Stephanie empujó por encima de la mesa la bandeja con magdalenas de arándanos—. Tienes que quitármelas de encima. Ya me comí dos esta mañana. Bruno no es el único aficionado a la pastelería casera. La diferencia es que es un hombre y le cuesta más engordar.

—Suele comer bastante sano. Siempre está insistiendo en que almorcemos ensaladas. Me gustaría decir que es por el bebé, pero creo que en parte es por él.

Stephanie la miró sorprendida.

—Coméis juntos. Cuéntame.

—No es nada. —Mackenzie movió una mano en el aire para quitarle importancia—. Compartimos espacio mientras hacen obras en las oficina, así que, comemos juntos.

—No me convence. Es un hombre atractivo, tú estás recién soltera. ¿Me estás diciendo que no saltan chispitas?

—Nunca te he oído pronunciar la palabra chispitas. Me estás dando miedo.

—Una de las dos debería tener vida amorosa.

—Yo no. —Mackenzie pensó en cuando vio a Rhys almorzando con aquella mujer. Había pasado página rápidamente, pero ella no estaba preparada en absoluto—. Es demasiado pronto.

—¿Echas de menos a mi hermano?

—No exactamente. Echo de menos lo que podríamos haber sido.

—¿Alguna vez estuvisteis cerca de serlo?

Deseaba decir que por supuesto que sí, pero si era sincera, sabía cuál era la verdad.

—No. Ni siquiera en nuestro mejor momento.

—¿Eso es lo que quieres?

—¿Y tú?

Stephanie cogió una magdalena.

—Algún día me gustaría tener una relación adulta normal con un hombre que no sea mi exmarido.

—Podrías conocer a alguien por internet.

—O no. —Arrancó un trozo de magdalena y se lo comió—. ¿Y tú? ¿Cuánto tiempo crees que vas a esperar para buscar a alguien?

—No tengo ni idea. Como has dicho antes, están pasando muchas cosas. Lo último que necesito es un hombre.

—¿Y un bebé?

—Así que, volvemos a eso.

—No tenemos por qué. —Stephanie sonrió—. No pasa nada por no sentir un vínculo con tu hijo. Ahora mismo, es un problema médico, no una persona. Estás dando todos los pasos adecuados. Estás comiendo bien, estás tomando vitaminas, escupiendo después de beber vino. Tienes tiempo para acostumbrarte a la idea de ser madre.

—No sé cómo hacerlo —confesó—. Ser madre. Nunca tuve ninguna.

—Quiérelo con toda tu alma y no dejes que se te ahogue en la bañera. Cuatro y yo te ayudaremos. Lo sabes.

—Sí. A pesar de todo el drama, has estado a mi lado. Eres una buena amiga.

—Si olvidamos la metedura de pata del principio.

Mackenzie sonrió.

—Yo no recuerdo nada de eso. Así que, dejemos de hablar de mí y de mis problemas. ¿Qué noticias tienes tú?

Stephanie la miró con una amplia sonrisa.

—Estoy avanzando en la búsqueda de trabajo. Tengo algunas opciones.

—¿Qué pasó con Elias? Dijiste que volvería a ponerse en contacto contigo.

Stephanie se levantó para servirse más café.

—Le dio el trabajo a otra persona.

—Ay, no. No me lo habías dicho. Lo siento.

—No pasa nada. —Stephanie volvió a la mesa—. No me fue muy bien en la entrevista. Pero aprendí mucho. Resulta que no he sido muy buena empleada en mi último trabajo.

—¿Cómo puedes decir eso? Has sido estupenda. Las ventas de la tienda aumentaron cada año. Además, tenías ideas magníficas para ampliarla. Y la cafetería era genial. Barbara se negaba a reconocerlo pero fue un gran añadido para lo que Bel Après ofrecía. Era una oportunidad para convertirse en un destino turístico.

Levantó las manos en el aire.

—Espero que te tomes esto con la intención con la que lo digo, pero yo te he estado robando tus mejores ideas cuando hablo con Bruno de lo que vamos a hacer en Luna Pintada. Se siente de lo más cómodo con nuestra falta de ingresos, pero yo hiperventilo a todas horas.

—Eres un encanto. Gracias por robarme las ideas. A lo mejor se me ocurren más y te las cuento.

—Las aceptaré todas. —Mackenzie vaciló—. Bruno es el que se encarga de contratar a la gente, pero estaré encantada de hablar con él si quieres.

—No. —El tono de Stephanie era firme—. No y no. Quiero conseguir mi próximo trabajo yo sola. Ya estoy investigando mucho y elaborando un plan. Deja que lo haga a mi manera.

Mackenzie sabía muy bien lo que era desear demostrar tu valía.

—No pienso decir nada.

—Gracias. Y ahora, tengo un cotilleo. —Los ojos de Stephanie se iluminaron—. Mi madre ha estado bebiendo a todas horas y con beber me refiero al tequila. Cuatro fue a verla hace un par de semanas y estaba borracha a las tres de la tarde.

Mackenzie sonrió porque sabía que eso era lo que Stephanie esperaba que hiciera, pero no sentía ninguna alegría. A pesar de todo, se sentía mal por lo que Barbara estaba pasando. Una estupidez por su parte, pero no podía evitarlo.

—¿Tiene algún enólogo nuevo?

—Todavía no, pero creo que va a hacer entrevistas pronto.

—Espero que a quien contrate sea cuidadoso con el Syrah. Puede resultar complicado para trabajarlo.

Stephanie se inclinó hacia ella.

—Mackenzie, no es asunto tuyo.

—Lo sé, pero...

—Nada de peros. Tienes que olvidarte. Ahora tienes Luna Pintada. Preocúpate de las uvas Syrah de aquí.

—Lo hago. Pero cuesta alejarse.

Stephanie cogió su café.

—Háblame de eso.

Las obras de la zona de trabajo de Luna Pintada terminaron justo a tiempo, cosa que Mackenzie no había experimentado nunca. Suponía que la supervisión de las obras era otro de los muchos talentos de Bruno. Solo hicieron falta un par de viajes para llevar sus cosas a su nuevo despacho. Aunque el espacio era mucho más bonito que el que había tenido en Bel Après, no se parecía en nada al plan original.

Bruno había querido darle el doble de superficie con un elegante baño adosado. Pero ella le había explicado que hacía la mayor parte de su trabajo mucho más cerca de las uvas y el vino y que no necesitaba más que una mesa y algunos muebles archivadores. Él le había dado más que eso, incluidas unas preciosas estanterías empotradas y un pequeño sofá pegado a la pared de enfrente.

Para las nueve y media ya estaba instalada, con el ordenador conectado al nuevo Wi-Fi. Tenía un elegante teléfono nuevo con demasiados botones. Sabía manejar su móvil, pero un fijo con dos filas de botones la ponía nerviosa. Estaba mirándolo cuando Bruno apareció en su puerta abierta.

—¿Alguien me va a explicar todo esto? —preguntó señalando al teléfono.

—Hay un botón de llamada en espera, un botón de altavoz y otro con mi nombre.

—¿Y el resto?

—Son para cuando empecemos a crecer. Esta mañana voy a entrevistar a jefes de personal. ¿Alguna petición?

—No me obligues a participar.

Él sonrió mientras entraba en el despacho y se acomodaba en el sofá.

—Prometido. Yo me encargo de buscar a todo el personal de la oficina. El contable se queda, y también dos hombres del almacén. El encargado del viñedo quiere jubilarse.

—Me lo dijo ayer. Tiene setenta y tantos años y aparenta ciento cinco, así que, se lo ha ganado.

—Será difícil sustituirlo.

—Lo sé.

—¿Conoces a alguien que pueda estar interesado?

—¿Te refieres a robarlo de otra bodega? —preguntó ella intentando no parecer escandalizada.

La sonrisa volvió. Bruno tenía una sonrisa estupenda que casi la hacía olvidarse de sus propios pensamientos. Llevaba puesta una camisa de manga larga remetida en unos vaqueros oscuros y mocasines. Un poco elevado pero, aun así, resultaba atractivo. En cambio, ella llevaba los pantalones de yoga elásticos de Target y una blusa ancha que odiaba pero que le tapaba la tripa. Normalmente, Mackenzie no se preocupaba por la ropa, pero vestida así se sentía desaliñada.

—Les haremos una oferta mejor —contestó él recordándole su conversación—. Son negocios. Deja que elabore una lista de posibles sustitutos.

—¿Alguno de ellos será Rhys?

Él la miró con sorpresa.

—¿Quieres que lo sea?

—No. —Vaciló—. Se le da muy bien su trabajo. ¿Hago mal en decir que no quiero trabajar con él?

—No. Estás llevando el divorcio mejor que la mayoría pero ¿por qué complicar las cosas cuando no es necesario?

—Gracias.

—De nada. Tenemos que decidir qué hacer con el vino embotellado. Estoy tanteando a distribuidores del sector de restaurantes. Le ponemos la etiqueta de la casa y, *voilá*, es especial.

—Eso estaría bien. —Tenían mucho inventario y ella se sentiría mejor sabiendo que tenían ingresos.

—Haremos lo mismo con las barricas —añadió él—. En cuanto sepas qué quieres hacer con todo eso podremos empezar a hacer planes. Podemos vender algunas con la marca de Luna Pintada aquí, en la zona, embotellar una parte para vinos de restaurantes y ver si hay mercado para el resto en algún otro lugar.

Aunque el primer instinto de Mackenzie era deshacerse de las barricas y empezar de nuevo, no era factible, al menos, económicamente. Bruno tenía razón: ella tenía que renunciar a su búsqueda de la perfección. Estos no eran sus vinos y era importante que la empresa hiciera dinero.

—Habré terminado de hacer las catas en las próximas dos semanas —le dijo ella—. Me estoy ciñendo a un plan y avanza con lentitud. Estoy teniendo cuidado, como me dijo la médica.

—Ojalá pudiera yo hacer la cata por ti.

Mackenzie sonrió.

—No te ofendas, pero no me fío de tu paladar.

—No me ofendes, y tienes razón en no fiarte. ¿Te encuentras bien?

Ella asintió.

—He tenido mucha suerte de no sufrir náuseas matutinas. Me encuentro bien. Hay cambios físicos, claro, pero mejor que no sepas los detalles. —Sonrió—. Digamos simplemente que ya no me entran los vaqueros y dejémoslo ahí.

—Agradezco la falta de información.

Ella se rio.

—Estoy leyendo el libro sobre embarazos que me regaló Stephanie y otro par más que me recomendó mi médica. Dan un poco de miedo. Al parecer, tener un bebé es toda una odisea.

—¿Estás agobiada?

—No, si no lo pienso mucho.

—Si me necesitas, aquí estoy. Puedo acompañarte a

la médica o a comprarte pepinillos. —Se aclaró la garganta—. Y cuando digo lo de acompañarte a la médica me refiero a que esperaré en la puerta. Creo que la parte del examen resultaría incómoda para los dos.

Ella soltó una carcajada.

—Es verdad. A pesar de eso, agradezco el ofrecimiento. Y no tengo antojos de pepinillos, pero si eso cambia, te avisaré.

—Estoy deseando que llegue el bebé. Me gustan los niños.

—Si lo traigo al despacho, vas a conocerlo bastante bien.

—Creo que eso es una ventaja.

Sería bueno con un niño. Era paciente y sabía entender a la gente. Había en él cierta solidez, pero no en un sentido aburrido.

Movió su mirada hacia su boca y tuvo el loco pensamiento de que le gustaría saber cómo besaba. ¿Se lanzaría sin más o buscaría una experiencia compartida? Era poderoso y estaba acostumbrado a conseguir lo que se proponía y...

—Voy a volver a mi despacho —dijo él poniéndose de pie—. Tengo que hacer unas llamadas y sé que tú querrás dedicar un buen rato a conocer tu teléfono.

Sus palabras la hicieron volver a la vida real. Dios santo, ¿de dónde había salido esa extraña idea de los besos? ¿Besar a Bruno? Eran socios. Por supuesto que le gustaba, pero había muchas personas que le gustaban y nunca pensaba en besarlas.

Las hormonas del embarazo, se dijo mientras él salía. Su cuerpo se estaba convirtiendo en algo extraño. Iba a tener que ignorar esas rarezas y esperar a que todo volviera a la normalidad en unos meses. Besar a Bruno. ¡Venga ya!

Barbara esperó a que el ibuprofeno le hiciera efecto. Había despertado con dolor de cabeza casi cada mañana durante la semana anterior. Estaba harta de empezar el día con un doloroso zumbido en su cabeza.

Había múltiples causas. Para empezar, la media botella de tequila cada noche, el estrés de todo lo que estaba pasando. No había visto a Giorgio desde su discusión por la estúpida fiesta de cumpleaños de su hija y Lori estaba volviendo tarde a casa y, a veces, ni siquiera iba a dormir. Sin duda, se estaba quedando en casa del fracasado de su novio. Bueno, que haga lo que quiera, pensó Barbara a la vez que cogía su bolso y su maletín antes de salir a cumplir con su jornada.

Hizo una pausa para fijarse en el cielo azul y la perfecta temperatura otoñal. La vendimia había terminado, los vinos estaban siendo traspasados a las barricas y el trabajo duro del año ya estaba hecho. O lo habría estado si Mackenzie no se hubiese ido para arruinarlos a todos.

Fue a trabajar en su carrito de golf. Tras subir las escaleras con la cabeza latiendo al ritmo que sus pasos, se dirigió a su despacho. Encendió las luces y fue hacia su mesa mientras trataba de contener una sensación de miedo y desesperación.

¿Iba a sobrevivir Bel Après? Este era un momento crítico y no tenían enólogo. Y lo que era peor, ahora nadie quería venir a trabajar con ellos. Al menos, nadie que fuese decente. ¿Qué iban a hacer?

No había ninguna respuesta buena, pensó con seriedad. Miró su correo electrónico antes de ir a la sala de descanso. Para esa hora, algún empleado habría encendido la cafetera. La cafeína haría que se sintiera mejor, se dijo. En cuanto dejara de dolerle la cabeza, podría pensar.

Pero cuando volvió con la taza en la mano se encontró a Rhys dando vueltas por delante de su mesa.

—Dios santo, siéntate o vete —espetó ella—. Esta mañana no tengo paciencia para ti ni para tu mal humor.

Él esperó a que se sentara y, después, puso las manos sobre la mesa y se inclinó sobre ella. Sus ojos estaban llenos de rabia.

—¿Cómo te atreves? —gruñó él.

—Te has olvidado de que estoy aguantando tus berrinches desde que tenías dos años. No puedes intimidarme. Siéntate o vete.

Se quedaron mirándose. Ella vio indecisión en sus ojos y, un segundo antes de que él se sentara, ya sabía que había ganado.

—Has consultado a un abogado sobre demandar a Mackenzie por la custodia del bebé.

Catherine, pensó ella sin que le sorprendiera siquiera que su hija mejor hubiese hablado a sus espaldas. Ya no había nada de lealtad.

—Tú no lo quieres hacer, así que alguien tendrá que hacerlo.

—Yo no quiero la custodia. Todavía estoy tratando de decidir cuáles son mis obligaciones y, desde luego, no necesito que tú te metas en medio. No lo compliques todo como haces siempre. Por una vez, compórtate como una persona normal.

—Yo soy la más normal de esta familia —respondió ella sin rodeos—. Eres un verdadero inútil en este aspecto. Si te enfrentaras a ella por el bebé yo me mantendría al margen.

—Eso no va a pasar.

Porque a él no le importaba, pensó ella con desagrado, sorprendida de sentir un atisbo de compasión por Mackenzie. James se había entusiasmado con cada uno de sus embarazos. Había sido un marido maravilloso y cariñoso y un buen padre.

—¿Terminar tu matrimonio a cualquier precio? —preguntó ella con un tono más amargo—. Vas a dejar que ella se salga con la suya solo con tal de tú obtener tu libertad?

—Si es necesario, sí.

—Cómo me has decepcionado.

—El sentimiento es mutuo, mamá.

Estaban en un punto muerto.

—Ojalá no estuviese embarazada —dijo ella con un suspiro.

—Yo también lo desearía pero las cosas son como son. Estoy harto de discutir.

—¿Y vas a hacer también lo que sea necesario para llevarte bien conmigo? —le preguntó Barbara con brusquedad.

—Siempre que eso no implique la custodia del bebé, sí.

Qué desalentador era darse cuenta de que él no iba a dar un paso atrás. No iba a ponerse moralista y a dimitir como había hecho su hermana.

Stephanie y ella nunca se habían llevado muy bien, pero Barbara tenía que reconocer al menos que su hija mayor tenía sus principios y fuerza de voluntad. Estaba dispuesta a marcharse con tal de demostrar su valía, pero Rhys no.

Barbara suponía que la vida de su hijo era demasiado cómoda. Tenía una casa bonita, el frigorífico lleno de comida que le llevaban y, aun después de saldar cuentas con Mackenzie, bastante dinero. Sin duda, era muy popular entre todas las mujeres solteras de la ciudad. Iba a convertirse en un diletante y a desperdiciar cualquier oportunidad de conseguir la excelencia. ¿Por qué nunca se había dado cuenta?

Por Mackenzie, pensó. Él se había visto arrastrado por su pasión y su ética profesional. Mackenzie había sido la fuerza motriz y había querido a su trabajo y a Bel con cada poro de su ser. Había traído un rumbo a esta familia y ahora se había marchado.

A Barbara le escocían los ojos y sabía que esa sensación no tenía nada que ver con la resaca. Notaba en la lengua el sabor de la desilusión, amarga y teñida de arrepentimiento. Se había permitido unos segundos de indulgencia emocional pero, después, se sacudió de encima esos sentimientos.

—¿Las barricas están listas para el vino? —preguntó irguiendo la espalda y cogiendo su taza de café—. ¿Has comprado suficientes?

—Sí. Todo está en su sitio. —Rhys hizo una pausa—.

Ella estaría dispuesta a volver para ayudarnos unos días. Haría que todo resultara más fácil.

Barbara le fulminó con la mirada.

—No me interesan las cosas fáciles, Rhys. Creía que eso ya lo sabrías. Haz lo que debes y hazlo bien. ¿Qué pasa con los enólogos de California?

—He concertado entrevistas con un par. Si me parecen bien, te los mandaré.

—¿Alguna vez has hecho a alguien una entrevista de trabajo? —preguntó ella.

—Muchas veces. —Pero parecía incómodo al contestar.

—Más vale que investigues un poco en internet. De lo contrario, es posible que termines haciendo el tonto.

Él se puso de pie.

—¿Algo más? —preguntó con voz tensa.

—No. Mantenme informada con lo de las entrevistas.

Él asintió y salió. Ella apoyó la espalda en su silla y se preguntó por qué no podía haber sido él quien se marchara en lugar de Mackenzie. O cualquiera de sus hijas. O todos ellos. Mackenzie era la única que valía. El resto no eran más que una carga.

Capítulo veintinueve

Stephanie no recordaba haber estado tan mal del estómago desde sus embarazos. Al contrario que Mackenzie, había pasado la mayor parte de los primeros tres meses sin poder comer nada que no fueran las galletas saladas. Estaba segura de que sus náuseas de ahora no tenían nada que ver con las hormonas y sí con los nervios. Estaba asustada. No. Aterrada.

La proposición inesperada de Kyle y haber caído en la cuenta de que estaba siempre dispuesta a tomar la salida fácil habían supuesto lo que necesitaba para empezar a mover el culo y buscar el trabajo de sus sueños. Tras descartar a los cinco productores principales de la zona, se había concentrado en los veinte o así medianos que sabrían apreciar su experiencia y conocimientos. A partir de ahí, se había esforzado al máximo por averiguar quién estaría dispuesto a contratarla y, entre ellos, solo había uno que estaba segura de que buscaba empleados. Luna Pintada.

Lo cual le planteaba un dilema, pensó mientras daba sorbos a un café en la isla de su cocina. Quería que la contrataran por lo que ella aportaba al trabajo y no por ser la mejor amiga de una de los dos propietarios. Con ese objetivo, no le había dicho nada a Mackenzie y cuando llamó a Bruno para concertar la reunión, le había pedido que no dijera nada tampoco.

—Cuántas mentiras nos decimos —murmuró mientras revisaba sus notas por enésima vez.

Carson entró en la cocina poniéndose una sudadera de Seahawks sobre una camiseta de manga larga. Ya no llevaba escayola y había vuelto a hacer deporte, como si nunca hubiese tenido roto el brazo.

—Hola, mamá.

Se acercó y le dio un breve abrazo seguido de un beso en la cabeza.

—Oye, ya sé que eres mucho más alto que yo —dijo ella con rabia fingida— Deja de restregármelo.

Carson la miró con una sonrisa mientras abría el frigorífico y sacaba el burrito para desayunar que ella le había descongelado. Los preparaba por lotes y los congelaba individualmente para que los niños pudieran desayunarlos.

Tras meterlo en el microondas, se sirvió un vaso de leche.

—¿Lista para tu entrevista? —preguntó él.

—Eso espero. Quizá haya estudiado demasiado.

—Nunca se está lo suficientemente preparado. Lo has hecho muy bien, mamá. Te va a salir genial.

—Gracias.

Sonó el microondas. Carson cogió su desayuno y se sentó en la isla donde ella había dejado fruta fresca. Acababa de empezar a comer cuando Avery entró en la cocina.

—Mi pelo no está colaborando —dijo dejando caer su mochila en el suelo y acercándose después a Stephanie para abrazarla—. ¿Por qué hay días que se pone así?

—Son cosas que pasan, cariño.

—Mi pelo siempre colabora —contestó Carson.

Avery sacó proteína en polvo y leche de almendras.

—Tu pelo es de dos centímetros de largo. No sabes si colabora o no.

—Deberías probar.

Avery contuvo un suspiro.

—Carson, no eres normal.

—Soy más normal que tú.

Aquel cotorreo había formado parte desde siempre de su rutina matutina. Stephanie sabía que era afortunada en lo que respectaba a sus hijos. Avery y ella habían pasado por una mala racha en verano, pero ahora se llevaban bien otra vez. Iba a centrarse en las cosas buenas de su vida y dejar que el resto se solucionara solo. En cuanto a la entrevista, iba a hacer todo lo posible. Esta vez, estaba preparada. Si las cosas no salían bien, pensaría en otro plan porque, pasara lo que pasara, no iba a tomar la salida fácil.

Stephanie conocía a Bruno Provencio desde hacía años y siempre le había parecido impresionante, pero jamás había temblado de verdad en su presencia hasta ahora. Claro que nunca había tenido poder sobre su vida hasta ahora y eso cambiaba las cosas.

—La obra os ha quedado genial —dijo ella mientras se sentaba en frente de él en su gran despacho—. Hay mucho espacio funcional.

—El despacho de Mackenzie es más pequeño que en el plano original —contestó él riendo entre dientes—. Se negó a tener más superficie y el baño privado.

—No le van los lujos.

—Estoy de acuerdo. Ahora mismo no está aquí. Está comiendo con tu hermana, creo. ¿Lo has preparado tú?

Stephanie asintió. Se había confesado a Cuatro y le había pedido que quedara para comer a la misma hora que Stephanie tenía su entrevista.

—No quería que ella lo supiera. Es socia de la empresa y su opinión influiría en la tuya.

No supo interpretar la mirada de él.

—Me alegra saberlo. Dime de qué quieres hablar.

El estómago se le cerró, el corazón empezó a palpitarle con rapidez y la boca se le quedó seca. Al menos, no sentía que estuviese a punto de desmayarse. Algo así no la habría hecho parecer muy capaz.

SUSAN MALLERY

—Estáis en una posición única. Luna Pintada tiene buena fama y aún estáis empezando. Desde mi punto de vista, necesitáis remodelar la sala de catas, diseñar y equipar un espacio de tienda, poner al día vuestra presencia digital, crear un club de vinos, persuadir a los turistas y vender vuestros vinos de colección.

—Eso es mucho.

—Lo es, así que habrá que establecer prioridades. La parte digital queda fuera de mi dominio. —Sonrió—. Así que, de eso te encargas tú.

Bruno puso una mueca.

—¿Tan pronto empiezas a escurrir el bulto?

—Por supuesto. En cuanto al resto, la sala de catas se tiene que abrir a comienzos de primavera para la temporada turística. La tienda va a la vez. La siguiente prioridad deberían ser los vinos de colección. Por lo que he calculado, tenéis vino embotellado por un valor de más de un millón de dólares. Hay que sacarlo de ahí.

—¿Quieres crear un club de vinos?

—Todavía no. Esa debería ser la labor del segundo año. Ahora mismo no tenéis vinos para vender. Los de colección son un proyecto aparte.

—¿Cómo los vendemos sin un club de vinos?

Y había llegado el momento, pensó ella mientras abría la carpeta que había dejado sobre la mesa de juntas del despacho.

—Dejando que los vinos cuenten una historia. Mackenzie no ha participado en ellos, así que, no podemos usarla. Por cierto, tengo algunas ideas para convertirla en la estrella en lo que respecta a los vinos que vais a empezar a producir. Pero para los vinos de colección he pensado que hay que poner el foco en Herman y su familia.

Abrió la carpeta para mostrarle la primera de las etiquetas que había diseñado.

—Las botellas más antiguas tienen doce años.

—¿Cómo lo sabes?

Stephanie sintió que se relajaba.

—Tu sistema de seguridad es muy malo. La última

vez que visité a Mackenzie fui a la zona de producción y entré en la bodega. Nadie me detuvo ni me preguntó qué hacía allí. Hice un rápido inventario.

—Interesante. —Tomó nota en un cuaderno—. Continúa.

Le explicó que en las nuevas etiquetas aparecerían imágenes de la bodega de cuando había sido una granja y cómo había ido cambiando. Cuatro había hecho los dibujos con su extravagante estilo.

Pasó a otra página.

—Mira cómo podemos hacer los estuches, de tres años y de cinco. La presentación quedaría preciosa y es algo que se puede vender en la tienda el año que viene.

—¿Cómo conseguimos los clientes?

—Luna Pintada tenía antes un club de vinos. Deberíais tener todos esos nombres y direcciones. Enviaremos un correo masivo en el que contaremos qué ha pasado en la bodega y qué pueden esperar ver en el futuro. Herman dijo que la lista era de casi diez mil personas.

—Deja que adivine —dijo Bruno inexpresivamente—. Le llamaste para preguntarle.

—Eso hice. Es un encanto. Lo conozco de toda la vida.

—Eso parece.

Ella sonrió.

—Es la vida de las ciudades pequeñas, Bruno. Tienes que acostumbrarte.

—Eso mismo me dice Mackenzie.

—Y ahora, la sala de catas —continuó ella colocando una segunda carpeta delante de él—. Hay dos estrellas en este espectáculo en particular. Los vinos y el bar. Se dice que el bar empezó en un burdel de San Francisco durante la fiebre del oro. Sea verdad o no, no nos importa. Es una historia estupenda y se debería mostrar en todos los materiales.

Abrió la carpeta y apareció una imagen de un bar.

—A ver si adivino —dijo él levantando los ojos de la imagen hacia ella—. Te has paseado también por la antigua sala de catas.

—Por supuesto que sí.

Una hora después, ya le había enseñado todo el material. La última carpeta que le había entregado era sobre las ventas en China.

—No es mi especialidad —confesó ella—. Así que no son más que ideas al azar. Es un mercado enorme. Ya hay recorridos vinícolas para turistas chinos en California y Oregón. ¿Por qué no hacerlo aquí? Hay muchas bodegas para visitar y, si Luna Pintada toma la iniciativa, puede ser una de las atracciones estrella.

—Yo también he pensado lo mismo —contestó él cogiendo la carpeta—. Sí que has investigado.

—Creo que estáis en una posición única para ir creciendo durante los próximos años. Sé cómo trabaja Mackenzie, así que, lo de tener vinos estupendos lo doy por hecho. Yo tengo experiencia en ventas al por menor gracias al tiempo que he estado en Bel Après y he aprendido mucho sobre el sector por simple ósmosis. Me gustaría poner esos conocimientos en práctica aquí.

Bruno la miró con la misma cara inexpresiva que había tenido durante toda la entrevista. Pero en lugar de asustarse por eso, Stephanie se sintió bien. Se había esforzado mucho y se notaba. Había investigado Luna Pintada y había hecho propuestas específicas para ese lugar. Algo que debería haber hecho la primera vez pero, al menos, había aprendido de sus errores.

—Yo me encargo de las contrataciones aquí —dijo él— pero no sin consultar los puestos directivos con Mackenzie.

¿Puestos directivos? El corazón le palpitaba de tanta felicidad.

—Claro.

—Dame unos días para estudiar todo esto y me pondré en contacto contigo.

—Gracias.

Se levantó y se estrecharon las manos. Stephanie se las arregló para recorrer todo el camino hasta su coche antes de que la sensación de orgullo le hiciera levantar el puño en el aire. Lo había conseguido. Se había esforzado mucho y había hecho una entrevista muy buena. Eso no era garantía de obtener un trabajo pero, al menos, sabía que lo había hecho bien. Pasara lo que pasara, estaba convencida de que lo había hecho todo bien, y eso hacía que este fuera un muy buen día.

Mackenzie estaba en la puerta de lo que sería la habitación del bebé y miró los muebles que estaban arrinconados en el otro extremo. En algún momento iba a tener que decidir qué quería hacer aquí. Había que pintar las paredes y necesitaba una alfombra para los suelos de madera, además de cortinas para las ventanas.

Según los libros que estaba leyendo, iba a necesitar un montón de cosas antes de que naciera el bebé. Pañales y cosas así. Puede que ropa. Sábanas. No estaba segura en cuanto a los juguetes. Los recién nacidos básicamente comían y dormían, así que, para eso podía esperar. Eran muchas cosas en las que pensar y ser consciente de eso le hacía sentir incómoda, y esa era la razón por la que trataba de no pensar en la parte de su vida después del embarazo. En algún momento iba a tener que pedirle a Stephanie y a Cuatro que le hablaran de la preparación para el bebé, pero hoy no.

Se miró el reloj y supo que tenía que ponerse en marcha. Había venido a casa para ducharse y cambiarse después de pasar el día recorriendo los viñedos. Pero tenían una reunión con un distribuidor chino de vinos a las tres y eso exigía un atuendo profesional.

Había elegido los pantalones negros premamá menos holgados que encontró y una camiseta vaporosa y sin mangas. Con motivo de la reunión, se había puesto un poco de maquillaje y había sustituido sus botas de trabajo por unos bonitos zapatos planos.

Consciente de que no podía distraerse más tiempo, bajó y recorrió en coche la corta distancia hasta las oficinas. Vio un coche de alquiler que no conocía aparcado delante y se dio cuenta de que sus posibles clientes habían llegado pronto.

—¿Qué ha pasado con lo de ser puntual? —Entró a toda prisa a la sala de reuniones.

Bruno ya estaba allí con tres hombres que Mackenzie no había visto nunca. Bruno fue quien la vio primero. Ella se disculpó en silencio antes de dirigirse a sus visitantes.

—Hola a todos.

Los tres hombres la miraron. Mackenzie se acercó a ellos con una amplia sonrisa.

—Estaba en los viñedos. Ahora que hemos terminado la vendimia, estoy pensando en los cambios que quiero hacer. Sé que podría hacerlo desde mi despacho, pero me resulta más fácil pensar en vides cuando estoy rodeada por ellas.

Durante un segundo nadie dijo nada. A Mackenzie le dio tiempo a pensar si habría metido la pata de alguna forma cuando los tres hombres se abalanzaron sobre ella.

El más alto de los visitantes extendió la mano hacia ella.

—Mackenzie Dienes. Es un honor. Su reputación la precede.

Los otros dos elogiaron también su talento hablándole perfectamente en su idioma.

Mackenzie estrechó las manos de todos tratando de vincular los nombres a sus rostros y dispuesta a no decir ninguna estupidez. En lo relativo a las uvas, tenía un control absoluto. Era todo el asunto de tener que tratar de negocios con otras personas lo que le resultaba más intimidatorio.

Bruno la salvó tomando el control de la reunión.

—Caballeros —dijo llevándolos hacia la mesa—. Permitan que les muestre en qué hemos estado trabajando.

Les pasó distintas opciones de etiquetas. Los tres hombres hablaron en chino antes de que el señor Lin señalara la sencilla etiqueta azul marino con una limpia letra que formaba las palabras «Luna Pintada Presenta».

—La próxima vez pondremos su nombre al vino —dijo mirando a Mackenzie—. Eso nos traerá mucho dinero.

Mackenzie sonrió sin hablar. No quería comprometerse a nada sin darse cuenta.

En cuanto eligieron las etiquetas, pasaron a la sala de barricas. Antes, Mackenzie había dispuesto una cata con algunos vinos de la colección y el equipo necesario para probarlos directamente de la barrica. Tenía un cuaderno y un bolígrafo para tomar nota de lo que pensaban sobre las distintas opciones.

Mackenzie ya lo había probado todo, con cuidado de escupir las muestras una vez que tenía clara su opinión de ellas. Para esta cata hablaría de los vinos sin beber. Bruno y ella habían decidido que escupir delante de unos posibles clientes no era una buena estrategia de ventas.

—Hay tres vinos de la colección de Luna Pintada que creo que son bastante especiales para que los tengan en cuenta —empezó diciendo—. Los tres son mezclas de lo mejor que tuvo el viñedo ese año. Los vinos son suaves, para beber en el momento y, si compran todo el inventario, los tendrían en exclusividad.

Bruno le pasó una botella. Mackenzie cortó el aluminio con pericia y, a continuación, sacó el corcho. Tras verter el líquido en cinco copas, Mackenzie las fue pasando. Levantó su copa.

—Empecemos por el color. Este es de un precioso color púrpura oscuro. Su aspecto es tan delicioso como su sabor. —Removió el vino en la copa—. Pueden ver que tiene un contenido alto en alcohol.

Inhaló el aroma del vino y sonrió.

—Muy afrutado, lo cual creo que es su preferencia. Pueden oler el frescor, la solidez de las uvas, además de un toque de especias y chocolate que es único en nuestra zona.

Todos los demás olieron sus copas. Sus invitados sonrieron y, después, la miraron.

—¿Y ahora lo probamos? —preguntó el señor Meng.

Ella se rio.

—Ahora lo probamos.

—¿Cómo has conseguido que el restaurante lo traiga? —preguntó Mackenzie a Bruno mientras sacaba las
cajas de comida para llevar en la mesa de su comedor.

—Ellos solo han hecho la comida. He pedido a otra
persona que la traiga.

A Mackenzie le rugía el estómago con la tentación de
los deliciosos olores. Tras una larga tarde atendiendo a
sus visitantes chinos estaba muerta de hambre.

Ya había colocado una copa de vino para él. Ella tenía su preciosa garrafa de agua. Ñam. Pero en lugar de
pensar en lo que no podía tomar, miró la abundancia
de lo que tenía delante. Ravioli de setas con una salsa de
mantequilla marrón, dos tipos de ensalada, un solomi-
llo de cerdo y tortitas de compota de calabaza con queso
feta.

—Me encanta el restaurante Whitehouse-Crawford
—dijo—. Rhys y yo íbamos a cenar allí como una vez al
mes. Buena comida y un ambiente divertido. Nos gustaba ir fuera de temporada pero incluso cenar con los
turistas resultaba divertido.

—A mí también me gusta su comida.

Miró a Bruno.

—¿Debería dejar de mencionar a Rhys cuando hablo
de mi vida anterior?

—¿Por qué? Forma parte de quién eres. Seguís siendo
amigos.

—Sí —contestó ella de forma automática, aunque no
estaba segura de que fuera del todo cierto. No habían
hablado desde que ella le contó que estaba embarazada.
Su único contacto había sido a través de su abogada
para concertar una reunión para tratar una propuesta
de plan de parentalidad.

»¿Estás contento por cómo ha ido la reunión? —preguntó.

Bruno sonrió mientras le servía unos ravioli.

—He pedido esto para comer, ¿no? Es una cena de celebración.

—Lo has pedido antes de la reunión. Nuestras visitas se han ido apenas hace media hora.

Los oscuros ojos de él se iluminaron con una mirada risueña.

—Tienes razón. Pedí la cena hace un par de días. Tenía la sensación de que íbamos a tener algo que celebrar. Y si la reunión hubiese ido mal, habríamos usado la comida para superar nuestra decepción.

Pero estaban brindando por el enorme pedido que el señor Hsia y sus colegas habían hecho. Habían comprado todo el inventario de los tres vinos de colección que Mackenzie había propuesto, además de mil cajas de vino que todavía estaba en la barrica.

—Vamos a tener que tomar más decisiones respecto al mercado chino —dijo Bruno—. Querrán comprar todo lo que les queramos vender. ¿Cuánto de lo que recolectamos deseamos destinarlo al mercado extranjero?

—No sé qué responder a eso. Hice un estudio hace unos años pero cuando traté de hablar de China como mercado potencial, Barbara no mostró ningún interés. Sé que tiene un amplio margen de beneficio.

—Podríamos ampliar la capacidad comprando uvas de otros viñedos.

Mackenzie se quedó mirándolo con la esperanza de que su expresión no mostrara el horror que sentía.

—¿Uvas sobre las que no tengo ningún control?

Él sonrió.

—Ya sabía que esa sería tu respuesta. Si queremos seguir vendiendo al mercado chino, quizá tengamos que comprar más terrenos.

—Que yo pueda supervisar.

—Stephanie va a quedarse muy decepcionada con nuestra reunión de hoy.

Mackenzie se quedó mirándolo.

—Estoy confundida. ¿Por qué le iba a importar?

—Porque tenía grandes planes para los vinos de colección. Se van a llevar los tres años más antiguos del inventario, aunque todavía le quedan otros tres con los que trabajar. —Cogió su copa de vino—. Vino a verme la semana pasada. Por un trabajo.

—¿Qué? ¿Por qué no sabía yo nada? No me ha dicho una palabra. ¿Qué pasó? ¿La vas a contratar?

Las emociones se amontonaban unas sobre otras. ¿Cómo es que su mejor amiga no le había dicho nada de la entrevista de trabajo? Pero mientras hacía la pregunta supo la respuesta. Stephanie quería ganarse su sitio.

—Me dejó deslumbrado —confesó Bruno—. Ha sabido ver los problemas a los que nos enfrentamos y tenía muchas soluciones. Tiene grandes ideas para la sala de catas y para la tienda. También se le ha ocurrido un plan muy original para vender los vinos de colección. Un plan que va a tener que modificar ahora que hemos vendido tres años y se los hemos quitado a ella.

—¿Significa eso que la quieres contratar?

Él sonrió.

—Sí, si es que a ti no te parece mal.

—En absoluto. Me gusta trabajar con ella. Es de la zona, conoce el negocio y es muy creativa.

—Entonces, la llamaré por la mañana para hacerle una oferta.

—Este día no deja de mejorar.

Se comió unos cuantos ravioli y trató de no gemir por su delicioso sabor. El cerdo estaba igual de bueno.

—Va a haber un montón de sobras —dijo ella—. Deberías llevártelas a casa.

—Quédatelas tú. Quiero que tengas comida en la casa.

—Tengo mucha.

—Aun así, me sentiré mejor. Me preocupa que no estés comiendo lo suficiente.

Lo cual era un bonito detalle, pero innecesario.

—Estoy embarazada, no enferma.

—Creo que la expresión es «en un estado delicado».

—Ya no se dice eso.

—Cuando alguien me importa, me preocupo. Es lo que hay. Asúmelo.

Su tono era tan despreocupado que ella sabía que sería una estupidez interpretar nada de sus palabras, pero no pudo evitar preguntarse por lo de «cuando alguien me importa». ¿Qué quería decir? «¡Vale ya!», le ordenó a su cerebro. No iba a sentirse incómoda por su relación con Bruno. Era lo mejor que le había pasado y un hombre bueno de verdad. Nada más. Aunque tenía que admitir que casi le gustaba la idea de que Bruno se preocupara por ella.

—¿Cómo te vas haciendo a la vida en el piso? —preguntó ella.

—No está mal. Los vecinos son tranquilos. Cuando el negocio vaya mejor, voy a retomar el golf.

—¿Juegas al golf?

—Sí. Me gusta.

—¿Por qué? Nunca le he visto el sentido a ese deporte.

Él se rio.

—¿Y qué me dices de pasar la tarde del domingo viendo el fútbol en la televisión?

—Ah, eso me gusta.

—¿El fútbol tiene sentido pero el golf no?

—Por supuesto. Me gustan los deportes de equipo. Hay mucha acción. Además, la comida es estupenda.

—¿El fútbol tiene comida? —Su tono era de burla.

—Claro que sí. La gente come todo tipo de cosas mientras ve el fútbol que jamás come en la vida real.

—También beben cerveza.

—Eso no me parece mal. No todos los eventos tienen que ser en torno al vino.

Él se rio.

—No dejas de sorprenderme.

—Pero para bien, ¿no?

—Para bien. ¿Cómo te sientes últimamente con lo del bebé?

El cambio de tema la sorprendió.

—Lo voy asimilando un poco más. Justo antes de nuestra reunión de hoy estuve pensando en que había que pintar la habitación del bebé.

—No la pintes tú. Yo lo hago.

Sus ojos se abrieron de par en par mientras miraba su elegante traje.

—¿Sabes pintar?

—Sí. Tú no puedes inhalar esos gases. —Sacó el teléfono y escribió algo—. En cuanto elijas el color prepararé la habitación y la pintaré mientras estás en el despacho. Mantendremos la puerta cerrada hasta que se airee.

—Estás siendo un poco mandón.

Él levantó las cejas.

—Creo que lo que querías decir era un gracias.

Ella sonrió.

—Gracias.

—¿Has pensado en los colores? ¿Y en motivos para la decoración?

—Se supone que tú no debes saber de esas cosas.

—He estado leyendo y viendo cosas en internet. Deberías saber el sexo del bebé en las próximas semanas. A menos que no quieras.

—Quiero que me lo digan. Creo que saberlo me ayudará a sentir que el bebé es real. —Negó con la cabeza—. Sé que es real pero todavía, no sé... es complicado.

—Tienes tiempo para solucionarlo.

Ella asintió porque decir que quizá nunca estaría preparada parecería débil y triste.

La conversación volvió al negocio del vino.

—Hay rumores de que Bel Après va a traer a un par de tipos del norte de California para ocupar tu puesto —dijo él.

Mackenzie se estremeció.

—¿En serio? ¿No han encontrado a nadie de la zona? Aunque puede que sea una buena idea. Lo de la mirada fresca y esas cosas. —No quería imaginarse a nadie ocupándose de sus uvas. ¿Y si lo hacían mal?

—¿En qué estás pensando? —preguntó Bruno.

—En lo que cuesta alejarse.

—¿Remordimientos?

Ella lo miró.

—Ninguno. Esta es una oportunidad increíble y doy las gracias por formar parte de lo que estamos creando.

—Yo también.

A eso de las nueve y media, lo acompañó a la puerta. Él había insistido en que se quedara con las sobras.

—Cómetelas en el desayuno —le dijo—. Sé lo poco que te gusta tu batido de proteínas.

—Es asqueroso. No me puedo creer que la gente se beba eso queriendo.

Bruno la miró a los ojos.

—¿Sigues echando de menos a Rhys?

—¿Qué? No. —Negó con la cabeza—. No hay nada que tenga que echar de menos. Incluso estoy empezando a aceptar el cambio de estilo de vida, aunque debo confesar que el servicio de comidas era fantástico. No hay nada como llegar a casa y encontrarte comida casera en el frigorífico.

—Eso podríamos tenerlo aquí.

Ella se rio.

—Siempre se me olvida lo que te gusta resolver problemas. Y aunque agradezco el ofrecimiento, no, gracias. Voy a ocuparme yo de mis comidas como hace la gente corriente. Con un poco de organización y una olla a presión.

—Si estás segura...

—Lo estoy.

Se despidió con un breve abrazo.

—Nos vemos mañana.

Ella le sonrió.

—Sí, hasta mañana.

Capítulo treinta

Stephanie escuchaba atentamente mientras Bruno detallaba la oferta. Tomó notas, hizo preguntas y estuvo bastante segura de haber dicho las cosas adecuadas, incluido un muy calmado «estaré encantada de aceptar tu oferta». Pero cuando colgó el teléfono, empezó a dar vueltas en su cocina y soltó un pequeño grito.

¡Tenía trabajo! Un trabajo muy bueno y bien pagado y con buenas condiciones. Se detuvo y esperó a que la habitación volviera a su sitio antes de mirar sus notas y asegurarse de que lo recordaba todo bien.

Iba a encargarse del local comercial y de la sala de catas. Bruno iba a contratar a otra persona que se encargara del contenido digital y de las relaciones públicas del negocio, pero esperaba que ella estuviera dispuesta para ser consultada también en esos asuntos. ¡Ah, y dirigiría a las personas que iban a trabajar para ella!

Dio otra vuelta riéndose a carcajadas y levantando los brazos. ¡Lo había conseguido! ¡Lo había...!

Se detuvo y abrió los ojos.

—Tengo que llamar a Mackenzie.

Porque no estaba segura de qué sabía su amiga o si estaría quizá molesta porque no le había contado lo que estaba pasando.

Cogió el teléfono, pero antes de marcar oyó que llamaban a la puerta de su casa y una voz familiar:

—Soy yo.

Stephanie fue corriendo a la puerta y vio a Mackenzie en el recibidor. Se quedaron mirando un segundo antes de abalanzarse para darse un abrazo mientras no dejaban de dar saltos.

—¡Tengo un trabajo nuevo! —exclamó Stephanie.

—Lo sé. He venido en cuanto me ha llamado Bruno y he estado esperando hasta que me ha dicho que habías aceptado. —Mackenzie sonrió—. Vamos a trabajar juntas. Estoy muy emocionada. Esto me hace muy feliz.

—¿No estás enfadada por no haberte dicho que lo había solicitado?

—No. Claro que no. Sé por qué querías hacerlo sola. Bruno no me dijo nada, por cierto. No hasta que decidió contratarte.

Volvieron a la cocina. Mackenzie ocupó su lugar habitual en la isla mientras Stephanie calentaba el agua para el té. Mientras las bolsitas se remojaban tomó aire para confesar la verdad.

—No te conté todo lo que pasó en mi entrevista con Elias —dijo mirando a Mackenzie—. Estaba demasiado avergonzada como para querer hablar de ello.

Su amiga se inclinó hacia ella.

—¿Qué quieres decir? ¿Qué más me tienes que contar?

Stephanie se entretuvo dejando la bolsita del té en un platito y, después, se quedó mirando la taza.

—No le impresionó mi trabajo —empezó a decir antes de explicarle que no se había dado cuenta de que llevaba los folletos duplicados y que su propia madre había ido diciendo que prácticamente la tenía contratada por pena.

Mackenzie la escuchó hasta que hubo terminado y extendió la mano hacia la de Stephanie.

—Nada de eso es verdad. Se equivocó contigo.

—Ojalá yo pensara igual que tú, pero no puedo. No hice mi trabajo como debía. Estaba enfadada con mi madre por rechazar mis ideas y, en los dos últimos años, ni siquiera me esforcé. Eso fue culpa mía. Ni siquiera supe investigar bien la bodega.

—Vale, bueno, tuviste un tropiezo, pero Bruno se quedó muy impresionado contigo y con tu forma de desenvolverte. Le encantaron tus ideas.

—Me alegro. Me esforcé mucho para deslumbrarle.

—Funcionó. —Mackenzie la sonrió—. Te quiero. Nada de lo que digas o hagas va a cambiar eso. Y bueno, ¿qué otras cosas no sé?

Stephanie se sentía inundada de gratitud.

—Eres mejor amiga de lo que me merezco, pero voy a aceptar el regalo de tu cariño. En cuanto a los demás secretos, lo siento, pero no tengo ninguno. Ya sabes que dejé mi trabajo y que mi exmarido me hizo una proposición y que ahora mismo no me habla. Mi madre sigue siendo una zorra, así que, ninguna novedad en ese aspecto. Llevo casi dos años sin sexo. —Hizo una pausa, como para pensar más, y después se rio—. Esos son los principales titulares.

—Son buenos. ¿Has tenido noticias de Kyle?

—No. Está en contacto con los niños pero a mí me evita.

—Probablemente porque le has roto el corazón.

—No estoy tan segura de eso —confesó Stephanie—. Últimamente nos llevábamos mejor que nunca y, aunque eso está bien, no es amor. —Levantó una mano en el aire—. No es que no me sintiera tentada, porque sí que lo estaba. Volver con Kyle habría sido la solución a todos mis problemas.

—No, si no le amas.

—Esa es la cuestión. —Cogió su taza—. ¿Alguna vez piensas en salir con alguien?

—No. —Mackenzie hizo un mohín—. Nunca se me dio muy bien cuando era adolescente. No me imagino conociendo ahora a alguien y tratar que funcione.

Stephanie entendía la reticencia a esforzarse, pero si no lo hacían, jamás encontrarían a nadie.

—¿Quieres estar sola el resto de tu vida? —preguntó.

Mackenzie se encogió de hombros.

—No lo sé. La verdad es que no. Hay cosas de estar casada que me gustaban. Pero no se me dio muy bien.

—En parte es por culpa de Rhys.

—Sí, pero también por la mía. —Se mordió el labio inferior—. No teníamos mucha vida sexual. O ninguna. —Sus mejillas se ruborizaron—. Sabía que nos habíamos alejado pero yo nunca he pensado mucho en el sexo. Aunque Rhys sí. Lo ha mencionado más de una vez, así que, sé que le decepcioné.

—¿No echabas de menos eso? —preguntó Stephanie, con cuidado de no desvelar lo que su hermano le había contado.

—Al principio. —Hizo una pausa—. Vale, está claro que esto es dar demasiada información, pero es que nunca fue muy bueno. Jamás me sentí como se veía a tu madre tras una noche con Giorgio.

—Puaj. No acabas de mencionar el sexo con mi hermano y de mi madre con Giorgio en la misma frase. No. Ni hablar. Es demasiado.

Mackenzie se rio.

—Lo siento. Lo retiro.

—Demasiado tarde. —Hizo una pausa—. Siento que no te fuera muy bien con Rhys.

—Yo también. Porque era virgen cuando le conocí, así que no tengo forma de saber si fue por mí o por él.

—En teoría, sí que hay un modo de saberlo.

Mackenzie la miró.

—Estoy embarazada de cuatro meses y medio. No voy a acostarme con un tipo solo por averiguar de quién era la culpa.

—Vale. Espera a que nazca el bebé.

—Voy a tener otras cosas en la cabeza.

—Es posible. Por el contrario, yo sí voy a empezar a tener citas.

Mackenzie abrió los ojos de par en par.

—¿Sí?

—Sí. Me voy a dar seis meses para amoldarme a mi nuevo trabajo y, después, voy a lanzarme al mercado.

—Estoy impresionada.

—Espera hasta que esté segura de que lo cumplo.

Mackenzie la miró con una sonrisa.

—Lo harás. Mira lo lejos que has llegado.

Stephanie levantó su taza de café.

—Lo lejos que hemos llegado las dos.

Barbara sabía que el hombre que tenía sentando en frente de ella era un enólogo de tercera como mucho. Su currículum era mediocre, su aspecto una ruina y, después de probar sus vinos, no estaba nada entusiasmada por contratarle. Aun así, era el mejor de los tres a los que había entrevistado y, con la fermentación terminada y los vinos a punto de meterse en las barricas, no tenía más opciones. A buen hambre no hay pan duro, pensó, tratando de no ceder a la desesperación.

La rabia que la había alimentado desde la deserción de Mackenzie se había agotado. Sin duda, superada por la enormidad de tratar de seguir adelante sin su antigua nuera.

—¿Cuándo puedes empezar? —preguntó Barbara.

—Puedo quedarme hasta que el vino esté en las barricas, después volver a California una semana y dejarlo todo listo.

Esto no era lo que ella deseaba para Bel Après, se recordó. Tanto ella como la bodega se merecían algo mejor. Pero no había nada mejor y tenía que ser este hombre o alguien peor.

—Estupendo —dijo extendiendo la mano—. En cuanto te mudes aquí de forma permanente, la primera tarea que debemos afrontar es buscar un enólogo adjunto.

—Estoy de acuerdo. Debería haberlo hecho hace años.

Barbara le lanzó una mirada asesina mientras se reservaba todas las respuestas sarcásticas que le venían a la mente. Consciente de que no servirían de nada y que, de hecho, podrían espantarle, se obligó a fingir una sonrisa y se limitó a decir:

—Pues busquémosle una solución, ¿de acuerdo?

Cuando se hubo ido, ella cerró los ojos mientras pensaba en todo aquel horror. Giró la silla apartándola de la mesa y se obligó a tomar aire. Ahora tenían un enólogo y un problema resuelto. Pero cuando abrió los ojos se descubrió mirando una foto de ella con Mackenzie, con el brazo de cada una en la cintura de la otra, en el viñedo de red Mountain, riendo bajo la luz del sol.

Había sido un día perfecto, pensó con tristeza. Todo había sido como tenía que ser. Al contrario que su vida ahora.

—Maldita seas —se apresuró a decir y, después, lo repitió en voz más alta. Como eso no hizo que se sintiera mejor, se quitó un zapato y lo lanzó hacia la foto. El tacón golpeó el cristal y lo hizo añicos. Los cristales cayeron a la alfombra. Vio un corte sobre su propia imagen.

Pero la mitad de la foto de Mackenzie estaba intacta y su cara sonriente parecía burlarse mientras Barbara apartaba la vista y se rendía al llanto.

Mackenzie trató de controlar su frustración. Sacar tiempo a su jornada ya era suficientemente malo, pero había tenido que pagar también el viaje de su abogada desde Seattle para reunirse con Rhys y su abogado. No tenía ni idea de por qué era necesario todo esto para lo que esperaba que fuera una última reunión para concluir el acuerdo de divorcio, el de manutención y el plan de parentalidad.

Conforme a la reciente petición de Rhys, Ramona y ella habían preparado un plan de parentalidad para que él lo revisara. El importe de manutención que él tenía que pagar estaba basado en su salario y ella no tenía intención de pedir más, así que, no había mucho más que decir al respecto. Ramona le había explicado los pagos adicionales que Mackenzie podía pedir para cosas como el colegio o los ahorros para la universidad. Mackenzie había considerado sus opciones y se había decidido por un plan de ahorro para la universidad que él dejaría aparte con el equivalente a dos años en la Universidad Estatal de Washington. Ella haría lo mismo. Si su hijo quería ir a otro sitio más caro, ella se encargaría.

Por recomendación de Ramona, había también una cláusula sobre pagos médicos si el niño nacía con alguna discapacidad. En esas circunstancias, se esperaba que Rhys contribuyera con más que el importe básico. El resto, como el plan de visitas y cosas así, había sido bastante fácil. Mackenzie había supuesto que Rhys querría tenerlo cada dos fines de semana y alternar cumpleaños, fiestas de Acción de Gracias y Navidades. Le había ofrecido un mes en verano con una aclaración de que posponer el mes mientras el niño siguiera siendo pequeño no le quitaba el derecho a pedirlo más adelante.

Ramona la había tranquilizado diciéndole que era un plan de parentalidad bastante estándar. Se hacía mención a quién pagaba los gastos corrientes. Mientras que la manutención debía cubrir los costes diarios, no era exagerado pedir a Rhys que pagara algún corte de pelo o unos zapatos nuevos.

Cuando se detuvo en el aparcamiento del abogado de Rhys, se obligó a tomar aire. Superaría esa reunión y, después, Rhys y ella habrían acabado con todo esto.

Se vio con Ramona en el vestíbulo del pequeño edificio. Su abogada se dirigió hacia la recepción, donde dio sus nombres. Las acompañaron de inmediato a una sala de juntas con una mesa en la que fácilmente podían sentarse treinta personas. Rhys y su abogado estaban en un extremo. Ramona se acercó a ellos y se sentó enfrente. Mackenzie tomó asiento a su lado.

Mientras saludaba a su pronto exmarido y a su abogado, trató de recordar la última vez que había visto a Rhys. Había sido varias semanas atrás, pensó, cuando ella le había dicho que estaba embarazada. A pesar de vivir en una ciudad pequeña, sus caminos rara vez se cruzaban.

Sintió que se ponía en tensión al recordar que estaba equivocada respecto a la última vez que lo había visto.

Había sido cuando lo vio comiendo con una mujer rubia.

Tratando de no resultar evidente, empezó a observarlo. Iba vestido con sus habituales vaqueros y una camisa de manga larga. Llevaba el pelo más largo y le parecía que podría haber perdido peso. Cuando él cruzó los ojos con los de ella, la miró con una sonrisa forzada.

—¿Qué tal va? —preguntó él.

Como no sabía a qué se refería —al bebé, a la bodega, al divorcio— se limitó a encogerse de hombros y contestar:

—Bien.

El señor Norris, el abogado de Rhys, se puso las gafas.

—Gracias a todos por venir —empezó—. Solo nos quedan unos cuantos puntos por definir para terminar con el papeleo del divorcio. Mi cliente y yo esperamos poder solucionarlos hoy.

«¿Mi cliente?». Mackenzie frunció el ceño ante la extraña forma de decirlo. Esas formalidades le hacían sentir incómoda y le provocaron una mala sensación en el fondo del estómago.

Ramona sacó un montón de papeles de su maletín.

—Tengo las copias del convenio que me envió por correo electrónico y las he revisado. Mi clienta ha accedido a los cambios.

Habían sido detalles menores y más de procedimiento que de otra cosa.

—¿Tiene sus cambios sobre el plan de parentalidad? —preguntó Ramona.

El señor Norris miró a Rhys, que asintió. El hombre mayor les pasó dos documentos. Ramona cogió uno y le pasó el otro a Mackenzie.

—Puede que las modificaciones sean más de lo que esperaban —dijo el señor Norris.

Mackenzie miró las hojas que tenía delante. El primer párrafo establecía que Rhys reclamaba la paternidad del niño y que no exigiría una prueba de ADN para que el plan de parentalidad tuviera efecto, aunque sí requería que se hiciera uno después del nacimiento por petición de un miembro de su familia.

Ella lo miró.

—¿Crees que el bebé es tuyo?

Por primera vez desde que ella había entrado en la sala, él parecía relajarse.

—Sé que lo es. Estuve allí cuando ocurrió y sé que no has estado con nadie más. Pero me facilitaría las cosas con mi madre si obtenemos una confirmación.

—Claro. Por mí encantada de hacerlo.

La tensión que no había sabido reconocer se alivió un poco. Todo iba a salir bien. Había sido una tonta al preocuparse por la reunión. Era lo que el señor Norris había dicho —una oportunidad de dejarlo todo definido para que el divorcio pudiera avanzar. Rhys era el hombre que siempre había sido. Debía confiar en que haría lo correcto.

Mackenzie continuó leyendo el documento. Dos párrafos más adelante, se dio cuenta de que no había cambios en el plan de parentalidad, sino una redacción completamente distinta a la que ella había ofrecido. Leyó dos veces el plan de visitas propuesto antes de entender qué quería decir.

No quería cada dos fines de semana, ni vacaciones ni veranos. Rhys proponía ver a su hijo una tarde al mes durante el primer año, dos tardes al mes desde que cumpliera un año hasta los cuatro. A partir de ahí, hasta los dieciocho, vería a su hijo dos días al mes.

Pasó a la segunda página en busca de algún indicio de que quería algo más que una relación superficial con su propio hijo, pero no encontró nada. Porque no era lo que él quería.

Lo miró tratando de entender qué estaba pasando, pero él no la miraba a ella. Se ocupó de mantener la mirada sobre los papeles que tenía delante de él, sin nada que pudiera interpretarse de la expresión de su cara.

La decepción se unió a la sorpresa. Rhys había hablado en serio cuando ella le había contado que estaba embarazada. No quería un bebé en su vida. Quería ser libre. Haría el mínimo exigido y nada más.

—Creía que eras mejor que esto —dijo ella en medio del silencio.

Él se encogió pero siguió sin mirarla. El señor Norris se aclaró la garganta.

—Hemos aumentado el importe de la manutención, como puede ver. Es una cantidad muy generosa.

Ella suponía que lo sería, pero no se molestó en mirarla. De manera instintiva, se llevó una mano al vientre, como para proteger a su hijo no nacido. Cualesquiera que fueran las circunstancias, ellos habían creado juntos esta vida. Era una parte de los dos y, sin embargo, para él no significaba nada.

En fin, no creía que él tendría muchas ganas de mostrar mucho cariño hacia ella, pero su hijo debería significar algo para Rhys, y no era así.

Esa certeza supuso para ella una mayor sacudida que nada de lo que había pasado en los últimos seis meses. Hizo que se preguntara si alguna vez había llegado a conocerlo. No había sido tan tonta como para pensar que él saltaría de alegría ante la idea de que iba a ser padre, pero había creído que lo asimilaría y que haría lo que debía. Y se había equivocado.

Mackenzie irguió la espalda y miró a Ramona.

—En cuanto lo revises y te asegures de que es legal, lo firmaré.

Su abogada la miró con sorpresa.

—¿Estás dispuesta a aceptar este plan de parentalidad?

—Sí. —Miró a Rhys—. No voy a obligarte a ver a tu hijo cuando es evidente que no quieres. Lo que sí deseo decir es que espero que más tarde tengas remordimientos por lo que estás haciendo pero, no sé por qué, creo que eso no va a pasar.

Si esperaba ver vergüenza o bochorno, no lo vio. Rhys miró a su abogado.

—¿Algo de esto obstaculiza la culminación del divorcio?

La propuesta del plan de parentalidad había supuesto un golpe en su corazón pero esas últimas palabras fueron una patada en el estómago.

El señor Norris parecía algo incómodo al contestar:

—No lo creo. Ramona y yo vamos a repasar por última vez la documentación. Después de eso, solo queda que cada uno firme y, después, lo presentaremos al juzgado.

Mackenzie miró a su abogada.

—¿Algo más?

—No. Puedes irte.

Mackenzie asintió y se levantó. Salió de la sala de juntas y, por un momento, se giró. Empezó a retroceder para buscar la recepción y la salida y se detuvo al ver a una rubia que le resultaba familiar en uno de los despachos privados. Cuando Mackenzie pasó, la mujer levantó los ojos y los abrió de par en par por el impacto al reconocerla.

Mackenzie se obligó a seguir andando directamente hacia la puerta de cristal que podía ver delante de ella. Subió a su Jeep y puso en marcha el motor y, después, volvió directamente a Luna Pintada.

Se las arregló para mantener controlados todos los pensamientos y emociones hasta que entró en el despacho de Bruno. Su socio se puso de pie nada más verla.

—¿Qué ha pasado?

—No quiere el bebé. No me importa que no me quiera a mí pero ¿cómo se supone que le voy a explicar que su padre no quiere a su propio hijo?

Sus brazos fuertes la atrajeron hacia un cálido y ancho pecho. Ella dejó caer el bolso al suelo y rodeó la cintura de Bruno con sus brazos. Las lágrimas llegaron después, convirtiéndose rápidamente en sollozos que hacían que todo el cuerpo se le sacudiera.

—No le quiero —dijo ella con voz temblorosa—. No quiero estar con él. Lo que fuera que tuviéramos se había acabado hacía tiempo. Pero no es quien yo creía que era. No es un buen hombre. Estamos hablando de un bebé. Incluso la gente a la que no le gusta sus hijos hace el esfuerzo por querer a los suyos.

Bruno no dijo nada. Se limitó a seguir abrazándola. Subía y bajaba una mano por la espalda de ella con un movimiento circular y reconfortante.

Después de lo que parecieron horas pero que probablemente serían diez o quince minutos, Mackenzie recuperó el control.

—Estoy siendo muy poco profesional.

Él se rio.

—Pamplinas.

Ella levantó la cabeza y sorbió la nariz.

—¿Qué has dicho? ¿Pamplinas? ¿Qué tienes, ciento veinte años?

Él cogió una caja de pañuelos de un estante y la llevó al sofá de su despacho. Se sentó a su lado y se giró para mirarla.

—Siento que Rhys esté actuando como un cretino.

—Yo también. Y estoy sorprendida. —Se limpió la cara y se sonó la nariz—. Estaba muy equivocada respecto a él. ¿Qué más cosas no he visto? Es su hijo. Posiblemente su único hijo. No es ningún atleta de diecisiete años que se queda sin la beca de la universidad porque ha dejado embarazada a su novia. Es un hombre maduro. Hemos estado dieciséis años juntos. Este bebé debería importarle, pero no.

—Es un estúpido y con el paso de los años se va a arrepentir.

Ella asintió.

—Tienes razón y, cuando lo has dicho, me he dado cuenta de que no me importa si se arrepiente. No quiero que mi hijo sufra.

—No va a sufrir. Vas a ser una madre estupenda y, además, ella va a tener a Stephanie y su familia, a Cuatro y su familia y también me tendrá a mí.

Mackenzie consiguió sonreír.

—¿Sigues esperando que sea una niña?

—Sí, pero estaré igual de encantado con un niño.

Tienes familia, Mackenzie. Puede que no biológica, pero estamos aquí igualmente.

—Eres muy bueno conmigo.

Los ojos oscuros de él la miraban fijamente.

—Eres importante para mí.

Ella asintió.

—Tú también para mí. Y te he mojado toda la camisa.

—La luciré con orgullo.

Ella se rio y frotó el suave algodón.

—Se secará pero se va a quedar arrugada. Intentaré no convertir en costumbre lo de llorar encima de ti pero, aun así, a lo mejor te viene bien tener una segunda camisa en el despacho.

—Cuéntame qué más ha pasado en la reunión.

Le contó lo del lamentable plan de visitas.

—Rhys ofrece más manutención. Dinero por culpabilidad, supongo. Ramona va a supervisarlo todo una vez más. Una vez que haya acabado, firmaré yo y firmará él y nos habremos divorciado.

—¿Y cómo te sientes?

—Triste. Estaba equivocada en muchas cosas. En él, en Barbara, en mi posición en Bel Après. Siento como si hubiese estado viviendo una mentira o algo así.

—Tú no eras la mentirosa sino ellos.

Bruno apoyó la espalda en el sofá y tiró de ella, de modo que quedó apoyada sobre él. Aunque el contacto no era familiar, resultaba agradable. Cómodo y seguro. Bruno siempre sabía qué hacer y era fuerte.

—Sí que haces ejercicio —dijo ella sin pensar.

Notó que el pecho de él se sacudía al reírse.

—Sí. La mayoría de las mañanas.

Mackenzie se removió para quedar apoyada en el sofá en lugar de en él, y la camisa se le apretó sobre el vientre.

—Sí que se me empieza a notar.

—Es bonito. Una prueba de vida. ¿Has sentido al bebé moviéndose?

—No. Los libros dicen que eso pasa entre las semanas dieciséis y veinte y que las madres primerizas lo notan después. Yo estoy casi de veinte semanas, así que empiezo a esperarlo, pero hasta ahora, nada. Ah, me hacen una ecografía en un par de semanas y seguramente sabremos el sexo.

—Estoy deseando.

—Yo también. —Mackenzie se incorporó—. Mi crisis ha terminado oficialmente. Me casé con el hombre equivocado y la próxima vez lo haré mejor.

—Sí que lo harás. —Sonrió—. ¿Sabes qué sería genial?

—¿Qué?

—Que eligieras un color de pintura para la habitación del bebé cuando sepas el sexo.

Ella gimió al pensar en las pequeñas muestras que él le había enseñado.

—¿Tengo que hacerlo?

—Sí. Insisto.

—Eres muy mandón.

—Cuatro necesita que las paredes estén pintadas para empezar a hacer el mural. Estamos todos tratando de ayudar y tú nos lo complicas. Así que ¿en dos semanas?

Ella le sonrió.

—¿Qué te parece si ni siquiera os hago esperar tanto?

Se levantó y se acercó a su escritorio. Abrió el segundo cajón de la derecha y sacó la media docena de muestras.

—Este —dijo señalando el amarillo claro—. Será un buen fondo para los animales de la jungla tropical.

Él sonrió.

—¿Nada de unicornios?

—He pedido tucanes y monos, pero conociendo a Cuatro, meterá un unicornio o un dragón en algún sitio.

—Esa es una buena cualidad. —Bruno se levantó y se acercó a ella—. Vamos, te invito a comer. Iremos a ese mexicano hortera que tanto te gusta. Orla te tratará con atención y te traerá la versión sana de las cosas que te gustan y, después, te sentirás mejor.

—Eso sería genial. Pero deja que antes me lave la cara. Te veo en el vestíbulo.

Cuando se giró tuvo la idea de que aunque Rhys era mucho menos de lo que habría creído que sería, Bruno era mucho más. Casi todos los días le demostraba que era un hombre amable y honrado, por no mencionar lo de ser un magnífico director y un empresario genial. También daba estupendos abrazos y no le importaba que le lloraran encima. Pero supuso que lo que más le gustaba de él era la mirada en sus ojos cuando hablaba del bebé. Sus amigas no eran las únicas que estaban de su lado en lo relacionado con el embarazo. Bruno también estaba con ellas.

Capítulo treinta y uno

La gran barra de la zona de catas de Luna Pintada estaba más limpia de lo que Stephanie se había esperado. Tres semanas después de empezar en su nuevo trabajo se había entregado a fondo a la remodelación, dedicando largas jornadas y feliz en cada momento.

Ya había diseñado una publicidad para enviarla a los anteriores clientes de Luna Pintada en la que se informaba de la compra y de que Mackenzie era la nueva enóloga. Bruno y Mackenzie habían dado su aprobación a las nuevas etiquetas para el resto de los vinos de colección y estaban poniendo en marcha ese proyecto. Se sentía llena de energía por todo lo que tenía que hacer en un día. A veces, el trabajo era duro, pero en un buen sentido, y suponía un reto para ella.

Se colocó en el centro de las obras, valorando lo que se había hecho durante la semana. A Bruno le gustaba que ella lo hiciera los viernes y que, después, le informara de los avances. Ya había revisado el plan para la semana siguiente con el contratista y se sentía satisfecha porque estaban ciñéndose al plazo y al presupuesto. Un pequeño milagro.

Mackenzie atravesó las capas de plástico que rodeaban la obra, seguida de Avery.

—Mira a quién me he encontrado merodeando por aquí —dijo Mackenzie con una sonrisa—. Me gusta la pinta que tiene. Creo que deberíamos quedárnosla.

Avery se rio.

—No os vais a librar de mí.

—Ah, bien. —Mackenzie miró a Stephanie—. Mañana por la noche es la reunión de antiguos alumnos. ¿A qué hora quieres que esté en tu casa? ¿A las cinco? ¿Es muy pronto?

—No si quieres someterte a todo el ritual de maquillaje.

—No quiero —contestó Mackenzie abrazando a Avery—. Ahora soy casi tan buena como tu madre en cuestiones de belleza. Pero sí quiero sentarme en el borde de la bañera para decirte lo guapa que estás.

Mackenzie se despidió de las dos antes de volver a su despacho. Stephanie dirigió su atención a su hija. Las cosas seguían estando bien entre ellas. Avery iba a la reunión de antiguos alumnos con un grupo de amigas. Habían alquilado una limusina juntas y habían planeado una posfiesta en casa de Stephanie. Avery y ella habían pasado buena parte de la semana tomando ideas para el menú y decidiendo distintas posibilidades de películas. Carson huiría a casa de Cuatro, donde Jaguar y él habían planeado una maratón de videojuegos para después de que los niños más pequeños se acostaran.

—¿Qué puedo hacer por ti, hija mía? —preguntó Stephanie.

Avery miró el espacio acotado.

—Esto va a quedar genial, mamá.

—Sí. —Stephanie vaciló sin saber si debería comentar que Avery no había respondido a su pregunta. Notaba que su hija tenía algo en mente y decidió concederle un poco de tiempo para que lo sacara.

—Va a haber una zona de tiendas, ¿verdad? —preguntó Avery.

—Ajá. Parecida a lo que has visto en Bel Après pero con una vibra ligeramente distinta.

Avery soltó un resoplido.

—¿Vibra? ¿En serio?

—Estoy a la última con la jerga. Verás cuando me ponga marchosa.

—Ay, mamá. —Avery rodeó la improvisada mesa cubierta con los planos—. Cuando esto esté terminado ¿podría tener un trabajo a media jornada aquí en lugar de trabajar en Bel Après?

—Claro, cariño, pero ¿por qué quieres cambiar de trabajo?

—Ya no es divertido. La abuela es muy intensa. No deja de entrar a la sala de catas para gritarle a los empleados. Incluso me ha gritado a mí un par de veces y lo único que estaba haciendo era colocar cosas en las estanterías. Necesito un trabajo para pagarme la gasolina y he pensado que quizá sería más divertido estar aquí. Contigo.

Stephanie trató de que no se le notara la alegría.

—Voy a encargarme de contratar al personal de la sala de catas y de la tienda en marzo. Si estás interesada, puedes presentar una solicitud.

Avery puso los ojos en blanco.

—Vale, pero dejaré claro que tengo experiencia y puedo pedir una carta de recomendación a Mackenzie.

—Eso puede venirte bien.

—No vas a darme un respiro, ¿no?

—A lo mejor uno muy pequeño.

Pero en lugar de sonreír, Avery parecía preocupada. Miró a Stephanie y, después, apartó los ojos. Stephanie esperó.

—¿Has hablado últimamente con papá? —preguntó su hija.

—La verdad es que no.

Una respuesta más cortés que la verdad. No había tenido noticias de Kyle desde que él se había declarado y ella le había rechazado. Toda comunicación sobre visitas y entrega de los niños había sido a través de ellos. Lo hacían así a veces, de modo que, por lo que ella sabía, ni Avery ni Carson sospechaban que pasara algo.

Suponía que en algún momento tendría que ponerse en contacto con él y enfrentarse al problema. Tenían hijos en común. Era imposible que estuvieran evitándose toda la vida.

—Entonces, no te ha dicho nada de Acción de Gracias.

Ah, el día de fiesta. Este año le tocaba a él tener a los niños. A veces, estaban en Seattle pero, otras, él pasaba el día en Walla Walla. Normalmente dependía de si tenía que cubrir o no la Apple Cup —el partido anual entre los rivales interestatales, la Universidad Estatal de Washington y la Universidad de Washington— y dónde se jugaba.

—Voy a ir a casa de Cuatro —contestó Stephanie—. ¿Tu padre quiere que vayáis a Seattle? —Iba a echar de menos a los dos, pero estaba acostumbrada a esas separaciones ocasionales.

—Eh, bueno, no exactamente. —Avery se mordió el labio inferior—. No has hablado con él, ¿no? Papá está en Nueva York. Tiene una entrevista para un trabajo allí y va a estar en Nueva York en Acción de Gracias.

Trató de que no se le notara la sorpresa.

—Va a pasar a la televisión nacional —dijo, recordando que él le había lanzado esa posibilidad la última vez que habían hablado—. Me alegró por él. Debería haberlo hecho hace tiempo.

—Dijo que no quería estar tan lejos de Carson y de mí, pero que ahora somos mayores.

Un giro interesante a lo que él le había dicho, pensó Stephanie. Pero luego decidió ser benévola y suponer que las dos cosas podían ser verdad.

—Me alegro por él. Entonces, ¿te gustaría ir a Nueva York en Acción de Gracias?

Avery evitó mirarla.

—Más o menos. Nunca he estado y es una ciudad guay y papá sabrá para entonces si tiene el trabajo. Así que, si lo tiene, iremos a buscar apartamentos con él. Va a alquilar un Airbnb para que nos quedemos. —Arrugó la nariz—. Carson y yo tenemos que compartir habitación y baño, lo cual es asqueroso, pero aun así, es Nueva York. ¿Qué te parece?

—Que os vais a perder una increíble fiesta de Acción de Gracias aquí. —Stephanie se acercó a su hija y la abrazó—. Pero quiero que os lo paséis bien con vuestro padre.

—¿Seguro? ¿No vas a estar muy sola?

—Sobreviviré. —Stephanie la soltó—. Es una gran ciudad, Avery. Vamos a tener que hablar de que tengáis cuidado.

—Lo sé. Y tendré que cuidar de Carson. Él quiere que papá consiga el trabajo, por cierto, porque así podrá ir a un partido de los Yankees. —Suspiró—. Béisbol. ¿Por qué tenía que ser béisbol?

Las dos se rieron.

Cuando Avery se fue, Stephanie sacó el teléfono y le envió un mensaje a Kyle.

Me han dicho que estás en NY. ¿Cuándo me lo ibas a contar?

La respuesta de él solo tardó unos segundos en aparecer.

Debí decir algo. Lo siento. He estado recuperándome de nuestra última conversación. Tenía otros planes pero, luego, apareció esta oportunidad y aquí estoy.

¿Vas a conseguir el puesto?

Es probable. Lo que significa tener que mudarme. Eso me complicará las cosas con los niños.

En muchos aspectos, pensó Stephanie. Las visitas a su padre a la costa Este aumentarían las posibilidades de que alguno de ellos o los dos quisieran ir allí a la universidad. Odiaba la idea de que sus hijos estuviesen tan lejos pero sabía que tenía que ser valiente. Se merecían la oportunidad de conseguir sus sueños.

Nos las apañaremos, le contestó, *Avery me ha contado lo de Acción de Gracias. Preferiría haberlo sabido por ti.*

Debería haber dicho algo. ¿Te parece bien?

Está bien, aunque tu hija no está entusiasmada con lo de compartir dormitorio y baño con su hermano.

Habrá que hacer sacrificios. ¿Seguro que te parece bien?

Sí. Puedes comprarles los billetes. Ah, y Avery querrá ir de tiendas. No dejes que compre muchas cosas.

Hubo una larga pausa antes de que él contestara.

Te echo de menos.

Ahora era ella la que vacilaba.

Sinceramente, ella no había pensado mucho en Kyle en los últimos días. Había estado centrada en su nuevo trabajo y en sus hijos. Para ella, el matrimonio se había acabado hacía mucho tiempo. Pero sería una crueldad decirlo.

Esto es lo mejor para los dos. Lo sé. Nos vemos pronto.

Hasta pronto.

Barbara podía notar el calor de las llamas cuando se elevaban cada vez más hacia el cielo. Se movían muy rápido, invadiendo una hilera tras otra de las vides, arrasándolas hasta dejarlas en nada. El muro de fuego rugía más allá de ella, dejando a su paso solamente tierra seca y quemada.

Corría de un lado a otro, sin saber qué hacer. No encontraba agua ni a nadie que la ayudara. Gritaba, pero el viento se tragaba el sonido. La temperatura se elevó hasta que tuvo miedo de desintegrarse, convertirse en polvo y salir volando.

Corrió hacia las vides y se dio cuenta de que el fuego cambiaba de dirección hacia ella. Trató de escapar pero, de repente, no podía moverse y se despertó con sus propios gritos.

Se incorporó en su frío y oscuro dormitorio, tratando de recuperar el aliento mientras el corazón se le disparaba y el cuerpo se le empapaba en sudor. Esa pesadilla le era familiar. La había tenido a menudo cuando James y ella se casaron y todo era tan difícil. Pero había pasado años sin tenerla.

Todavía temblorosa, se dejó caer sobre la cama. Pasó del calor al frío y enseguida tiró de las mantas. La cama le resultaba grande y vacía sin Giorgio acompañándola. Había vuelto al este para el cumpleaños de su hija, pensó, y después, miró el reloj.

Las cinco. Eso quería decir que eran... ¿qué? ¿Las ocho, donde él estaba?

Cogió el teléfono y pulsó el botón para llamarlo. Tres tonos después, oyó su voz.

—¿Sí?

—Giorgio, gracias a Dios. He tenido un sueño terrible. Soñaba que Bel Aprés se incendiaba y que no podía hacer nada. —Se estremeció al recordarlo—. Ha sido espantoso. Antes tenía siempre ese sueño cuando James y yo estábamos empezando. Había olvidado cómo era. Todavía estoy temblando.

En lugar de consolarla o de hacerle preguntas, no dijo nada.

—¿Giorgio? ¿Sigues ahí?

—Sigo aquí.

Parecía impaciente y molesto.

—¿Qué pasa? Llevo varios días sin hablar contigo. ¿Qué tal va todo?

—¿Esa es tu pregunta? —repuso él con voz grave y fría—. ¿Qué tal va todo?

—¿Por qué estás enfadado conmigo? —Volvió a incorporarse—. Esta mañana estás de mal humor.

—Anoche fue la fiesta de cumpleaños de Rosemary. Se suponía que tenías que estar aquí conmigo. No llamaste, no mandaste ningún regalo ni flores. De hecho, te olvidaste por completo.

—No me olvidé —contestó ella mintiendo automáticamente—. Anoche no pude llamar. Cuando llegué a casa era muy tarde. No quería despertar a todos.

—Los dos sabemos que eso no es verdad. He tardado un tiempo en ver lo que pasa, Barbara, pero ahora lo entiendo. No te importa nadie más que tú misma. Sabes disimularlo, pero es eso. Es teatro.

Se quedó sin respiración.

—¡No, Giorgio! No digas eso. No lo dices en serio. Te quiero. Siento lo de Rosemary, de verdad. Lo siento muchísimo. Deja que te lo recompense. Cuando vuelvas nos iremos juntos. A Portland, quizá. Nos alojaremos en ese hotel que te gusta, los dos solos.

El largo silencio que siguió la asustó más que su enfado. El corazón se le volvió a disparar.

—No voy a volver.

—¿Qué quieres decir?

—Me vengo a vivir aquí para estar con mi familia.

Ella notó cómo se enfriaba mientras asimilaba sus palabras.

—¡No! No puedes. No me vas a dejar. Cariño, no. Por favor. —Las lágrimas aparecieron y empezaron a caer. La voz se le empañó de emoción—. Giorgio, te quiero. Lo eres todo para mí.

—Si eso fuera verdad, no estaríamos teniendo esta conversación. Tú eras mi princesa, pero yo nunca fui tu príncipe. No sé qué veías en mí. Ni siquiera un medio para conseguir un objetivo, porque no tengo nada que desees. Supongo que el problema es que Bel Après es tu verdadero amor y yo siempre ocuparé un segundo lugar. A lo mejor eso es suficiente para ti, pero no para mí.

—Giorgio, basta. —Le costaba hablar pero se obligó a seguir intentándolo—. No me dejes. Te quiero.

—No creo que seas capaz de querer. Te puedes quedar el anillo.

—Giorgio, Giorgio, no. Por favor, yo...

Por el silencio en el teléfono, supo que la llamada se había cortado. Giorgio ya no estaba en línea. Le había colgado.

Dejó caer el teléfono sobre la cama y se puso una almohada sobre la cara para amortiguar los gritos. Gritó hasta que la garganta se le secó y no pudo emitir ningún sonido y, a continuación, se puso de lado y lloró.

Con el vino en las barricas, Mackenzie se permitió tomarse un pequeño descanso. En teoría, no podía hacer nada salvo quedarse allí mientras la ciencia y la naturaleza actuaban. Aun así, en lo referente al vino, ella siempre se preocupaba y prefería quedarse cerca, como si su presencia sirviera de algo.

—Estoy de mal humor —dijo al montar en el elegante Mercedes de Bruno—. No me quiero ir.

Él la miró con expresión divertida.

—Hablas como una niña de dos años.

—Bien. Tengo ganas de patalear. Necesito estar aquí. No es buen momento para marcharse.

—El vino está en las barricas. ¿Qué vas a hacer?

—Darle ánimos.

—Es el primer encuentro de enólogos desde la vendimia. Tú y yo somos los nuevos propietarios de Luna Pintada. Tenemos que ir.

Ella sabía que tenía razón, pero seguía resistiéndose.

—Va a ser incómodo.

—¿Estás nerviosa?

—Sí. No voy a saber qué decirle a nadie. Siempre he formado parte de Bel Après y ahora no.

Él extendió la mano por la guantera y le apretó la mano.

—Lo vas a hacer bien. Todos estarán deseando hablar contigo. Barbara no va a estar.

Sus ánimos mejoraron.

—¿Estás seguro?

—Cuando confirmé nuestra asistencia, lo pregunté. El coordinador me dijo que Rhys y Lori irían en representación de Bel Après.

Mackenzie no estaba segura de qué pensar sobre ver a su ex tan pronto después de su reunión con los abogados. Tampoco le importaba. Vivían en la misma ciudad y trabajaban en el mismo sector. Iban a tener que verse con regularidad. Mejor quitarse de en medio este primer encuentro profesional tan incómodo.

—¿Te sientes bien teniendo que ver a Rhys? —preguntó Bruno.

—¿Por qué me lees la mente?

—Lo imaginaba.

—Supongo que es la pregunta evidente. —Se quedó pensando un momento—. No me importa verle. Estoy decepcionada con él como persona y me cuestiono nuestra relación y siento que he desperdiciado demasiado tiempo con él, pero no estoy enfadada. Y mi insatisfacción es más por el bebé que por él.

—Parece razonable. ¿Y en cuanto a Barbara?

Lo miró con una sonrisa.

—¿Preveías el aspecto emocional de nuestra sociedad cuando firmaste?

Él sonrió.

—Sabía que habría un bagaje. Al menos el tuyo es interesante.

—Espero que muy pronto te resulte aburrido. Muy bien, Barbara. —Cerró los ojos un momento—. No es que tenga miedo de encontrármela, es solo que preferiría no hacerlo. No me siento cómoda montando una escena. Ni gritándole a nadie.

—Hoy nada de escenas —prometió él—. Entramos, saludamos a todos, nos comportamos cortésmente durante media hora o así y nos marchamos.

—Lo tienes todo planeado.

—Siempre.

—Me gusta tu capacidad de prever las cosas. Hace que me pueda relajar.

Él la miró.

—Bien. Para algunos, mi costumbre de planearlo todo les resulta un fastidio.

Ella sonrió.

—No a la siempre perfecta Gloria.

Bruno la miró con una sonrisa.

—Para ella yo planificaba demasiado.

—¡Tiene un defecto! Cuánto me alegra. Me preocupaba que tu pasado fuera demasiado perfecto, lo cual no sería justo. Tienes que enfrentarte al mío casi a diario.

—Tú lo mereces.

Ella se dijo que se refería a su papel de socia y que no era personal, pero eso no le impidió que una pequeña y cálida sensación de felicidad le invadiera el pecho.

Apoyó la espalda en el asiento y trató de no pensar en el evento que les esperaba.

—Llevo unos pantalones de yoga de imitación —gruñó—. Es horrible.

—¿Cómo que de imitación? ¿Y por qué es horrible?

—Son raros. Se supone que tienen que parecer pantalones de vestir pero no lo son. Pronto tendré que llevar pantalones de premamá de verdad y no quiero. Todo esto de tener un bebé es un lío. ¿En qué pensaba la naturaleza?

—¿Preferirías que los niños aparecieran completamente formados? ¿Debajo de un árbol, quizá?

—No de un árbol. De un arbusto. O de alguna especie de planta. Algo bonito, como un lirio o una orquídea.

—En cuanto al clima, eso podría ser un problema. Las orquídeas no crecen en todos sitios.

—Es verdad. Vale, en ese caso es probable que el sistema actual sea el mejor, pero aun así. Los pantalones de premamá son una mierda. Y odio mi camisa.

—Estás guapa. Deja de quejarte. Sé que estás nerviosa pero en un par de horas habremos terminado y podrás volver a colocarte junto a la puerta de la sala de catas.

—¿Lo prometes?

—Sí.

Entró en el aparcamiento del hotel. El encuentro sería en una de las grandes salas de reuniones. La asociación lo celebraba varias veces al año, permitiendo que la gente del sector se viera y se pusiera al día.

Mackenzie y Bruno entraron. Ella estaba tratando de no pensar si parecía embarazada y preocuparse por lo que la gente diría. La última vez que había visto a la mayoría de estas personas había sido en la Fiesta del Solsticio de Verano, cuando estaba casada con Rhys y trabajaba para Barbara. Algo más de cinco meses después, todo había cambiado.

Entraron en la sala ya atestada. Mackenzie contuvo el deseo de agarrarse al brazo de Bruno o de esconderse detrás de él. No iba a pasar nada, se dijo. Sabía cómo comportarse y estaba orgullosa de lo que había logrado.

Se acercó a un grupo de hombres que conocía y sonrió.

—Hola a todos.

—¡Mackenzie! Me alegro de verte.

—Hola, Mackenzie. ¿Quién es el nuevo?

Presentó a Bruno. Todos sabían que era su socio y de inmediato empezaron a hacerle preguntas.

Paul, gerente de una gran bodega al otro lado del valle, se acercó

—¿Qué tal ha ido la recolección? ¿La habéis mecanizado al cien por cien?

—Por la falta de tiempo no podíamos contratar a nadie para la recogida. —Ella sonrió—. Yo me puse a patalear, pero lo cierto es que ha sido un proceso muy delicado. Me alegré al ver los resultados. El año que viene recolectaremos un poco a mano, pero ahora que lo he visto en acción, voy a seguir haciendo mucha recolección mecánica.

—Me sorprende.

—A mí también, pero los resultados son irrefutables. Va a ser un buen año.

—Hemos tenido suerte —contestó Paul—. Si el calor hubiese seguido hasta el final habríamos estado jodidos.

—Pero no ha sido así.

Paul se disponía a hacer una pregunta pero, entonces, se detuvo antes de cambiar el peso de un pie a otro.

—Vaya, qué incómodo. Rhys y Lori acaban de llegar.

—¿Prefieres ir a hablar con ellos?

Él se relajó.

—Ya sabes que no. Rhys no tiene ninguna visión y Lori nunca tiene nada que decir. Es solo que estuvisteis casados.

—Lo recuerdo. —Hizo lo que pudo por parecer tranquila y relajada—. No pasa nada, Paul. Rhys y yo estamos divorciándonos. Estamos a punto de firmar los papeles definitivos y, después, tendremos una separación consciente, como a los jóvenes les gusta decir.

—¿Y tú estás bien? —parecía preocupado.

Pensó en todo lo que había ocurrido tan rápidamente. Lo diferente que era todo ahora, lo diferente que era ella. El camino había sido doloroso pero suponía que había tomado el camino correcto.

—Me va bien y estoy feliz. Ven a Luna Pintada la primavera que viene para ver lo que estamos haciendo. Es bastante mágico.

Bruno y los enólogos con los que estaba hablando se unieron a la conversación. Mackenzie trató de prestar atención a lo que decían mientras era consciente en todo momento de que Rhys estaba en esa misma sala.

¿Se acercaría para hablar con ella? ¿Debería ella tratar de hablar con él? ¿Alguna vez resultaría esto fácil?

Sacudió las preguntas de su mente y se centró en la conversación. Bruno y ella charlaron unos minutos más y, después, fueron a dar una vuelta. Mackenzie le presentó a personas que Bruno no conocía y habló con los enólogos y propietarios que conocía desde hacía años.

Jack, un hombre mayor y canoso que llevaba cultivando uvas desde los años ochenta, la llevó a un lado.

—Me alegro por ti —le dijo—. Por dejar toda esa mierda de Bel Après. Estás mucho mejor en Luna Pintada. Deja ahí tu impronta. Barbara iba a hacer siempre lo posible por cortarte las alas. No quería que nadie fuera la estrella y tú no puedes evitar brillar allá donde vayas.

El inesperado cumplido la sorprendió.

—Gracias por tus palabras.

—Es la verdad. Todos sabíamos que tenías talento. Por suerte para ella, te encontró primero.

Mackenzie sonrió.

—Rhys tuvo algo que ver.

—Cierto, pero el resto queríamos ofrecerte un trabajo. Habíamos oído hablar de ti por la gente de la Universidad Estatal de Washington. Todos sabíamos que tenías algo. Ella llegó la primera.

—Yo no lo sabía —confesó, sorprendida de saber que alguien supiera de ella en aquella época. ¿Habría sido todo diferente si no hubiese entrado a trabajar para Bel Après? No había forma de saberlo.

Se disculpó y fue a por un vaso de agua. Miró con anhelo las botellas de vino. Este tipo de eventos eran una oportunidad para probar lo que todos hacían. A ella siempre le había gustado probar, pero hoy no.

—Has venido.

Se giró y vio a Lori detrás de ella.

—Sí. —Mackenzie miró a su alrededor—. ¿Estás con Owen?

Lori la fulminó con la mirada.

—¿Quién te lo ha contado?

—Stephanie mencionó que estabas saliendo con él. Me alegro. Es un hombre estupendo.

Iba a decir algo más, pero la expresión de Lori se endureció.

—¿Crees que me importa lo que pienses de él o de nada? No. No me puedo creer que hayas aparecido aquí después de lo que has hecho.

Aunque el veneno de Lori no era tan cruel como el de su madre, le resultaba familiar. Mackenzie sabía que podía elegir. Podía responder con amabilidad o tratar de abrirle los ojos a la mujer que siempre había considerado como parte de su familia.

—Por favor, Lori. No quiero discutir contigo. Sé que las cosas han cambiado, pero nunca he querido perjudicar a nadie y todavía me importáis. ¿Podemos al menos ser amigas?

Lori se quedó mirándola un largo rato.

—Nunca fuimos amigas. Te acepté porque estaba obligada, pero siempre supe lo que eras. Me da igual lo que pase con la bodega, me alegra que te hayas ido y no tener que seguir fingiendo.

Se alejó. Mackenzie se quedó mirándola, tratando de no reaccionar. La cara se le encendió y las piernas le empezaron a temblar, pero se negó a sentirse intimidada.

Bruno apareció a su lado.

—¿Qué ha pasado?

—Nada.

La miró.

—Os he visto a las dos. No era una conversación amistosa.

—Ah. En ese caso, yo creía que Lori y yo nos caíamos bien y se ha asegurado de dejarme claro que eso nunca ha sido así.

—¿Estás bien?

—Lo estaré.

—¿Quieres que nos vayamos?

Ella le sonrió.

—Yo no me retiro.

—Bien. Hay un par de personas más a las que me gustaría conocer. Mientras tanto, deja que te diga que estoy deseando verte con pantalones de premamá.

Aquel comentario sin venir a cuento fue tan sorprendente que no pudo evitar reírse.

—No puedes decirlo en serio y, si es así, eres de lo más raro.

—Acepto lo de raro si para ti es importante.

—Gracias. ¿Y por qué estás deseando verme con pantalones de premamá? No creo que sea una visión especialmente favorecedora para nadie.

—Te quedarán de maravilla.

Lo miró.

—Siempre eres bueno conmigo.

—Eres mi socia. ¿Qué otra cosa puedo ser? Además, ya no te sientes mal por lo de Lori, ¿verdad?

Se dio cuenta de que tenía razón.

—Estás intentado distraerme.

—No lo intento, Mackenzie. Lo estoy consiguiendo. Hay una diferencia.

—Sí que la hay. Tendré que recordarlo.

Capítulo treinta y dos

Stephanie llegó a casa de su madre con un guiso de batata en la mano. Esta noche a la cena familiar cada uno llevaba un plato, al menos eso era lo que decía el mensaje de Lori. Una cosa rara, pensó Stephanie mientras entraba. Normalmente, su madre nunca se fiaba de que nadie apareciera con comida sin más. ¿Y si los sabores no combinaban o los colores no conjuntaban? Pero le habían pedido que trajera un plato de patata que fuera bien con el cerdo, y eso había hecho.

Pasó junto a los hijos de Cuatro, que estaban jugando a las cartas con Owen y Jaguar y, después, se unió a sus hermanas y su madre en la cocina.

—Hola a todas —dijo mientras dejaba la bandeja del guiso en la encimera—. Acaba de salir del horno, así que no será necesario recalentarlo.

Cuatro le dio un abrazo.

—Pareces muy contenta.

—Me siento bien.

—Se nota.

Stephanie se quitó el abrigo y lo colgó en la percha de la puerta de atrás.

—Hola, Lori. Owen parece muy cómodo ahí fuera con los niños. Has acertado con él.

Lori la miró con recelo antes de mostrar una ligera sonrisa.

—Eso creo.

Stephanie tomó aire para reunir el valor antes de abrazar tímidamente a su madre.

—Hola, mamá. ¿Qué tal va todo?

Su madre no le devolvió el abrazo ni parecía contenta en lo más mínimo por nada.

—Sobre ruedas. ¿Podemos concentrarnos ya en la cena, por favor? ¿Alguien ha mirado la mesa? ¿Está bien puesta? Lori, esa es tu labor. Vamos a examinar todos tus fallos.

Salió de la cocina con Lori siguiéndola detrás. Stephanie se giró hacia Cuatro.

—Está de mal humor.

Cuatro sacó un gran asado de cerdo del horno y lo colocó sobre unos fogones que no se estaban usando y, después, cogió a Stephanie de la mano y la llevó a la despensa.

—Giorgio ha dejado a Barbara —dijo Cuatro entre susurros—. No sé más detalles. Fue hace unos días. No sé si se habían peleado, pero supongo que sí. Lori dice que las cosas han estado bastante mal por aquí. Lo único que me puedo imaginar es que se ha hartado de su egoísmo. No quiso ir con él al cumpleaños de su hija.

—A mamá no le parecería importante, con todo lo que está pasando.

—Yo lo sé y tú también, pero creo que para él ha sido un revulsivo. —Cuatro retorció la boca—. Me da pena. Él era su única posibilidad de ser feliz y ahora se ha ido. La maldad de ella irá en aumento hasta que nadie quiera estar a su lado. Es muy inquietante.

Oyeron que alguien hablaba en la cocina y salieron rápidamente de la despensa. Su madre las fulminó con la mirada.

—Si habéis terminado de cuchichear como dos colegialas, podemos empezar a llevar la cena a la mesa.

Stephanie no hizo caso de la mirada amenazante ni de las afiladas palabras y se acercó a su madre para agarrarle una mano.

—Siento mucho lo que ha pasado con Giorgio. Ojalá me lo hubieses contado. Podría haber venido para estar contigo.

Su madre apartó la mano y sus ojos marrones la miraron fríos y vacíos.

—¿Para qué? Estoy perfectamente bien. Giorgio era un hombre ridículo que hacía exigencias imposibles. No sabía entender mis obligaciones ni mis expectativas. Ha sido una pérdida de tiempo. Que se vaya con viento fresco.

Stephanie negó con la cabeza.

—Mamá, no lo dices en serio. Le querías. Él te hacía feliz. Siento que se haya ido y si hay algo que yo pueda hacer por...

—¿Qué vas a hacer tú por mí? Dejaste tu trabajo y la organización de mi boda. No necesito más «ayuda» de tu parte. —Dibujó en el aire el símbolo de las comillas.

Por un momento, todo pareció congelarse. Vio la mirada de alivio de Lori por que hubiese alguien más recibiendo el embiste del mal carácter de Barbara y la verdadera compasión de Cuatro por otro ser humano que sufría. Vio lo ínfimos que eran los actos de su madre y supo que Barbara preferiría morir sola que confesar jamás lo que sabía que era una debilidad. También se vio a sí misma, ahora más fuerte. Avanzando en la dirección correcta. Encontraría obstáculos, pero ya había recorrido la parte más difícil. Había sido valiente y, mientras siguiera siéndolo, estaría bien.

Pensó en todo lo que podría decirle a su madre. Todas las palabras hirientes, los comentarios sarcásticos y, a continuación, se dijo a sí misma que no valía la pena. Barbara sería quien siempre había sido. No iba a cambiar hasta que quisiera hacerlo.

—Estoy aquí si me necesitas —insistió Stephanie—. En cualquier caso, lo siento.

Su madre miró el asado.

—Esto ya está. Dile a Jaguar que venga para cortarlo y empezar a llevar la comida a la mesa. Suponiendo que eres capaz de realizar una tarea tan sencilla.

Y dicho eso, entró en el comedor. Stephanie se quedó mirando cómo se iba.

—Tiene que resultar difícil ser ella.

Cuatro sonrió.

—Y esa, hermana mía, es la lección que debemos aprender.

Mackenzie se quedó mirando la imagen borrosa que, en teoría, era su hija. Según la médica, su peso era bueno, la presión arterial y el azúcar en sangre perfectos, y la bebé estaba creciendo como correspondía.

—Ya han pasado cinco meses. Quedan cuatro —se dijo mientras iba en el coche hacia Luna Pintada. Iba a tener una niña.

Dejó que esa información tomara forma. Bruno había bromeado con que quería una niña, así que la noticia le iba a alegrar. En cuanto a lo que ella sentía, pensaba que quizá una niña sería más fácil para ella como madre. Había sido niña. Conocía algunas cosas propias de niñas.

—Una niña —susurró—. Tengo que decidir un nombre. Puede que Amy, por mi madre.

Se acarició el vientre.

—Hola, Amy. Soy tu madre. —Sonrió—. Es la cosa más rara que he dicho nunca, pero es la verdad. Soy tu madre.

Dejó que esas palabras tomaran asiento mientras se preguntaba cuándo sabría que eran verdad. Estaba embarazada e iba a tener una hija.

Notó que sonreía con la noticia y pensó en todos a los que quería contárselo. Bruno, sin duda, y Stephanie. Cuatro. Se preguntó si avisar a Rhys. ¿Le importaría el sexo del bebé? Nunca se lo había preguntado y ella no sabía si debía decírselo.

—Me encargaré de eso la semana que viene —se dijo mientras pasaba por la gran verja de Luna Pintada. Hoy era para ella y la gente a la que quería. ¡Iba a tener una niña!

Aparcó y fue rápidamente al despacho. Antes de llegar, Bruno salió del edificio como si la estuviera esperando.

—Ya has vuelto —dijo con voz tensa.

—Sí. —No le había dicho que hoy tenía cita con la médica y, en lugar de eso, le había dicho que iba a hacer unos recados. Sabía que le harían la ecografía y no estaba segura de querer hablar de ello cuando volviera. Una estupidez, ahora que ya había pasado.

—Tenemos que hablar.

El tono de la voz de él hizo que se detuviera. Lo que fuera a decirle no era bueno. ¿Había algún incendio? ¿Iba a exigir el pago del préstamo puente? No, no podía ser eso. Quedaban varias semanas para que el divorcio fuese definitivo y ella recibiera su dinero. No iba a exigirle el préstamos. Entonces, ¿qué?

—Te he comprado una cosa —añadió el haciéndole una señal para que lo acompañara a la zona de producción—. Se suponía que iba a ser una sorpresa, pero ahora que ha llegado no estoy seguro de haber hecho bien. Si te enfadas, lo entenderé. Siempre puedo vendérselo a otro. Es que se me había ocurrido que para los viñedos de Pepper Bridge querrías hacer algo distinto y surgió esta oportunidad.

—¿Es por la bodega? —preguntó.

Él se detuvo.

—Sí. ¿Por qué?

—Me habías asustado.

La expresión de Bruno se suavizó.

—¿Sí? Lo siento. No era mi intención. Es sobre... —Se aclaró la garganta—. He comprado unas vides.

¿Qué quería decir eso?

—¿Has comprado plantas?

¿Por qué iba a hacerlo? Aparte del tiempo que necesitarían para que pasaran de plantas de semillero a vides maduras, no era así como se hacían las cosas ahora. Luna Pintada tenía rizomas magníficos. Si quería hacer cambios, solo había que comprar lo que quería y hacer un injerto. Así solo se perdería un año de producción.

Entró en el gran edificio abierto. Había un paquete de un tamaño parecido al de una caja de zapatos sobre una mesa de trabajo.

—No, vides no. He comprado esto. —Señaló la caja—. A través de un amigo de un amigo, conozco a un tipo de la región de Burdeos, en Francia. Tenía ciertos problemas económicos y le he ayudado. A cambio, va a vendernos esto.

Levantó la tapa. Dentro había papel de periódico mojado que envolvía lo que parecían unos palos gordos. Mackenzie creyó que se le cortaba la respiración cuando se acercó.

—Esquejes —dijo con un susurro respetuoso—. Te ha enviado esquejes.

—Unos pocos. Enviará todos los demás después del primer año. Es mejor cortarlos cuando las vides están en letargo. —La miró con una sonrisa torcida—. Pero eso ya lo sabes.

Ella desenvolvió con cuidado el papel de periódico y miró las preciosas y gruesas secciones de la vid. Estaban sanas, tenían unos veinticinco centímetros de longitud. Injertadas en el rizoma producirían uvas dentro de dos temporadas.

Lo miró.

—¿Qué son?

—Cabernet sauvignon, merlot, petit verdot. Va a enviar suficiente para veinte hectáreas. Tengo la información de los viñedos. Su familia lleva produciendo vino allí desde hace unos seiscientos años.

Uvas francesas. Le estaba ofreciendo unas preciosas, vibrantes y elegantes uvas francesas.

—¿Sabes qué puedo hacer con esto? —preguntó sintiendo que estaba a punto de tocar el rostro de Dios—. ¿Lo sabes? Podemos hacer producción tradicional. Podemos tener vinos elaborados en nuestros campos, al contrario que otros del estado. Dejó rápidamente el esqueje y levantó las manos—. Estoy temblando. Ay, Bruno. No sé cómo lo has hecho, pero muchísimas gracias.

—¿No estás enfadada?

—¿Por qué iba a estarlo?

—Casi estoy metiéndome en tu trabajo. Tú haces los vinos, yo todo lo demás. Es solo que cuando me lo ofreció, pensé que te alegrarías.

—Y así es.

Estaba a punto de lanzarse a sus brazos cuando tuvo una extraña sensación en el vientre. Una especie de revoloteo, de golpe, de movimiento que nunca antes había sentido. Casi como si...

—El bebé —susurró agarrándole instintivamente la mano y colocándosela en el vientre—. Se está moviendo. ¿La notas?

Los dos se quedaron quietos un momento y, entonces, volvió a ocurrir. Bruno abrió los ojos de par en par hasta que pareció tan aturdido y aterrado como ella.

—¿Es el bebé? —preguntó.

Asintió.

—O estoy teniendo un serio problema de gases y probablemente vaya a necesitar ir al baño.

—No son gases. —Sonrió—. Has preguntado si la noto.

—Es una niña. Se ha cumplido tu deseo.

—¿Estás contenta?

—Sí. Voy a llamarla Amy, por mi madre.

—Es un nombre precioso.

Se quedaron así, juntos, con la mano de él sobre su vientre, unos minutos más, pero no hubo más movimientos. Despacio, Mackenzie fue consciente de su proximidad y del extraño carácter íntimo de su tacto. Le soltó la mano y dio un paso atrás.

—Perdona. No quería que te sintieras incómodo. Solo se me había ocurrido que querías sentir cómo se movía.

—Y así es. Gracias.

Ella apartó la vista.

—Bien. No voy a convertir en una costumbre lo de lanzarme así contra ti ni que me pongas las manos encima porque... —Se obligó a callarse porque, sin duda, no estaba consiguiendo que la situación se volviera más cómoda para ninguno de los dos.

Se aclaró la garganta.

—Lo que quería decir...

Bruno dio un paso hacia ella.

—Deja de hablar.

—Será lo mejor.

—No ha sido incómodo.

Ella levantó los ojos hacia él.

—¿No?

—No. Me ha gustado.

¿Notar al bebé o tocarla a ella? Antes de poder pensar en cómo preguntárselo, él se acercó más y despacio, con cuidado, le cogió la cara entre sus manos.

Sus dedos eran cálidos y la agarraban con suavidad. Suponía que podría haberse apartado si quisiera, pero no quería. Cuando él bajó la cabeza, ella supo exactamente qué iba a hacer. La expectativa combatía contra la cautela. ¿Estaba dispuesta a correr el riesgo de lo que un beso podría implicar? ¿Y si todo cambiaba y...?

La boca de él rozó la de ella. El débil contacto hizo que a ella se le cortara la respiración y el mundo desapareciera. Sintió calor, cosquilleo, anhelo y otras mil cosas maravillosas que no sabía explicar más allá del hecho de saber que todo lo que estaba pasando en ese momento estaba bien.

Él se apartó, aún con las manos en la cara de ella, y la miró a los ojos. Ella vio el mismo deseo, pero también preguntas. Quería que ella estuviera segura.

Mackenzie sonrió.

—Deberíamos hacerlo más.

—Me gusta tu forma de pensar.

La besó de nuevo, esta vez con más intensidad. Ella le rodeó el cuello con sus brazos y lo atrajo hacia su cuerpo. Se acariciaron por todas partes y ella se deleitó con cada movimiento. Sus pechos se apretaron contra el de él, los muslos de cada uno se apretaron contra los del otro, los labios sobre los de ella de una forma que ofrecían, daban y hacían que ella lo deseara todo.

Esto, pensó ella con felicidad. Inesperado, sensual y sencillamente adecuado.

Cuando él se apartó por segunda vez, los dos respiraban con fuerza.

—Menudo día —dijo ella con la voz algo temblorosa—. Me entero de que voy a tener una niña, notamos cómo se mueve, me regalas uvas de Francia y ahora nos besamos. Son muchas cosas que hay que asimilar.

—¿Demasiadas?

—Las ideales.

Un extremo de la boca de él se giró hacia arriba.

—¿Cenamos esta noche?

—Sí, por favor.

—Traeré comida para llevar.

Ella se rio.

—Uno de los dos va a tener que aprender a cocinar.

Él la rodeó con el brazo y se dispusieron a volver al despacho.

—No te preocupes por eso. Contrataré a un cocinero.

—Claro que sí. —Seguía riéndose cuando entraron.

Mackenzie escupió con cuidado el vino en un jarro y luego se enjuagó la boca con agua. Estaba haciendo avances con las barricas de Herman siguiendo la agenda que ella había elaborado, pero con lentitud. La vida sería mucho más fácil si pudiera catar el vino como una persona normal.

—No es que me queje —le dijo a Amy—. Quiero que estés sana.

Tomó varias notas en la hoja de su carpeta. Quería empezar a hacer mezclas durante las siguientes semanas. La respuesta al primer correo masivo de Stephanie a los clientes de Luna Pintada había sido abrumadoramente positiva. Si todos los que habían dicho que estaban interesados en vinos de colección compraban las mezclas que creara Mackenzie, iban a venderlo todo en cuestión de minutos.

Se sentía bien, pensó contenta. Física y emocionalmente. Le encantaba su trabajo, por fin había conseguido asimilar que estaba embarazada y le quedaban menos de dos semanas para no deberle a Bruno dos millones de dólares.

Tenía cita para firmar la documentación para concluir su divorcio y Rhys había hecho el desembolso en una cuenta de depósito de reserva. En cuanto el tribunal actuara, ella estaría soltera y, en ese momento, forrada de dinero. Diez minutos después, transferiría el dinero a Bruno pero, aun así, era emocionante pensarlo.

Seguía riendo entre dientes ante esa idea cuando oyó unos pasos rápidos por el suelo de hormigón. Se giró y vio a Barbara acercándose a paso rápido hacia ella. La mujer estaba pálida y la miraba con los ojos abiertos de par en par y su amenazante expresión contrastaba de forma extraña con su traje a medida y sus perlas.

—¡Me has arruinado! —exclamó Barbara con voz tensa cuando se acercaba.

Mackenzie no tenía miedo exactamente, pero sí se sentía recelosa. Se movió hacia su derecha, dejando una fila de barricas entre ella y su antigua suegra.

—¿Para qué has venido? —preguntó, con cuidado de mantener un tono calmado.

—Para enfrentarme a ti de una vez por todas. Me lo has robado todo y vas a tener que pagar.

—Yo no te he quitado nada. Fuiste tú la que me despidió y trató de echarme de mi casa. Fuiste tú la que querías que te vendiera la herencia de mi hijo.

—¿Por qué no iba a hacerlo? No eres nada para mí. ¡Nada! —Se llevó una mano al cuello—. Me has quitado el acuerdo con China.

—¿Qué? —Mackenzie salió de detrás de las barricas

y dejó con un golpe la carpeta sobre la mesa—. Un momento. Tú jamás quisiste tener nada que ver con China. Hablamos de ello y te negaste en todo momento. Lo mismo que te negaste a comprar terreno en Oregón para que pudiéramos hacer buenos pinot y te negaste a cualquier otra proposición. Lo de China no es culpa mía.

Se lanzaron miradas asesinas la una a la otra. Mackenzie fue la primera en recuperar la compostura.

—Barbara, siento que hayamos llegado a esto. Significabas mucho para mí. Nunca he querido perjudicarte. Eras como una madre para mí.

—Yo nunca fui tu madre. No querría una hija como tú. Vienes de la nada y es la nada lo que mereces. Te confié Bel Après y te fuiste. —Entrecerró los ojos—. Ojalá te mueras.

Aquellas palabras le hacían daño, pero no tanto como lo habrían hecho tres meses antes. Mackenzie supuso que además de tener un vientre más grande, la piel se le estaba volviendo más fina.

Tardó un segundo en reunir el valor.

—Te vas a ir ahora mismo. Si vuelves, pediré una orden de alejamiento contra ti. Y tal y como van las cosas, voy a hablar con Rhys para que se asegure de que no pases ni un momento con el bebé sin supervisión. Lo incluiré en el plan de parentalidad. Al contrario que tú, Barbara, yo protejo lo que es mío. Y ahora, fuera.

Señaló hacia la salida para mayor énfasis y solo entonces se dio cuenta de que Bruno estaba entre las sombras. Dio las gracias por su presencia y más aún porque le hubiese dejado manejar la situación.

—Te odiaré toda la vida —dijo Barbara en voz baja.

Mackenzie sintió una oleada de tristeza.

—Yo no voy a contestarte con lo mismo. No mereces la pérdida de energía.

Cogió su carpeta y se dispuso a revisar sus notas, fingiendo que las leía, a pesar de todas las emociones que le recorrían el cuerpo. Varios segundos después, oyó unos pasos que se alejaban y, después, silencio. Barbara se había ido.

Bruno de acercó a ella.

—Vamos a contratar seguridad.

—No, vamos a esperar a ver qué pasa. Si vuelve a aparecer, iremos a hablar con un juez.

—¿Hablabas en serio cuando has dicho que te vas a asegurar de que no pueda estar sola con Amy?

—En cada palabra. No voy a confiarle a mi hija, aunque probablemente ella diría que prefiere tragar cristales que dedicarle tiempo a la niña. —Le miró con una sonrisa triste—. De todos modos, se supone que voy a firmar los últimos documentos mañana. ¿Crees que Rhys no va a aceptar el cambio? Ese hombre está deseando divorciarse. En este momento, hará lo que sea por verse libre. Voy a aprovecharme de eso. —Se encogió de hombros—. Tampoco es que vaya a pedir nada escandaloso. Dirá que sí.

—Tienes un lado implacable —bromeó Bruno—. Eso me gusta.

—Yo también estoy un poco impresionada.

Capítulo treinta y tres

La mañana de Acción de Gracias amaneció fría y clara. Mackenzie se despertó a su hora habitual, poco después de las seis. Tras ponerse unas mallas de yoga y una camiseta, se bebió un vaso entero de agua y, después, estuvo con su estúpido vídeo de yoga para embarazadas durante veinte minutos antes de bajar a tomarse su asqueroso batido de proteínas.

En teoría, podía tomar un desayuno de verdad si quería, pero cocinar era demasiado lío. Necesitaba tomar proteínas y el tipo adecuado de carbohidratos y fibra. Un batido de proteínas era fácil.

A medio camino en las escaleras, oyó un ruido en la cocina seguido del olor a beicon. Fue corriendo por el resto del pasillo y encontró a Bruno ante los fogones, con el beicon haciéndose a fuego lento y la mesa puesta.

Estaba concentrado en su tarea y no la vio al principio. Un delantal blanco con las palabras «Besa al cocinero» le cubría los vaqueros y la delantera de su camisa de manga larga.

El viejo extractor de encima de la cocina sonaba con tanta fuerza que ensordeció el sonido de los pasos de ella acercándose. Fue por detrás de él y le deslizó los brazos alrededor de la cintura.

—Qué sorpresa —dijo ella echándose sobre él—. Feliz día de Acción de Gracias.

Él se giró y sonrió.

—Feliz día de Acción de Gracias. Es día de fiesta, así que, se me ha ocurrido venir temprano y librarte de tu batido de proteínas.

—Es todo un detalle. Gracias.

—De nada. Ahora ve a sentarte y te llevo los huevos.

Mackenzie dio un sorbo al zumo que él le había servido mientras terminaba de cocinar. Cuando la tostada saltó por encima del tostador, ella la llevó a la mesa. Bruno dejó los platos y se sentaron uno frente al otro.

—¿Te parece bien que haya usado la llave que me diste? —preguntó él—. No lo haré de forma habitual.

—Te di la llave para que la usaras.

Tampoco había tenido motivos para hacerlo. Solo habían pasado un par de semanas desde su primer beso. Habían salido a cenar unas cuantas veces y habían continuado con los besos, pero nada más. Notaba que él iba avanzando despacio por ella.

Mackenzie tomó un bocado de los huevos y soltó un pequeño gemido al ver que estaban deliciosos y, después, se disculpó para ir a por su teléfono. Cuando estuvo de vuelta en la mesa, le dio la vuelta para que él viera la foto que Lori le había enviado. Se veía a Rhys en una playa y a su lado la rubia de la cafetería y del despacho del abogado.

—Estoy segura de que Lori ha pensado que esto me hacía daño —dijo Mackenzie cogiendo el tenedor—. Pero no me afecta. Los dos hemos pasado página.

Él dejó el teléfono en la mesa.

—Si estás segura...

—Lo estoy. Ah, te envié ayer una transferencia. Deberías recibir una notificación mañana a primera hora.

Él la miró levantando una ceja.

—Has liquidado el préstamo puente.

—Sí. —Sonrió—. Ha sido liberador, pero también doloroso.

—¿Quieres recuperar el dinero?

—No. Calla. Ni siquiera bromees con eso. Te lo debía y te lo he devuelto. Gracias por el préstamo. Y por comprar conmigo Luna Pintada.

—De nada. —Bruno dejó su tenedor y la miró a los ojos—. Estás oficialmente divorciada.

—Lo estoy. Soltera. Embarazada, pero soltera.

—Me gusta lo de embarazada. Es sexi.

—Lo dudo, pero gracias por decirlo.

Mientras se miraban ella sintió un calor familiar que le nacía en la parte baja de su vientre. Sus pechos, ya sensibles, empezaron a estremecerse. Según los libros que había leído y la conversación algo embarazosa con su médica, el sexo no era ningún problema. Se suponía que no iba a meterse en un jacuzzi, pero si quería ponerse salvaje, podía hacerlo. ¿Los embarazos no eran lo más divertido el mundo?

Él se miró el reloj.

—Se supone que tenemos que estar en casa de Cuatro a eso de la una.

—Eso es lo que dijo.

Iban a pasar Acción de Gracias con su familia. Rhys estaba en México, Barbara había dicho que este año no iba a hacer ninguna celebración con nadie y Lori se iba con la familia de Owen, así que, solo iba a estar la parte divertida del clan Barcellona.

—En... ¿tenías planes para el resto de la mañana? —preguntó Bruno con voz ronca y ojos llenos de excitación—. Me refiero a después del desayuno.

Epílogo

Tres años después...

—Me has dejado completamente deslumbrada —dijo Mackenzie mirando la zona exterior de la sala de catas de Luna Pintada.

Unos enormes toldos daban sombra a cincuenta mesas redondas, cada una para sentar a diez personas. En el lado este estaba la pista de baile y, al oeste, la enorme zona de bufé. Unos camareros irían ofreciendo aperitivos y habría varias barras para vinos y combinados para sus invitados. Había guirnaldas de luces parpadeantes y ya estaban colocando la mesa del DJ.

—La fiesta va a ser épica —contestó Stephanie con una carcajada.

—No dejes que Avery te oiga decir eso —bromeó Mackenzie—. Ya sabes lo que opina de que la gente de nuestra edad trate de usar su jerga.

Entrelazaron los brazos mientras recorrían la zona. Unos grandes ventiladores ocultos entre las plantas proporcionarían una agradable brisa. Por suerte, el tiempo había colaborado y solo alcanzarían los veintiséis grados cuando empezara la velada.

—Me alegra que Bruno y tú estéis haciendo esto —dijo Stephanie—. Es una tradición estupenda. Merece que se continúe haciendo.

—Yo me sentía un poco rara —confesó Mackenzie—. Pero tienes razón en lo de la tradición.

Durante los últimos dos años, Barbara había decidido no celebrar la Fiesta del Solsticio de Verano en Bel Après. El enero anterior, Stephanie había ido a ver a Bruno y Mackenzie para hablar de la posibilidad de inaugurar las fiestas en Luna Pintada. Ellos le habían dado vía libre para que empezara con los preparativos.

—Temía que no viniese nadie —admitió Mackenzie.

Stephanie se rio.

—¿Por qué? Todo el mundo quiere venir. Hemos enviado quinientas invitaciones y cuatrocientos noventa y ocho personas han respondido que sí.

—Sigue sorprendiéndome.

—Eres muy rara.

Mackenzie soltó una carcajada.

—Probablemente sea verdad. —Miró a su alrededor hacia lo que todos juntos habían creado—. Esto está muy bien. Estoy feliz.

—Yo también.

Mackenzie dio un paso atrás y la señaló con un dedo.

—Eso es porque tienes un nuevo y reluciente novio.

Stephanie se sonrojó.

—Liam hace que el día sea más animado.

Liam era profesor en la universidad local. Guapo como una estrella de cine y cinco años más joven, Stephanie se había enamorado perdidamente de él el pasado otoño. Empezaban a ir en serio y Mackenzie tenía la sensación de que dentro de pocos meses harían algún anuncio.

—Vale ya —dijo Stephanie con fingida severidad—. Tengo que hacer algunas comprobaciones de última hora y tú tienes que ir a cambiarte. No te atrevas a llegar tarde a tu propia fiesta.

—Seré puntual —prometió Mackenzie.

Fue hacia la casa pensando en lo lejos que habían llegado todos desde la última Fiesta del Solsticio. Avery estaba en la universidad, en Georgetown. Carson estaba en el último curso del instituto y todavía no se había decidido entre la universidad o el deporte profesional. Cuatro, Jaguar y sus hijos eran los mismos de siempre: cariñosos, felices y únicos. Rhys tenía otra mujer nueva en su vida. Su relación con Amy era distante, como poco. Rara vez la veía y, aunque eso entristecía a Mackenzie, no iba a insistirle. Amy estaba rodeada de personas que la querían y Bruno era padre suficiente como para diez hijos.

Lori se había casado con Owen y se había quedado embarazada enseguida. Mackenzie había tratado de hablar con ella en varias ocasiones, pero Lori no estaba nada interesada en que se llevaran bien. Y lo más decepcionante aún era que Barbara se había convertido en una especie de ermitaña. Pocas veces se la veía en público y, por lo que Stephanie había dicho en alguna ocasión, su madre estaba más amargada y malvada cada día que pasaba.

En cuanto a ella misma, Mackenzie era feliz, más de lo que lo había sido nunca. Tenía un trabajo que le encantaba, una bodega que la llenaba de satisfacción y un marido que hacía que se sintiera la mujer más querida del mundo.

Se detuvo en el camino de entrada para admirar el añadido de la casa. El año pasado habían construido una gran sala de estar con un despacho más grande para que lo compartieran Bruno y ella. El de arriba lo habían convertido en cuarto de juegos para Amy. También habían remodelado la cocina y los baños, pero no habían añadido ningún dormitorio. Mackenzie había aprendido la lección. Esta casa no era suficientemente grande para que Bruno y ella tuvieran vidas separadas. Las rutinas diarias estaban entrelazadas y así es como los dos querían que fueran.

Una vez dentro, gritó que estaba de vuelta.

—Estamos arriba.

Fue corriendo con Bruno y lo encontró colocando horquillas de flores en el llamativo pelo rojo de su hija.

—Mami —dijo su hija de dos años sonriendo y extendiendo los brazos—. Voy vestida de rosa.

Mackenzie se fijó en el vestido de volantes con los
zapatos a juego

—Ya lo veo. Estás preciosa.

—Tú también.

—Gracias. Ahora voy a ponerme mi vestido para la
fiesta.

Bruno, tan guapo como siempre con unos pantalones negros y una camisa gris oscura, la miró.

—¿Necesitas ayuda?

—Sé exactamente adónde nos llevaría tu «ayuda» y
no tenemos tiempo.

Aunque la idea de lo que él quería hacer le provocó
cierto temblor en las rodillas. Aun después de casi tres
años juntos, no se habían cansado el uno del otro. Justo
hacía una semana, mientras paseaban por el viñedo de
Pepper Bridge, las cosas se habían descontrolado un
poco y habían terminado haciendo el amor en la camioneta. Un recuerdo que todavía la hacía sonreír.

—Dame quince minutos —dijo ella mientras corría
al dormitorio principal.

—No corras —gritó Bruno a sus espaldas—. Tenemos
tiempo. Es nuestra fiesta. Podemos llegar cuando queramos.

Mackenzie se duchó y después se secó el pelo con el
secador. Tras ponerse el rímel, se puso el vestido que
había elegido antes. Como iba a pasar varias horas de
pie, eligió unos zapatos planos en lugar de tacones y,
después, abrió su joyero para elegir algo que ponerse esa
noche.

Una de las cosas que había aprendido en el último
par de años era que a Bruno le gustaba comprarle joyas.
Y también resultaba sorprendente que a ella le gustara
ponérselas. Se puso una gargantilla de esmeraldas y varias pulseras de oro. Siempre llevaba su anillo de boda
y añadió una bonita sortija de diamantes a su mano
derecha.

—Ha llegado Donna —dijo Bruno entrando al vestidor y abrazándola.

Donna, su niñera-barra-empleada doméstica a tiempo completo, era una bendición. Quería a Amy casi tanto como ellos y ayudaba a que sus ajetreadas vidas discurrieran sin contratiempos.

—Va a venir a la fiesta, ¿verdad? —preguntó Mackenzie mirándole a los ojos.

—Sí. Se quedará hasta que Amy esté lista para volver a casa.

Bajaron y recogieron a Donna y a Amy antes de dirigirse hacia la fiesta. La gente ya había empezado a llegar. El servicio de aparcacoches que habían contratado estaba cumpliendo con su deber y la música sonaba en medio de la noche.

Bruno caminaba con ella y con Amy en sus brazos. La pequeña se echó sobre su padre con su suave vestido rosa contrastando con la camisa oscura de él. Un par de años antes, Mackenzie habría dicho que ser la propietaria de Luna Pintada era lo mejor que le había pasado en la vida, pero ahora sabía que se equivocaba. Era el amor el verdadero regalo de la vida. La familia que había formado a lo largo de los años, la hija que había dado a luz y el maravilloso hombre que la amaba con todo su corazón. Eso era lo que importaba, y esta noche era una celebración de todo eso. El mejor día del año.